新时代文学批评丛书

吴义勤 主编

多维的透视

洪治纲 著

山东文艺出版社

图书在版编目（CIP）数据

多维的透视 / 洪治纲著. -- 济南：山东文艺出版社，2024.3

（新时代文学批评丛书 / 吴义勤主编）

ISBN 978-7-5329-7045-2

Ⅰ.①多… Ⅱ.①洪… Ⅲ.①中国文学－当代文学－文学评论－文集 Ⅳ.① I206.7-53

中国国家版本馆CIP数据核字（2023）第230326号

多维的透视

DUOWEI DE TOUSHI

洪治纲　著

主管单位	山东出版传媒股份有限公司
出版发行	山东文艺出版社
社　　址	山东省济南市英雄山路189号
邮　　编	250002
网　　址	www.sdwypress.com
读者服务	0531-82098776（总编室）
	0531-82098775（市场营销部）
电子邮箱	sdwy@sdpress.com.cn
印　　刷	山东华立印务有限公司
开　　本	710毫米×1000毫米　1/16
印　　张	19.5
字　　数	240千
版　　次	2024年3月第1版
印　　次	2024年3月第1次印刷
书　　号	ISBN 978-7-5329-7045-2
定　　价	78.00元

版权专有，侵权必究。如有图书质量问题，请与出版社联系调换。

开辟文学批评的新时代
——"新时代文学批评丛书"总序

吴义勤

党的十八大以来，中国特色社会主义进入新时代，中国文学也翻开了崭新的一页。置身新时代新征程，面对丰富的史诗性伟大实践，广大作家胸怀"国之大者"，牢记初心使命，深入生活，扎根人民，与时代共振，与人民共情，用心用情用功书写新时代的中国故事，展现中国人民昂扬的精神风貌，谱写了新时代文学的辉煌篇章。

文学批评与文学创作是文学发展的车之两轮、鸟之两翼，一个时代的文学发展既需要广大作家的笔耕不辍、创新创造，也需要批评家的积极呼应、理论引领。在新时代文学不断攀登高峰的历史进程中，新时代文学批评也发挥了至关重要的作用，取得了丰硕的发展成果，形成了独特的新时代文学批评景观。习近平总书记高度重视文学批评工作，近年来就繁荣新时代文学批评发表了一系列重要讲话，做出了一系列重要指示批示。我们策划这套"新时代文学批评丛书"，就是要全面学习贯彻落实总书记关于文学批评的讲话与指示批示精神，一方面旨在呈现新时代文学批评的基本样貌、发展成果，另一方面也希望从中获得推动文学批评发展的经验和启示，为推动新时代文学理论批评建设和新时代文学繁荣提供有益的镜鉴。

本丛书遴选的作者都是长期持续坚守在新时代文学批评现场并卓有成就的优秀批评家。从年龄结构上，他们涵盖了"60后""70后""80后"，这也是当下文学批评的主力军；从批评对象的文学门类上，覆盖了小说、诗歌、散文等多个当下最具影响力的艺术门类，可以说是对新时代文学的全面阐释和研究。通过这套批评丛书，读者一方面可以深入了解新时代文学批评的丰富实践，同时可以通过文学批评了解新时代文学发展的基本风貌和历史特征。

在内容上，本丛书侧重于遴选研究新时代文学的评论文章，以对新时代十年来具有代表性的作家作品、有广泛影响的新文学现象、引人关注的文学热点事件以及文学发展中存在的症候性问题为主要研究对象，是对围绕新时代文学展开的文学批评成果的一次全面梳理和集中展示。我们希望以出版批评丛书的方式，深入总结文学批评发展的历史经验，同时吸引更多研究力量来增强对新时代文学研究的力度和深度。

本丛书的出版要感谢山东出版传媒股份有限公司副总经理李运才、山东文艺出版社社长徐迪南，他们提供了非常多的支持和帮助，也提出了许多富有建设性的意见和建议。新世纪之初，我曾和山东文艺出版社共同策划出版了一套"e批评丛书"，在学术界产生了良好的反响。今年，又再次在山东文艺出版社出版这套"新时代文学批评丛书"，可谓是一种极为特殊也极为难得的缘分，也体现了山东文艺出版社多年来一直积极参与、支持中国当代文学批评事业发展的出版精神。在此，我代表丛书编委会向山东文艺出版社表示衷心的感谢并致以崇高的敬意。

两套丛书虽然出版时间不同，但在内容上又有着一种延续性和整体性。"e批评丛书"着力呈现的是二十世纪九十年代文学批评的发展成果，也是当时年轻的"60后"批评家的一次集体亮相。"新时代文学批评丛书"更侧重于展现新世纪尤其是新时代以来的文学批评成果，参与作者既包括了"e批评丛书"中的部分作者，又吸纳了"70后""80后"等新生批评力量。两套丛书虽然侧重点不同，但形成了一种巧妙的呼应，构成了一种互补关系，具有了批评史意义上的"整体性"，某种意义上，它们就是一种特殊形态的近三十年来中国文学批评的发展史。

当然，对于新时代文学批评成果的总结展示并不意味着我们回避当下文学批评存在的问题。新时代以来，随着时代语境和文学生态的不断变化，文学批评面临着更为复杂严峻的形势和挑战，文学批评如何更好地发挥作用，真正成为助推文学发展的"磨刀石"和"利器"？这是所有文学批评者面临的共同课题和任务。出版这套丛书，我们一方面意在梳理总结这一时段文学批评发展的成果和经验，同时也希望能够从中析出当下文学批评发展存在的一些问题，以史为镜，为未来更好地推动中国文学批评发展，更好地发挥文学批评引导创作、推出精品、提高审美、引领风尚的作用提供启示和帮助。

新征程是充满光荣与梦想的远征，新时代文学正在我们面前浩浩荡荡地展开，作为文学发展的重要一翼，中国文学批评也正在砥砺前行，积极开辟一个文学批评的新时代。

是为序。

目录

第一辑　新世纪观察　001

002　论日常生活诗学的重构

023　重申物质与身体的书写意义

045　论新世纪小说的轻逸化审美追求

061　坐对瑶觞看舞妙
　　　——论新世纪小说创作

077　"人"的变迁
　　　——新时期文学四十年观察

094　俗世不俗，日常不常
　　　——2018年短篇小说创作巡礼

102　走向叙事的不确定性
　　　——2019年短篇小说创作巡礼

第二辑　聚焦非虚构

- 114　论非虚构写作
- 134　论非虚构写作的反自律性及其局限
- 145　论非虚构写作中的主体情感与观念
- 164　论非虚构写作的跨界特性及其意义
- 179　论非虚构写作的历史意识
- 186　非虚构写作中的事实与观念
- 192　非虚构：如何张扬"真实"

| 199 | **第三辑　作家与作品** |

200	余华论
217	寻找诗性的正义
	——论余华的《文城》
231	寻找，是为了见证
	——论余华的长篇小说《第七天》
244	论莫言小说的混杂性美学追求
262	朱辉论
286	奇正相生的叙事艺术
	——论张柠的小说创作

| 299 | **后记** |

多维的透视

第一辑

新世纪观察

论日常生活诗学的重构

在中国当代文学发展中,琐碎而平淡的日常生活,在很长一段时间里并未受到作家们的重视。虽然有些作品以日常生活为底色,但创作主体所追求的,仍是背后所负载的社会或历史意义,并非日常生活本身的审美价值。从20世纪80年代中后期开始,随着"南方生活流"诗歌和"新写实"小说的兴起,当代作家逐渐转向对普通民众日常生活的密切关注与表达。90年代之后"个人化写作"思潮的涌动,再度强化了这一审美特征。21世纪以来,随着"70后""80后"等青年作家群的不断崛起,聚焦日常生活的审美表达更是成为中国当代文学的主要审美倾向。认真审视这一审美倾向,我们会发现,它既体现了当代作家对重构人类生活完整性的自觉追求,也隐含了创作主体重建身与心、人与物之间统一性的理想,同时还预示着中国当代文学发展的某种趋势。

一

所谓重构日常生活诗学,是基于日常生活审美化理念之上的一种创作实践。它的核心内涵并不是否定或回避重大的社会或历史生活,也不是刻意排斥或颠覆一切宏大话语,而是在尊重它们的同时,更加自觉地立足于普通个体的生存经验和存在境遇,注重物质性、身体性和体验性的审美表达,突出那些看似琐碎、惯常的世俗生活对于个体生存的重要意义,揭示日常经验内部所蕴藏的各种微妙繁富的生命镜像。它的主要目标,是强调文学对日常生活的审美关注,发掘并展示日常生活中极为丰盈的生命质感和人生意绪,以便重构人类在身与心、人与物上的统一性,即杜威所强调的"一个经验"。

从表面上看，日常生活似乎平淡无奇，千篇一律，充满了程式化和世俗性的特征，但它确实是一个包容性和消融性都极强的概念。按照本·海默尔的说法，日常生活"指的是那些人们司空见惯、反反复复出现的行为，那些游客熙攘、摩肩接踵的旅途，那些人口稠密的空间，它们实际上构成了一天又一天（但是并不对它们做出判断）。这是和我们最为切近的那道风景，我们随时可以触摸、遭遇到的世界"①。然而，它并非稳固不变，而是在现代性的进程中，以不易觉察的动态方式，呈现出巨大的包容性和消融性，"使不熟悉的事物变得熟悉了；逐渐对习俗的溃决习以为常；努力抗争以把新事物整合进来；调整以适应不同的生活的方式。日常就是这个过程或成功或挫败的足迹。它目睹了最具有革命精神的创新如何堕入鄙俗不堪的境地。生活中所有领域中的激进变革都变成了'第二自然'。新事物变成了传统，而过去的残剩物在变得陈旧、过时之后又足资新兴的时尚之用"②。正是这种复杂多变的包容与消融，才使得我们的日常生活变得异常驳杂，同时又摇曳多姿。所以，伊格尔顿由衷地说道："日常生活就像瓦格纳的歌剧，错综复杂、深不可测、晦涩难懂。"③

日常生活的复杂与晦涩，不仅在于它以动态的方式，承载了人类社会演进与文化变迁的丰富信息，还在于它以无穷无尽的手段，潜在地对个体的生存方式、思维方式和价值观念等进行了文化规约。"在人类社会，不仅是性，人类废弃物的排泄也受文化的管制。……若一个人对于某事的反应是习得的，那么他就是被一种文化规范所塑造而不是被'本性'塑造的。"④因此，"要理解日常生活，我们就要明白，日常活动的形塑不仅

---

① 〔英〕本·海默尔：《日常生活与文化理论导论》，王志宏译，商务印书馆2008年版，第4—5页。
② 〔英〕本·海默尔：《日常生活与文化理论导论》，王志宏译，商务印书馆2008年版，第5页。
③ 〔英〕特里·伊格尔顿：《理论之后》，商正译，欣展校，商务印书馆2009年版，第6页。
④ 〔英〕戴维·英格利斯：《文化与日常生活》，张秋月、周雷亚译，中央编译出版社2010年版，第31页。

受个人社会地位的影响，而且受人们身处其中的文化情境的影响。在复杂的现代社会中，每个人生活于其中的文化情境都是多元的，并且是交叉重叠的"①。每个人既是生命的存在，也是文化的存在，日常生活程式化的内部蕴含了无限丰富的文化信息，每个人像鱼活在水中一样生活于其中。同时，这些文化信息不断地消融与发酵，还衍生出更为高级的文化形式。卢卡奇（又译"卢卡契"）就曾指出："如果把日常生活看作一条长河，那么由这条长河中分流出了科学和艺术这样两种对现实更高的感受形式和再现形式。"②而且，这两种更高的文化形式之最终目标，还是"为了更丰富、更深入地解决日常生活的具体问题"③。因此，在卢卡奇看来，"人在日常生活中的态度是第一性的"，"人们的日常态度既是每个人活动的起点，也是每个人活动的终点"。④的确，就个体来说，无论生命有多长，也无论身份或地位多么特殊，日常生活都会占其全部生活的核心地位，而面对日常生活的态度，也会展示其生命情趣、文化伦理立场及内在的精神品质。文学作为"人学"，若要揭示人性深处的各种奥秘，若要发掘生命内部的各种矛盾及其可能性，就不能忽略日常生活特有的价值。因此，一个优秀的作家，在关注一切社会历史重大问题的同时，还应该放低自己的精神姿态，沉入日常生活的各种微观领域，体察与捕捉不同生命特有的生存镜像。只有这样，他才有可能在更为深广的视野与丰沛的情感中，真正地揭示人性的微妙与生活的丰饶，并有效传达创作主体对人类生存及其可能性状态的探索与思考。

应该说，在中国传统文学中，日常生活虽然没有被作为一种理论问题

---

① 〔英〕戴维·英格利斯：《文化与日常生活》，张秋月、周雷亚译，中央编译出版社2010年版，第7页。

② 〔匈〕乔治·卢卡契：《审美特性》（第一卷），徐恒醇译，中国社会科学出版社1986年版，"前言"，第1页。

③ 〔匈〕乔治·卢卡契：《审美特性》（第一卷），徐恒醇译，中国社会科学出版社1986年版，第43页。

④ 〔匈〕乔治·卢卡契：《审美特性》（第一卷），徐恒醇译，中国社会科学出版社1986年版，第1页。

系统地建构出来，但在具体的创作实践中，仍一直得到诗人等写作者的自觉尊崇。这一点，从唐诗、宋词中的大量作品，以及《金瓶梅》《红楼梦》等文学作品中，都可以得到印证。然而，我们也必须承认，受到特定历史文化使命的影响，自20世纪以来，在很长一段历史时期内，中国文学的主脉都是沿着民族化、集体化的"载道"意愿而发展。这是由中国社会不断变革的政治文化思潮所决定的。在这种共识性的"载道"思维的影响下，人们已习惯于从宏观的历史语境中来认识生活的价值，并形成了一种"集体生活观"。这种生活观的特点是，突出集体意志和社会历史需要对于大众生活的重要作用，强调个体存在的共识性价值和理性意义，生活的核心价值常常被等同于社会的主导性价值，并呈现出明确的形而上的精神特质；而个体普通的日常生活和丰盈独特的生命体验，因带有形而下的世俗意味，则一直处于遮蔽状态。这种生活观无疑是有些片面的，它呈现的是特定历史时期的社会发展对文艺创作的特殊要求。在这种观念的影响下，中国当代文学一直尊崇宏大而理性的群体性生活书写，聚焦社会或历史的重大问题，强调个体生存的理性意义，追求全景式、史诗性的写作方式，虽然取得了丰硕的成果，但也留下了一些遗憾。

然而，到了20世纪80年代，随着改革开放和思想解放的不断深入，中国作家开始逐渐认识到，要让文学真正地回到"人学"轨道，日常生活则是一个不可忽略的重要审美领域。因为任何一个社会都是由无数个体组成的，人类生活的丰富性取决于每个个体生活的丰富性，尤其是日常生活的丰富性，包括物质需求、身体觉醒、感官满足等形而下的世俗欲求。一个真正完整的人的生活，应该既包括集体性、共识性的"宏大生活"，也包括个人化、碎片化甚至是非理性的"私人生活"，就像列斐伏尔所说的那样，"日常生活是一切活动的汇聚处、纽带和共同根基。只有在日常生活中造成人类的和每个人的存在的社会关系总和，才能以完整的形态或方式体现出来"[1]。不错，日常生活在经验化的表象上确实具有高度的同质

---

[1] 转引自吴宁：《日常生活批判——列斐伏尔哲学思想研究》，人民出版社2007年版，第165—166页。

化特征。"所有人都把每一天过得如此程序化和平庸世俗,以至于这样的生活似乎根本不值一提——起床、刷牙、洗澡、泡杯茶或咖啡、遛狗、送孩子上学、跟邻居打招呼、乘车上班、看日间电视、在工作时间去复印文件、赶着吃午餐、回家、看晚间电视、睡前喝杯饮料、上床睡觉。所有这些,再加上其他不计其数的平凡琐碎的事情,构成了我们日常生活的内容。"①但是,如果从理性层面来认真思考,我们就会发现,每个个体的日常生活都具有不可替代性。"日常生活中的日常状态可能被经验为避难所,它既可以使人困惑不解,又可以使人欢欣雀跃,既可以让人喜出望外,又可以使人沮丧不堪。"②可以说,日常生活使每个人作为生命与文化存在的丰富性,都获得了极为生动的呈现。而且,社会结构变化愈快,经济行为愈活跃,人们的日常生活便会愈显活力,其包容性和消融性也会变得愈加强大,每个个体的生存形态及其精神风貌也因此变得异常丰实而复杂。

进入 90 年代以后,随着中国社会经济结构的转型,特别是市场经济和消费文化的兴起,人们的日常生活变得更为纷繁复杂,人们对日常生活质量的关注程度也越来越高,选择的空间也越来越大。这也使当代作家进一步意识到,以前那种特定情境下被简化了的"宏大生活",已不能涵盖今天生活的全部。物质、欲望、技术、情感等在现代社会里所占据的地位日益重要,它们也成为每个个体日常生活的核心内容。那些看似庸常的普通生活,不仅对个体的生存有着重要的意义,而且本身也蕴含了无限丰富的生命镜像及艺术特质。在这种认识的驱动下,越来越多的作家对日常生活诗学有了相对明晰的认知,并形成了高度自觉的创作理念。因此,从某种程度上说,日常生活诗学的重构,体现了中国当代作家对人的完整生活的一种审美建构,对变动不居的现代生活的严重关切,以及对人的生命本体的全面理解和尊重。它既体现了朴素的人本主义思想,也试图对文学过度专注于宏大生活书写进行自觉的纠偏。这一

---

① 〔英〕戴维·英格利斯:《文化与日常生活》,张秋月、周雷亚译,中央编译出版社 2010 年版,第 1—2 页。

② 〔英〕本·海默尔:《日常生活与文化理论导论》,王志宏译,商务印书馆 2008 年版,第 5 页。

诗学观念的形成,与中国社会发展密切相关,也是文学自身的历史诉求。

二

从中国当代文学的发展来看,真正触及日常生活诗学的创作实践,应该是80年代初期。当时,汪曾祺、孙犁、林斤澜等少数经验丰富的作家,开始在短篇小说中,自觉捕捉百姓在日常生活细微之处所呈现出来的各种微妙的生命情态,努力发掘日常生活本身所蕴含的各种富有深意的"滋味",展示各种小人物在世态民情、伦理风俗中的命运变化,对日常生活诗学表现出较为明确的自觉意识。但是,当代作家在整体上自觉形成日常生活的诗学观念,应该是从20世纪80年代中后期开始,并且大致经历了萌芽期、发展期和趋于成熟期这样三个阶段。

在新时期文学初期,作家们主要是沿着"拨乱反正"和"解放思想"这两个维度来展开创作的。无论是"朦胧诗""伤痕文学""反思文学",还是"改革文学",都表达了人们终结过去、开创未来的强烈意愿,并与整个社会的集体意志形成了紧密的共振。当然,其中也有不少作品展示了人们对个体尊严、个人情感的强烈呼求,并透露出某种人本主义的启蒙倾向,如舒婷的《神女峰》等诗歌,张贤亮的《绿化树》等小说。随着改革开放的全面实施,中国社会的发展进入快车道,人们的日常生活开始变得日趋丰富,个人的生活空间不断扩大,人们选择不同生活方式时也变得自由而从容。"南方生活流"诗歌适时而生,代表诗人有于坚、韩东、柯平、伊甸、王小龙、傅天琳、李钢、筱敏等。尽管这个群体十分松散,不属于和存在任何组织和宣言,但他们一反"朦胧诗"的理性化和象征化,注重对日常生活情趣的发掘,强调对生活本体的诗意呈现,并以贴近生活的口语化方式,消解诗歌语言的过度象征与隐喻。"他们无意教训人们什么,或者开导人们什么,只是作为一个目击者、亲身参与者把自己在日常生活中所经验的平民感受,拿来和你交谈交谈,信不信由你,听不听由你。"①像韩东的《我们的朋友》,于坚的《尚义街六号》,柯平的《中国农村纪事:1985》,等等,都是将情节化的叙事融入抒情之中,努力呈现日常生活的原生态韵致,看似平淡无奇,却又耐人咀嚼。所以,有学者认为:"从'今天'派到'生活流',给人的感觉似乎从一个辉煌的理性高度一下子直坠平地,揪人心肺的悲剧美被稀释成了日常的悲欢离合、柴米油盐、恩恩怨怨,遇罗克式的悲壮的殉身,被无穷无尽的日常烦恼所置换,温情脉脉的优雅诗意被更加实在、更难对付的世俗人情所取代,人的价值不是在生死抉择的片刻之间受到考验,而是在千头万绪的外界周旋和内部耗损中受到检验。"②的确,盘旋于日常生存感受的"南方生活流"诗歌,多少有些琐碎、平实,个体性的感受远大于理性的思考,但它无疑较早地体现了创作主体对日常生活诗学的建构意愿。可以说,这一群体,明确超越了"朦胧诗"的理性启蒙与英雄主义理想,自觉返回到日常生活之中,努力展示那些富于生机的日常生存状态,寻找生命的自然体验和人生意绪。

比"南方生活流"诗歌稍晚兴起的"新写实"小说,则进一步确立了日常生活的诗学价值。以池莉、刘震云、刘恒等为代表的"新写实"作家,面对异常繁驳的现实生活,主动放弃集体化的审视眼光,而以极具亲和力的平等的叙事姿态,捕捉日常生活中各种"毛茸茸"的生存状态,还原普通民众鲜活而灵动的生命质感。这些作品所体现出来的情感态度和价值取向,是创作主体对世俗生活和人类正常欲求的认同,折射出作家对日常生活诗学观念的恪守。池莉就曾说道:"我希望我具备世俗的感受能力和世俗的眼光,还有世俗的语言,以便我与人们进入毫无障碍的交流,以便我找到一个比较好的观察生命的视点。"③世俗性,是日常生活的基本标志,它隐含了作家对人的某些自然属性的认同,也凸现了日常生活诗学中必不可少的世俗情怀。正是在这个意义上,陈思和强调:"新写实小说的革新意义,首先就在于使生活现象本身成为写作的对象,作品不再去刻意追问

---

① 沈泽宜:《论"南方生活流"诗》(上),《探索》1987年第3期。
② 沈泽宜:《论"南方生活流"诗》(下),《探索》1987年第4期。
③ 池莉:《我》,《花城》1997年第5期。

生活究竟有什么意义，而关注于人的生存处境和生存方式，以及生存中感性和生理层次上更为基本的人性内容，其中强烈体现出一种中国文学过去少有的生存意识。"①尽管"新写实"小说大多表现的是底层百姓无序而又无奈的生活境况，呈现出日常生活的灰色调，但它从缭乱的日常内部揭示了生命在感性层面上的丰茂与芜杂，也突出了日常生活对于个体生存的绝对意义。因此，从"南方生活流"诗歌到"新写实"小说，有关日常生活诗学的审美理念，已在中国当代文坛中初步形成。

但这一审美理念获得真正的发展，还是20世纪90年代之后。特别是"个人化写作"思潮的迅速崛起，极大地推动了当代作家对个体生存价值的深入思考，也使他们对个体性的日常生活价值有了更为清醒的认识。表面上看，"个人化写作"确实是在自觉规避公众经验和集体意识，规避各种共识性的价值观念，专注于创作主体自身的个体经验，特别是被社会公共的道德规范与普遍的伦理法则所拒斥、抑制的意识和无意识，带有某种"日常生活诗性消解"的意味。但是，作家们在着力表现个体生命存在感受的同时，尤为注重个体的自我感受与体验，强调日常生活中的物质性、欲望化、时尚化与个体生存意识之间的紧密关系，并带着对个人生活价值空间的重构意愿。如陈染就曾毫不含糊地说："没有个人，妄谈'人民'。没有个人，所有的高调都是空的。而所谓代表着'群体'的'大我'的脸谱，或者过度强调普遍意义的所谓'典型性'，这个陈旧的格式其实除了千人一面、雷同复制之外，什么也没有。"②林白也说道："个人化写作建立在个人体验与个人记忆的基础上，通过个人化的写作，将那些曾经被集体叙事视为禁忌的个人性经历从受压抑的记忆中释放出来，我看到它们来回飞翔，它们的身影在民族、国家、政治的集体话语中显得边缘而陌生，正是这种陌生确立了它的独特性。"③由作诗转向小说创作的韩东也谈道："我们对尘世生活中的小恩小惠、小快小乐、小财小色充满了依恋，无法

---

① 陈思和主编：《中国当代文学史教程》，复旦大学出版社1999年版，第307页。
② 陈染：《陈染自述》，《小说评论》2005年第5期。
③ 林白：《记忆与个人化写作》，《花城》1996年第5期。

真正摒弃,并不虚无。"① 从这些具有代表性的作家的言辞中,我们可以看到,"个人化写作"主要是为了证明,任何普通卑微的个体,其存在都具有不可替代性,任何个人在日常生活中体验到的"小恩小惠、小快小乐、小财小色",都是生命的重要组成部分,也是生命存在的丰富性之所在。因此,从本质上说,"个人化写作"思潮是试图通过探究个人世俗生活的欲求、建构个人日常生活空间的方式,突出人们对个体日常生活的关注,隐含了作家对身与心、人与物相统一的精神诉求。

在这种"个人化写作"思潮的驱动下,一些新历史小说也越来越注重对历史时空中日常生活的诗学价值的发掘。像苏童、叶兆言、格非、李锐、杨争光、王安忆等很多作家都将眼光投向民间化的稗史,自觉抛弃历史的可勘证性,原本由史料建立起来的真实性,全部为个人想象的艺术真实所取代。他们不再将反思历史作为主要目标,而是沉迷于历史的皱褶之中,着眼于民间化的逸闻逸事、个人命运、家族沉浮,在个人化和碎片化的历史镜像中,饶有意味地书写那些普通人的命运走向与人性景观。在这类小说中,宏大的英雄史完全被日常情态下普通人的苦难经历和心绪所取代,即使帝王将相,也都在日常生活语境中脱下了"伟大"的外衣,呈现出普通人的生命质色,洋溢着原初、随意、自由、平凡的生存意趣。苏童的《米》《我的帝王生涯》,格非的《敌人》,杨争光的《棺材铺》,李锐的《银城故事》,王安忆的《长恨歌》,等等,都是如此。这些微观化、碎片化和平民化的叙事,将日常生活视野延伸到历史记忆之中,进一步拓展了日常生活诗学的审美空间。

与此同时,90年代后期兴起的"底层写作",也同样张扬了日常生活的诗学价值。不错,"底层写作"无疑体现了作家对社会弱势群体的生存境况和内心困顿的关注,带着创作主体非常明确的道德感和责任感,隐含了对宏大生活的微观化处理策略。但是,日常生活并非只是指生存要素,它还包括生命的自然欲求和自我发展的正当需求等。"底层写作"中的大量作品,像铁凝、王祥夫、刘庆邦、王安忆的一些短篇小说,郑小琼的诗

---

① 林舟:《生命的摆渡——中国当代作家访谈录》,海天出版社1998年版,第54页。

歌等，所体现出来的对日常生活的焦虑性表达，既揭示了市场经济驱动下的现代日常生活之无序性、混杂性和欲望化倾向，也呈现出很多底层民众尤其是进城务工人群面对这种现代日常生活的无奈和无助。无论是表达视点还是审美情趣，都体现出作家对日常生活自身的内在发掘，也展示了日常生活诗学所应有的美学向度。无论是"个人化写作"对个体日常生活空间的恪守，还是新历史小说对日常生活叙事空间的历史化拓展，抑或"底层写作"对日常生活适应性的焦虑性表达，都体现了当代作家对日常生活诗学的多方位探索，这表明当代文学逐渐倚重日常生活审美化的现代观念。因此，就日常生活诗学的重构而言，90年代的文学已从多方位对它进行了较为全面的推进。

21世纪以来，随着"70后"和"80后"作家群陆续涌入文坛，除韩寒等极少数带着青年亚文化情绪的写手之外，绝大多数人从开始写作，便自觉尊崇对日常生活进行诗学表达的观念。他们既不关注宏大的历史记忆，也不热心于重大的现实问题，而是沉醉于对当下生活、个体欲望及青春成长的审美表达。他们天生就迷恋各种生活"小事"。他们感兴趣的，常常是"生活中那些细微、微小的事物，像房屋，街道，楼顶上的鸽子，炒菜时的油烟味，下午的阳光"，因为"我们每个人、每时每刻都处在'日常'中，就是说，处在这些琐碎的、微小的事物中，吃饭，穿衣，睡觉，这些都是日常小事，引申不出什么意义来，但同时它又是大事儿，是天大的事儿，是我们的本能"。[①]如金仁顺所说："我没有想过构建自己的文学世界，任何高大上的理想，跟我好像都不沾边儿。但有句话是对的，我手写我心。正如我的写作会下意识地描摹我的生存状态，我跟这个世界的关系一样，随着写作时间的加长和作品数量的增加，我也在不知不觉地营造我的文学世界吧。我的文学世界就是我小说里的那些人物和事件，它们记录了当下社会的一小块生活空间。我希望它是有意义的，希望有一部分读者能在这里找到认同感。"[②]作为新生力量，他们逐渐成长为中国当代文学

[①] 魏微：《日常经验：我们这代人写作的意义》，《文艺争鸣》2010年第12期。
[②] 金仁顺、高方方：《文学，时光里的化骨绵掌——金仁顺访谈录》，《百家评论》2014年第1期。

的主力军,这也意味着他们所追求的这一诗学理念,将成为当代文学发展的一种趋向。

三

通过历时性的简要梳理,可以看到重构日常生活诗学,已成为中国当代文学一种不可忽略的发展趋势。或许它不具备广袤而宏阔的精神视野,也缺乏一些精深博大的思想内涵,但它在反映普通个体的生存情状及其生命形态上,在重构人类生活的完整性上,则更为全面地体现了人本主义的基本特质。细察这一创作实践的内在追求,我们可以借助有关的文本分析,揭示这种日常生活诗学所呈现出来的一些重要审美特征。

首先,是辩证而多元的价值观。随着改革开放的深入和市场化经济结构的转型,从城市到乡村,中国社会的日常生活已变得丰富而多元,远远超出了油盐柴米之类的简单事象,且呈现出扩容状态和巨大的吞吐能力。这种客观的日常情境的出现,意味着人们对日常生活的选择拥有了更多的自主性和多变性,也意味着作家们在书写日常生活时,必然会呈现出多元化的价值取向。事实也是如此。最显而易见的,就是人们对于物质生活的倚重。由于长期处于物资匮乏的窘境,因此,在物质生活有了极大的改善之后,人们的内心欲求也不断放大。很多作家都对物质生活的这种重要性进行了别有意味的探讨。如池莉的"人生三部曲"中,从婚礼的礼仪、孩子的奶粉到工资调级,印家厚夫妇的各种生活烦恼,几乎都离不开物质欲求。这种物质欲求不是因为他们极度贫穷,而恰恰是与整个社会环境(包括同事和朋友)相比,他们还难以获得内心的平衡。何顿作品中的很多人物,如雷铁(《告别自己》)、何夫(《生活无罪》)、何斌(《我们像葵花》)、宁洁丽(《太阳很好》)、马民(《荒原上的阳光》)等,也对物欲化的现实表现出强烈的企慕和积极的参与意识;在他们看来,"个体户并不费什么事且也没有丝毫愿望,却把中国传统文化进行了有力的改变。以前积金千两,不如明解经书。现在,大家都向钱看了"(《我们像葵花》),于是他们投身到各种商机之中,有时甚至还玩些坑蒙拐骗,目的就是通过财富的聚集,改变自己的社会身份和地位。这种物质生活的追求,在"80后"作家笔下更为普遍,并且直接转化为时尚品牌和奢侈品的炫耀,如郭敬明的"小时代三部曲"中,就充斥了各种世界名牌的表述,几乎每个青年男女身穿手拿的东西,作者都要指出品牌名称,品牌符号成为人物身份的重要表征。

在强调物质化生活观的同时,有些作家则极力发掘普通民众内心的诗意生活,彰显他们对精神自足的追求。如迟子建的《起舞》里,丢丢宁愿放弃一切,也要守着那幢象征浪漫情爱的半月楼,并精心保存着那条舞裙。同样,在她的《鬼魅丹青》里,卓霞对服装剪裁的专注和执着,也洋溢着一种浪漫、唯美和自由的理想气息。王安忆《骄傲的皮匠》里的鞋匠根海,也是以自己的纯朴、真诚与自律,赢得了都市人的尊敬,甚至情爱。徐则臣的《居延》里,少女居延只身来到茫茫的京城,历经了无数的屈辱和磨难,最终只是为了给爱情找到一个明确的答案。这些人物都是来自底层,但他们的骨子里都有一种超凡脱俗的生命冲动,洋溢着物质之外的诗性气质和执着的精神信念。

对一些传统世俗伦理进行反思,并维护现代日常生活中正常的人性欲求,也是一些作家重点探索的目标。如魏微的《大老郑的女人》《姊妹》等,就借助男女之间错位的情感生活,表达了中国女性宽厚善良的内心品质与相互抚慰的体恤之情。笛安的《南方有令秧》则在历史时空中,叙述了令秧被丈夫家族作为贞节牌坊严加管束的抗争史。虽然令秧的反抗是静默的,偷偷摸摸的,但她是执着的,无怨无悔的;她以自我的本色追求,粉碎了牌坊在传统道德上的虚伪与廉价。艾伟的《小满》中的少女小满,承受着改变家庭贫困的重任,替人代孕生子,结果母性意识觉醒,她无法践行先前的承诺,被逼致疯,这体现了作者对某种庸俗家庭伦理的尖锐批判。张欣的《浮华城市》通过书写大都市中的各种欲望与诱惑,展示了男男女女在欲望与理智、冲突与压抑、突围与困守、寂寞与追寻中的情感挣扎,读者可从中看到脆弱的人性与强大的伦理之间无穷无尽的博弈。张怡微的《细民盛宴》讲述了少女袁佳乔在成长过程中与继父继母相处的复杂情感。她参加了无数次的家族"盛宴",并在每一场"盛宴"中感受着市井人物之间的精明、计较、攀比,以及虚假的客套,琐碎的日常中尽是说不完的世态炎凉;所谓的亲情伦理只是一个空洞的外壳,或者说只是一次次各怀心思的"盛宴"之借口。

  当然，对边缘个体独特生存方式的维护，也是很多作家特别是青年作家极力尊崇的价值理念。很多青年作家在直面都市的世俗生活时，都不太喜欢书写一般的市井生活，而是倾心于现代都市中的时尚气息，以及各种前沿的生存方式。像金仁顺、戴来、盛可以、李修文、孔亚雷、孙频、甫跃辉等作家的很多小说中，人物大多处在都市的边缘，且置身于各种变动不居的快节奏生活中，对都市外在的群体性环境表现漠然，只关注于个体之间的情感纠葛，突出个人生活方式的不可屈从。如金仁顺的《水边的阿狄丽雅》、戴来的《练习生活练习爱》、李修文的《滴泪痣》、盛可以的《道德颂》、孔亚雷的《小而温暖的死》等，都是侧重于表现青年人在变幻不定的现代都市中的内心感受，且不乏精神上的分裂与错位，以及情感上的漂泊感，但他们对都市生活又是难舍难离的。这些作品其实折射了都市在现代化进程中体现出来的另一种日常景象——独立而幽闭，却拥有我行我素的自由。

  无论是强调物质生活还是彰显诗意生存，无论是重审世俗伦理还是维护个人独特的生存理念，从本质上说，当代作家面对日趋繁杂且异质纷呈的日常生活，都进行了多维度的探索与表达，而且就作品所体现出来的价值观而言，具有辩证且多元的审美特征。

  其次，是平等而质朴的生命观。从"南方生活流"诗歌和"新写实"小说开始，当代作家就明确地选择了民间化的表达立场，以平等的眼光和心态，着力书写一个个普通人的普通生活，甚至是一些被忽略的生存群体的生命情态，包括进城务工群体、乡村留守妇女、普通市民、个体户等，可谓芸芸众生，包罗万象。如池莉的"人生三部曲"和刘震云的《单位》《一地鸡毛》等，就完全以平实的语调和人物自身的心绪，呈现了城市职工在日常生活中的各种烦恼，包括柴米油盐、礼仪风俗、人情往来等方面的力不从心。刘庆邦、王祥夫、范小青、徐则臣、郑小琼的一些作品，常常从人物的心理意绪出发，书写形形色色的农民工在城市里的尴尬与困顿；这些人物生活在城市的边缘地带，常常与城市秩序发生各种意想不到的冲突，但他们依然带着自己的梦想，努力创造自己的生活空间。毕飞宇的《推拿》、东西的《没有语言的生活》等作品，则叙述了残疾人的日常生活，他们用自身独特的交流方式，生动地展示了自己的喜怒哀乐，也维护着日常的家庭伦理。孙惠芬的《吉宽的马车》、林白的《妇女闲聊录》等，平实地再现了农村留守妇女在自由自在的表象之下，内心世界的各种烦乱与焦虑，有精神的，情感的，也有身体欲望的。何顿的《我们像葵花》《生活无罪》和阿来的《轻雷》等作品，则以非道德化的叙事，饶有意味地呈现了90年代个体户的财富梦。田耳的《天体悬浮》，艾伟的《到处都是我们的人》，南飞雁的《红酒》《空位》，范小青的《你的位子在哪里》，等等，生动地叙述了各种基层公职人员在日常工作和生活中的际遇，包括人际间的微妙关系，自我角色与内心欲望的冲突。王安忆的《阁楼》《逐鹿中街》《悲恸之地》，金宇澄的《繁花》，以及冯骥才的"俗世奇人"系列，都是立足于市井之中，以一种世俗情怀，着力展示人们日常生活内部的生存情状：或精明务实，或怀抱梦想，或醉心俗务，或专注巧技，纠葛之中不乏痞气，体恤之中亦见真情。他们是小市民，却以自己的酸甜苦辣，凸显了日常生活的丰厚滋味。

当然，更多的还是青年作家笔下都市男女的日常情感生活，像潘向黎、金仁顺、盛可以、张楚、朱辉、鲁敏、钟求是、弋舟、孙频、张悦然等作家的大量小说，都是专注于各种男女之间的情感纠葛，有唯美而浪漫的，也有恶俗而粗鄙的，但更多的是观念与性格的错位，是欲望与梦想的分裂。读这类作品，我们会看到人类情感在消费主义的现实境域中，已经被各种功利性的目标所劫持，两性情感只是人物之间产生关联的纽带，或者说只是人物在日常生活中频繁使用的合理道具，最终所推衍出来的，则是各种尴尬而荒诞的生存景象。正是这些饱受荒诞折磨却又不断自我折腾的人物，生动地呈现了现代日常生活在价值观念和生存方式上的快速变化。

如果我们再看看那些新历史小说，如苏童的《妻妾成群》《米》，王安忆的《长恨歌》，须兰的《千里走单骑》《红檀板》，迟子建的《白雪乌鸦》，等等，其中的人物面对种种世俗性的生存选择，也同样没有太多的理性追问，没有尖锐的生存反思，叙事话语仿佛从日常生活中自然地流淌而出，洋溢着浓郁的世俗情怀。我们所感受到的，只是各种难以言说的人性与情感，以及人物无法掌控的命运际遇。即使在刘亮程的《一个人的村庄》《风中的院门》等散文集中，我们看到的仍然是人们在日常生活中的自足性。在这些作品中，创作主体对人物生存及其命运的处理，不再过度强调其中社会历史的意义建构，而是采用平等的姿态，更多地逼近琐碎的日常生活，逼近庸常而又混沌的生存意绪，呈现日益缭乱、无序同时也是丰富、蓬勃的生存景象，展示尖锐、率性同时又是丰盈、鲜活的生命情状。日常生活诗学的内在基础是人本主义的思想，它体现了个体生存的不可取代，以及对个体尊严的自觉维护。

最后，是自由而精细的文本形态。由于日常生活琐碎、随意，以及具有强烈的现场感，在具体的审美表达中，作家普遍追求细节的微妙与灵动，并不过度强调文本结构的完整性，而在自由随意的话语表达中呈现出一种开放的形态。像"民间写作"群体的许多诗歌，都常常盘旋于各种琐碎而具体的细节中，层层揭示日常生活的审美肌理。如于坚的《在牙科诊所》《那时我正骑车回家》《下午 一位在阴影中走过的同事》等诗作，都是从简单的日常场景或事件出发，从各种细微的日常生活现场中发掘诗意，并借助口语化的特殊语调和节奏，呈现生活自身的内在意味。生活便是此在，此在便是生命本身的意义之所在。杨克的诗歌也常常将触须探入现代生活的角角落落，带着参与者和旁观者的双重身份，不断地想象并复原各种独特的生存感受。在那里，"汽车蝗虫般漫过大街/我的身体像只大跳蚤在城市的皮肤蹦跶/'忙'这条疯狗/一再追咬我的脚跟/这个年头/有谁不整日像一只野兔？"（《"缓慢的感觉"》）"在没有黑夜的南方/目睹金钱和不相识的女孩虚构爱情/他的内心有一半已经陈腐。"（《杨克的当下状态》）欲望、梦想、冒险、惊奇……在奢侈淫靡的都市内部，人们总是以感官享受为第一原则，将消费时代的无深度生活打造得"万紫千红"。

小说更不例外。像潘向黎的《白水青菜》《永远的谢秋娘》，都是利用情感的微妙冲突，于不动声色的细节之中，演绎人物在日常生活中的处事智慧和达观的生存态度。林白的《万物花开》《妇女闲聊录》和《致一九七五》，也一改作者以前对两性抗争的尖锐叙述，而对日常生活进行直觉化、碎片化的细节呈现。须一瓜的《淡绿色的月亮》《灰鲸》，毕飞宇的《睡觉》《大雨如注》，以及铁凝的《伊琳娜的礼帽》《火锅子》《春风夜》等短篇，都是立足于日常生活中的小事件，在看似无冲突的情节演进中，利用人物彼此之间的扯扯拽拽，凸现当下现实中各色人等的内心际遇。类似的作品极多，且作家们都是为了突出各种微妙的生命体验，强调人物内心意绪的精妙拓展，全力展示那些被庸常经验所遮蔽的、极为丰盈的生命情态，减轻各种共识性的思想价值意义的追问。

无论是诗歌还是小说，这种自由而精细的文本形态很少追求理性的形而上意义，而是呈现出感性化的审美特征。它让我们重新认识到，艺术作品的价值并非只是建立在作家深邃的思想之上，同样也建立在他们对日常生活的敏锐把握与精妙传达之中。换言之，捕捉、品味并有效传达生活自身的内在肌理，展示感性生命的丰富性和可能性，亦是艺术的审美价值之所在。而这，也正是日常生活诗学的重要审美特征。

当代文学在日常生活诗学上所呈现出来的，并不只是上述几个特征。特别是大众文化和消费主义文化兴起之后，各种快捷化、时尚化和影像化的生活方式，不断满足人类日益膨胀的感官欲求，也极大地刺激了人类自身的欲望及其表现形态。一方面，作家们尽可能回避一些集体性的宏观问题、共识性的日常经验或形而上的艰深思考，突出日常生活内部的异质性、混杂性和鲜活性；另一方面，他们又常常挣脱某些伦理观念的制约，从生活的自足性和感性欲求中，展示各种微妙的人性景观和诗性梦想。可以说，通过对生活的个人性、日常性、常识性、情感性、物质性的描摹与再现，当代作家正在逐步建构人的整体生活，重塑人本主义的生活观与审美观。

四

在《日常生活批判》中，列斐伏尔曾经说道："在启蒙运动以来的西方思想史上，日常生活通常被视为烦琐无奇的、微不足道的、无关紧要的，具有重复性、情绪性和自然生成性。特别是哲学经常从一种纯粹的思想的高度，而同日常生活中的混乱一团的、异想天开的现象一刀两断；对日常生活中的凡人琐事经常是不屑一顾乃至于嗤之以鼻。这种纯粹思想与日常生活感性世界的截然分开，其实就是一种日常生活的异化现象。"①这也就是说，日常生活之所以让人们轻视或忽略，其实是人类基于启蒙理性的价值坐标进行阐释的结果。如果避开启蒙理性的认知逻辑，日常生活并非一种异化的存在。为此，他将日常生活定义为"是被所有那些独特的、高级的、专业化的结构性活动挑选出来用于分析之后所剩下来的'鸡零狗碎'"，因此，"必须对它进行总体性地把握"，"日常生活与一切活动有着深层次的联系，并将它们之间的种种区别与冲突一并囊括其中"。②事实上，也正是因为"日常生活与一切活动有着深层次的联系"，日常生活诗学才显示出其重要的意义。中国当代作家对日常生活诗学的重构，在改变当代文学单一的、理性化的"载道"功能的同时，无疑也对人类生活的完整性和身心存在的统一性做出了有效的努力。

但是，由于大众文化的滥觞和消费主义的盛行，日常生活的无序性、感官化和功利化也在不断加剧。"我们拥有世界，但这个世界原来就是复杂得千言万语都说不清的日常身边琐事。它成了我们判断世界的标准，也成了我们赖以生存和进行生存证明的标志。这些日常生活琐事锻炼着我们的毅力、耐心和吃苦耐劳的精神。……生活固然使我们一天天成熟，但它也使我们一天天变老、变假，一天天远离'我们'自身。成熟固然意味着收获，但对于我们这些普通人来说，成熟不也意味着遗忘和丧失吗？"③刘震云的这段话，其实表明了日常生活的双面性：它锤炼了我们的意志，有时却成了我们评判世界的标准；它使我们成熟，又让我们慢慢远离内心的自我。如何科学地思考并审度日常生活诗学的重构，对于当代文学来说，无疑是一个不容忽视的重要问题。事实上，在新时期文学的日常生活书写中，不少作家或作品都存在着一些明显的审美局限，这也导致了新时期特别是90年代以来的文学呈现出各种粗鄙化、表象化和平庸化的倾向。

---

① 转引自吴宁：《日常生活批判——列斐伏尔哲学思想研究》，人民出版社2007年版，第165页。

② 转引自吴宁：《日常生活批判——列斐伏尔哲学思想研究》，人民出版社2007年版，第165页。

③ 刘震云：《磨损与丧失》，《中篇小说选刊》1991年第2期。

这种审美局限，最突出地体现为作家对欲望化、感官化的世俗生活的过度张扬。不少作家过于强调日常生活中的物质地位和人的感官欲求，有时甚至迷恋形而下的恶俗趣味，忽略了必要的人文关怀和理想观照，使文学对现实的表达丧失了必要的超越能力。譬如韩东的《障碍》，朱文的《弟弟的演奏》《我爱美元》，九丹的《乌鸦》，等等。这些小说都是以嘲讽社会基本伦理的方式，对人的性欲和物欲不加掩饰地进行了张扬，并在细节处理上充斥了感官化的渲染，以任性而鄙俗的生活，传达人物的即时性快乐。卫慧的《欲望手枪》《上海宝贝》和棉棉的《糖》等小说，不仅对纸醉金迷式的另类生活表现出巨大的热情，对金钱物质有着狂热的追捧，还对身体的本能之欲有着夸张的表达，其中所折射出来的主体观念，几乎是无视日常生活中的任何禁忌，也毫不掩饰人物对社会基本伦理的践踏；人物在我行我素的及时行乐中，展示出来的是抛弃心灵抚慰的"唯欲为大"。日常生活中应有的世俗情怀，包括应有的亲情和责任、应有的烦恼与困顿、应有的无奈与迷惘，都被剔除在叙事之外，有时甚至成为嘲讽的对象。这种看似对生活本真状态的实录式书写，其实是在极端的人本思想驱动下，将日常生活中的恶俗趣味进行了合理化处理。

　　这种恶俗化的写作，在诗歌创作中也同样存在。最典型的，就是"下半身写作"群体。该群体打着取消"上半身"、取消"文化的人"和"思想的人"的口号，拒绝对日常生活进行诗性的审美追求，使一些诗歌沦为无深度的平面汇展与个人欲望的狂欢。像沈浩波的《一把好乳》、南人的《看芭蕾舞》、尹丽川的《为什么不再舒服一点》等诗作中，作者都是以极其口语化的表达方式追求生理、心理的欲望快感，把欲望本能与快乐生活等同起来，将人的幸福感安置在一堆感官的满足之上，折射出作家对日常生活的畸形理解和消费性的追求。

　　我们说，日常生活诗学关注世俗性生存的审美表达，不是简单地颂赞物质化的生存，追捧欲望化的感官生活，而是立足于物与人、身与心的统一，审视日趋驳杂的日常生活对人类生活质量的内在作用，甄别和反思那些给人类社会带来混乱和焦虑的、低俗的不良生活，以必要的理想情怀、友善之心，与家人、朋友、同事等芸芸众生，共同创造相互理解而又彼此体恤的生活图式，而不是满足于无创造的感官之乐。真正的日常生活诗学，同样具有理想主义和温情的人道主义基质。事实上，像石一枫的《心灵外史》、任晓雯的《好人宋没用》等长篇，都倾力探讨了一个个普通人对日常生活的创造性努力，尽管主人公们的所作所为总是与愿望背道而驰，但他们都深切地理解，幸福的生活就是要自我付出。

　　这种审美局限，还表现为一些作家的审美视野过于狭窄，一些作品的同质化倾向不断加剧。由于日常生活的书写带有极大的经验惯性和思维惯性，特别是在个人化写作观念的驱动下，一些作家会不自觉地深陷于"小我"的天地中，抒写个体的生存感受，使作品呈现出一种逼仄的精神空间。这类作品的人物经常活动在一种极小的社会缝隙之中，关系简单，对创作主体个人经验的依赖性非常突出，且自我重复比较明显，失去了对日常生活的复杂性和丰富性的多维度观照。或许是作家刻意避开日常生活中应有的人际关系，很多作品都喜欢让人物游离于家族、单位和社会之外，在独来独往中与极少数人发生单线的联系，使人物之间的纠葛失去了日常伦理应有的丰富性。

　　我曾在有关论文里对这种情形进行过分析，并认为这是创作主体精神慵懒症的一种表现，即作家满足于自己的小视野、小感受、小思考，不愿激活艺术想象力，只是凭借既有的写作经验在惯性中滑行。像叶广芩对北京旧城往事的书写，叶弥对现代知识女性在各种小镇或寺庙中的偶遇的叙述，刘庆邦对乡村男女在情感与伦理中所形成的各种冲突的演绎，路内对青春期叛逆、迷惘与放纵的探讨，刘亮程对西部乡村生活的诗意性表达，等等，都体现出不同程度的同质化特征。单篇来看，每部作品都呈现了日常生活内在的繁杂之味，也很好地展现了日常生活内在的无序、混乱与焦虑，以及人们应对这种生活的努力与抗争。但如果将他们的一些作品放在一起，便可发现作家惯性的叙事经验，主体思维几乎一成不变，让人无法看到创作主体的思想变化和自我超越的意图。[①] 这种自我超越意识不强、动力不足的写作，本质上"是一种缺乏积极精神建构力量的异化性写作"[②]，在年轻作家身上尤为突出，也引人深思。

[①] 参见洪治纲：《论新世纪文学的"同质化"倾向》，《中国文学批评》2015年第4期。

[②] 李建军：《消极写作的典型文本——再评〈怀念狼〉兼论一种写作模式》，《南方文坛》2002年第4期。

哲学家阿格妮丝·赫勒就认为，日常生活不是先验的、不可改变的，尽管它有着给定性，但它是流动的，通过一系列的介质与非日常生活发生着内容互换。她提出，日常生活的人道化就是要"使所有人都把自己的日常生活变成'为他们自己的存在'，并且把地球变成所有人的真正家园"。赫勒的话其实已经表明，日常生活是一种动态性的存在，且涉及整个人类生活的整体性。一个作家如果拥有现代的、宏阔的视野，拥有"日常生活人道化"的理念，同时又充满强劲的艺术想象和自我超越的能力，即使立足于小场景、小片段，同样可以展示日常生活中复杂的生命际遇。

这种审美局限，也同样体现为一些作家理性思考不足，不少作品缺乏反复咀嚼的审美意蕴。由于作家过度强调感性的审美表达，专注人们在日常生活中的情绪表象，对其中的价值层面开掘不力，因此，不少作品思想意蕴单薄，缺乏耐人寻味的审美空间。这一点，从"南方生活流"诗歌和"新写实"小说开始，就一直是人们谈论的焦点。如陈旭光在肯定"南方生活流"诗歌对"朦胧诗"的超越的同时，毫不含糊地指出："这些诗歌虽然看起来是敏捷地感应着时代，能冲破一些陈腐的思想意识，表现出对生活的新的理想与认识，然而这种新的理想和认识却极少深沉严峻的个性化的思考，初看似不迁就流俗，实则投合时宜。……由于未能独特而深刻地把握人物的心灵世界，因而伊甸、刘波、柯平等辈在自己所开辟的某一题材领域中很快就出现了创作的类型化，且不断重复自己。"①说实话，这种因疏于思考而自我重复的局限，到现在依然突出。

日常生活一方面是杂乱无章、漫无头绪甚至大同小异的，但另一方面，生活主体却是千变万化、各具个性且生龙活虎的。这也意味着，作家在直面日常生活时，不能仅停在感性层面上，而应该"为生活立心"，沉入日常生活内部，不断地从日常经验内部寻找各种异质性的蛛丝马迹，并进而展示作家对人的生活及其可能性状态的反省，传达创作主体对日常生活诗学的追求。日常生活中蕴藏着无限的可能性，关键在于，作家要有一种发现的眼光，就像福尔摩斯那样，总是能够从看似庸常无奇的生活之中，沿

---

① 陈旭光：《"朦胧诗"后：反动与过渡——论"南方生活流诗歌"》，《丽水师专学报》1989年第3期。

着各种细枝末节，发现种种令人惊悚的存在真相。

  本·海默尔曾经由衷地说："日常把它自身提呈为一个难题，一个矛盾，一个悖论：它既是普普通通的，又是超凡脱俗的；既是自我显明的，又是云山雾罩的；既是众所周知的，又是无人知晓的；既是昭然若揭的，又是迷雾重重的。"① 日常生活的这一永恒悖论，既为作家提供了巨大的艺术空间，也考验着作家的思想能力和艺术智慧。尤其是进入21世纪的今天，随着消费主义、技术主义和全球化的影响与渗透，我们的日常生活已经变得异彩纷呈，甚至光怪陆离。在这种无法回避的现实境域中，重构日常生活诗学，既呼应了文学对人性与生命的整体性关注，也体现了中国当代文学发展的一种基本趋势。

（《文学评论》2018年第4期）

---

① 〔英〕本·海默尔：《日常生活与文化理论导论》，王志宏译，商务印书馆2008年版，第30页。

重申物质与身体的书写意义

21世纪以来的中国文学,一直对微观而琐碎的日常生活抱着特殊的热情,以至于有人认为,宏大叙事已渐呈衰弱之势。这是因为我们既定的日常生活确实发生了根本性的变化——消费主义四处蔓延,全球化趋势无法阻挡,信息技术飞速发展,大众文化全面崛起,无论是日常消费、日常交往,还是日常观念,在今天的中国大地上,都已变得极为丰富而繁杂,并给当代作家们提供了巨大的叙事资源。但与此同时,我们也应该看到,越来越多的作家都在试图重建"人类完整的生活",并且不断地强调物质、身体等因素对于"人类生活"的重要意义。这既体现了我们对"人的文学"的自觉实践,也折射出人们对于人本主义的理想追求。

一、物质与生命的相互支撑

人类的生活通常包含了物质生活和精神生活两个部分。物质生活不仅是日常消费活动的主要目标,也是人的生命得以生存和延续的基本条件。胡适先生就曾说:"不应视物质文明为一种找钱发财、'利用厚生'的手段,而应视之为解放人类心灵能力的有效工具,使人们不至于把精力心思全抛在仅仅奋斗日常生活问题之上,使他们有余力去满足他们精神上高尚的欲望,这样就提高了人类能力的价值。"① 合理的物质诉求,既是安顿肉体的重要保障,也是解放人类心灵、提升精神生活的基本前提。因此,

---

① 胡适:《思想革命——胡适之先生在英讲演》,康选宜译,《中国现代文学研究丛刊》2016年第3期。

抛开哲学上的概念界定，仅就日常生活本身来说，物质与生命的统一，不仅是人本主义的重要体现，也是日常生活诗学的一个重要特征。

但是，在中国当代文学的发展中，由于过度强调人的精神生活，推崇去物质化的、利他性的生命理想，在很长一段时间里，我们都将人的物质欲求控制在最低的生存层面。像高晓声的《李顺大造屋》中的李顺大，毕其一生，渴望造一座属于自己的房子，只是为了维持一家人的基本生存。而那些希望通过赚取物质来提升生活品质的行为，通常被视为腐朽的资产阶级生活方式，并受到价值批判。20 世纪 80 年代之后，随着改革开放的深入和物质生产的不断丰富，人们对物质生活有了新的认识，像高晓声的《陈奂生上城出国记》中的"漏斗户"主陈奂生，在感受过城市宾馆里的舒适设备之后，内心便生出别样的生活滋味，这体现了优裕的物质生活给人的观念所带来的触动。随着市场经济的不断深入，以及物质生产能力的迅猛提升，如今我们的日常生活已逐渐进入鲍德里亚所说的"物的丰盛"的时代，物质与生命的关系也因此变得更加暧昧而复杂。

这种暧昧与复杂，首先体现在人们对于物质生活有了更全面的认知。物质商品拥有的丰裕程度，不再是意识形态化的阶级区分标准，而是消费主义时代恋物癖的一个指征。也就是说，当物质满足了人们正当合理的生活需求之后，过度的物质追捧则由实用主义演变为符号化的商品，成为人们社会身份自我确证的一种外在手段，并导致商品拜物教的流行。其次，它还体现在人们对于物质生活与精神生活共振关系的理解上。以前，我们常说"人穷志不穷"，物质的贫乏并不影响人们的精神生活；如今，人们常说"贫穷限制了我们的想象"，明确地意识到了物资匮乏对生活质量的严重制约。其实，从人类社会的历史进程上看，现代化在本质上就是不断借助技术的变革，提升人们物质生活的水平，并通过建构物质文明来推动精神文明的发展。只有物质生活有了充分的保障，人们才有可能回到理性和持有尊严的精神生活中。这方面，张贤亮的《绿化树》等作品已进行了生动的演绎。但是，物质生活的丰富，并不意味着人类精神生活必然会提高。事实上，在当今极为繁富的物质生产面前，越来越多的生命开始为物所役，成为物质主义的奴仆。这也就是说，没有丰富的物质生活，单纯地强调精神生活是非常困难的，而有了充裕的物质保障，精神生活也同样面临被奴役的危险。

理想的日常生活状态，当然是既不鄙视和排斥物质生活，也不迷恋和贪图物质享受，而是在个人的主体意识支配下，辩证地理解并恪守物质生活对于生命存在的重要意义，并致力于追求物质与生命相统一的内在关系。这也是日常生活诗学的重要内涵和本质属性之一。在日常生活中，人们的生存主要还是围绕衣食住行等物质需求而展开；无论是日常消费、日常交往还是日常观念的活动，人们总是离不开物质生活的谋划，其目的就是要让生命获得应有的舒适和体面。从物质文明的发展来说，所有的物质生产都是为了保障人类的生命更有质量，并在衣食住行方面，不断突破人类自身的某些身体局限，拓展人类生活的自由空间，驱动和提升人类的精神生活。譬如现代城市的发展，从商场到饭店，从公交到地铁，从弄堂到公寓，凡此种种，都是为了建构一种更为舒适便捷、更具人性的现代生活。

正是在这个意义上，我们看到，在21世纪以来的日常生活书写中，绝大多数作家积极维护物质生活对于生命存在的重要意义，很多作品从人性的自然欲求上，对物质生活的合理性和必要性，给予了积极的关注，不少作家尤为强调特定的物质生活与人物精神之间的同构关系，包括酒吧、咖啡厅、西餐、洋酒等时尚生活元素，对于人物的个体心性和生存观念的影响。当然，也有不少作品对商品拜物教式的生命进行了别有意味的质询和批判。这种对于物质生活的多元性表达，都在不断地突出一种日常生活的基本理念：对于任何一个个体来说，物质生活是日常生活中的重要组成部分，它虽然不能决定人们的非日常生活，却对那些包括人的精神生活在内的非日常生活有着重要的影响。它既满足了人们的生存需求，又通过满足需求唤醒人们的欲望，并由此刺激人们去寻求更高层次的自我满足。列斐伏尔就认为，人是一种需要的存在。他提出："需要唤起欲望。一旦需要变成了社会的，需要就会变成能力和权力。人为了满足自己，能够这样或那样行动、创造或工作，至少试图这样或那样做。可能的大门开始打开。虽然人除了取舍没有选择，虽然社会全力控制他的取舍，但是，个人正是在可能的范围内做选择。另外，一旦需要变成个人的，我们的需要变为欲望，欲望通过控制、批准、限制和可能性展开。一方面获得了能力和权力，另一方面欲望具有不确定性,辩证运动出现了,辩证运动填充了日常生活。"①这里,列斐伏尔道出了需要、欲望、权力与选择之间的隐秘关系,同时也说明了物质需求与个体物欲之间的辩证关系。它事关每个人的生活质量,也事关每个人的生命欲望和个体行动能力。

在这方面,具有高度隐喻意味的作品,就是王安忆的中篇《向西,向西,向南》。这部小说叙述了20世纪90年代两个中国女人游走异域的生活经历,从柏林到纽约,她们最后聚首于美国南部的小城圣迭戈。小说中的陈玉洁和徐美棠,一个是老公有了小三以致婚姻名存实亡,一个因为失去了爱侣而从此一蹶不振,为了改变自身的内心困境,她们开始了漫长的漂泊。但是,无论她们置身于哪个国度,最终的落脚点都是中餐馆,或者中国大厦。小说中的中国大厦,俨然是一个浓缩的物质化的中国标本,从东北到西南,中国大地上的各种方言都汇聚于此,各种人物游走其中,让人觉得"过日子的劲头一股脑冒出来,中国式的日子,乱哄哄,热腾腾,与使领馆的中国式不同,那是官派的,这里却是坊间社会"。我们当然有理由相信,在全球化的今天,"中国城"确实早已遍布各国,但是,王安忆却别有意味地将中国式的物质生活,几乎毫无差别地嫁接到异域,似乎对于徐美棠、陈玉洁来说,只有这些物质性的、具象化的"中国大厦",才能使她们获得内心的安宁。当她们看见中餐馆时,当她们听见服务员高喊"老板娘,有中国人"时,便备觉温馨。陈玉洁"在一股饭菜的气味中醒来,恍惚以为是在公司的食堂里——饭点到了,窗户板推上去,大锅,小炒,米饭,面食,热气蒸腾,汹涌澎湃"。"中国大厦的餐厅,中午不开张,少数几个客人,就直接到后面厨房,锅灶边上,盛饭盛菜,倒有几分居家的气氛。这一日,大师傅的媳妇从山西老家来探亲,下厨帮忙,做的是家乡饭猫耳朵。揉得十分劲道的面,揪成手指头大小的薄片,下在汤里。黑木耳、胡萝卜、西红柿、青芦笋、紫茄子、白山药,切成片,上下翻滚。大海碗,灶台上一字排开,老陈醋胡椒面,任意添。这一餐饭呀,

---

① 〔法〕亨利·列斐伏尔:《日常生活批判》(第二卷),叶齐茂、倪晓晖译,社会科学文献出版社2018年版,第399页。

吃得汗泪交流，痛快，亲热。"可以说，正是这些充满了物质化的中国镜像，才让这两个女人获得了某种身心上的安顿。无论是中餐馆，还是中国大厦，它们本身就构成了某种中国式日常生活的隐喻。只不过这种隐喻，是通过具体的物质生活来传达的，是借助日常饮食和日常交流的物质性情境来实现的。王安忆试图要表达的是，无论全球化多么迅猛，无论中国人走到何处，他们似乎永远无法摆脱中国式的物质生活，因为这种物质生活已紧密地熔铸在他们的生命中，成为他们血脉中无法剥离的一部分。

滕肖澜的中篇《美丽的日子》和长篇《心居》则以城市住房作为叙事焦点，围绕房子这一安身之所，呈现了上海都市平民的日常生活。它使我们看到，在当今的日常生活中，吃喝拉撒已退到次要位置，而作为物质生活的标杆式物品——房子，则成为人们关心的首要问题。这既是当今中国人日常生活的焦点，也是中国社会走向市场化之后所形成的特殊现象。在《美丽的日子》中，外乡人姚虹渴望成为上海市民中的一员，为此，她押上了自己的全部资本，包括身体、智慧和命运，通过坚持不懈的努力和精明过人的算计，最终咬定了卫兴国。尽管卫兴国是一个没有主见且性格懦弱的残疾人，但他拥有上海的住房和户口，是正宗的上海人。面对卫老太的不断刁难，姚虹几乎使出了全部的招数，从假怀孕开始，就一直没有放弃要嫁给卫兴国的念头。在她自认为已经完全征服了卫兴国之后，她更加坚定只要自己不放弃，卫老太终究要接纳自己作为儿媳妇。姚虹之所以要嫁给卫兴国，并非因为他们之间有着多么纯真的爱情，也不是因为姚虹找不到更理想的爱人，只不过是置身于上海的她太需要有一个安身之所。在《心居》中，滕肖澜再一次放大了这种物质生活于生命价值的认定砝码，并将房子作为整部小说的主题。对于小说中的人来说，房子既是他们日常生活中谈论最多的话题，也是他们社会身份的重要标识，甚至是生命存在价值的体现，用小说中的话说，"房子是上海人绕不过去的话题，滋生出各种情绪，各种际遇。真正是命了"[1]。顾家的人每次团聚，话题总是离

---

[1] 滕肖澜：《心居》，见《收获》文学杂志社编：《收获长篇专号（2019冬卷）》，长江文艺出版社2019年版，第12页。

不开房子。无论外乡人还是上海人，他们最大的人生追求就是拥有一套像样的房子。有了小房子当然还想要大房子，有了大房子还要追求世纪尊邸。像顾士宏这样的老上海人，虽然拥有自己的房子，但在豪宅林立的上海，终究少不了落寞。而以婚姻作为代价的外乡人冯晓琴，虽然没有像《美丽的日子》中的姚虹那般艰难，但她同样也是押上了自己全部的青春家当，嫁给了残疾的顾磊，才终于获得了上海人的身份。顾家的房子并不宽敞，四世同堂，挤在一起，但她坚持以此作为据点，让妹妹冯茜茜、弟弟即自己的私生子冯大年都在上海有了落脚点。对于冯晓琴这样的外乡人来说，上海的房子既是高不可攀的物质，又是日常生活得以维系的必要条件。它与生命交织在一起，共同支撑着她在都市里的日常生活。

　　当房子成为一种坚硬而强大的物质意象，对每个个体的生命都形成强制性规约的时候，人们日常就变得焦虑不已。因此，《心居》虽然叙述了顾家两代人的日常生活，但它通过房子将不同人物的社会身份进行了清晰的定位，从顾清俞、顾昕到顾磊，依据他们的购房能力及住房环境，作者清晰地呈现了他们各不相同的社会身份和生命价值。它是如此尖锐，又是如此真实。如果我们从列斐伏尔的理论来看，这无疑体现了人类日常生活中的异化问题，但这种异化，又是市场经济时代的自然景象，无人能够战胜，也无人能够克服。就像滕肖澜自己所说的那样："写上海，绕不开'房子'这块。这几乎是近十几年来与上海百姓生活最密切相关的一个词。错过或是侥幸，生出无数的悲欢离合。它已经不仅仅是现实意义上'一套房子'的概念，而更像是一双命运的手，重新洗牌，把贫富阶层重组。好好坏坏，哭哭笑笑，希望或是失望，各种正面和负面的情绪，俱是由此而来。可以说，房子牵动着无数老百姓的心，另外，多少也撼动了这一代上海人的价值观。"的确，对于现代都市人来说，住房已成为一种信念，一份希望，一种精神，它让每个个体深切地体会到，"虽然是小日子，过的却是大味道"。《心居》的意义在于，住房已不是一般意义上人们安顿身体的物质场所，而是内在于人的精神深处的"心居"。它与人的生命已形成了紧密的支撑关系，也成为现代中国人在日常生活中奔波的重要寄托。

　　在乡村的日常生活书写中，很多作家也同样对物质生活给予了高度的关注。众所周知，如今农民与土地之间的关系已发生了根本性的变化。面对现代化、城市化的社会进程,他们不再恪守小生产者的生存方式,而是逐渐形成一种全新的日常生活方式。诚如有人所说:"中国乡村内部面临着巨大的变化,比如传统家族文化的解体,人与土地关系的淡漠,新的生产方式的出现,等等;中国处于剧烈的城市化进程之中,这不仅对城市有着巨大的影响,也让乡村发生了巨大的变化,最主要的表现是青壮年劳动力大量进城,这不仅影响到乡村的社会经济秩序,也影响到了道德伦理秩序等不同层面;更重要的是,中国乡村置身于资本主义全球化的语境中,中国乡村所面临的问题便不仅仅是乡村的问题,也不仅仅是中国的问题,而是与世界紧密联系在一起。"① 可以说,在新世纪以来的乡村日常生活书写中,很多作品聚焦于两个基本领域。一是家人进城务工,夫妻长期分居以致乡村留守群体不断引发的各种伦理问题。像晓苏的《花被窝》、林白的《妇女闲聊录》、葛水平的《喊山》、阎连科的《黑猪毛 白猪毛》、陈应松的《野猫湖》、贾平凹的《带灯》、张惠雯的《垂老别》等,都是借助这样或那样的故事,引发出男女情感、代际伦理、权力伦理等方面的各种冲突,来呈现中国乡村社会结构的复杂变化。二是在发家致富思想的驱动下,展示乡村农民对于物质生活的追求,呈现出物质生活在人们日常生活中的重要作用。如朱辉的《七层宝塔》,就揭示了中国的城市化进程不仅带来了乡村农民生存方式、生存秩序、生存观念的变迁,还引发了社会伦理和个体精神的嬗变。阿虎平日里嬉皮笑脸,吊儿郎当,一副乡村小混混的模样,但他精于致富门道,从下手毒鸡到盗挖地宫,从囤积和贩卖焰火、炮仗等到贩售丧葬用品,虽然所做之事都上不了台面,但他毕竟把日子过得红红火火。唐老爹和阿虎之间的冲突,便是在这样的现实背景下不断激化。在冲突激化的过程中,冲突双方的内心也在不断撕裂。这个撕裂的过程,明确地折射出物质生活在人们精神上的投影。

田耳的《长寿碑》讲述了一个有关长寿致富的造神故事。为了吸引八方游客,开拓村里的经济收入,长寿村打起了"长寿"的招牌。如何让村

---

① 李云雷:《如何开拓乡村叙述的新空间?——以世界视野考察当代中国文学》,《江苏社会科学》2013 年第 4 期。

里那些并不长寿的人成为游客们眼中的长寿者？唯一有效的证据就是身份证上的年龄。于是，全村开始在年龄上造假，但没有想到的是，这种造假带来了巨大的伦理难题。譬如，如果让一位老人今年加了三十岁变成一百岁，假设他只有一个儿子今年四十多岁，如果儿子不随之更改年龄的话就会有漏洞。如果把母亲和儿子中间添加一代，那么原来的儿子就成了孙子，这无疑会引发辈分混乱……长寿村由此陷入了各种意想不到的怪圈之中。应该说，这是一部荒诞小说，但它的缘由，却是农民关于物质时代的财富梦想。付秀莹的《陌上》也让我们看到，市场化冲击下的芳村，已渐渐远离了田园诗般的农耕社会，代之而起的，自然是各种低端的工业和服务业。其中，皮革产业几乎成为芳村乃至大谷县的经济支柱，而作为辅助性经济的服务业开始兴盛，农业却沦为可有可无的副业。在芳村村北的开发区里，几乎布满了大大小小的皮革加工厂、皮具厂、养鸡场、养猪场，村里也开起了春米家的饭店、秋保家超市，连小鸾的针线活也由义务转为收费。尽管这种市场化的物质追求，给芳村带来了天翻地覆的变化，但也引发了各种问题，从环境污染到人性扭曲，甚至出现了权力与资本的相互勾结。《陌上》似乎在告诉我们，物质生活就像一把双刃剑，既激活了芳村农民的日常生活，又使他们不断地陷入各种异化之境，但从本质上说，芳村人永远也无法回到最初的农耕生活了。

与此同时，还有大量的作品精心描摹各种现代都市的时尚物质，借助特殊的物质情境，呈现都市白领人群的生命格调。这种现象，通常被人们认为是一种"小资情调"写作。其实这种小资情调，也同样从某个侧面反映了物质生活与人们生命情趣的内在呼应，体现了都市人群正当的生命诉求。像潘向黎《轻触微温》中的秋子就是一个典型。秋子是一个受过高等教育的单身女白领，常在深夜里去酒吧点一杯叫作"甘冽"的鸡尾酒，或者到一个名为"茹丝可丽"的清吧叫一杯"伤心地中海"，这成为她日常生活里消磨闲暇的重要事项。她与众多的都市女白领一样，喜欢到固定的美容院里做头发、脸部护理、按摩，并且有着自己固定的服侍者。对于秋子来说，这些日常的休闲活动，不仅仅指向一种种具体的事物，还代表一种精英化的生活方式。正是通过这种生活方式，她实现了对平庸琐碎的日常生活的抗争，并且从中获得了个体生命的价值和尊严。就像董丽敏所言：

"'悠闲'在这种情形中不再代表了'中产阶级'家庭主妇的无所事事,而是指向了'尊严''个人'这样的层面……"[①] 唐颖的长篇小说《阿飞街女生》也是如此。无论身处何时,阿飞街的女性从来没有放弃对于"美丽"和精致生活的追求。作者通过大量服饰意象的描绘,生动细致地呈现了阿飞街的女性在各个时期对于时尚和生活品质的强烈呼求。从20世纪70年代质朴飘逸的藏蓝中式棉布单衣,经改制的窄臀宽腿草绿军裤,用宽皮带束在白衬衣外再配一双蓝棠皮鞋垫的黑色小丁字形皮鞋,到70年代中期的黑色条子毛料裤子,配黑蚌壳棉鞋及黑色麦尔登呢中长大衣,到70年代后期从香港舶来的白色开司米大衣配玫瑰红唇膏,再至20世纪90年代淮海路上一拥而入的各类世界名牌服饰,等等,层出不穷。通过渲染与描绘这些时尚精美的服饰意象,作者为我们呈现出上海女性对于时尚的那种与生俱来的敏感,充分彰显了上海这座城市前卫、时尚的文化,以及女性化的城市气质。我们有理由质疑,中国是否存在中产阶级,但我们不能否定那些由特定的物质所营构出来的小资情调对于都市人群的重要意义。

捍卫必要的物质生活,其实就是维护生命自身的完整性。在日常生活中,当人的身体也成为一种消费符号时,物质的丰富性和生命之间的关系,其实已经超越了物质和精神的二元对立关系,而成为相互混杂和交融的现代伦理关系。我们既不能简单地认为这是精神对物质的妥协,或人类精神的退化,也不能粗暴地认定物质已露出某种霸权主义的嘴脸,扮演了人类精神的某些角色。事实上,在我们的日常生活中,特别是在日常消费和日常交往活动中,物质已通过特定符号,生动而又巧妙地诠释了个体的生命情调及价值立场。这一点,恰如姚鄂梅的《衣物语》所呈现的那样,就每个实存的个体而言,我们都是生活在小时代里的普通人,远离了群雄争霸的历史风云,也远离了波澜壮阔的社会变革,绝大多数只是希望怀抱一个属于自己的小天地,为自己的衣食住行等具体的生活理想而奔波。《衣物语》以一座小城为背景,细腻地呈现了当代女性与物质之间的亲密关系。

[①] 董丽敏:《"上海想象":"中产阶级"+"怀旧"政治?——对1990年代以来文学"上海"的一种反思》,《南方文坛》2009年第6期。

通过闺蜜晏秋的视角，小说叙述了春曦对于衣物的迷恋，对身体的自我陶醉。在春曦看来，身上穿的衣服并不只是衣服，更是一个人的美学。因为衣服是身体的重要修辞符号，它通过款式裁剪和各种搭配，使肉身变得更加接近人们自我设定的形象或气质。这种身体与物质的同构性，强化了春曦的物欲化生存观念。春曦之所以喜欢威廉，也是因为他身上那一袭黑色衣服的打扮。有意思的是，在经历了各种挫折之后，春曦最后开始断舍离，变成了一位绣娘。于是她将那些曾引以为傲的华服，全部寄给了晏秋，并在信中附上了一首诗：看这些衣服／来自田野的纤维／它们谦虚低调／貌不惊人／它们扎起布匹之花／在尘世簇拥你，保护你／它们帮你取悦男人，却比男人更值得你依靠和宠爱。曾几何时，衣服总是这两个小城女人的中心话题，是她们的精神支柱，是她们日常生存中的最大乐趣，而现在，她们似乎明白，这种恋物癖式的生活，最终不过是为了"取悦男人"，同时又比男人更值得依赖。这让我们深切地体会到，在今天这样一个"小时代"里，每个平民的物质梦想，都在以这样或那样的方式，不断重构物质与生命之间的支撑关系。

二、身体与心灵的内在统一

如果说合理的物质诉求是人类完整生活的一种重要体现，那么身体的自我觉醒则是通往健全人生的一种重要表达。因为在很长一段时间里，中国当代文学对于身体的关注都是单一的，主要突出身体的社会群体价值，为个体的利他主义精神提供坚实的内在依据。这当然没有什么不对。但是，过于强调身体的非日常性功能，突出它对内心理想或宏大目标的重要作用，剔除身体特有的"利我"原则，使身体始终超越个体的日常欲求，又导致人们逐渐忽略了身体作为生命实体的丰富内涵，使身体成为形而上的思想符号。直到20世纪80年代末新写实小说盛行，大多数作家开始重新关注人们的日常生活，并由此触及身体作为血肉之躯的丰盈和充实。随后，在"个人化写作"思潮的影响下，身体叙事成为作家们聚焦的重要目标，大量作品要么将身体作为质询伦理的手段，要么将身体作为欲望表演的化身，要么将身体作为消费主义的符号，身体开始在"苏醒"和"解放"的名义下，回到了形而下的原真状态，尽显各种妖娆之色。但这种对身体的嘉年华式书写，多少也忽视了身体的形而上意义，同样造成了身体与心灵的分裂，甚至还出现了"下半身写作"之类的诗歌现象。

应该说，中国当代作家对于身体的这种两极化书写，既受制于特定的文化背景和历史原因，又受制于身体与心灵的二元对立观，因此，我们必须正视这种身体书写的局限性。新世纪以来，随着作家对日常生活的倾力关注，特别是对普通个体在日常生活中的生存状态及内心精神的关注，这种身体书写的局限被不断超越。其中最为突出的表现，便是女性主义文学开始很少出现极端化的身体书写，至少没有了卫慧、棉棉、木子美、九丹等作家对身体原欲的迷恋性表达。曾以《一个人的战争》《致命的飞翔》而成为"个人化写作"代表人物的林白，新世纪以来也完全回到对普通群体日常生活的书写之中，并创作了《万物花开》《妇女闲聊录》《致一九七五》《北去来辞》等一批长篇。这些长篇都不再突出以往那种私语化的身体体验，也不再强调个体与社会之间的疏离状态。新世纪之后活跃于文坛的"70后""80后"女作家，包括魏微、戴来、金仁顺、乔叶、鲁敏、黄咏梅、盛可以、滕肖澜、张悦然、笛安、张怡微等，虽然都以书写女性的日常生活为主，且也不乏一些身体叙事，如盛可以的《无爱一身轻》《道德颂》《息壤》，但并没有对身体进行单纯的形而下式的关注，而是更多地突出了女性身体在伦理约束、性别对抗及物质消费方面的纠葛，体现了女性内心与身体的紧密互动。诗歌方面，尽管出现了余秀华的《穿过大半个中国去睡你》之类带有原欲挑逗意味的诗题，但就这首诗歌本身来说，还是传达了抒情主体对于爱情的渴望，以及面对苍茫尘世的长久喟叹，体现出此在的身体与内心希望之间的彼此呼应。

身体既是生命意识觉醒的前提，又是日常生活运转的基石。任何个体在生命意识上的自觉，首先就体现在身体的自觉上，即意识到身体作为生命的载体，应该膺服于自我理性意志的管理，不能盲目地屈从于他者的意愿；应该对人性的自然诉求保持合理的尊重，而不是以各种外在的伦理全盘压制和扭曲自我的人性。女性主义文学的发展，就是从身体的觉醒与独立开始，并从性别关怀的角度，全力争取"一间自己的房间"，安顿属于自己的身体和灵魂。事实上，从衣食住行到各种消费活动、交往活动，日常生活的主要目标就是维持肉体生命的生存与发展。它类似于马斯洛心理学意义的生理需求、安全需求和社交需求；至于尊重需求和自我实现的需求，可能更多地依赖于人的非日常生活来实现。有学者指出，日常生活世界是人类社会（人的世界）的原生态，而非日常生活世界则是人类社会的次生态；换言之，人的世界的历史建构途径是从日常到非日常，而当非日常生活世界真正建构起来并日渐丰富发达，日常生活世界则逐渐作为人类社会和历史的潜基础结构嵌入背景世界。没有日常生活就不可能有非日常生活，因此，当我们考察日常生活诗学时，身体是一个绕不开的首要目标。

从新世纪以来的日常生活书写来看，作家们对身体的关注与探索是多维度的，也是多层面的，但大多都立足于人性关怀的层面，理解并尊重身体的自然属性，探讨人为之人的肉身之中所隐藏的各种非理性特质及局限，使作品的内涵在身体与心灵上构成某种紧密的呼应关系。如玉上烟的《子宫之诗》《乳房之诗》《婚姻之诗》等，就是从身体入手，或通过演绎流产过程中的身体之痛，传达了"她分娩了这个世界但又无法自己处理掉多余的渣滓"的性别之殇；或借助女性乳房的不同遭遇，呈现了乳房对于女性生存的特殊意义；或通过不同年龄在身体特征上使用"频率最高的标签"，来表达不同阶段的夫妻情感关系。在这些诗歌中，我们既看到了作为女性的身体之痛，体会到岁月对身体的淘洗和摧残，也看到了身体之痛背后的生命之痛和心灵之殇。或者说，诗人就是以具象化的、可触可感的身体书写，揭示了我们在日常生活中诸多无奈的生存意绪。具体来说，新世纪以来的文学对这种身体的关注，主要体现在对传统伦理的质询与反抗、对欲望膨胀及危害的揭示、对身体消费的批判与反思等方面，虽然它们彼此相互交织，但从总体上看，这几个方面是新世纪以来中国作家重点关注的目标，也是日常生活中身体自觉的主要体现。

众所周知，身体的自觉通常是基于人性的觉醒，因为"身体就是日常生活的主体。它是行动的承担者，是属己世界的建筑师，是诗性的发源地。诗性与行动密切相关，存在于身体与世界的互动之中"[①]。没有在日常生

---

① 王晓华：《身体诗学》，人民出版社2018年版，第44页。

活中与世界形成互动关系，身体就只是一具生物学意义上的躯体，无法实现生命意识的自觉。只有科学地、辩证地理解了基于身体自觉意义上的人性，正视人性的合理欲求，又严防人性的过度放纵，才能确保身体与世界之间的良性互动。这是人性觉醒的主要体现。当然，就人类的自我认知而言，人性的觉醒只能是一个渐进的过程，不可能在某个时刻抵达终点。人性觉醒的基本前提，或者说具体实现，就是身体的自觉。人们既要意识到身体的诸多基本欲求对于生命价值的体现有着必要的合理性，同时又要明白身体的欲求也存在着很多不合理之处，并能够给予必要的限制。因为人的身体既是动物性的，又是文化性的，是构成人类社会的基本元素。事实上，在人类社会的发展过程中，基于各种社会秩序的要求而不断形成的文化伦理，根本上就是为了规范和限制身体的某些欲求。随着社会的不断发展和观念的更新，有些伦理已经对人性构成了某种伤害，这是一个不争的事实。所以，在日常生活的书写中，我们可以看到，很多作品都在触及这一问题。譬如毕飞宇的《哺乳期的女人》就是将身体置于伦理之中加以拷问。留守儿童旺旺面对正在哺乳的惠嫂之乳房所表现出来的迷恋，其实只是孩子对母亲的依恋，是人性的一种正常体现，但是它对伦理构成了一种挑战。七岁的小孩，怎么会对别人的乳房产生迷恋？怎么能对别人的乳房产生迷恋？是谁教唆的？旺旺对惠嫂乳房所表现出来的亲昵之举，结果演绎成一场有关人性与伦理的冲突，甚至事关家教、家长脸面等。尽管毕飞宇并没有在小说中明确传达对正常人性的捍卫，但他通过旺旺啃咬惠嫂乳房事件，以及由此引发的群体心理效应，质询了传统伦理对于人性的潜在伤害。

这种人性对伦理的反抗，在新世纪以来的大量作品中都获得了巧妙的表达。譬如马小淘的《失重》，就叙述了一个都市白领对自己身体的折磨。当然，这种折磨是以自我的偶像化作为参照，在减肥与享用美食的不断挣扎中来完成的。丁鑫鑫工作稳定，生活优渥，夫妻情感尚可，只是少女时期一直引以为傲的从不发胖的身材，现在开始变形了。虽然在结婚前，她的身材已经有了发胖的趋势，以至于身边人都说"新娘是不该胖的"，并催促她减肥，此时的丁鑫鑫丝毫没有危机感，自信地反驳劝她减肥的人，仍毫无顾忌地吃喝。直到拍婚纱照的时候，她发现喜欢的衣服竟然都穿不上,这对她而言是一个打击,拿到软件处理过的照片,她感叹:"哪怕是虚假的照片,看起来也是令人欣喜的。"真正让她意识到少女时代的身体偶像正在渐行渐远,是她在无数次折腾之后发现依然无法完成内心的目标之际。"丁鑫鑫那无法被偏瘦的时尚衣装容纳下的'沉重的肉身'成为导致一系列生活混乱的发酵剂,她一直试图控制自己的体重,却失察了一个更大的问题,那就是她对体重的焦虑并不单纯来自自控的失效,而是因为她的身体被更大层面的消费观念塑造并掌控着,早已与个体脱离,成为标示其社会身份的载体,更吊诡的是,这种实际上去个体化的身体又成为丁鑫鑫拼命追求的自我认同的核心。"①这也就是说,丁鑫鑫不顾一切地奔波在减肥的路上,甚至以丧失健康为代价,仅仅是为了世俗伦理意义的美感,为了在日常生活和日常观念中,重新让身体获得增值的空间。任晓雯的《换肾记》则聚焦于丈夫的肾病,在生与死的冲突中,冷静地撕开了一个家庭内部脆弱的血缘伦理,并使我们看到,身体不仅仅是个人的生命之物,也是人性、亲情和各种日常伦理聚合的纽带。这种借助身体来质询人性与伦理之间冲突的作品,在新世纪以来尤为普遍。像迟子建《鬼魅丹青》里的卓霞,王安忆《发廊情话》中帮客人洗头的女客,艾伟长篇《南方》里的寡妇和她的两个女儿,毕飞宇长篇《推拿》中的众多盲人按摩师,等等,或通过情感,或通过身份,或借助职业,让人物各自特殊的身体及特殊的身份,在正常人性的艰难吁求中,对各种吊诡的现实伦理发出了尖锐的质问。

所有的身体在某种意义上都是欲望的身体。没有欲望的存在,身体便不可能成为一个鲜活的生命实体,所以我们说,人性欲望的出发地和归宿地,都是身体。在日常生活中,这种因个体的欲望所引发的身体冲突,不仅与一些文化伦理形成冲突,还动摇了生命自身的存在价值。如张者《桃李》《桃花》,盛可以的《水乳》《北妹》等,都是通过欲望的极力推演,呈现了身体在混乱的日常生活中的贪婪形态,同时也对这种欲望与心灵之间的失衡给予了尖锐的批判。

---

① 马兵:《"沉重的肉身"——读马小淘〈失重〉》,《文学港》2018年第1期。

与这种欲望表达相呼应的，还有日常消费活动对身体的侵袭。日常消费是人类日常生活的一个重要方式。但是，随着消费主义的盛行，日常消费活动早已超越了最初的实用主义原则，变成了以符号化商品为主的消费模式。这种消费模式，不仅体现了人们日常生活观念的变化，而且展示了人们生活方式的变迁。有学者曾详细地论述道："对于今天的理性的文学而言要真正直面感性的生活，需要解决的是要注意到在身体写作中普遍存在着消费主义意识形态的偏见。现在解放人的感性欲求的意识形态手段，是传播消费主义文化。这是一把双刃剑。一方面它有解放人的感性欲求的作用，开拓了人的需要的疆土，另一方面在市场条件下，人的这些感性欲求一般只能通过金钱交易的方式获得满足，所以它又用煽情方式，刺激、扩张敛财购物欲望，容易使人受制于满足欲望所必需的金钱和商品。在后工业社会，商品的市场化程度已经扩展到整个社会，资本把整个自然界都当作它生产商品、最后盈利的原材料。非人类的自然界的资源已经开发得差不多了，而人类自身的身体资源、感性欲求的资源，则是目前的开发对象。"[1] 这段话清晰地阐释了身体欲望与消费主义彼此互动的循环关系，而且这种关系，在新世纪以来的文学创作中同样有着极为广泛的表达。郭敬明的"小时代"系列，同样巨细无遗地讲述了各种世界名牌商品，在装饰人物身体的同时，彰显着人物的身份。余华《第七天》里的鼠妹，为了一个苹果手机，最终在大庭广众之下跳楼身亡。

在消费主义的文化语境中，身体既是消费的主要目标，也是消费的重要符号。从结构主义的消费逻辑出发，鲍德里亚直接将身体视为"最美的消费品"，"在消费的全套装备中，有一种比其他一切都更美丽、更珍贵、更光彩夺目的物品——它比负载了全部内涵的汽车还要负载了更沉重的内涵。这便是身体"[2]。的确，作为一种复杂的文化表征，身体呈现出消费和被消费的双重特质。所以鲍德里亚强调，"身体的地位是一种文化事

---

[1] 冯宪光：《理性的文学要直面感性的生活》，《福建论坛（人文社会科学版）》2006年第7期。

[2] 〔法〕鲍德里亚：《消费社会》，刘成富、全志钢译，南京大学出版社2014年版，第120页。

实","无论在何种文化之中,身体关系的组织模式都反映了事物关系的组织模式及社会关系的组织模式"。①鲍德里亚的独特之处,是敏锐地分析了消费社会的身体文化,看到了人们在身体上所表现出来的双重实践,即作为资本的身体实践和作为偶像(或消费品)的身体实践。特别是在偶像消费的实践中,身体不再是具有某种固定体积的对象,而是成为可以不断向外延伸、日益完善、功能更加齐备的对象,虽然其他物品依据同样的逻辑也能扮演这一角色,但是鲍德里亚认为,只有身体是"心理所拥有的、操纵的、消费的那些物品中最美丽的一个"②。费瑟斯通也认为,好莱坞电影几乎创造了外表和身体展示的新标准,将"看起来漂亮"的重要性传递给大量观众,并使它在人群中生根发芽。影星们光彩夺目的生活方式使大众产生了无限向往之情,完美的身体形象使外表的内涵不断增加,大众逐渐无意识地在外表健康与享乐之间画上等号。③如今,在我们的日常生活中,无论是作为明星代言的商品广告,还是各种影视剧中精心包装的偶像人物,其身体本身也是一种消费的符号,向人们诠释了什么是完美的生活。这种身体的符号化,在一定程度上也推动了身体的资本化。这一点,在很多作家的作品中也都有所体现,如韩寒的《1988 我想和这个世界谈谈》中的娜娜,曹征路《霓虹》中的倪红梅,何顿《幸福街》里的杨琼,都是以身体作为资本的普通百姓,但她们依然保持着内心的善良。阎连科的《受活》则以残疾身体的奇观化作为资本,演绎了一个村庄的致富梦。

身体在新世纪以来的日常生活书写中不断被关注,一方面体现了当代作家对于身体作为日常生活之重心的认识,显示了作家在完整的"人学"意义上重塑日常生命的审美意愿;另一方面也表明了人的身体并非一种动物的身体,而是一种文化的、历史的身体,它总是通过这样或那样的方式,

---

① [法]鲍德里亚:《消费社会》,刘成富、全志钢译,南京大学出版社2014年版,第121页。

② [法]鲍德里亚:《消费社会》,刘成富、全志钢译,南京大学出版社2014年版,第123页。

③ 参见[英]迈克·费瑟斯通:《消费文化与后现代主义》,刘精明译,译林出版社2000年版。

抵达人的内心，与人的心灵保持着各种微妙的共振状态。这种共振状态，在很多作品中虽然呈现出各种错位，但恰恰是这种错位，体现了作家们对于身体与心灵相统一的审美诉求。在《心灵与身体》中，杜威就曾通过复杂的神经系统中纤维与细胞的关系，从心理学的意义阐释过身体与心灵的共振关系："心理与生理有着同质的关联。精神与神经系统有着怎样的关系，它就与神经系统的所有部分都有着相同形式的关系。大脑和脊髓都是精神器官，脊髓与神经纤维的外周末梢也都是精神器官。毫无疑问，大脑与精神生活有着最为密切、最有影响力的关联，但这个关联和'神经系统任意其他部分与精神的关联'是同质的。这使得我们只有以下唯一的取舍：要么身体与心灵没有任何关系，要么心灵通过神经系统出现在身体的每个部分。这意味着，精神根植于身体之内。"[1] 由于"精神在身体中的固有性"，"因而精神根植于身体，指导身体朝着某个特定目标前进。精神不仅是固有的，甚至是目的论地固有的"。[2] 我们无意于深究身体与心灵如何在生理或心理层面保持着密切的共振，但是，从新世纪文学的日常生活书写来看，身与心的统一，既是日常生活诗学的基本属性之一，也是作家们孜孜以求的审美理想。

三、人本主义的现代吁求

无论是突出物质生活对于生命存在的重要作用，还是强调身体对于伦理、欲望和消费的特殊意义，新世纪文学对于物质和身体的关注，既是缘于日常生活快速变化的现实，也体现了创作主体对于人本主义的现代诉求。因为人本主义的核心就是关注人的生命的平等性，人的需求的多样性，人的价值追求的丰富性，以及人的生存方式的多元性，使人成为一个"健全的人"，使不同的个体尽可能拥有一种"完整的生活"。新世纪以来的

---

[1]〔美〕约翰·杜威：《杜威全集：早期著作（1882—1898）·第一卷（1882—1888）》，张国清、朱进东、王大林译，华东师范大学出版社2010年版，第77页。

[2]〔美〕约翰·杜威：《杜威全集：早期著作（1882—1898）·第一卷（1882—1888）》，张国清、朱进东、王大林译，华东师范大学出版社2010年版，第78、79页。

文学创作也让我们看到，无论我们的日常生活多么繁杂、混乱和琐屑不堪，抑或多么鲜活、喧嚣和生机勃勃，它们都是为了让人成为一个个活生生的"完整之人"，让人类呈现出不同于其他生物的独特的生命景象。有学者认为，人类的日常生活主要由三个部分构成：一是日常消费活动。衣食住行、饮食男女等以个体的肉体生命延续为宗旨的日常生活资料的获取与消费活动是日常生活世界的最基本的层面，古今中外，古往今来，概莫例外。在这种意义上，可以把日常生活世界称之为消费世界。二是日常交往活动。杂谈闲聊、礼尚往来等以日常语言为媒介，以血缘关系和天然情感为基础的日常交往活动，同样是日常生活世界的最基本层面之一。三是日常观念活动。伴随着日常消费活动、日常交往活动和其他各种日常生活的日常观念活动，是一种非创造性的、以重复性为本质特征的自在的思维活动。在这种意义上，日常观念活动领域就是胡塞尔晚年所推崇的前科学、前逻辑、原给定的世界。日常生活是以个人的家庭、天然共同体等直接环境为基本寓所，旨在维持个体生存和再生产的日常消费活动、日常交往活动和日常观念活动的总称，它是一个以重复性思维和重复性实践为基本存在方式，凭借传统、习惯、经验以及血缘和天然情感等文化因素而加以维系的自在的类本质对象化领域。没有这种自在的类本质对象化领域，人类便不可能拥有那些高度理性化的非日常生活，也不可能拥有更高级的社会组织和上层建筑，更不可能出现各种规范性的精神文明形态。因此，卢卡奇认为，"人在日常生活中的态度是第一性的"，"人们的日常态度既是每个人活动的起点，也是每个人活动的终点"。① 就每个个体的人来说，无论他的生命多么漫长，也无论他的身份或地位多么特殊，日常生活都将占据他全部生活的核心地位，而他面对日常生活的态度，也将体现他的生命情趣、文化伦理及其内在的精神品质。我们之所以绕上这么一圈，就是想说明，无论是物质还是身体，在本质上始终处于日常生活的核心，是日常生活书写中绕不过的重要对象。只有物质和身体被放到合理的位置，人的生命价

---

① 〔匈〕乔治·卢卡契：《审美特性》（第一卷），徐恒醇译，中国社会科学出版社1986年版，"前言"，第1页。

值才能获得应有的尊重,建构"完整的人"才能成为可能。这既是日常生活诗学的重要内涵,也是人本主义的一种体现。

首先,关注物质和身体的书写,就是关注个体生命在日常生活中的世俗化体验。在这种世俗化的体验中,作家致力于呈现不同个体的生存形态,将人还原为真实、立体、丰富的生命实体。事实上,新世纪文学对于日常生活中的各种个体生命常常保持着异乎寻常的表达,其全面性、多样性和丰富性,几乎超越了很多历史时期的作品。像张者的《桃李》《桃花》中的教授们,李洱《应物兄》中的海外儒学大师程济世,等等,表面上看都是时代的典范、社会的精英,但在日常生活中他们热衷于吃喝玩乐,或沉迷于酒池肉林之中,或念念不忘童年时代玩过的蝈蝈、吃过的美食。这种反精英化的物欲书写,一方面将人物还原到日常层面,最大程度上突显了个体生命的世俗欲求,另一方面也对消费时代的物欲现实进行了别样的质询。更有意味的是,大量长篇小说开始不再突出主要人物,而是采用群像式的人物书写策略,多方位展示日常生活中的世俗群体。如金宇澄的《繁花》,林白的《万物花开》,迟子建的《群山之巅》《烟火漫卷》,付秀莹的《陌上》,艾伟的《南方》,叶弥的《风流图卷》,等等,都是将众多人物有条不紊地编织于小说之中。非虚构类的作品也不例外,像梁鸿的《中国在梁庄》《出梁庄记》,都属于典型的杂树生花式的写法,以群体人物来反映作家对现实的思考。这种人物群像式的书写策略,充分体现了新世纪作家对于个体生命的丰富性和独特性的自觉尊重。在以物质和身体为中心的世俗生活里,每个人都有他的独特之处,每个人都是一个鲜活的生命实体,每个人都是一种难以替代的艺术形象。很难说他们具有某种类型的表征意义,但他们以自身的形象展现了不同个体的生命体验。这种世俗化的生命体验,也表明了作家们对于人的认识有了高度的自觉——任何一个平凡、充实、富有个性、饱含俗世情怀的人,都是值得书写的生命。

其次,关注物质和身体的书写,也为作家更加深入地揭示各种非理性的人性面貌提供了有效通道。在商品拜物教盛行的现实中,物质和身体无疑都具有极为特殊的符号价值,也是催生各种非理性生命景观的载体。譬如,在姚鄂梅的《衣物语》,须一瓜的《穿过欲望的洒水车》,孙频的《松林夜宴图》,林白的《妇女闲聊录》,艾伟的《小满》《一起探望》等作品中,我们都会看到因物质或身体欲望所催生的各种非理性的人性景观。这些人性,不是源于简单的动物性,而是渗透了各种难以言说的欲望与本能,体现了人本主义的思想诉求,我们很难从道德伦理或法规上对之进行明确的评判。不错,从哲学思想上看,"现代西方人本主义对人的非理性因素做了深刻的揭示,多少涉及了人类认识中理性和非理性的矛盾和方法。这些都是现代西方人本主义的合理之处。但现代西方人本主义否定理性,把人的非理性做了任意夸大的绝对化解释,不仅把非理性当作人的本质,而且把非理性作为世界的本体和社会的本质。这种把非理性本体论化,并试图以此来反对和取代传统本体论的做法是唯心的,同时也是错误的。因此,现代西方人本主义实质上是非理性化了的人本主义,是一种非理性的人本主义"[1]。但是从文学创作的实践来看,这种非理性的人本主义探索,不仅有助于打开人性的复杂空间,呈现人之为人的诸多奥秘,还对日常生活中个体生存的复杂性和微妙性有了更全面的了解。"文学即人学"在创作上的核心内涵,就是对人之为人的种种本性给予积极的关注。既然是人之本性,就有其难以摆脱的内在规定性,无论或优或劣,都应给予合理的同情和关怀,这是人本主义的基本诉求。但人又是一种社会和文化的存在,必须遵守相应的道德伦理及法律秩序的制约,从而确保每个人都能够在和谐公平的现实中生活。这两者之间,总是会存在这样或那样的冲突,这些冲突构成了人类日常生活内在的重要张力。

最后,关注物质和身体的书写,还可以从不同形态中揭示个体的多元化生存方式。在一个文化多元的时代,"我的身体我做主",不同的个体可以在合理的社会秩序中自主选择适合自己的生存方式。事实上,随着现代化进程的加快,我们可以看到,在新世纪以来的日常生活中,中国人在个人生存方式上已拥有巨大的选择空间。从国内到域外,从北方到南方,从乡村到城市,可以说,只要个人拥有生存的基本能力,在空间上几乎没有选择生活的障碍。所以我们看到,大量新移民作家笔下的人物,其日常生活不再是单纯的国内现实,而是广泛涉及中外文化或情感的纠葛。陈河

---

[1] 胡敏中:《论人本主义》,《北京师范大学学报(社会科学版)》1995年第4期。

的《我是一只小小鸟》，就讲述了中国小留学生在域外的无序生活；《义乌之囚》则揭示了外国人在中国义乌经商过程中的生存际遇；张惠雯的《梦中的夏天》等，也都叙述了中国人在海外的情感生活，折射了不同文化对于人物内心造成的巨大困扰。至于国内不同地域之间的迁徙式生活，更是众多作家笔下普遍存在的一种景象，包括各种"底层写作"中的进城务工群体，都市市井生活中的外来群体，尽管这些群体在城市化进程中常常遭受各种曲折和坎坷，但作家们通过这种迁徙式的生存方式，打开了各种丰富的生存景观，像贾平凹的《高兴》、孙惠芬的《吉宽的马车》、盛可以的《北妹》，以及大量的"打工诗歌""打工散文"，构成了新世纪日常生活书写的独特现象。

　　从个体的生存方式来看，大多数作家都自觉推崇个体至上的自由生存方式。特别是很多"70后""80后"作家笔下的主人公，都生活在各种相对逼仄的空间里，而且是一些游走在都市边缘或底层的普通男女，他们虽然不乏血性和尊严，也不乏真诚和机智，但都没有什么宏大的志向，没有深厚的文化素养，没有显赫的社会地位，甚至没有厚实的经济基础，没有严谨的生活态度。这些人物所乐于接受的生活方式就是：独身而居，自由自在。他们在现实生活中所遵循的伦理准则是：逃离。既逃离于一切现存的伦理秩序，又逃离于人应有的道义职责，更逃离于一切等级化的社会阶层。但是，这只是他们的生存表象，是他们被现行体制所规定了的社会角色。在内心深处，他们又常常会不自觉地衍生出各种色彩斑斓的冲撞。有时是一种欲望的盲目折腾，有时是一种无意义的反抗，有时又是一种源于本能又超越本能的自我奔突。在这种冲撞过程中，他们自觉或不自觉地选择了某种无群体、无目的的"逃离"状态，在自我封闭的精神空间，散步、发呆、独坐、睡觉，借此消解因冲撞所引起的内心失衡。像戴来的《对面有人》《折腾》《亮了一下》《别敲我的门，我不在》，孔亚雷的《如果我在即将坠机的航班上睡着了》《追击1999》《小而温暖的死》《我》，张悦然的《樱桃之远》《水仙已乘鲤鱼去》《红鞋》《是你来检阅我的忧伤了吗》《昼若夜房间》，以及孙频、甫跃辉的很多中短篇小说，都是如此。

　　人类的日常生活，既离不开物质和身体作为其运转的枢纽，又是人本主义思想生根发芽的肥沃土壤。有学者曾说："人本主义认识到人的一切活动都是在追求和实现人的生存和发展,所以人本主义理论表达了人类生存的一种自觉的境界;人本主义是一种理想、信念和价值,它表达了人类对一种更加完美的现实生活、更为完善的人生状态的信仰、向往和不懈的追求;人本主义是一种原则:既然人本主义是人类现实生活的真理和价值,它就会在人类自觉自主的生命活动中成为一个根本原则,以对人类文化生活的各方面做出是非、善恶的评判;人本主义是一种传统:人类必须自觉地追求生存和发展,才能不断实现自己的生存和发展,所以人类自然地倾向于人本主义,人本主义对人类来说也是一种生存法则,人类的每个时代都有与其时代特征相应的人本主义的表达,人本主义的意识、观念和理论一直伴随着人类的生活,并已逐渐形成为一个传统,广泛而持续地影响着人类生活的各个方面。"①无论是理想信念,还是生存原则、文化传统,人本主义观念在当代中国已逐渐渗透到人们的内心之中,也体现在新世纪文学的物质和身体书写之中,并成为日常生活诗学的重要组成部分。因此,重申物质和身体的书写意义,在某种意义上表明了当代作家已自觉地意识到,真正完整的人类生活,既包括各种共识性的"大生活",也包括个人化、多元化甚至非理性的"小生活"。

(《文艺争鸣》2021 年第 6 期)

---

① 荆金祥、汪玉红:《彻底的人本主义——对人本主义的一种思考》,《社会科学论坛》2011 年第 4 期。

论新世纪小说的轻逸化审美追求

21世纪以来的小说创作,绝大多数都倾注于微观化的日常书写,呈现出非常明确的日常生活诗学建构之特征。很多作家都自觉地聚焦于那些繁富驳杂的日常生活,从小人物、小事情、小冲突、小感受入手,在各种庸常的生活缝隙里,发现并展示世俗社会里某些别具意味的生存镜像,重新审视复杂的社会历史现象与普通个体命运的内在关系,并由此反观人们的日常生存处境,努力扩张文学在感性生活上的表现力。这种诗学建构,不仅涵盖了我们的日常消费、日常交往、日常观念等方方面面,还渗透在各种非日常生活的内部,折射了日常生活对非日常生活的深层制约,也体现了日常生活本身所拥有的巨大的吞噬能力。同时,我们也必须看到,这种对日常生活诗学的追求,绝不仅仅体现在叙事内涵上,它同样反映在叙事策略及审美形式之中,两者紧密相融,共同建构了这种诗学的审美特质。

一

与有组织的、理性、科层化的非日常生活相比,日常生活显然更多地体现为形而下的具体生存,尽管它的内部也隐含了某些形而上的因素,但它在本质上还是体现了人类以物质性、感官化生存为前提的本来面貌。从自然形态上看,日常生活是散乱而无序的,有着情绪性的"泼烦"之特征,并非由严密的理性逻辑来安排的。在日常生活中,只有平均状态的"常人",或者说芸芸众生,不存在高大全的英雄或卓越之才。但日常生活又隐藏着各种社会变革的动因,这些因素逐步积累并形成一定的能量之后,就会通过各种导火线演变成社会的变革。列斐伏尔就曾毫不含糊地强调:"宗教、抽象、'思维'生活,遥远的和'神秘的'政治生活,剥夺了规模巨大的日常生活。日常生活的淳朴,日常生活与生俱来的壮丽,原先那些让日常生活获得最初辉煌的细枝末节,都从日常生活中剥落了下来,让日常生活变得面目全非,判若两物。进步是真实的,在一些方面,进步是巨大的,但是,进步从来都是有代价的。然而,日常生活,这种纯粹的生活,依然在那儿,不过,它非常接近不名一文和令人羞辱,日常生活既根深蒂固,也使人感动;日常生活既具有创造性,也受到威胁;日常生活建设着未来,也被预测到的未来所包含的不确定性所困扰。"①在列斐伏尔看来,人类的日常生活虽然遭受到各种非日常生活的巨大破坏,甚至让它变得"令人羞辱",但它依然拥有特殊的创造性,并肩负着建设人类未来的重要职责。在《论日常生活诗学的重构》一文里,我曾着重讨论了这一现象,阐述了日常生活的这一特点在新世纪文学中的具体表现,同时也指出,当过于理性的非日常目标不再作为超越个体日常的总体性概念之后,作家们发现日常生活本身就是一个具有总体性特征的概念,因为它蕴藏了总体性的诸多要素。

一方面,人类的日常生活是"轻"的,世俗风情,柴米油盐,家长里短,庸常琐碎,离不开一地鸡毛式的生存镜像;另一方面,琐屑的日常之中,又潜藏着各种历史变动的漩涡和暗流,它们细小却强大,总是悄无声息地推动着社会的变革,使历史的浩波巨澜若隐若现于每一个平常人家,这便是日常生活之"重"。针对这种日常生活的特殊形态,作家们常常会采用相应的表达策略,即通过一种轻逸化的叙事方式,使文本形态与日常生活形态形成某种同构关系,在审美形式上对表达内容构成呼应。即使是触及某些相对沉重的历史或现实问题,很多作家也会采用一种"以轻击重"的表达策略,将沉重的命题隐藏在叙事的背后。像格非的《望春风》《月落荒寺》,苏童的《河岸》,田耳的《天体悬浮》,迟子建的《烟火漫卷》等长篇,都是如此。从叙事的表面上看,这些作品都是通过日常生活的一

---

① 〔法〕亨利·列斐伏尔:《日常生活批判》(第一卷),叶齐茂、倪晓晖译,社会科学文献出版社2018年版,第193页。

些特定情境，精确地呈现了人们在各种无序状态下的生存感受，突出人们在琐屑、繁杂的日常事务中所经受的命运变化，揭示现实秩序和个体生命之间极为隐秘的冲突与纠缠，并在看似无意义的庸常世相里，折射了作家对于历史、人性和命运的思考。用列斐伏尔的话说，"日常生活是一个产生意义的地方，也是意义降至无意义的地方"①。日常生活的书写，在叙事表层上，很多时候确实体现了某种看似"无意义"的生命状态。但事实上，在这种表达策略的驱动下，即使是一切重大的社会历史问题，或深邃尖锐的人性思考，创作主体也会将之巧妙地安置在叙事背后，而呈现在读者面前的，常常是各种微观的、琐屑的，有时甚至是饱含着调侃意味的话语。但是，在这种看似并没有多少思想力度的话语中，又时时凸现了历史和人性中许多锐利而又严肃的生存本质。

这种轻逸化的审美表达，从创作主体上看，无疑是一种耐人寻味的叙事策略，但是如果从叙事效果上看，则体现出一种诗性化的美学趣味，即一种轻盈、灵动或诙谐之中所包含的特殊意味。它不仅确保了小说的"好看"，还洋溢着各种叙事的智慧，为读者提供了更丰富的解读空间。像须一瓜的长篇小说《致新年快乐》，就是这方面的典型之作。从表面上看，这是一部充满激情与理想的小说，但在叙事上又交织着庄重与诙谐的审美格调。作者以市场经济飞速发展的20世纪90年代为背景，叙述了某座小城工艺厂内一群年轻保安的日常生活及其正义性的理想诉求。说它是一种日常生活书写，是因为这类小工艺厂在那个时代随处可见，并无特别之处；小厂里几个维持秩序的保安，也是最基本的日常角色，没有谁会赋予他们特殊的历史使命。这座小作坊式的工艺厂，主要制作各种贺年卡片，一般都是抄袭按样打货，贴个企业商标基本完事。故事的真正发生，是父亲将工厂交给儿子成吉汉打理之后。充满理想情怀的成吉汉接管工艺厂之后，不是想着如何拓展业务，开发新产品，而是将工厂作为自己激情与梦想的试验田。首先，他立即升级全厂广播音

---

① 〔法〕亨利·列斐伏尔：《日常生活批判》（第二卷），叶齐茂、倪晓晖译，社会科学文献出版社2018年版，第316页。

响系统,很快就把工厂变成了一个集庄严与欢乐于一体的特殊场所:"一进大门,我们就像进入一个透明的、无形的音乐厅。我们一行不知道是走在夕阳浅金色的天地间,还是成吉汉布置的无可名状的奇异光辉中。在那音乐旋律里,在那小号引领的新年贺卡一样的根据地,被音乐描绘得如天国一样感人欲泪。"接着,他放下工厂的经营,全力训导并充实厂内的一群青年保安,除了原先父亲的司机兼保安队队长猞猁,还有双胞胎郑氏兄弟和边不亮陆续加入,保安队由此进入一种准军事化的管理:厂里保安队开始每天拂晓要跑步五千米,不跑就扣奖金,必须参加健身活动打卡,等等。有了这支技能良好的保安队之后,工艺厂已经属于"英雄无用武之地",于是,在一个偶然的机缘中,成吉汉让这群保安逐步活跃在整个小城的反扒领域,成为当地派出所颇为得力的助手。要知道,"春节假日,每个被排值班的警察都痛苦万状,恨不能在万家团圆的日子里陪伴父母妻小,可是,这些反扒志愿者,龙腾虎跃拔剑四顾,就怕你不排上他的执勤时段,从来无需分文,个个无怨无悔"。派出所顺手推船,在工艺厂的大门边挂上了"反扒志愿队"的牌子。

尽管须一瓜选择的是一个旁观者的回忆性视角,由成吉汉的姐姐来讲述这段不无传奇的历史,但在亦庄亦谐的叙述语调中,我们依然可以感受到,由成吉汉掌控的这群保安,始终洋溢着某种英雄主义和理想主义的激情。不错,在进保安队之前,这群人就有一些不光彩的行为,如郑氏兄弟曾冒充警察。"那个春夏,那些对于风化的专项整治,客观上改善了郑氏兄弟的经济生活。还有一次,出租车司机听说他们是警察,执意不肯收他们的车费;后来,遇上知道他们警察身份还收他们车费的不懂事的哥,哥俩就非常生气;再后来,他们追求规范化一起购买了三百多元的假警官证(黑皮套上警徽非常真实),并开始随身携带盖公安分局章的治安罚款簿。"进入保安队之后,这些人也时不时地违规使用警械,还不止一次受贿,猫和老鼠已经进入一个双方默契的互助互益循环。但是,从本质上说,他们依然是一群充满血性和理想的男儿,甚至涌现了不惜用鲜血和生命,去维护另一些人的鲜血和生命的完整的使命感。这种使命在那个世纪之交的特殊年代,尤其是在那个经济飞速发展、各种治安事件层出不穷的纷乱时期,显得尤为珍贵。所以,从派出所到各种媒体,都给了他们各种支持,连保险公司也不忘通过给这支队伍免费提供保险,获得一番正面的宣传,仿佛他们已成为这个小城里一股除暴安良、匡扶正义的力量。

我们很难说成吉汉手下的这群保安就是绝对正义的化身。他们都是一群卑微的人,处于社会的边缘,他们都有自己曲折的人生经历,或被父母压制了内心的理想,或因队友的失误被开除警察队伍,或因家庭矛盾而遭受了极度伤害……在日常生活中,他们永远也找不到自己的存在。但他们的内心都渴望正义,渴望被关注,被肯定,被礼赞。正是这种内在的崇高的道德律令,使他们舍身忘我地追逐人生的高光时刻。当他们大面积挂彩之后回到工厂,工厂门口瞬间灯光齐射、喷泉狂飙,喇叭里猛然响起《凯旋进行曲》;当他们以"警民共建"的名义去夕阳红敬老院搞慰问,在那个无须担心被证伪的时刻,他们终于确认了自我的价值。用作者的话说,他们是一群"愚蠢而高贵的人",尽管他们最后以不同的方式消失在这座小城,但他们还是执着地用青春和咆哮的热血,实现了一次理想主义的突围表演。所以,《致新年快乐》在叙事上充满了诙谐、戏谑等喜剧性元素,带着鲜明的自我狂欢意味。尤其是这群保安极为任性的越俎代庖行为,具有强烈的"自嗨"性质,多少有点超越了正常的理性。但是从某种意义上说,他们正是以不合时宜的生存方式,向正义的青春致敬,向理想的岁月致敬,向生命的激情致敬,并在功利主义的世俗环境中,绽放出炫目的诗性之光。

其实,并非只有《致新年快乐》才具有这样的美学意味。类似的小说还有很多,像格非的《隐身衣》和《月落荒寺》,都是立足于日常生活。或通过人物对于音乐器材和乐曲的迷恋,呈现边缘群体内心独有的诗意情怀;或通过一个个日常生活碎片的精细表达,折射某些吊诡的命运,以及人物内心深处的诗性吁求。但就叙事本身而言,则显得轻逸、柔慢、温婉,甚至还有一些令人遐想的神秘感。

二

如果要系统地梳理这种轻逸化的审美趣味,我以为它首先就体现在作家对日常生活的微观化处理上。从普遍性上看,日常生活本身就是微观的、琐碎的,而且这种琐碎很多时候是机械式的重复,带有个体生存的惯性特征,很难体现个体生命内在的深刻性和独特性,所以当代作家们在处理这种日常生活时,并非动用机械的写实主义,而是运用一种更微观的手法,沉入日常生活内部,穿透那些看似庸常的日常生活表象,发掘隐藏在表象之下的各种生存状态,捕捉那些富有生命质色的细枝末节,然后赋予其艺术想象,呈现为鲜活的文本形态。但是,如果我们立足于不同的个体生命来看,"日常作为价值的质"可能会产生完全不同的意义。"在这里,日常生活中的日常状态可能被经验为避难所,它既可以使人困惑不解,又可以使人欢欣雀跃,既可以让人喜出望外,又可以使人沮丧不堪。或者说,它那特殊的质也许就是它缺乏质。"①面对同样的日常生活,不同的个体可能会产生完全相反的生存感受,这正是日常生活所拥有的特殊魅力。所以,英国学者本·海默尔认为,我们必须区别"日常生活"和"日常状态"这两种不同的概念,对日常生活内在的异质性和矛盾状态发起调查,不能总是盯着日常生活中那些惊世骇俗、标新立异的东西,而是要认识到任何看似庸常的日常表象之下,都包裹着诸多个体意义上的神秘因素。为此,他倡导要像福尔摩斯那样专注于日常生活的细枝末节。"针对日常中的神秘,福尔摩斯引入了理性主义的祛魅(disenchantment)。他的天'才',说到底,无非是把理性主义的和科学的原则推广到他所调查的那些表面上看来深不可测、无根无由的事情当中去。如果说他热爱日常中那些光怪陆离、玄而又玄的方面,那么他所热爱的,是通过理性主义来为它祛魅。正是这种理性主义把那些微不足道的和日常的事物转变成了光怪陆离之物的密码。福尔摩斯通往日常的途径既产生了神秘,同时又解除了它的神秘。"②很多作家在面对日常生活时,也有些像福尔摩斯那样,借助必要的洞察力,总是能够在生活的细枝末节之处,发现各种饶有意味的蛛丝马迹。

譬如任晓雯的《浮生二十一章》,就是以生活在上海弄堂里的二十一

---

① 〔英〕本·海默尔:《日常生活与文化理论导论》,王志宏译,商务印书馆2008年版,第5页。

② 〔英〕本·海默尔:《日常生活与文化理论导论》,王志宏译,商务印书馆2008年版,第9—10页。

个小市民作为小说主角,从一件件看起来稀松平常、毫不起眼的事件开始,在抽丝剥茧般的细节捕捉中,微观化地呈现了都市平民的日常生活和精神情况。在小说中,二十一个人物,折射了二十一种个性气质和人生风貌。这些人物个性明朗,境遇普遍,每一个人物的性格都是丰富且生动的。我们很难定义这些人物是"好人"或"坏人",他们有时可爱有时可恨,世故精明却又不乏善良,即使命运难以捉摸,即使生活千疮百孔,每一个人都在自己的人生轨迹里忙碌着,或乐观或精明或势利地活着。任晓雯非常擅长在那些混沌的日常生活场景中,迅速捕捉到生活中最细小最本质的部分,并通过那些细小而持久的细节打破生活表面的平静,揭示日子底下世态人情的真相,继而袒露人性的复杂、摇曳和幽深。像《周彩凤》中:"周彩凤逛了小菜场,归途碰到个新邻居,絮叨一路。邻居说:'你一歇上海话,一歇普通话,是北京来的高干吧。'周彩凤不答,进门顾自微笑。方沪生冷着脸过来,在小菜篮头里翻检,'买啥了,去那么久。记住,茄子别和肉炒在一道,番茄蛋汤放些洋山芋。我吃不惯你们安徽人烧法的。'周彩凤诺诺,想着邻居的话,又笑起来。"①《江秀凤》中:"一日,上门收废品,遇着个故人。对方瞠视良久,忽道:'三小姐,是你吧。'她赪红了脸,跑下楼去,缩立于墙边,放任自己哭个够。俄而摇摇小铃,起车前行。"②无论是作为安徽人的周彩凤面对上海市民的身份排外意识,还是命运败落后的江秀凤在遭遇熟人之后的尴尬,虽然他们的外在交流并没有出现异常,但内心可谓惊涛骇浪。正是从这些看似极不起眼的细节中,任晓雯巧妙地将人物在日常生活中微妙而复杂的内心镜像烘托出来,可以说准确精练,异常鲜活。任晓雯坦言自己写《浮生二十一章》时,甚至能感受到笔下人物"噼里啪啦说话时,咸酸的唾沫溅射而来"。

福尔摩斯对日常生活中最为平淡无奇的事物永远保持着情有独钟的姿态,并且能够凭借自身的非凡之才,从中发现各种异乎寻常的东西。这种发现的能力,其实就是作家需要具备的艺术禀赋。在福尔摩斯面前,华生

---

① 任晓雯:《浮生二十一章》,北京十月文艺出版社2019年版,第41页。
② 任晓雯:《浮生二十一章》,北京十月文艺出版社2019年版,第89页。

似乎就是我们这些读者，经过他的跟踪、呈现和揭示，我们忽然明白日常之中所隐藏的各种奥秘。作家对日常生活的微观化处理，也是如此。像天津作家王松的长篇《烟火》，就是从日常生活的市井气息中，呈现了天津胡同里各色人等的生命情态。作者围绕蜡头儿胡同，把天津古城里的市井文化，分解成无数碎片式的小人物和小故事，以漫无头绪的方式娓娓道来。这些人物总是在不经意的地方出现，或者独立成章，或者通过其他人物或事件引带出来，从来子、杨灯罩儿、老瘪，到王麻秆儿、老疙瘩，每个人物都拥有独立的命运故事，但是又都适可而止。然而，在这种看似杂乱不清的市井结构中，一幅相互交织、彼此牵扯的老天津胡同景象鲜活地呈现出来了。在王松的微观化处理中，我们可以看到，老瘪卖的烧煤球炉子用的拔火罐儿，烧制得比炮弹还结实，扔到地上可以弹跳；制作鸡毛掸子的，对掸子的杆儿和鸡毛，都有特殊的要求，以达到弹灰的绝佳效果；拉胶皮的，只靠身体的蛮力绝对不行，还需要各种巧力；绱鞋的，不能只讲究针脚的密疏，还要该硬的地方硬，该软的地方软，这样才能穿在脚上舒服轻便；打帘子的，也同样存在各种讲究……从人人熟知的狗不理到鞋帽铺、棺材铺、水铺等，你有你的生活技巧，我有我的谋生门道。虽然这些民俗文化只是小说的附属功能，但它以特有的丰富和饱满，将蜡头儿胡同里人们的日常生活夯击得异常瓷实。在日常生活的微观之处，王松从不吝惜笔墨，如傻四儿去拉冰的细节，是否真实其实并不重要，但作者还是不遗余力地进行交代，使这个人物在十分有限的篇幅里迅速活了起来，也让来子与他在生活轨迹上的交错显得自然可信。不过，无论是傻四儿还是刘大头，无论是高掌柜还是老朱，他们的故事终归都回到以来子一家为主的命运旋涡里，在历史的颠荡沉浮之中，呈现了蜡头儿胡同中千姿百态的日常生活，也映现了民间生活的繁杂与丰饶。

微观化往往意味着细节化，既需要作家敏锐的洞察力和精准的叙事功力，也需要作家对日常生活本身保持应有的专注和热情。福尔摩斯之所以了不起，就是因为他迷恋日常，专注于各种日常生活中的细枝末节，小说家亦然。像尹学芸的《我所知道的马万春》，可以说，写活了一个基层干部马万春，就在于作家非常善于从人物的外在言行中，捕捉其内心真实的精神意愿。无论是马万春吃处女蛋，送化肥给初恋，还是对陈四宾情感生活的安排，招待老干部的午餐安排，都隐含了别样的心机，呈现出耐人寻味的张力。作者也正是通过这些看似琐屑的细节，巧妙地凸现了人物隐秘的野心和欲望。这种微观化的日常叙事，其实就是以轻搏重，深入浅出，很好地体现了轻逸化的美学趣味。

三

这种轻逸化的美学趣味，在更多的时候还体现在作家对重大问题的背景化处理上。记得魏微曾说："我们的生活中，每天都有传奇发生，那些惊天动地的大事，或有一些小的欢乐和伤悲，都可以视为是我们时代的注脚。我喜欢'时代'这个词，也喜欢自己身处其中，就像一个观众，或是一个跑龙套演员，单是一旁看着，也自惊心动魄。某种程度上，我正在经历的生活——看到或听到的——确实像一部小说，它里头的悲欢，那一波三折，那出人意料的一转弯，简直超出凡人想象。而我们的小说则更像'生活'，乏味、寡淡，有如日常。"① 的确，任何一种日常生活的背后，都挂着"时代"这个巨大的幕墙。如果我们转身去盯着幕墙，当然少不了惊心动魄的感受，尤其是面对新世纪以来飞速发展的中国现实，面对变动不居的生活方式和生存观念。同时，任何一个身处"时代"的个体，无论他的日常生活具有怎样的独立性，也都与时代存在着千丝万缕的联系。这种联系，大到人生命运的跌宕起伏，小到人性与伦理的扯扯拽拽，都是不可避免的。它意味着，日常生活内部总是存在着各种各样的异质性因素，用列斐伏尔的理论来说，就是日常生活中永远存在着各种异化特征。这些异质性因素，构成了日常生活的"重"。但在新世纪以来的小说中，很多作家在面对这种日常之"重"时，仍然选择一种日常化的叙事，将"重"的内涵放在背景之中，使作品继续保持轻逸的审美格调。像魏微的小说《沿河村纪事》，通过对中国边远乡村的日常生活叙述，围绕着各种利益，在你争我吵、打打闹闹的细节之中，展示了中国乡土社会结构形态向现代转

---

① 魏微：《"我们的生活是一场骇人的现实"》，《小说评论》2007年第6期。

型的艰难。她的《家道》讲述了一个小城里一对母女在家里男人因罪入狱后面对强大的世俗伦理所遭遇的种种尴尬、困顿和伤痛。她们背负着贪官家属的耻辱，穿行在各种冷漠的目光之中，以敏感而又无奈的心情咀嚼着人世的沧桑，直到最后，不得不背井离乡。表面上看，它对父亲的罪并没有很好的反省，但实质上，它仍然是以母女内心里无法言说的疼痛来回应"罪"的深远惩罚，以及它在伦理层面上所辐射出来的巨大威力。宁肯的《城与年》系列，都是以少年时代的成长记忆作为叙事之重，通过一个个独特的意象选择，展示了特殊年代里的生活之重和生命之重。像《火车》《探照灯》《防空洞》等，表面上都是叙述了一群北京胡同里的少年四处游走的快乐。他们有着无穷无尽的想象力，也不乏探险和猎奇的激情，在物质与精神双重匮乏的年代，他们不停地游走在城市的角角落落，寻找着属于自己的刺激，也求证了生命成长过程中应有的诗意。然而，在这些放纵式的无忧无虑的成长过程中，作家通过各种不经意的细节安排，又让我们体会到一些大院深处生活的诡异，也隐约地感受到历史意志对个体日常生活的强制性规约，当然还看到了无数尖锐人性的狰狞面目。像小芹充满神秘意味的命运转折、大个儿孤独无奈的苍凉人生，以及四儿喧闹失衡的家庭，都深深地打上了时代和人性的烙印。这也使我们真切地感受到，小说中每一件充满想象和诗意的成长趣事，都在看似无序的日常之中，承载了生活的辛酸与伤痛。鲁敏的《奔月》从逃离的角度，探讨了命运的不可超越性。逃离是洒脱的，然而逃离之后，命运并不会选择更好的道路，因为在性别文化中，女性终究要受制于现实伦理的强力规训。在这些小说中，作家们都展示了日常生活的深不可测和异化的必然性，同时也表明日常生活看起来千篇一律，甚至不乏欢乐与温情，但是时代的惊涛巨浪，以及所有的人性、命运，等等，都隐藏在日常生活之中。

在这方面，池莉的长篇《所以》可能更具有代表性。这部小说同样立足于日常生活，在一种看似轻松平常的叙事中，缓缓地呈现了当代女性成长的生命历程和屡战屡败的婚姻生活，通过女性视角传达了人们对于现代生存的感悟和痛楚。作家以叶紫漫长的生命历程作为主线，通过叶紫三次失败的婚姻，揭示了现代人的生存状况及所遭遇的挫折与困惑。由于个性和在家庭中的被忽视，叶紫一次次轻率地处理自己的感情问题，让自己的婚姻生活不断卷入各种高手段、低情商、无耻小人的陷阱里，要么被利用，要么被暗算，要么被敲诈，最终走向败局。从幼稚到成熟，叶紫在历经了人生经验与教训的同时，始终恪守自己的个性，坚持自己的人生走向。毫无疑问，叶紫是一个想追寻自我生活的知识女性，她出生在哥哥与妹妹之间，在不该出生的年代降生，不招父母待见，一心想逃离没有温暖的家。一碗温热的鸡汤、一只肥美的鸡腿，就可以填满叶紫渴求爱的心灵。然而，甜蜜的闪电过后，真相大白，大学毕业待分配的关淳利用她留在武汉，而她却被分配到小城孝感。不愿屈服命运的叶紫，果断结束了这场短暂又滑稽的婚姻。在孝感文化馆，叶紫凭着聪明才智，编写多部话剧，在省文化系统声名鹊起。这一切让董馆长受益，调到省里。叶紫不服，一趟一趟往省里跑，揭穿董馆长，结果碰了一鼻子灰。哥哥叶祖辉开始帮助她，介绍她认识团级军人禹宏宽。叶紫屈从于命运，学乖了，利用禹宏宽调回了武汉。此时导演华林走进叶紫的生活。叶紫似乎嗅到自己熟悉的气息，特别是那种久违的语言，以及落拓不羁的个性气质。她就像路边的无名小花，不由自主地在泥土里仰望着华林，开出自己卑微而灿烂的花朵。结果当然是叶紫被软禁，有妻室的华林因此入狱。但叶紫仍旧不顾一切地要嫁给华林，想用堂堂正正的婚姻，来证明他们纯真的爱情。十三年后，如别人预言的那样，华林再次背叛，拍了自己与别人的不雅照讹诈了叶紫一笔钱。叶紫庆幸与一个无耻小人离婚了，儿子还在，家还在，这就足够了。小说中的叶紫，只是芸芸众生中的一员，她的曲折情感，虽与个性有关，也与她遇人不淑有关，但这些终究与时代脱不了干系。或许，日常生活让人们看到的，永远只是结果，只是表象，只是"所以"，但作家需要直面这些表象，在一个个看似理所当然的"所以"之中，巧妙地揭示诸多的"因为"——这有点像张爱玲所说的那样，人生是一件华丽光鲜的袍子，里面爬满了跳蚤，关键在于，作家如何在描绘这件华丽的袍子时，巧妙地让读者发现里面所隐藏的跳蚤。这正是轻逸化叙事所孜孜以求的审美理想。

作家张欣曾说："时至今日，感觉写作中最大的难点竟然是最不起眼的日常。每每写到吃穿用度、衣食住行，就觉得深陷在重复、同质和一成不变的泥潭里动弹不得，喝的咖啡、进的饭馆、泡的酒吧写出特色来，难度是非常大的。由于所有的事件都是在生活中产生或发生，那种在竹尖上拼剑、与老虎同船的状况终究是极少的现象,并非一种常规表达。而对于日常,我们再熟悉不过,可是在日常中妙笔生花,却成为一件难事。《金瓶梅》和《红楼梦》里都写了许多日常,让人感到故事里面的真实与温度,以及深刻的敬畏与慈悲。那么琐碎的凡间烟火背后,是数不尽的江河日月烟波浩荡。"[1]张欣的这段话,表明了作家在直面日常生活时的艰难,但事实上,新世纪以来的很多作家还是凭借自身的艺术智慧,自觉地立足于普通个体的生存经验和存在境遇,注重体验性、身体性和经验性的审美表达,突出了那些看似琐碎、惯常的世俗生活对于个体生存的重要意义,也揭示了日常经验内部所蕴藏的各种微妙繁复的生命镜像。他们对一个人的最为完整的生活的理解,就是营构个体在日常生活中丰富的、可能性的状态。主要目标是突出文学对于日常生活的审美关注,发掘并展示日常生活中极为丰盈的生命质感和人生意绪,以便重构人类在身与心、人与物上的统一。

四

如果从叙事的细节上看,这种轻逸化的审美趣味,还表现在作家对日常生活的诗意化处理上。任何个体的存在,即使是卑微的生存,都会怀有诗意的内心憧憬,也不乏某些超越实用主义的精神追求,所以日常生活虽在整体上较为平庸琐碎,带着形而下的特征,但它永远不缺乏诗意,小到各种日常性的郊游、休闲与度假,大到各种节庆仪式和宗教式的盛典,都是这种诗意的体现。"在平静如水的日常生活里,的确一直都有海市蜃楼、磷光涟漪。这些幻觉并非没有结果,因为实现结果是这些幻觉存在的理由。但是,在哪里可以找到真正的现实呢?何处发生着真正的变革呢?就在这个不神秘的日常生活之中!"[2]列斐伏尔在这里使用的"幻觉",在某种意义上说就是超越了日常功利的诗意,关键在于作家如何来捕捉和呈现这

---

[1] 张欣:《日常即殿宇》(自序),《千万与春住》,花城出版社2019年版,第1页。
[2] 〔法〕亨利·列斐伏尔:《日常生活批判》(第一卷),叶齐茂、倪晓晖译,社会科学文献出版社2018年版,第126页。

种诗意的内涵，如何来呈现这些诗意的生活情境对于人们日常生存的重要意义。像铁凝的《春风夜》《火锅子》等短篇，就非常精妙地呈现了这种日常生活的诗意，并通过这种诗意的叙事，在轻逸化的审美格调中，凸显了人性的光泽。《春风夜》中的俞小荷来到城市打工，虽然饱受生活的压力和夫妻长期分居的孤寂，但她从不抱怨，更没有滑向人性之恶，而是顽强地打拼，全力应对各种生存的艰辛。在与丈夫重逢的短暂之夜，她的整个身心都沉浸在与丈夫相会的幸福感里，处处袒露着相濡以沫的体恤和关爱，也使整个小说体现了如沐春风般的叙事韵味。《火锅子》围绕着一顿简单的火锅午餐，精心地勾勒了一对年迈的夫妻相濡以沫的生活，也诠释了爱、宽容、牺牲、相扶相依等复杂的精神内涵，并使叙事在一种温馨的叙事语调中，饱含了人生的沧桑与平静。

在这方面，最具代表性的或许是迟子建的长篇《烟火漫卷》。这部长篇聚焦于北国冰城哈尔滨，试图借助众多平凡人物的日常生活书写，在充满了烟火气息的市井生活中，呈现这座城市特有的精神画卷。小说的主线是一个有关寻找的故事。主人公刘建国当年回城探亲时，受到好友于大卫夫妇之托，把于的儿子铜锤带到哈尔滨，不料孩子在哈尔滨火车站下车时被人偷走。刘建国从此带着巨大的负罪心理，更换了一个又一个工作，几十年如一日地奔波在寻人途中。围绕刘建国的寻人线索，以及刘建国的亲朋等关系，作家不断将叙事铺陈出去，着力叙述了不同身份的人在这座城市里的日常生活状态，试图为这座古老的北国冰城临摹出色彩斑斓的精神风貌。于是，我们看到，无论是春夏秋冬在这座城市的更替景象，还是凌晨批发市场喧闹的交易、晨曦时分的鸟雀鸣叫、澡堂子里氤氲湿润的热气、旧货市场的老器物、老会堂音乐厅的演出、饭馆或礼堂的二人转，都呈现了这座城市独特的文化景观，也洋溢着生生不息的烟火气息。为了强化对这座城市精神的传达，迟子建让很多人物的日常生活都以自身特有的方式，深深地嵌入这座城市的文化血脉。譬如，退休之后的刘光复，倾其所有，执着地要为这座城市的工业时代留下珍贵的影像，直到生命的最后时光，还念念不忘自己的纪录片。于大卫虽是西方混血的后代，但他同样迷恋于这座城市的气质，闲暇之余，总是带着相机穿行于大街小巷，为这座城市各具特色的建筑留下一幕幕恒久的记忆。谢楚薇虽然一直饱受失子之痛的折磨,但也不忘时常赶赴各种音乐会,领略这座城市内在的文化脉动。外来的黄娥原本打算将儿子托付给四处寻人的刘建国,然后回到丈夫身边,以自杀来陪伴逝去的丈夫,结果却在榆樱院扎下了根,并最终收获了爱情。小秦和小米只是来城市寻找自由,最后也在榆樱院落下了根,甚至连小米前夫的母亲陈秀也来到了这座城市。我们很难说,这些人物的所作所为都有什么宏大的理想,但他们似乎都很自然地爱着这座城市,并与这座城市的精神保持着密切的共振关系,是因为这座城市既充满了世俗的烟火气息,又洋溢着友善的诗意情怀,同时还在沧桑的历史记忆中融会了中外文化的不同气质。

类似的小说还有很多。像张惠雯的很多短篇如《爱》《玫瑰,玫瑰》《飞鸟和池鱼》等,都是在庄重或尖锐之中,又时时洋溢着诗性的轻逸之美。晓苏的《花被窝》《海碗》等,也是叙述了一个个隐秘而又温馨的故事,既散发人性的芳香,又传达了诗意的怀想。田耳的《开屏术》则借助权力资本的潜在驱动,呈现了一群现实社会中底层游民的日常生活。在一次聚会上,王局长随口说了一句"孔雀要是随时晓得开屏,又能当狗养又比狗漂亮,再多的钱我也要搞起",虽然这只是一句荒诞的玩笑,但是长期依附于王局长的易老板,却将这种玩笑视为一种奉迎权力、展示能耐的绝佳机会,于是他开始派人火速实施"开屏术"。随后,隆介等一群酒鬼兼游民陆续登场。这些酒鬼带着骑士般的浪漫主义怀想,不断寻找各种孔雀的开屏之术,从养孔雀到驯孔雀,从刺激孔雀发情到给孔雀尾巴安装遥控装置,忙得不亦乐乎。稍有常识和理性的人都明白,这种有违科学的事情几乎不可以完成,但是在那些草根游民的心中,竟成为可以发挥自我奇才的大好时机。所以我们看到,由酒鬼隆介到酒鬼徐师傅,再到各种民间游民,面对利益的"酒精",迅速形成了一条散落于各地的"产业链",引发了无数令人啼笑皆非的故事,甚至连交际花凌大花也开始向隆介投怀送抱。隆介说,有些事要多快好省,但有些事,必须铺张浪费。以前什么都想省着弄,就一再地错过了奇迹发生。现在不一样,他决定不惜一切代价驯出这样一只孔雀。这种精神怀想,不只是隆介等无数底层游民的内心梦想,也折射了普通人超越现实经验的渴求。它既体现了某种荒诞式的生存逻辑,也呈现了浪漫式的理想气息。

其实，田耳的《开屏术》还体现了作者对这种诗意化生存的处理策略。作者借助必要的想象，很自然地将那些非理性的日常生存转化为生命的飞翔状态，犹如纳博科夫所说的，兼备诗道的精微和科学的直觉。在纳博科夫看来，小说家与魔法师都是一种自我为难的职业——人们都清楚他们所作所为的虚假性质，但他们又不得不为自己的虚假行为建立各种"真实"的理由和依据，以使人们在欣赏过程中获得特殊的审美体验。只不过，魔法师更注重表演的每一个过程，而小说家则更强调叙述的每一个细节。在小说中，细节是想象与说服力达成紧密联动的核心枢纽。它既要有"诗道的精微"，又要有"科学的直觉"。当然，这两者不可能同时出现在一个细节之中，而是各自出现在它们应该出现的位置上。也就是说，该灵动时就让它飞翔起来，该坚实时就让它坚实起来。曹征路的《天堂》就运用一种充满生活质感的吴方言，讲述了一个叫天堂山的乡村里质朴却不乏浪漫的民情风俗。在那里，人们讲仁义，重人情，拜关公，"地方不大，讲究不小"，但是，他们同样也有浪漫的怀想，也有男男女女之间说不尽的私情和暗恋。他们以插花作为暗号，使男女之间演绎了一个又一个鲜活灵动的故事。因丈夫残废，蝉儿自然也有人插花，但她坚守妇道，忍辱负重，甚至成为"三八红旗手"。尽管最后蝉儿还是与他人有了私情，尽管这个情人又被人暴打而逃走，但蝉儿依然是蝉儿，依然守着自己的家庭，为生活而奔波，为命运而隐忍。如果我们再看看鲍十的《秋水故事》中作家对乡村夫妻之间情感的质朴叙述，魏微的《姊妹》里对两个彼此仇恨了一生的女人之间关系的微妙化解，毕亮的《继续温暖》中一对爷孙相依为命的乡村留守生活，等等，我们就会发现，它们同样充满了尘世的日常温情，也传达了日常生活中最为动人的诗意。尽管在这些小说中，也都或多或少暴露了人性的坚硬和现实的无奈，但在叙事上，都充满了轻逸化的审美趣味。

作为一种日常生活诗学的表达策略，轻逸化的审美趣味并非为了给现实或人性涂脂抹粉，而是缘于创作主体对于人类日常生活的内在理解。铁凝曾说："文学还应该有个巨大的功能就是有暖意，应该给人类带来一些温暖。"① 任何一个作家在直面日常生活时，在遭遇坚硬的现实时，选择"以重击重"式的正面强攻，固然是一种不错的叙事策略，但是如果能够发现其中所蕴含的诗意和"暖意"，并在轻逸化的叙事格调中，巧妙地传达某些生活之重或生命之重，是否也应该给予更多的关注？

(《中国当代文学研究》2021年第4期)

---

① 铁凝、王尧：《文学应当有捍卫人类精神健康和内心真正高贵的能力》，《当代作家评论》2003年第6期。

坐对瑶觞看舞妙
——论新世纪小说创作

新世纪以来的小说创作一直保持着强劲的发展势头。从"20后"的徐怀中,"30后"的王蒙,"40后"的蒋子龙、叶辛,一直到"80后"的孙频、双雪涛,"90后"的王占黑、梁豪,几乎是八代作家齐聚一堂,创作阵容浩浩荡荡,作品数量极为庞大。如果再加上网络作家和海外新移民作家的创作,无论作家队伍还是作品数量,都更蔚为壮观。从整体上看,在这些海量的小说中,可谓应有尽有:既有宏大叙事,又有日常书写;既有历史重构,又有现实聚焦;既有科幻奇想,又有悬疑架空;既有人性沉思,又有理想关怀;既有先锋探索,又有世俗传奇。不过,从我个人有限的阅读视野来看,近二十年小说发展的主要特征是,宏大叙事不断呈现微观化的表达态势,日常生活书写成为小说发展的主脉,叙事形式上则体现出多元混杂的文本特征。

一

很多人都认为新世纪小说中宏大叙事日渐衰微,甚至出现了某种程度上的缺席,有些学者还发出"重构宏大叙事"的审美吁求,我觉得真相未必如此。在我看来,徐怀中的《牵风记》,王蒙的《这边风景》,梁晓声的《人世间》,蒋子龙的《农民帝国》,叶辛的《客过亭》,铁凝的《笨花》,周梅森的《绝对权力》《人民的名义》,张平的《国家干部》,阿来的《空山》《格萨尔王》,范稳的《吾血吾土》《重庆之眼》,莫言的《檀香刑》

《生死疲劳》，刘醒龙的《圣天门口》《蟠虺》，张翎的《金山》《劳燕》，陈河的《甲骨时光》《米罗山营地》，何顿的《湖南骡子》《来生再见》，余华的《兄弟》，格非的《人面桃花》《山河入梦》，李洱的《花腔》《应物兄》，苏童的《河岸》，吕新的《下弦月》，北村的《安慰书》，艾伟的《风和日丽》，须一瓜的《双眼台风》，等等，都属于宏大叙事中的代表性长篇。这些作品展示了强大的历史理性和明确的整体性思维，或沉入某些重大历史事件，或直面一些重要的现实矛盾，借助不同的叙事策略，在传达作家对历史或现实的宏观思考过程中，也体现了作家对社会、时代、国家、民族、正义等重大问题的审视，甚至在一定程度上传达了创作主体的家国情怀和历史反思。

在这些作品中，我们即使依据惯常的审美观念和标准，也可以发现不少小说都属于不折不扣的宏大叙事。像聚焦于国家反腐领域的《绝对权力》《人民的名义》《国家干部》等，都是深入现实官场内部，正面书写了权力资本、人性欲望与正义伦理之间的复杂冲突，揭示了市场经济驱动下权术与诡术的各种表演，同时也传达了异常明确的国家意志和建构现代公正社会的理想情怀。《农民帝国》《生死疲劳》等，则从中国乡土社会的变迁出发，在宏阔纷繁的历史背景中，呈现了中国农民的人性、梦想与命运之间的各种纠缠，也折射了作家们对当代农民生存境况的多重反思。《笨花》《重庆之眼》《吾血吾土》《来生再见》《劳燕》《米罗山营地》等作品，则以抗日战争作为重要的故事背景，或让人物驰骋于战火纷飞的疆场，或让人物在曲折的历史磨难中重现民族苦难，作家们在演绎国家、民族重大历史进程的同时，也刻画了一批忍辱负重、至死无悔的人物形象，彰显了某些崇高的献身主义精神和英雄主义理想。当然，这些小说与主流观念可能存在着某些差异，但从作品所涉及的社会历史背景及人物命运的起伏变化来看，它们无疑都属于非常典型的宏大叙事。

不过，在新世纪以来的小说创作中，作家们在处理各种宏大主题时，也确实出现了某些耐人寻味的变化。其中，最突出的变化就是很多作家不再自觉地选择单向度地正面表达社会历史的宏观问题，而是立足于一些普通人物的爱恨情仇或生老病死，借助微观化的叙事策略，将一些重大的社会历史问题置于故事的背景层面，通过普通人在日常生活状态下的人性冲突和命运变迁,呈现强悍的历史或尖锐的现实对平民生存的深层规约,折射个人与历史、现实之间的复杂关系,并由此传达创作主体对于历史或现实的整体性思考。像艾伟的《风和日丽》就是通过一个私生子漫长的寻父历程,追溯了父亲作为开国将军的曲折一生,同时也从将军微妙的情感变化中,审视了革命与血缘亲情之间的隐秘冲突。李洱的《花腔》通过一个后代的执着寻访,逐步打开了葛任作为革命家与泄密者的诡异身份,让我们看到了不同党派在抗日战争中的权力制衡。葛任作为名声赫赫的政治人物,置身于巨大的历史旋涡之中,不仅无法左右时局,甚至无法掌握自己的命运。徐怀中的《牵风记》则以1947年晋冀鲁豫野战军挺进大别山的战争作为背景,着力演绎了女参谋汪可逾与旅长齐竞之间的情感纠葛,以及侦察兵曹水儿的勇猛形象。在那里,我们既可以看到个体欲望、传统观念、人生理想的不断冲撞,也可以看到艰难的迁徙、惨烈的战事和不屈的信念之间的彼此激荡,并最终成就了汪可逾、曹水儿等英雄形象。这些作品,要么将叙述视点放到当下,要么以普通人作为主人公,由小搏大,以轻击重,通过微观化的叙事方式,巧妙地展现了各种历史或现实的宏大主题。

如果从人物形象的塑造来看,这种宏大叙事的微观化处理策略,主要表现为一些作家主动规避那些具有典型意味的高大全人物,自觉选择一些普通人作为叙事的主要人物,借助这些平凡的"小人物"的抗争,从社会边缘地带,不断撬开历史或现实的坚硬内核。如韩少功的《日夜书》,就从一群普通的知青下放到农场开始叙述,一直到回城后的晚年生活,借此展示了数十年中国社会的变迁对这一代人命运的巨大影响。无论是艺术青年大甲、"精神导师"马涛、永不安分的安子,还是农村"大哥"郭又军、安分守己的陶小布、小偷加天才贺亦民,即使他们已返城多年,散落在日常生活的角角落落,但他们从未抛弃曾经的梦想与激情。通过这群人在数十年里的不断交往,我们可以看到,小说中那只叫"酒鬼"的猴子,似乎成了他们那一代人的绝妙隐喻:它始终无法抵抗"青春之酒"的诱惑,即使被历史抛弃的现实已经来临,即使内心的恐惧不断弥漫,它依然无法自持地买醉其中,最后成为人类记忆中的"失踪者"。

王瑞芸的《姑父》通过旁观者"我"的视角,再现了一个备受时代摧残的姑父形象。"我"来到姑妈家做客,和表姐们相处并无隔膜,然而,"我"总是在不经意间发现一个神出鬼没的影子,他有时半夜进入房间,更多的时候则待在屋后临时搭建的棚屋里。在幼时的记忆和姑妈的复述中,"我"才知道他就是姑父,如今已像一个寄人篱下的精神病患者。然而,随着真相的不断揭开,人们才发现,原来姑父年轻时是一个英俊潇洒、风度翩翩的精英人物,因为报馆老板逃到台湾前无意中给他留了一把枪,结果被判入狱二十年,从此沦为一个自私、懦弱、猥琐的老头。在漫长的晚年生活中,他不仅饱受梦魇的折磨,还备受亲情的伤害。他仿佛一个"人鬼难分"的幽灵,以罕见的悲剧命运,见证了时代的荒谬和人性的荒凉。

类似的小说非常多。像尹学芸的《我的叔叔李海》和《青霉素》,也都是以普通的小人物作为主人公,让他们从日常生活伦理出发,揭示了人们在日常生存中的诸多人性悲歌,同时又通过这种人性悲剧,折射了特定历史意志的诡异与荒谬。吕新的《下弦月》通过普通职工林烈的出逃和妻子寻找的过程,在匪夷所思的家庭劫难中,展现了特殊时期人们面对社会高压的巨大恐惧。徐则臣的《王城如海》表面上看是在探讨一群"新北京人"的日常生活,然而当入狱多年的堂哥进入主人公余松坡的视角之后,一段复杂而又吊诡的历史迅速呈现在读者面前。它是如此沉重,又是如此荒谬,却渐渐走出了人们记忆的视野。阎连科的《受活》则以一群乡村残疾人近乎疯狂的笨拙表演,展示了市场经济时代的农民对于财富的渴望,以及乡村权力结构中扭曲的致富思维,使我们看到贫穷背后更为可怕的伦理与人性的双重崩溃。不错,这些小说表面上只是讲述了一些小人物的生存和命运,饱含了世俗的欲念和情趣,但是,这些小人物都以自己特殊的经历、曲折的命运和永难忘却的创伤,展示了强悍的历史与复杂的现实中所承载的重大社会命题,也体现了作家对这些重大时代命题的自觉关注与人本主义的审视。

如果从故事的营构方式上看,这种宏大叙事的微观化处理策略,则体现在作家对历史或现实中重大问题的日常化处理上。像陈谦的《特蕾莎的流氓犯》就是以一个叫王旭东的人在电视访谈中的忏悔,打开了一段沉重的记忆,引出了那个年代里人们在青春、情爱与性欲的压抑之中所做出的暴力冲动。这种冲动所构成的内心伤痛,使他们一生都无法逃离,更无法诀别，以至于多年之后在异域他乡，特蕾莎与王旭东都还在为此纠缠。围绕着这样的"原罪"，特蕾莎和王旭东都进行了漫长的忏悔，这种忏悔既深入到历史与时代之中，还渗透到人性的自省与自救之中，充满了形而上的思考。王安忆的《启蒙时代》别有意味地叙述了一群革命青年在家庭熏陶之下的青春、热血和理想。他们有着青年人共同的躁动和丰富的情感，如南昌与嘉宝的情感纠葛，但他们又有着超越常人的革命理想，动辄胸怀人类世界，由此演绎了极为奇特的人生命运。陈河的《外苏河之战》也是如此。年轻的舅舅因为怀抱着解放全人类的火热理想，竟然和几个同学成功地偷越国境参加抗美援越之战，最终将宝贵的生命留在了越南的大地上。这些小说正面书写强悍历史场景的笔墨并不多，也不太关注宏大历史的完整性，而是致力于讲述人们的日常生活，从爱恨情仇到人生理想，然后通过这些日常言行直指历史的深处，并在人本主义的立场上传达创作主体的独特思考。

  李洱的《应物兄》同样是一个有关宏大主题的叙事，它意在揭示学术领域被官场和商场逐渐侵袭的过程。但在具体的叙事中，作者主要书写了一群特殊人物的日常生活，尤其是他们在光鲜身份背后所隐藏的各种争名逐利之本真状态。这群人物之所以特殊，是因为他们要么是手握重权的官员，要么是腰缠万贯的商人，要么是名声显赫的教授，最不起眼的人，也至少是媒体主播、出版社编辑之类白领精英，或者是富二代之类青年。不同的人群带着各自的目标聚合在一起，当然是想做些"宏大"的事，譬如通过创办济州大学的儒学院，推动"文化强省"的建设。作者也正是通过这种策略，巧妙地呈现了权力资本和商业资本对文化理想的无情蛀蚀。北村的《安慰书》和须一瓜的《双眼台风》都是通过某个刑事案件的侦察与审判，将叙事巧妙地深入当下的官场内部，揭露了权力、欲望与金钱资本的隐秘纠缠，也展示了社会正义伦理与复杂人性之间的较量。莫言的《蛙》表面上叙述了姑姑盲动而又尴尬的一生，实质上呈现了新中国半个多世纪来的计生政策对人们观念的影响。迟子建的《额尔古纳河右岸》和《白雪乌鸦》同样也是立足于一群群普通人物，或对中国社会的变迁提出了自己的思考，或对历史的灾难进行全景式的再现。在这些小说中，琐碎而日常的生活场景，普通人物的七情六欲，以及人性与伦理的左冲右突，始终是小说叙事的主体,但在人物命运的跌宕起伏之中,又明确地映现了宏阔而尖锐的现实冲突,有着宏大叙事的审美特征。

无论是人物身份的选择,还是故事主体的处理,新世纪以来的小说在聚焦宏大叙事时,大多表现出一种微观化的叙事策略。这种叙事策略,既隐含了普通个体与历史或现实之间紧密的共振关系,传达了创作主体对"一切历史都是平民生活史"的观念认同,也使小说真正地回到了生机勃勃而又繁芜驳杂的民间生活史之中,犹如叔本华所说的那样:"小说家的任务不是讲述那些伟大事件,而是使一些微不足道的小事变得趣味盎然。"①

二

新世纪以来的小说创作虽然没有放弃宏大叙事的追求,但从发展的主脉上看,还是以琐碎的日常生活书写为主。这主要源于我们的日常生活开始急速扩容。从信息技术的变革到消费文化的盛行,从城市化进程的推进到全球化步伐的加快,种种进程都在深刻地影响着我们的日常生活,并改变了我们的日常消费方式、日常交往方式和日常观念活动,并使之成为一种变动不居的、开放性和包容性不断增强的生活形态。面对这种纷繁鲜活的日常生活,很多作家,尤其是青年作家,自觉地立足于普通个体的生存经验和存在境遇,注重物质性、身体性和体验性的审美经验,突出平凡琐碎的日常生活对于个体生存的重要意义,并致力于建构一种日常生活诗学的内在价值。

在这种日常生活诗学的追求中,新世纪小说体现了明确的生命平等观。很多作家自觉择取世俗化的民间性叙事立场,努力回到庸常琐屑的生活之中,书写那些浸润着梦想与哀荣的平凡生命。在那里,人物形象不再被简单地赋予某些价值标签,而是一个个活生生的、丰富的生命实体,一个个可以自主呼吸的生命存在;无论成功或者失败,无论悲苦还是欢乐,他们

---

① 〔德〕叔本华:《叔本华论说文集》,范进等译,商务印书馆1999年版,第358页。

都渴望活出生命应有的尊严。譬如,潘向黎、金仁顺、盛可以、张楚、朱辉、鲁敏等作家的大量小说,都是叙述各种男女之间的情感纠葛,有的唯美而浪漫,有的恶俗而粗鄙,但更多的是观念与性格的错位,是欲望与尊严的对抗。像潘向黎的《白水青菜》中,那道费尽心智、回味无穷的白水青菜,看似击败了丈夫的情人,实则是赢回了女人的尊严。盛可以的《北妹》中,钱小红虽然只是欲望社会里的一叶浮萍,但她同样有自己做人的尊严和准则。金仁顺的《彼此》《云雀》等一些短篇,也是着力于男女之间隐秘的情感交流,但作者并不是为了展示爱情的神圣和纯洁,而只是张扬人物彼此之间的内心感受。朱辉的《要你好看》和周李立的《爱情的头发》讲述的都是有违家庭伦理的婚外情之事。在《要你好看》中,一场婚外情,终于使"很空闲"的他,从情人的丈夫身上看到了自己失败的人生和岌岌可危的尊严。周李立的《爱情的头发》中,执着与从容的许小言,同样也在一场婚外情中发现了自己内心的虚妄和迷惘,以至于最后走向崩溃。此外,像魏微的《大老郑的女人》《姊妹》,乔叶的《认罪书》,朱辉的《郎情妾意》等,也都是从两性情感的纠葛之中,传达了不同个体对于自我尊严的强力维护,折射出创作主体内心深处明确的生命平等观念。

如果我们再看看,罗伟章的《大嫂谣》,范小青的《城乡简史》《像鸟一样飞来飞去》《我们的战斗生活像诗篇》,徐则臣的《跑步穿过中关村》《居延》,王占黑的《街道江湖》《光明的故事》,孙惠芬的《吉宽的马车》,等等,也都是如此。这些小说属于不折不扣的"底层叙事",但它们都洋溢着底层群体特有的生命情趣,有欢乐,有追求,也有困顿和感伤,呈现出民间生存的自足之态。毕飞宇《推拿》和东西《没有语言的生活》等作品,将叙事对准了残疾人的日常生活,让这些生活在底层的残疾人,努力通过自身独特的交流方式,追求自己的人生理想,包括爱、家庭和尊严。特别是《推拿》,书写了近十位盲人的生活,虽然他们处于社会的底层,备受实利性社会的践踏,但他们都拥有一套独特的处世方式和个性气质。笛安的《南方有令秧》叙述了令秧被丈夫家族作为贞节牌坊严加管束的抗争史。虽然令秧的反抗是静默的,偷偷摸摸的,但她是执着的,无怨无悔的;她以自我的本色追求,颠覆了牌坊在传统道德上的虚伪与廉价。张欣的《浮华城市》通过大都市中各种欲望与诱惑的书写,展示了各色男女在欲望与理智、冲突与压抑、突围与困守、寂寞与追寻中的情感挣扎，也使人们看到脆弱的人性与强大的伦理之间无穷无尽的博弈。鲁敏的《取景器》通过女摄影师唐冠的镜头，展示了摄影师与现实人群的复杂关系，它直指人性，又关乎普通个体的尊严。

这种生命的平等观，还体现在作家们对都市年轻群体的迷恋性表达中。在新世纪以来的小说中，不少青年作家在书写日常生活时，都倾心于现代都市中的时尚气息，让主人公游走于边缘、时尚而又另类的生活空间里。虽然这些人物都置身于各种变动不居的快节奏生活中，但他们对群体性的生活环境表现漠然，极为回避各种喧嚣的生存场景，只关注个体之间的精神交流，捍卫个人特殊的生活方式。孙频的《光辉岁月》《万兽之夜》《不速之客》，戴来的《白眼》《亮了一下》，洁尘的《你什么时候搬出去》，孔亚雷的《礼物》《小而温暖的死》《我》，甫跃辉的《坼裂》，斯继东的《白牙》，于一爽的《每个混蛋都很悲伤》，等等，都侧重于表现青年人在变幻不定的现代都市中的内心感受，其中的人物很少关注外在的生存环境，终日沉迷于自我的生活空间里。不错，这些人物不乏精神上的分裂与错位，以及情感上的漂泊状态，但他们对都市生活又难舍难离。这些作品其实折射了都市在现代化进程中体现出来的另一种日常景象——独立而幽闭，却拥有我行我素的自由。这种书写姿态，既体现了创作主体对自由个体的顽强守护，也展示了他们在生命意识上的渐趋自觉。即使这些人物没有宏大理想，但从来不愿失去自我。

在这种日常生活诗学的追求中，新世纪小说还彰显了日常生活的感性美学。就外在形态而言，日常生活是以感性为主的经验性、碎片化的惯性生活，很难突出其中深刻的理性意义，但在日常的各种生活褶皱之中，又隐藏着无数灵动鲜活、富有生机的生命情趣。它既反映了人性的某些真实面貌，又能够激活小说叙事的审美质感。像王安忆在新世纪以来创作的很多中短篇小说，都一直倾心于这种日常生活的感性表达，精细临摹乡村或市井之中普通百姓的生活情趣，如《民工刘建华》《骄傲的皮匠》《月色撩人》《花园的小红》《黑弄堂》等。从这些小说中，我们很难读出深刻而独到的思想内涵，但在小说种种微妙的人际纠葛中，那些难以厘清的人性四处跃动，世态人情于千变万化之中尽显艺术的韵致，呈现了异常丰富的审美信息。一方面，王安忆对庸常的日常生活琐事，对人物内心的细微感受，都有着十分敏捷的捕捉能力；另一方面，她又能够选择一种舒缓轻松且充满感性气质的话语，从容地探入日常生活的隐秘部位，描摹出人物在特定情境下的人性风貌。这使得她的很多作品虽无狂波巨澜，却涟漪不断，呈现出独特的叙事魅力和罕见的写实功力。像短篇《闺中》，就体现了作者对一个都市里老姑娘心态和气质的准确把握，特别是那种从容中所隐含的焦灼、优雅中所潜藏的躁动、落寞中所包裹的期待，都在人物一抬首一投足之间鲜活地映现出来。在《小新娘》中，小新娘对即将到来的婚姻生活的兴奋与热望、激动与不安，同样也被王安忆演绎得轻盈亮丽，充满了某种梦幻般的气息。在这种战栗般的兴奋中，王安忆又不时地将旁观者的复杂心绪和人世间的嫉妒情绪夹带出来，故意为小新娘的出嫁蒙上一些淡淡的阴影，但小新娘依然保持着她那特有的幸福姿态，处处彰显着青春年华的诗意怀想。

在《踏着月光的行板》《起舞》《微风入林》《一坛猪油》《花瓣饭》《最短的白日》等新世纪以来问世的中短篇里，迟子建也同样专注于普通人物的日常生存状态，包括他们的喜怒哀乐、爱恨情仇。它们没有太多的理性追问，也未必都有尖锐的生存反思，叙事话语仿佛从日常生活之中自然地流淌而出，我们所感受到的，只是各种难以言说的情感在缓缓释放过程中所遭受的种种际遇，叙事始终洋溢着浓郁的世俗情怀。铁凝的短篇《海姆立克急救》《春风夜》《火锅子》《伊琳娜的礼帽》也同样如此。它们都是以日常生活中某个小事件作为载体，通过人物在事件过程中的细腻感受，呈现了不同个体在日常生存中的复杂意绪，并在感性化的审美格调中，突显了日常中的诗意和人性特有的光泽。

日常生活在本质上离不开物质追求，尤其是在新世纪以来的消费主义现实中，自足而丰富的物质消费，已成为人们合理的生存欲求。因此，在新世纪的小说中，有不少作品都在试图重建这种物质生活的重要性。像郭敬明的"小时代三部曲"中，就充满了各种世界名牌，几乎每个青年男女身穿手拿的东西，作者都要指出品牌名称，品牌符号成为人物身份的重要表征，物质欲望直接转化为人物对时尚品牌和奢侈品的炫耀。张怡微的小说中，人物之间的亲情关系，也常常与物质金钱交织在一起，似乎金钱远比亲情伦理重要。小到压岁钱、车费，大到父亲给儿子结婚时的欠条，作者常常在细节中用金钱消解亲情，突出物质生活在日常伦理中的重要地位。滕肖澜的《美丽的日子》《心居》《倾国倾城》，任晓雯的《浮生二十一章》等，同样也强调了房子、金钱对于个体生存价值的重要体现。当然，更多的作家还是选择批判物欲现实，如阿来的"山珍三部"《三只虫草》《蘑菇圈》《河上柏影》，就是借助虫草、松茸和岷江柏这三种产于川西藏地的名贵物种，在现代日常生活中逐渐沦为符号化商品的过程，揭示了日常生活中世道人心的诡异表现。

在这种日常生活诗学的追求中，新世纪小说同样揭示了人们在日常生存中的荒诞性。范小青的很多短篇小说，都是通过一些荒诞性情节的设置，揭示人们内心的隐秘之困，凸现不同身份的个体所遭受的尴尬。如《像鸟一样飞来飞去》里的郭大牙，身份证的错换导致他在城市打工时惶惶不可终日，这种对身份的焦虑，其实隐含了"生存的合法性"这一重要问题。在经历了一系列的阴错阳差之后，他弄得身心疲惫，所幸安然无恙。《这鸟，像人一样说话》里，收旧货的老王好不容易等到年关时期的美好收获，却因为小区的治安问题而化为泡影，但作者并没有过多地叙述老王的无奈，而是通过紧靠大门口的一家居户里的八哥的叫声巧妙地传达出来。"收旧货啦，我惨啦"，随着八哥的声声叫唤，老王的辛酸也呼之欲出。《我就是我想象中的那个人》里的老胡总是无法相信自己，既担心被人当成小偷，又害怕被视为疑犯，但他总是不断地碰上这类事情，搞得他几乎精神崩溃。《城乡简史》里的农民王才为了见识一下昂贵的"香熏精油"，毅然举家迁徙，来到城里艰苦谋生。《谁住在我们的墓地里》里的老包最喜欢买便宜货，被大家送了个绰号叫包一折。一次意外的捡便宜，让老包在买墓地时，炒了一回阴宅。

在现代社会里，日常生活的荒诞与错位几乎无处不在。大到不同个体的命运，小到个人的情感体验。余华的《兄弟》《第七天》，东西的《篡改的命》，石一枫的《心灵外史》《借命而生》，朱辉的《然后果然》《午时三刻》，朱山坡的《蛋镇电影院》，田耳的《天体悬浮》《长寿碑》《开屏术》，郭潜力的《今夜去裸奔》，王手的《本命年短信》《斧头剁了自己的柄》《西门之死》《自备车之歌》《上海之行》，钟求是的《给我一个借口》《街上的耳朵》《两个人的电影》,都是通过日常生活中各种错位性事件,让人物步入荒诞的生存之中,以此展示现代生活的悖谬和人性的荒凉。像田耳的《开屏术》借助一种权力资本的潜在驱动,呈现了一群社会底层游民的日常生活。稍有常识的人都明白,让孔雀听到指令就开屏,这种事情几乎不可能实现,但是在隆介等一群草根游民的心中,竟成为可以发挥自我奇才的大好时机。所以我们看到,由酒鬼隆介到酒鬼徐师傅,再到各种民间游民,面对利益"酒精",迅速形成了一条散落于各地的"产业链",引发了无数令人啼笑皆非的故事,甚至连交际花凌大花也开始向隆介投怀送抱。隆介则说,有些事要多快好省,但有些事,必须铺张浪费。以前什么都想省着弄,就一再地错过了奇迹发生。现在不一样,他决定不惜一切代价驯出这样一只孔雀。这种骑士精神,不只是隆介的心声,其实也是无数底层游民的渴望。田耳以一种诙谐而又欢乐的语调,给这群酒鬼游民的日常生活增添了诸多喜剧色彩。

日常生活诗学的内在本质是人本主义的思想。它体现了个体生存的不可取代,以及作家对个体尊严的自觉维护。在新世纪以来的很多小说中,我们可以看到,作家们不再过度强调作品对社会历史宏大意义的建构,而是采用平等的姿态,倾心于急速扩容的日常生活,呈现各种庸常而又混沌的生存意绪,揭示缭乱无序而又蓬勃多姿的生存景象,展示自由率性而又丰盈鲜活的生命情状,试图寻找身与心、物与人的某种内在统一。

三

从文本形态上看,新世纪小说越来越趋向于自由和开放。这种自由与开放的文本形态,并非只单纯地呈现生活本身的繁芜与驳杂,还承载了创作主体多元化的审美追求,表明了创作主体试图探寻各种特殊方式,最大程度上贴近表达对象。在新世纪小说中,我们可以看到,既有周梅森、张平、刘庆邦、阎真、王跃文、张欣等作家对传统故事性叙事的倚重,又有李浩、李宏伟、徐皓峰、蔡东等作家的各种实验性文本追求;既有大量不同时空交织的复调叙事,又有各种场景、细节的碎片拼接;既有传统写实与现代叙事的熟练组合,又有新闻、史料等其他非虚构类元素在叙事中的内在拼接。从整体上说，自由与开放的、非自律性的叙事特征异常突出。

　　这种自由与开放的文本形态所表现出来的突出特点，便是一种美学意义上的混杂。我们或许可以称之为"混杂美学"。譬如金宇澄的《繁花》，不仅融合了两个特殊历史时段的日常生活，而且掺入了大量上海市井生活中的风俗民情，甚至对沪语方言进行了巧妙的改造，形成了一种饱含芜杂性日常生活的文本形态。莫言的《生死疲劳》则将人、鬼、畜混成为一体，让他们在分裂性的角色冲突中，见证了中国农民与土地之间的奇特关系。他的《蛙》也是一种域外视野与国内感受、历史记忆与现实诉求、书信交流与话剧剧本的各种混杂性文本。余华的《第七天》不仅掺入了大量社会新闻事件，还让叙事在阳间与阴间自由穿梭，形成了尖锐现实与诗意世界、至真温情与无奈生活的多重交织。孙惠芬的《寻找张展》通过内心化的叙事，将寻访实录和大量的电子邮件等融入叙事，揭示了张展在成长过程中极为复杂的内心轨迹。不同的作品有不同的混杂方式，也呈现出不同的混杂效果。有的叙事中掺入了大量非叙事类内容如贾平凹的《山本》，有的无故事主线或找不到主要人物如付秀莹的《陌上》，有的甚至对庞杂的历史材料进行传奇性演绎如刘醒龙的《蟠虺》，并由此呈现出混杂性的美学特征。

　　在此，我们不妨细察一下李洱的《应物兄》。在这部小说中，古今中外，传统现代，诗词歌曲，文献传说，动植物学，都被作家通过各种方式，整合在叙事之中，且不加节制，形成多重审美效果，直接导致小说的精神意蕴和文化意识呈现混杂性。李洱在书写这些特定人群的日常生活过程中，总是带着某种专业性的知识趣味，频繁征用大量的偏僻知识，大到儒释道文化的日常生活表征，小到动植物内部的细微差别。譬如，海外儒学大师程济世先生接受济州大学的专程之邀，欲回故里济州，但他最关心的，似乎并非如何振兴儒学，而是希望找到少年时代的生活记忆，包括"仁德丸子"和一种叫"济哥"的蝈蝈，一次振兴儒学的文化行动，变成了微观日常生活的怀旧式考察与还原。就创作意图来说，除了反讽文化振兴的吊诡之行，李洱或许还试图借此重现济州的日常生活传统形态，并从程大师魂牵梦绕的故里生活中，展示中原百姓日常生活的历史变迁。客观上，李洱对各种知识性的叙事有着强劲的整合能力，同时对一些细节叙事也拥有灵活的选择能力——当别人以客观化的眼光叙述故事时，他会选择各种反讽性或喜剧性的语调，庄谐并举地呈现人物言行。这使《应物兄》的叙事形式显得繁复而杂糅，具有某种颠覆性的特质。

当然不只是《应物兄》如此。新世纪以来的很多小说都呈现出某种混杂的文本形态，像迟子建的《群山之巅》、吕新的《下弦月》、王安忆的《天香》、林白的《万物花开》、徐则臣的《王城如海》、田耳的《天体悬浮》、阎连科的《炸裂志》、莫言的《蛙》等，都以不同的叙事方式营造出各种混杂性的文本形态。吕新的《下弦月》在讲述特定历史时期普通人的遭遇时，围绕"逃"与"找"的主线，以写实性的话语讲述了林烈的出逃和妻子的寻夫过程，包括妻舅在家看守孩子的情况。但在第三、六、九章中，作者又加入了"供销社岁月"，以万年青的自白性叙述，突出了叙事的革命浪漫主义色彩，以及各种荒诞性的日常生存。从叙事上看，小说整合了自白式交代、革命性抒情和纪实性叙述的不同方式，形成了特殊历史时期普通百姓极为芜杂的生活镜像。王安忆的《天香》通过一种家族式的历史叙述，讲述了所谓"申绣"在上海的传奇式发展历程。小说围绕晚明时期的"天香园"，在清明上河图式的描绘中，呈现了历史记忆中上海市民的日常生活。作家常常迷恋于各种微观化的事象描绘，以及历史文化革沿的讲述，使《天香》在叙事上混合了大量人文历史知识的介绍，尽管这些介绍性文字是伴随人物的行动而产生的，但它在文本上所形成的审美效果是一种人文知识与家族传奇的混杂。

徐则臣的《王城如海》也同样融入了多种不同的文本，包括每一章前面戏剧剧本式的对话，诸多书信体的自我表白，它们与罗冬雨的京城日常生活故事不时地交织在一起，最终构成了不同声音、不同视角和不同话语混合而成的文本。田耳的长篇《天体悬浮》既动用了极写实的日常性叙述，又不时地融入了一些充满幻想和诗意的精神性叙述，而且这两种叙述都源自基层小辅警符启明和丁一腾的身上。他们在一起抓嫖、抓赌、抓粉客搞罚款，但又乐此不疲地找大学生谈恋爱，甚至非常奢侈地买来天文望远镜，观测遥远的星空。这种凡俗的叙事与幻想性叙事的结合，使这两个小辅警的日子显得平淡却充实，也为他们后来的人生变化提供了潜在的基质。这种混杂性的文本形态也同样存在于网络小说中。邵燕君就认为，网络小说是一种披着大字体规模的"微文本","这里的超长篇幅与任何宏大叙事无关,而是无数'微文本'的模块聚合。'微文本'之'微'不是微型小说的具体而微,不是短篇小说的横断面,它背后没有一个不在场的整体架构,而可能只是一个场景,一场决斗,一次对话,一段心绪,零散、破碎,未必符合整体逻辑,但却单元自足"①。像张嘉佳的《从你的全世界路过》等风靡一时的网络小说,都是非常典型的例证。

这种自由与开放的叙事形态,还突出地体现在场景、细节的碎片拼接之中。小说对细节的倚重是正常的,尤其是在书写日常生活时,场景化的细节叙述更为重要。但在新世纪以来的小说中,作家们对于日常生活的细节似乎有着近乎迷恋的姿态,像张惠雯、叶弥、乔叶、黄咏梅、张怡微、任晓雯、滕肖澜等作家的一些中短篇小说,都是以日常生活中各种耐人寻味的细节叙述,在人物内心化的叙事之中,呈现了各种人性与伦理的纠葛。张惠雯的《双份儿》《天使》,滕肖澜的《美丽的日子》《你来我往》,黄咏梅的《父亲的后视镜》《给猫留门》,叶弥的《明月寺》《香炉山》,张怡微的《试验》《春丽的夏》,等等,都在不同程度上采用了碎片化的叙事手法,以彰显作家对日常生活无序性、琐屑化的认同,并折射了作家们"为生活立心"的现实审美观。日常生活本无其心,但它日复一日,摇曳多姿,哺育了人类一代代的生命,实乃有生生之心。

这种碎片化的文本形态,在一些新世纪长篇小说中,成为一种结构方式,形成了"有意味的形式"。它以看似无序的结构形态,与日常生活的琐屑、混乱与偶然,构成了一种形式上的隐喻。当然,这种隐喻并非修辞意义上的,而是一种审美意义上的——将"彼类"事物引入暗示之中,借助审美接受过程中的感知、体验、想象、理解、省悟,使之与"此类"事物形成一种密切的共振关系。如苏童的《黄雀记》,并不是一个单纯的有关强奸、惩罚与复仇的故事,而是通过保润、柳生和白小姐的恩怨纠葛,不断插入各种日常生活碎片,保润爷爷的错乱式生存、小仙女的扭曲生活、保润与柳生之间的各种内心冲突等形成了一种拼图式的结构,并由此构成

---

① 邵燕君:《新世纪文学脉象》,安徽教育出版社2011年版,第27页。

了对于混乱现实的隐喻。郭敬明的"小时代"系列，安妮宝贝的《莲花》，吴亮的《不存在的信札》，姚鄂梅的《衣物语》，金宇澄的《繁花》，苏童的《黄雀记》，迟子建的《群山之巅》，刘震云的《一句顶一万句》，等等，都是如此。它们可能会有一个大体上的故事主线、一个相对明晰的时空背景，而人物的行动及其命运变化，都是通过各种碎片化的细节映现出来。

碎片化的文本结构，虽然是后现代主义倡导的反中心主义美学策略，但并非后现代主义的专利，而是文学创作中越来越普遍的一种审美表达，体现了创作主体"为琐物而疑虑"的审美诉求。作家只有在那些看似很不经意的地方，发现并展示各种可能性的生活，延宕或拓展各种难以言说的人性状态，使那些看似庸常的"琐物"在叙事中变得熠熠生辉，才能使叙事走向丰盈、鲜活，同时也使文本在碎片化的结构上达成各种意想不到的隐喻效果。如林白在新世纪以来的很多长篇如《万物花开》《妇女闲聊录》《北去来辞》等，都不太专注于讲述故事，而是着力于营造各种混杂性的文本。像《北去来辞》中的银禾，利用自己到史家做保姆的机会，不断讲述乡土生活中的各种风俗礼俗，让叙事在都市生活中，别开生面地掺入了诸多乡村日常生活的情致，形成了一种城乡日常生活的比照性审美效果。《妇女闲聊录》则直接采用了片段式的叙述，共用了二百一十八段文字，记录了一个叫木珍的乡村妇女所讲述的各种见闻。木珍在京城打工两年，有了一定的文化视野，同时她又是一个醉心于家长里短的聒噪之妇，所以她的讲述自然是零乱无序、随心所欲的。小说的叙述者始终处在幕后，仿佛跟随木珍左右的秘书，记录着她所说的点点滴滴，从乡村里的男女关系、日常习俗到家庭伦理、人性变化等，当然也少不了城市生活的参照，形成了一种碎片性的文本。同时，林白又以"另卷"方式，加入了若干其他湖北乡村妇女的自述，构成了一部乡村妇女对当下日常生活乃至社会变化的微观化心理记录。它没有故事冲突主线，没有典型情节，也没有什么复杂的象征和隐喻，差不多就是一堆聊天记录，混杂着各种不清不明的日常生活信息，但这些信息巧妙地再现了处于市场变革中的乡村伦理的变化。

无论审美内涵还是叙事形式，新世纪以来的小说创作都显得异常丰富，且颇具艺术上的开拓性。这也让任何一种跟踪性的盘点，都显得挂一漏万。

从网络小说的争奇斗艳,到科幻小说的异军突起;从宏大叙事的微观化处理,到日常生活的感性化书写;从张扬探索性的叙事试验,到各种混杂性的文本追求,新世纪小说所呈现出来的勃勃生机,虽也隐含了同质化、世俗化、娱乐化的局限或不足,但多少也让我们有一种"坐对瑶觞"且看"人间舞妙"的审美之感。

(《南方文坛》2020年第6期)

"人"的变迁
——新时期文学四十年观察

仿佛转瞬之间,新时期文学已经走过了四十年的历程。"却顾所来径,苍苍横翠微",回顾四十年来中国当代文学的发展,无论是作家阵容、审美观念,还是作品内涵、表达形式,都发生了极为深刻的变化。可以说,不论从何种角度梳理与省察新时期以来中国文学的发展,我们都可以发现诸多耐人寻味的内在嬗变。但我更关注的,还是新时期作家对"人"的认知与书写的历史变迁。从"集体的人"到"个体的人",从"启蒙的人"到"世俗的人",从单一的"族群的人"到跨文化、跨族群的"混杂的人"……纵观四十年来的文学发展,中国当代作家对"人"的探究,尤其是对人的自主意识、精神世界及人性的可能性探究,呈现出巨大的丰富性和深邃的复杂性。

一

文学是人学,这是一个常识。然而,这个常识背后所隐含的主要难题,则是如何让文学真正地成为"人学"。因为人不仅是一种历史的存在、文化的存在,同时还是一种社会的存在——尤其是在飞速变化的社会现实中,人的价值观念、思维方式和生存方式,都在不断地变化。如果深而究之,人还是一种具体而特殊的生命存在,既拥有可以认知的理性特质,又潜藏着大量难以判明的非理性成分。这也意味着,"人学"是一个既有定量又有变量,既有相对稳定的外延又有变动不居之内涵的复杂命题。可以说,"人学"永远在路上,所以文学才拥有开拓不尽的审美空间。

新时期文学的发展,从最初的"救救孩子"开始,作家们就在"人"的探索上一路高歌猛进,体现了不遗余力探索的热情,也展现了颇为丰茂的"人学"景观。在伤痕和反思文学阶段,一些在当时颇受争议的作品,如朦胧诗,礼平的《晚霞消失的时候》,靳凡的《公开的情书》,戴厚英的《人啊,人》,古华的《芙蓉镇》,张贤亮的《灵与肉》《绿化树》,以及汪曾祺的一些短篇小说,等等,都已经明确地表达了创作主体对正常人性和日常生活伦理的强烈吁求,折射出作家们"在没有英雄的年代里/我只想做一个人"的内心愿景。到了1985年前后,以"反英雄主义"为主要目标的第三代诗歌迅速崛起,在李亚伟的《中文系》、韩东的《有关大雁塔》等代表性诗作中,我们可以清楚地看到,诗人们开始旗帜鲜明地拆解历史赋予人的集体价值,拒绝任何社会性的历史文化担当,彰显个体存在的自足性和自在性。而先锋文学、新历史小说的出现,也同样瓦解了作为"集体的人"的共识性价值同盟和典型化的艺术铁律,呈现出各种复杂的、非理性的、充满隐喻性的人物形象,例如:残雪笔下阴郁而乖戾的非理性人物,马原笔下说故事的人,莫言笔下的草莽英雄,周梅森笔下集血性与人性于一体的抗战国军,叶兆言笔下的秦淮市井人物……这些人物,不仅充满了难以理喻的个性特质,而且饱含了世俗性的生命情怀。这种审美追求,与当时理论界的"文学主体性"思潮,构成了一种紧密的呼应关系,使理论与创作都围绕着"人的主体苏醒"相互激荡,最终让创作主体在观念上逐渐形成了某种主体的自觉。

正是在这种强劲的探索中,"南方生活流"诗歌和"新写实小说"陆续出现,并逐渐形成一股向日常生活全面回归的文学思潮。这是一股极为重要的文学思潮。它一改新时期前期文学思潮的历史性、社会性和精英化的使命意识,创作主体开始以明确的非代言人的姿态,密切关注日趋繁杂的日常生活,探究并书写各种普通个体尤其是边缘化个体的生存感受。在这种思潮的推动下,作家们开始疏离历史、文化或现实的重大问题,淡化人的生存所应负载的意识形态化使命,并专注于种种微观的、日常的生活镜像,将人还原成一个单纯的、普通而又独特的生存个体。应该说,这种发展是极其耐人寻味的。它不仅游离了80年代"启蒙与解放"的理性语境,而且试图重构日常生活的诗学价值。事实也是如此。尽管在 90 年代初期，文坛经历了"人文精神大讨论"，但在这场以启蒙为主导的精英化讨论中，只有张承志、张炜、王蒙、韩少功等极少数作家参与论争，绝大多数作家都自觉沿袭"新写实"的审美路径，或融入琐碎的日常生活，或沉入个人化的内心体验，使新时期的文学由此进入一种个体张扬的多元时代。不错，这其中，也不乏新现实主义冲击波、反腐小说、底层写作，以及诗歌中的知识分子写作，但从更广泛的层面上看，90 年代之后的新时期文学主潮，无疑是"个人化写作"。作家们所关注的，大多是边缘化的个体之人独特而丰富的生存体验。他们更倾心于普通个体日常生活的微观书写，更强调人的非使命化的自在生活。

从本质上说，"个人化写作"思潮从一开始就带着反抗集体化的审美冲动。它突破了各种 80 年代文学的"共名"状态，以更为自由、更具颠覆意味的个体主义，开始为"人之为人"的各种生存寻找合法性的审美依据。在他们看来，没有丰富的个人，妄谈具体的"人民"；没有真实鲜活的个人，所有的典型化都将沦为千人一面。"我们都知道，拥挤的居住环境、不得已的群居状态，没有个人的物质空间，忽略个人的存在，是物质贫穷的结果。而没有个人色彩的文化、缺乏独特的个体思想的艺术，则是'贫困文化'的特征。动辄以'国家''人民'的幌子强行抑制个人的声音（此处仅指艺术范畴），武断地以'主流群体'的名义覆盖个人的意识（此处仅指学术范畴），应该说是精神的文明仍处于蒙昧不开的社会阶段的行为。"[①] 林白也强调："对我来说，个人化写作建立在个人体验与个人记忆的基础上，我作品中所有人物都来源于我，包括一只狗或某棵树。通过个人化的写作，将包括被集体叙事视为禁忌的个人性经历从受到压抑的记忆中释放出来，我看到它们来回飞翔，它们的身影在民族、国家、政治的集体话语中显得边缘而陌生，正是这种陌生确立了它的独特性。这也许就是我们女性的现实，而写作就是用自己的语词来寻找现实，对于我来说，现实广大无边混沌一片，置身于现实之中我总感到茫然和失重。……

---

① 陈染：《陈染自述》，《小说评论》2005 年第 5 期。

文学就像是我的吗啡,以致幻的方式来抚慰我的人生。在这个意义上,我认为自己与女性主义相比,离个人主义更近。"① 在这一观念的驱动下,很多作家都自觉地意识到,一个人的真正价值,应该既包含了社会使命等外在的价值生活,还包含个体内在的、日常化、感官化的特殊生活。所以,在当时的散文创作中,小女人散文风起云涌;诗歌中,"民间写作"在延续"南方生活流"基础上,大力扩张个体生命在日常生活中的特殊感受,并开始与"知识分子写作"公开叫板,导致了两派诗人在 20 世纪末出现了一场声势浩大的论战。

受到这种审美惯性的影响,新世纪之后的文学沿着"个体之人"的日常生活不断拓展。当然,也不乏一些作家继续坚持启蒙性的价值立场,倾力书写各种精英人物,但在巨大而喧嚣的文化消费语境中,个人化的日常生活甚至是另类生活却备受人们的关注。特别是随着卫慧、棉棉,以及一大批"80 后"作家的集体登场,新世纪文学对人的关注和书写上,几乎呈现出一种个体化、另类化、感官化、世俗化的精神特征。各种不同的个体之人,各种另类的可能性之人,都在文学中获得了丰富的表现。与此同时,在网络文学中,随着类型化的不断深入和分化,穿越、架空等类型化作品层出不穷,其中的人物更是无奇不有,人的超验性特征被无限放大。诗歌创作中,甚至还出现了明确的反思想、反文化的"下半身写作"。的确,丰富性并不代表深刻性,在年轻作家们的笔下,无论是多么普通的个体,似乎都有着不可复制的独特性和神秘性,也都拥有特殊的审美价值。他们的创作几乎很少考虑人在社会现实中的"典型化"价值,也不再关注人的普适性和经验性。悠悠万事,唯"特"为大。

因此,纵观新时期文学四十年,我们可以看出,中国作家对于人的思考与书写,大致上由"集体的人"逐渐转向"个体的人",由注重共识性价值观念的人,逐渐转向个体生存独特甚至奇特的人。在通常意义上,所谓"集体",是指一种特殊的形式团体,按一般定义,无论是社会性质的集体,还是国家机构中的集体,都拥有共同的思想基础、经济基础、社会

---

① 於可训主编:《小说家档案》,郑州大学出版社 2005 年版,第 430 页。

利益和政治目标，且拥有一定的活动范围。因此，"集体的人"就是在处理集体与个体关系时，控制甚至取消不同个体的内在诉求，自觉膺服于集体思想、集体观念和集体利益的人。受一元化思想的长期熏陶，尽管新时期初期的文学在不同程度上体现了作家对个体生存价值的吁求，但从客观效果上看，我们也必须承认，就个体生存的独特价值来说，作家和诗人们所推崇的，仍是一些具有广泛共识性的生命群像，如伤痕文学中的受难者，朦胧诗中的殉道式英雄，反思文学中的批判者和觉醒者，改革文学中的改革先驱，等等。这些生命群像，既是时代意志的产物，也是作家内心普遍追崇的理想之人，严格地说，是属于"集体的人"，尚未体现出个体生命内在的丰富性和复杂性。

从艺术上说，这种"集体的人"无疑具有一定的局限性，特别是新时期早期的文学作品中，很多人物形象的塑造，包括诗歌中抒情主体的思想情感，都带着明确的精英化、理念化或理想化的意味。如刘心武的《班主任》和卢新华的《伤痕》，都是通过人物成长过程中的灵魂扭曲，来表达作家对特定时代的控诉，隐含了作家对正常人性的吁求。《班主任》借助班主任张俊石的视角，叙述了小流氓式的宋宝琦和积极革命的谢惠敏这两种截然不同的学生，但他们都是被历史严重扭曲了灵魂的学生，是特定时代所铸成的一枚硬币的正反两面，也是急需拯救的对象。《伤痕》中的王晓华深信自己的母亲就是"叛徒"，并在决绝的反抗中离家出走，这导致其青春成长深受伤害，虽然最终她从母亲的平反中逐渐觉醒，但能否重返正常的生活，对于她来说，仍是一个巨大的难题。无论是宋宝琦、谢惠敏还是王晓华，他们的经历、遭遇及命运，都体现了那个时代大多数人的普遍生存状态，是较为典型的"集体的人"。

我之所以认为，新时期初期的文学普遍关注的是一种"集体的人"，还在于这一时期的主要文学思潮与社会发展的内在要求均保持着高度的一致性。譬如，人们常常将伤痕和反思文学概括为"暴露文学"或"控诉文学"，但从思想内核来看，绝大多数作品的"暴露"和"控诉"，还是针对反人道或反人性的历史记忆，在本质上体现了作家们对人道与人性的吁求。这种情形，明确地体现在两个维度：一是渴望重建人的正常生活，包括亲情伦理、友情恋情，以及人与人之间的信任关系等；二是重申知识分子包括一些革命老干部的不屈灵魂和信念。在前者中,知青文学表现得尤为突出,如孔捷生的《在小河那边》、竹林的《生活的路》、叶辛的《蹉跎岁月》等,都是在一种两难式的生存困境中,传达了作家对正常生活及人性的渴求;而冯骥才的《铺花的歧路》、张弦的《被爱情遗忘的角落》、何士光的《乡场上》、周克芹的《许茂和他的女儿们》等作品,也同样是从"批斗勇士"或乡土沉疴中,呼唤着人们应有的生活与尊严。在后者中,像王蒙的《蝴蝶》,宗璞的《三生石》,从维熙的《大墙下的红玉兰》《第十个弹孔》,张贤亮的《灵与肉》《绿化树》,以及江河的诗作《纪念碑》,北岛的诗作《回答》,等等,都是通过呈现灵魂被亵渎、人性被扭曲或命运被颠覆的历史记忆,展示了创作主体的诚挚信念和殉道精神。无论从哪个维度上看,这些作品所暴露或控诉的目的,都是重建正常的人性与正常的生活伦理。这种审美诉求,与当时的拨乱反正、解放思想完全一致,因为"反正"的核心就是要重返正常的社会秩序、正常的人性轨道,坚定我们的信念,重铸我们的使命。因此,从国家式的集体意愿来看,这些作品中所展示出来的人,都具有明确的集体化特征。

80年代后期到90年代的文学,逐渐将"个体的人"推到极为重要的位置,突出个体生命的独特价值,有些人甚至将"另类化"的个体生命视为文学的魅力。这种审美追求,体现了新时期作家在"人学"上的积极探索和有效拓展,但过度强调"个体之人"的内在价值,也加剧了文学创作的感官化和庸常化倾向,使我们从这些作品的"人"中,很难提炼出共识性的社会历史意义。因此,从"集体的人"到"个体的人",新时期作家对人的思考与书写的变化,未必是一种文学上的进化论。当然,它确实体现了当代作家对于历史的人、文化的人、社会的人、生命的人的多维度探求。这种探求是动态性的、去观念化的、微观化的,体现了作家对人的完整生活的整体思考。

二

从"集体的人"到"个体的人",这种对"人学"认知与书写的变化,既体现了新时期作家的启蒙理想从精英式的呼告逐渐变成作家主体的自觉,也折射了作家们在代际上所形成的文化差异。它的背后,隐含了当代作家在审美观念上的内在嬗变——从关注历史或现实的宏大主题逐渐向日常化的世俗生活转移。这一点,在不同代际的作家群体上表现得尤为明显。只要稍稍关注新世纪以来的文学创作,我们就会发现,愈是年轻的作家,愈加青睐日常生活中的世俗之人。特别是在"70后""80后"作家的笔下,边缘化的个体在琐碎、世俗的日常生活中的生存镜像,几乎成为他们最自觉、最迷恋的表达目标。因此,从深层上看,新时期文学对"人学"的关注与书写,其实也呈现出由"启蒙的人"向"世俗的人"的转变,精英化的代言角色越来越少,追逐世俗生活内在意味的人物却四处蔓延。

按照学界的普遍共识,在20世纪80年代,新时期文学不仅体现出强烈的理想主义激情,也彰显了鲜明的启蒙主义思想意愿。思想解放、主体性、人性与人道主义、文化热、向内转等,几乎成为这一历史时段文学发展的关键词,也构成了某种相对明晰的新启蒙主义文学轨迹。因此,在一般的文学史中,80年代的文学常常被称为"新启蒙主义"文学,具有鲜明的"共名"特征。近些年来,也有不少学者提出"重返80年代",试图从"知识考古学"或意识形态发生学中,重新梳理80年代文学创作的发生及其内在的关联,包括一些被文学史遮蔽的作品的再评价,但究其实质而言,主要还是为了拓宽研究的视野和方法,并未从根本上改变一般文学史对于80年代文学发展主脉的基本判断。

从"人学"的认知与探索上看,以"变革"为历史主脉的80年代文学,主要从三个维度呼应了启蒙主义的某些内核。首先是作家主体的自我启蒙。深受当时特定历史文化语境的影响,80年代的作家在很大程度上充当了社会代言人的角色,具有强烈的精英意识和社会使命感,自觉扮演了启蒙者的角色。这种启蒙者身份的实现,一方面得益于西方现代文化思潮登陆中国,另一方面也得益于整个思想界对"新启蒙"思潮的不断推动。

"在整个80年代,中国思想界最富活力的是中国的'新启蒙主义'思潮"①,正是在这种启蒙热潮的驱动下,大量新时期作家都在不断地强化理性,修正自我,激活自身的主体意识。这一点,从"寻根文学"、"第三代诗歌"、"新历史小说"、文学主体性讨论、先锋文学中,都可以得到明确的印证。其次,是对人的主体意识的张扬与推崇。如果说"第三代诗歌"彰显了诗人们强烈的自我主体意识,那么,反思文学中的孙悦、何荆夫式的人物,改革文学中的李向南式的人物,甚至包括《平凡的世界》中的孙氏兄弟,也都透露出较为执着的主体意愿。到了80年代中后期,无论是张承志笔下孤独的男性跋涉者,还是《古船》中的隋抱朴,以及《红高粱》中余占鳌式的草莽英雄,都开始拥有立体性、多重性的生命形象。最后,是对人本主义的反思与重构。朦胧诗群的最初发声,就是以"我不相信"的决绝姿态,对神本主义进行了明确的否定,同时又以"在没有英雄的年代里／我只想做一个人",昭示了人本主义的启蒙意愿。像梁小斌的《中国,我的钥匙丢了》、顾城的《一代人》、舒婷的《致橡树》,以及北岛的一些诗作,都体现出诗人们对自我权利、自我价值的肯定和呼求,传达了个体生命意识的觉醒与反抗,诚如徐敬亚所言:"一些中青年诗人开始主张写'具有现代特点的自我',他们轻视古典诗中的那些慷慨激昂的'献身宗教的美';他们坚信'人的权利,人的意志,人的一切正常要求';主张'诗人首先是人'——人,这个包罗万象的字,成了相当多中、青年诗人的主题宗旨。他们的'自我',是一个个普普通通的中国现代公民。"②到了80年代中后期,随着"南方生活流"和"新写实小说"的兴起,这种人本主义开始向世俗生存价值倾斜,并展示了人的世俗生存的重要性。

　　进入90年代,新时期文学中的启蒙思潮迅速出现了转变。特别是1993年,深圳首次举行文稿拍卖,文人下海风行一时,"人文精神大讨论"随之终结,世俗化的日常生活在市场经济的推动下,日益显现出巨大的社会生机和无比的鲜活性,也由此成为作家们关注的重心。这一年,文坛出

---

①　汪晖:《死火重温》,人民文学出版社2000年版,第55页。
②　徐敬亚:《崛起的诗群——评我国诗歌的现代倾向》,《当代文艺思潮》1983年第1期。

现了三部别有意味的长篇：张炜的《九月寓言》、陈忠实的《白鹿原》和贾平凹的《废都》。这三部小说的思想内涵颇有意味。《九月寓言》明确地质问现代文明对人性的伤害和自然生命的阉割，似乎体现了张炜对启蒙现代性的某种批判意味。《白鹿原》则重返传统文化，为儒家文化的重要作用树碑立传。《废都》则通过知识分子的虚无与放纵，回应了精英化的启蒙主体自身的溃败。无论是渴望回到农耕文明时代的质朴生活，还是重返民族文化的儒家精魂，似乎都没有办法看到应对现实的有效出路，出路只有庄之蝶式的游离与放逐。它是世俗欲望的胜利，是"世俗的人"对"启蒙的人"的一种无情的碾压。

这种碾压是历史性的。事实上，90年代以后的文学，在个人化和消费化的历史语境中，各种世俗的人呈现出山花般四处开放的烂漫景象，成为文学的主要人物，以至于有学者认为，新时期文学进入了"无名"的时代、民间化写作的时代。当然，在这一历史时段，启蒙式的精英书写并没有完全消失，它依然与市场化的欲望书写沿着各自的轨道发展着。所不同的是，随着"60后"和"70后"作家的陆续登场，世俗的人开始沿着两个方向迅速挺进。其一，是欲望化和时尚化的方向，最终出现了韩东的《障碍》、朱文的《弟弟的演奏》、卫慧的《上海宝贝》、棉棉的《糖》、木子美的《遗情书》，以及诗坛上的"下半身写作"等作品。"这是一种主体的放纵，是因为他们沉湎于现代都市文明极端物质化的现实之中，对各种新异的、充满个性的时尚生活方式具有一种天然的'亲和力'；他们常常乐于以一种惊世骇俗的方式来对抗传统的价值秩序和市侩文化，追求极端的个性自由；在具体的创作中，他们极力抵制理性旨意的支配，让所有的书写只对自己的情绪、欲念和感官说话，义无反顾地遵循着想象的最初冲动，强调肉体与灵魂的彻底袒露。"[①] 其二，是民间化和私人化的方向，涌现出陈染的《私人生活》、林白的《一个人的战争》、海男的《我的情人们》，以及杨争光、何顿、述平、李洱、东西、鬼子等一大批"新生代"作家的作品。这些作品或着眼于个人的私密性体验，或立足于普通人的日常生活

---

① 洪治纲：《多元文学的律动1992—2009》，广东教育出版社2009年版，第134页。

情感，或倾心于感官化的非理性生存，揭示日常表象背后的各种生命景观。因此，可以说，90年代之后的新时期文学，已基本上确立了世俗生活的审美价值，也形成了由"启蒙的人"向"世俗的人"的美学过渡。

这种"世俗的人"的大面积出现，主要还是源于"个人化写作"思潮和文化消费主义思潮的交织与融会。在这两股思潮的共同作用下，作家们对人的世俗生活的强调，主要还是针对那些被集体观念所钳制了的欲望化或非理性的日常生存状态，彰显那些膺服于自我内心欲望的真实个体，使感官摆脱理性的纠缠，恢复特有的生命质色。虽然很多人都认为，这些鲜活丰富的"世俗之人"，挣脱了以往的集体话语和意识形态化的艺术实践，使文学回到个人的内心之中，但我以为，问题可能并不那么简单。因为这种反抗一元化的审美思想，在80年代中后期就已经获得了文坛的普遍认同。90年代以后的作家对个人世俗性生活的高扬，实质上带有某种日常生活诗学重建的意味——无论是女性躯体的"私语"，还是性本能和金钱欲的彰显，内部都隐含了个体与社会之间的巨大断裂，也折射了个体对群体秩序的自觉反抗。就创作主体而言，作家们非常清楚，中国当代文学呼唤了多年的主体意识，其实仍然存在着太多的思想迷津，仍然在各种潜在的公共伦理中抱守残缺。真正具有世俗活力的个体并没有获得全面彰显。

进入21世纪，文化消费主义思潮依然在持续地扩张，并深刻地影响着新时期文学的发展。越来越多的青年作家在步入文坛之后，都带着强烈的主体意识和个人的审美趣味，不断挣脱所有精英化、启蒙性的宏大命题，自觉地将艺术实践融入民间化的立场之中，使笔下的人物集世俗、自由、独立甚至放纵于一体，试图让鲜活的"世俗之人"来对抗传统的理性精英。不过，这种对"世俗的人"的倾心关注，背后也隐含了新时期作家试图建构"人的完整生活"、突出日常生活诗学价值的审美意愿，因为日常生活是世俗之人的核心舞台，日常生活的丰富性是确保人们世俗之乐的前提。南帆就曾说过："关注普通人的人生，关注他们的日常生活，这是文学话语的独特视角。世界不可能完全按照文学话语的视角发展，但是，世界也不可能完全取消这种视角。可以预料，完全取消文学话语的视角，也就是取消普通人日常生活的意义，只能给世界带来更多的悲剧。文学话语力图从日常生活之中发现解放的能量；另一方面，所谓的历史解放只有进入每一个人的日常生活，这才是真正的解放。"①

我们无意于从解放的角度探究世俗之人与日常生活之间的关系，但是，要写出真正鲜活、丰富而又立体的"世俗之人"，就必须对日常生活保持高度的敬意。列斐伏尔认为，"在启蒙运动以来的西方思想史上，日常生活通常被视为一种烦琐无奇的、微不足道的、无关紧要的，具有重复性、情绪性和自然生成性。特别是哲学经常从一种纯粹的思想的高度，而同日常生活中的混乱一团的、异想天开的现象一刀两断；……这种纯粹思想与日常生活感性世界的截然分开，其实就是一种日常生活的异化现象。"②这也就是说，日常生活之所以让人们轻视或忽略，其实是人类基于启蒙理性的价值坐标进行阐释的结果。如果避开启蒙理性的价值观照，日常生活并非一种异化的存在。为此，他将日常生活定义为"一切活动的汇聚处，是它们的纽带，它们的共同的根基。也只有在日常生活中，造成人类的和每一个人的存在的社会关系总和，才能以完整的形态与方式体现出来"③。所以，"世俗之人"在新时期文学中的复活所折射出来的，是作家们对日常生活内在价值的重新确定。

从80年代"启蒙之人"的高扬，到90年代"世俗之人"的复苏，新时期文学在"人学"表达上的这种变化，凸显了新时期作家在生存观念上的变革、价值取向上的变化和审美追求上的演进。但是，我们也必须看到，"世俗之人"毕竟是一种感官欲求高于理性思维的人，物质迷恋多于精神追求的人，非理性的自我满足大于理性的自我约束之人。如果作家对这种"世俗之人"的生存价值保持高度的认同，会导致写作不再成为情感提升和思想深化的审美需求，而是各种潜在欲望的宣泄，或者是谋求自身物质利益的手段。

---

① 南帆：《文学、现代性与日常生活》，《当代作家评论》2012年第5期。
② 转引自吴宁：《日常生活批判——列斐伏尔哲学思想研究》，人民出版社2007年版，第165页。
③ 刘怀玉：《列斐伏尔日常生活批判概念的前后转变》，《现代哲学》2003年第1期。

三

随着中国社会的不断开放及全球化的快速冲击，新时期作家的身份也在不断变化。越来越多的中国人开始走出国门，或求学异邦，或移居海外，形成了异常庞大的流散群体。在这一群体中，有些人开始自觉进行文学创作，并由此形成了一种新的写作群体，即新移民作家群。这个群体异常庞大且十分活跃，代表人物有张翎、陈河、虹影、陈谦、袁劲梅、施雨、融融、吕红、章平、苏炜、薛忆沩、王瑞芸、林湄、卢新华、戴舫、陈瑞琳、少君、刘荒田、张惠雯、黄惟群、张枣、阿城、杨炼、林达、王性初、余曦等。从90年代开始，他们陆陆续续地融入新时期文学队伍之中，并以其"流散写作"的特质，成功地拓展了新时期文学在"人学"上的探索，即从单一的"族群的人"，延伸到跨文化、跨族群的"混杂的人"。这种"人"的文化身份的变迁，意味着当代作家已开始关注中国人在世界不同文化碰撞中的生存选择、身份焦虑及观念变化。

在80年代的文学创作中，作家们对人的探索，主要还是立足于族群内部的历史、社会和生命等领域，即使是探讨人的文化属性，也多半是针对传统文化与现代化之间的关系，像"寻根文学"、地域风情之类的写作都是如此，很少有作家将人的文化属性提到族群层面上，从不同族群的文化冲突中演绎人的生存镜像。不错，中国本身就是一个多民族文化的统一体，很多作家也常常专注于表达不同族群中人的生活，像新时期早期的玛拉沁夫、张承志、扎西达娃、吉狄马加等，都曾倾力书写过本民族人群的独特生存及文化信仰。90年代之后，又陆续涌现了阿来的《尘埃落定》《格萨尔王》，迟子建的《额尔古纳河右岸》，李娟的《羊道》，姜戎的《狼图腾》等代表性作品，分别对中国大地上不同民族的人们之历史、生活、命运进行了多方位的审美思考。这些广涉少数民族人群的作品，在"人"的探究与发掘上，虽然也触及了中国社会现代化进程对人的冲击与撕裂，但就思想内蕴来看，主要还是立足于单一族群中的特殊文化信仰、思维方式和价值观念进行审美表达。因此，在很长一段时间内，就人的文化属性与族群身份而言，新时期文学对"人"的探讨，基本上局限于单一的"族群的人"。

然而，随着大量年轻人步入西方国家留学深造，并由此涌现出一大批如《北京人在纽约》《曼哈顿的中国女人》《我的财富在澳洲》《到美国去，到美国去》《曾在天涯》等留学生文学作品，人们开始意识到，在一种相对稳定的族群或地域文化中，探讨与书写人的生存面貌及其可能性状态，是不够的。我们还应该挣脱自身的族群文化，利用他者化的眼光重审自身的存在境遇，尤其是每个个体与生俱来的族群意识及文化特质。由是，在新移民作家不断壮大的同时，从90年代后期开始，新时期文学对于人的探讨与书写，开始从单一的"族群的人"扩展到跨族群、跨文化的"混杂的人"。

所谓族群文化上的"混杂的人"，主要是指受到两种以上族群文化的碰撞、互动与融合，并从内在精神上形成观念交混、思维杂糅的人。这种文化的混杂，带有文化殖民的强制性特质，但也不乏被殖民文化渗透与改写，用霍米巴巴的理论来说，所有的文化形式都处在持续不断的混杂过程之中。混杂性之重要性，并不在于它能够追溯两种文化的本源，而是二者杂交成"第三空间"。这种文化空间，既有强势文化对弱势文化的收编或规训，也有弱势文化对强势文化的渗透与改写，并由此形成了一种大杂烩式的文化形态。所有的流散群体，都会经历并承受这种文化的混杂，最终成为一种具有"第三空间"精神特质的人群。在新时期文学中，尽管也有一些本土作家的创作涉及这种文化混杂的情形，但作家基本上都是以他者的视角，将域外之人视为某种文化的参照，并没有上升到族群意识探讨其中的文化冲突。

由于深受异域文化的影响，新移民作家在书写人的日常生活时，就敏锐地注意到了那些置身于不同族群文化中的人的生存境遇，并着力书写了诸多文化层面上的"混杂之人"。像张翎的《劳燕》等，表面上叙述了中国历史中某些特殊的族群记忆，但是，在还原各种历史现场的过程中，作家都倾尽笔力，融入了大量的、异质性的族群文化，使不同的族群文化之间，形成了各种复杂而微妙的共振关系，也使其中的人物形象，变得极具复杂的文化张力。像《劳燕》中的牧师比利，尽管长期生活在中国社会的底层，浸润于中国传统文化之中，但并未彻底丧失自身的族群文化，也从未忘记自己的身份认同，而是一直承纳了多元文化的不断混杂。

当然，更多的作家还是着力呈现华人置身于海外之后所承受的族群文化混杂史，这也使新时期文学将"人学"投射到东西文化冲突与交融的大舞台上。在历史叙事中，我们可以看到，张翎的《金山》《睡吧，芙洛，睡吧》，陈河的《沙捞越战事》《米罗山营地》《外苏河之战》，等等，都是以漂泊海外的华人生活与命运为主线，从不同维度、以不同方式，呈现了他们在不同文化的对抗、观念的错位中的艰辛生存，展示了不同文化混杂所带来的各种命运的失控。像《睡吧，芙洛，睡吧》，是以一个中国社会底层女性的命运，再现了殖民化历史语境中，华人在域外生存的悲惨与坚韧、受难与救赎。芙洛像牲口一样被人不断地贩卖，遭受了各种非人的屈辱和折磨，然而，最终成为圣母一般的存在，并成为异域人群认识东方的一个窗口。陈河的《沙捞越战事》书写的是一个华裔青年军人在二战时期的沙捞越丛林中的作战经历，西方文化、马来文化，以及他自身的民族文化，伴随着生与死的冲突，不断地产生各种抵牾，最终他以自己特有的智慧看清了盟军的真实用心，并在惨烈的战争中反败为荣。尽管这些作品都是借助了特定的历史史料，将中国平民置于世界其他民族的关系中，试图客观地呈现华人对居住国所做出的不可磨灭的贡献，揭示华人在异域中卓越的人格形象，但从"人学"的角度来看，作家都带着明确的族群意识，着力呈现了不同族群的文化对人的生存的巨大影响。当然，强烈的自我文化身份的认同，也是一种不言而喻的事实。

如果从现实生活来看，这种多元文化的混杂情形更为普遍，也更为丰富。无论是散文、诗歌还是小说，都有大量的呈现。像少君的《人生自白》，北岛的《他乡的天空》，刘荒田的《中年对海》《听雨密西西比》等散文集中，都有大量的篇章讲述了作家们长期生活在海外所经历的种种文化冲突。这种冲突，从伦理观念到价值取向，从风俗礼仪到宗教信仰，几乎渗透在各种日常生活的细枝末节之中，甚至形成了各种独特的思维方式。虽然这些族群文化之间的冲突给作家们带来了诸多的尴尬与困惑，但也使他们逐渐理解了文化混杂所产生的丰富体验和特殊视野。这种"混杂的人"，在现实题材小说中更为普遍。可以说，每位新移民小说家都或多或少地讲述了不同文化所造成的生存冲突。如袁劲梅的《老康的哲学》中，老康始终秉持中国传统的中庸之道，凭借精明、世故、灵活、圆滑，从容地游走于世俗人情之中。然而，当他置身于美国，面对各种是非分明的原则和立场时，他终于感受到了自己的困窘与无奈。张惠雯的《十年》通过一种忏悔式的心理叙事，探讨了婚姻伦理中的两性问题，并展示了主人公"痛失我爱"的心路历程，有反思，有自责，有惶恐，有赎罪，当然也有祝福。所有心理意愿都不太明朗，但在他的长途跋涉和随后的两次见面中，都若隐若现地流淌出来。或许，作为自尊心强而又自卑的孤儿，他在年轻时并不懂得真爱；或许，受传统伦理观念约束的他，无法排遣内心的耻辱感；或许，全球化生活的历练，终于让他醒悟了生命的真谛。林湄的《天望》，借助荣微云与弗来得的跨国婚姻，展示了不同种族在人生信仰、生存方式和价值观念上的分歧与冲突，并通过荣微云对丈夫所作所为的理解，从灵魂深处认同了博爱与拯救的意义。类似的小说还有吕红的《美国情人》，陈河的《我是一只小小鸟》《西尼罗症》《去斯可比之路》，陈谦的《无穷镜》《特蕾莎的流氓犯》，它们都从不同角度，展示了不同族群之间在文化伦理上的纠葛与磨合。

对于这种"混杂之人"的审美表达，陈瑞琳曾评述："几乎所有的新移民作家，其创作的首先冲动就是源自'生命移植'的文化撞击。旅英作家虹影的'放弃'与'寻找'，旅加的张翎笔下的母亲河，网络名家少君的'百鸟林'，刘荒田散文里的'假洋鬼子'，苏炜小说中的'远行人'，宋晓亮迸发的凄厉呐喊，陈谦故事里的爱情寻梦，融融塑造人物的情欲挣扎，吕红在作品中寻找的'身份认同'，施雨、程宝林在诗文中苦苦探求的'原乡'与'彼岸'等，无不都是'生命移植'后的情感激荡，是他们在'异质文化'的强烈冲击下'边缘人生'的悲情体验。"[①] 可以说，新移民文学对"人学"的跨文化书写，体现了某种全球化和"混血性"的精神特质。即使是对移民现实生活的展示，也非常注重不同族群在文化伦理、价值观念和思维方式上由冲突到融会的复杂过程，审美目标直指全球化语

---

① 江少川、陈瑞琳：《海外新移民文学纵横谈——陈瑞琳访谈录》，《世界文学评论》2006年第2期。

境中的多元生存之理想。

由于新移民作家的崛起,新时期文学不仅大大拓宽了"人"的表达空间,凸显了当代作家日趋宽广的审美视野,也在某种程度上为中国当代文学的发展提供了一种新的审美动向。因为一个显在的事实是,随着中国的不断崛起,在信息化、全球化不断加快的时代,中国的经济、政治和文化都已广泛融入全球不同族群的文化,很多人都不可避免地穿梭于不同国别、不同文化的环境中,并学会与其他文化共生发展。这是现代人的命运,也是中国人必将面对的日常生活。在各种现代技术的支持下,在空间不再成为一种巨大的障碍之后,很多人必将在混杂的多元文化中生存,这种生存不仅会引发生存方式、生活观念、价值取向上的变化,而且会导致思维方式、伦理秩序的变化,对所有人的影响都极为深远。

从单一的"族群的人",到跨文化、跨族群的"混杂的人",新时期文学在"人学"的思考与表达上的这种变迁,虽然是由特定的作家群体来实现的,但我以为,这也显示了中国当代文学发展的某种趋势,因为全球化是一种无法阻挡的事实,"全球人"也是未来社会中很多人都会遭遇的一种文化身份。这给人类的日常生活增添了诸多的不确定性,也为中国作家对人进行探索展示了更为复杂的空间。

四十年来的中国社会,无疑经历了翻天覆地的变化,用余华在《兄弟》后记中的话说,这是"一个伦理颠覆、浮躁纵欲和众生万象的时代",但同时也是一个勇于改革、不断进取和大国崛起的时代。它为新时期作家观察与思考"人学",提供了无限丰富的现实资源和实践经验,也促动了作家不断拓展"人学"的思考视域和理解方式,并由此形成了颇为繁富关于"人"的书写。但是,从本质上看,新时期作家对人的探索,已逐渐从外在转向内在,从社会性、历史性转向日常性,并且基本建构起了一套相对明晰的、有关日常生活诗学的审美观念。

其实,无论是何种身份,也无论其人在社会公共领域中拥有多么显赫的地位,就个体生存而言,日常生活仍然占有核心地位。因此,新时期文学在探究"人学"的过程中,越来越倚重日常生活的发掘与表达,越来越自觉地呈现平凡之人在庸常生活中的生存境况、命运变化及内心际遇,这也是文学的常态。但是，我们也必须看到，一方面，人的日常生活看起来千篇一律，庸常琐碎，呈现出枯燥的重复性和无序性，"绝大部分人每天都有着许多相同的经历，这些经历使得我们每天的生活日程变得'普通'，这种普通不仅仅是就其世俗性而言的，它还指这些经历即使不是被所有人，也是被大部分人所共享"[1]；但另一方面，日常生活的内部又有着无限的丰富性和复杂性，尤其是在飞速发展的现代社会，在全球化、信息化和经济一体化的今天，日常生活已经变得缤纷多彩，光鲜炫目，用伊格尔顿的话说，"日常生活就像瓦格纳的歌剧，错综复杂、深不可测、晦涩难懂"[2]。

如何让文学更好地回到"人学"的轨道上，如何让文学沉入人的生存、人的内心，无疑是一个永恒的命题。风雨四十年，新时期文学在"人学"上的探索和实践，虽然说不上辉煌无比，但的确精彩纷呈，尤其是对日常生活之人的关注，无疑体现了当代作家对"人学"的理解与思考，越来越多元，也越来越具有世界格局。

(《文艺争鸣》2018年第12期)

---

[1]〔英〕戴维·英格利斯：《文化与日常生活》，张秋月、周雷亚译，武桂杰、苑洁译校，中央编译出版社2010年版，第2页。

[2]〔英〕特里·伊格尔顿：《理论之后》，商正译，欣展校，商务印书馆2009年版，第6页。

俗世不俗，日常不常

——2018年短篇小说创作巡礼

中国的文坛很有意思，每隔两三年，就要集中精力讨论一下现实主义文学，好像现实主义是一把易锈的利剑，若不时常擦拭，便会失去应有的锋芒，甚至会严重影响中国当代文学的内在品质。我原本不太在意这类讨论，但经常被一些朋友热情邀请参与这类话题的作文，慢慢地，我也积累了一些思考。遗憾的是，我的一些思考，经常不合友人之意，好像我故意搅浑水。我的想法其实很简单，我读到的作品，差不多百分之八十都是书写现实的，要么关注历史记忆中的现实，要么呈现当下生活里的现实，只不过，表现宏大现实的作品少一些，探视微观生活乃至人性面貌的作品多一些。根据现实主义的基本原则，我们好像还不能武断地认为，那些大量书写日常生活琐事、揭示人性微妙博弈的作品，就不属于现实主义文学。

既然如此，我们是否有必要花费如此多的精力，来反复讨论现实主义文学？按我的理解，某些重要的东西缺失了，或者存在着某种别有意味的错位或危机，才有必要集中讨论一下。现实主义文学好像还没有出现这类情形。所以，我有时候也怀疑，这种讨论是不是当代文学中的一个伪命题。不过，在这类讨论中，我也不时看到一些颇有意思的思考。其中，最引人注目的，是有些学者已敏锐地意识到当代文学创作的内在症结，不是作品有没有关注现实，而是作家如何处理现实。

作家如何处理现实？表面上看，这确实是一个现实主义的问题，带有方法论的意味，但骨子里，实则涉及作家如何理解现实、表达现实的审美思维和艺术智性，也涉及作家洞察现实背后诸多本质的思考能力。我们都说《白鹿原》是一部现实主义的经典之作，但它在细节处理上还是动用了一些魔幻的手法，而且这并不影响它的现实主义特质。文学毕竟是人类精神活动的产物，具有明确的主观性、幻想性，在反映现实的时候，必然带有创作主体的内心意绪、个体想象和审美思考。所以，朱光潜先生曾由衷地说道："凡是文艺都是根据现实世界而铸成另一超现实的意象世界，所以它一方面是现实人生的返照，一方面也是现实人生的超脱。"① 从某些意义上说，朱光潜先生所强调的"返照"与"超脱"，其实是一切文学应有的两种基本属性。现实主义文学的不同之处，无非就是"超脱"的方式更依赖于经验或常识罢了。

唯因如此，当我们讨论现实主义的时候，重要的不是讨论作家笔下的现实是否再现了我们的生活和经验，而是要关注它如何有效超越了现实，并对现实进行了更为独特的审美发现与思考，就像李健吾先生所说的那样："我们接近一切凡俗，凡俗却不就是我们最后的目的。"② 这也就是说，我们在书写现实生活的时候，必须有能力使"凡俗不俗，庸常不庸"。这一点，在小说创作中尤为重要，因为小说毕竟是一种虚构的艺术，它在直面现实的过程中，必须借助想象，对人类生活或人性特质进行独到的审美发现。

如果带着这样的观念来审视短篇小说的创作，我们会真切地感受到，中国当代作家的最大问题，不是远离了现实生活，不是自觉规避了现实主义，而是恰恰相反，太多的作家过度拥抱现实，甚至是被现实劫持了作家应有的"超脱"能力，失去了诗意充盈的幻想。在2018年的短篇小说中，这类作品就非常普遍。它们或迷恋于庸常经验的复述，或倾心于凡俗欲望的书写，或在无常的历史记忆中打捞往事，或在廉价的苦难中兜售道德关怀……很多故事都很"现实"，有伤痛，有无奈，感伤，有锐利，但是读完之后，看不到作家具有穿透性的想象和思考，看不到他们"超脱"现

---

① 朱光潜：《谈文学》，安徽教育出版社1996年版，第6页。
② 李健吾：《咀华集 咀华二集》，人民文学出版社2007年版，第187页。

实的内在气质与应有的艺术智性。

　　当然，也有一些不错的作品，它们虽不见得完美，但多少还是呈现了人们超脱世俗的欲念和情怀。在2018年的短篇中，班宇的《逍遥游》就是从底层的俗世生活入手，从容地展现了一群社会边缘者和零余者的内心之光。它们是如此微弱，却又如此温暖。小说以一个尿毒症患者的生存际遇为主线，在一个相对狭小的空间里，揭示了这微茫的尘世里繁杂的人性与人情。无论是父亲还是朋友，他们都在无望中执着地寻找慰藉，在伤痛中艰辛地寻求快乐，在凉薄中体会爱与温暖。小说在一种略带苍凉又不乏轻快的语调中，呈现了凡俗人物内心罕见的柔软、体恤和友善，也使边缘人的苦涩生活变得熠熠生辉。

　　晓苏是一位善于营构故事的作家，但他并不满足于故事本身的精巧与奇谲，而是让人物置身于隐秘的伦理内部，盘旋于人性、情感与伦理之间，东奔西突，左扯右拽，由此凸现人物潜在的心灵气质，叩问凡俗中的人性光泽。《吃苦桃子的人》中的单身汉憨宝，善良，羸弱，老实，没有致富的能力，所以不受村里人待见。为了赚点辛苦钱，他主动帮助一个长途汽车上的女人守夜。在这个过程中，憨宝不仅严守自己的身份，还治好了女人的感冒。在憨宝的心里，欲望与金钱，必须与日常伦理中的自我"身份"相一致，所以，面对女人的暧昧，憨宝最终还是护住了应有的尊严。

　　张惠雯的短篇总有一种异乎寻常的穿透力。她既能精确地呈现凡俗生活中各种微妙的细节，又能不动声色地抵达生活背后的某些本质。《沉默的母亲》也是如此。三位母亲，分别选择了忍耐、反抗和死亡这三种方式，从不同层面呈现了"母亲"这个献祭式的角色。本能的母性意识，使母亲们永远无法挣脱家庭的羁绊，然而自由与独立的生命怀想，又让她们难以忍受家庭的重负。她们在撕裂中走向毁灭，却没有人洞悉那份内在的绝望。母亲是沉默的，沉默的内心里永远承受着熔岩般的煎熬。这就是现代伦理的诡异之处，也是世俗与不俗之间永远的对抗。

　　真正的现实主义写作，当然不是复制外在的生活表象，而应该深入现实，打探这个日趋繁杂甚至是光怪陆离的现实生存中，人如何应对这些快速的变化。夏商的《猫烟灰缸》、薛舒的《相遇》、张楚的《中年妇女恋爱史》、余一鸣的《制造机器女人的男人》等短篇小说，同样立足于我们的日常生活，在我看来，应该是标准的现实主义作品。但是，它们都在那些看似平庸却又富有异质的生活背后，凸现了人性中某些奇异的光泽。它们书写现实生活，却又果断地超越了诡异的现实，直击作家对内在人性的叩问，展示了创作主体对某些非功利性的理想化的生存的追求。

在《猫烟灰缸》中，忏悔只是故事的外表，为那份决绝的真爱而守护一生，或许才是夏商所想表达的真实愿景。酒吧，单身男女，偶遇，这些现代都市中常见的生活际遇，在很多人的作品中所呈现出来的，只是精神的虚空、欲望的宣泄或命运的吊诡，但在夏商的笔下，它们成为一种深入人物骨髓的情感见证。米兰朵以全部的身心唤醒了老靳的情感，也唤醒了他的罪与忏悔。而身为精神病实习医生的第五永刚，在见证这个非凡之恋的同时，似乎也在不自觉地重蹈其中。小说以一种悲剧性的方式，将爱、生命与决绝，置放在一个奇妙的维度上，给人以旷世般的疼痛和震撼。

《相遇》则叙述了一段生死之间的心灵会晤。小说中的周若愚，收入不高，工作不体面，前途未见光明。作为沉默中的大多数之一，他处于社会的边缘，但这并不意味着他就是一个彻头彻尾的世俗者，相反，他依然拥有自己的隐秘情怀和梦想。当然，在坚硬的现实面前，周若愚的这种奢望显然难以实现，他能够选择的，只有平庸而务实的婚姻。于是，他将安葬在墓园中的林若梅，奉为内心深处的红颜知己，并由此踏上了精神之恋与世俗婚姻的分裂之途。在世俗的红尘中，"我饿，但我找不到合适的食物"，是很多人所遭遇的普遍困境，尤其是对于那些没有多少选择资本的边缘人来说，更是如此。因此，周若愚所需要的真正意义上的心灵之遇，只能在虚拟的想象之中。

张楚的《中年妇女恋爱史》以一系列社会重大的历史时间作为参照，呈现了一群普通女人从少女到中年的情感生活，无序无奈而又摇曳多姿，以斑斓的命运回应了时代的骤变。茉莉、甜甜、老甘、小五都是普普通通的女人，没有大志向、大情怀、大眼界，更没有大能力和大魄力，从学生时期开始，她们的人生志趣就是在俗世中寻求常人应有的欢乐，然而，一个又一个骤然而至的社会变化，最终将她们的命运折腾得起起伏伏，甚至是面目全非。的确，除了甜甜的早逝，她们在本质上没有太大的变化，但是，围绕情感所经受的爱恨情仇，也是十分鲜活和丰沛的。余一鸣的《制造机器女人的男人》着眼于乡村留守儿童的生活，通过一个男人的执着探究，向纷繁而混乱的尘世发出了母爱的邀请。这个邀请，看似诙谐而荒诞，却又是如此尖锐、执着和决绝。王聪明之所以倾其所有，不顾一切地研制机器女人，就像堂吉诃德斗风车一样，期望为那些日益荒凉的乡村，带来母爱所特有的充实与欢乐。

房伟的《"杭州鲁迅"先生二三事》是一篇带着"执念"的寓言小说。它以一段历史的真实事件为依托，演绎了一个装扮鲁迅先生的教员之情感际遇和命运历程。阴差阳错的身份转换，虽然唤起了周预才内心深处的虚荣和幻想，但随之而来的真相，让他无地自容。命运的颠荡沉浮，并没有改变他对鲁迅的敬仰，却让他在时代的铁流中穷挣苦扎，饱受尴尬。有意思的是，这个装扮鲁迅的小职员，或许只是一个小小的喻体，而潜心将这个故事还原成小说的大学教师章谦，才是小说所隐喻的实体。章谦似乎想以周预才的命运进行自喻，却又没能遇上那个信息不畅的时代，所以自杀是他唯一的选择。

须一瓜的《会有一条叫王新大的鱼》从一个凡俗的伦理问题入手，让两个中年男人陷入一种管教与被管教的关系之中。在这个奇特的关系中，职业伦理背后的权力关系、童心编织的邻里之情、友善本性托出的体恤之情，使这两个中年男人的内心产生了极为复杂的纠葛。当然，这也是作者饶有意味的把玩之处。它隐含了法律与人性之间的分裂，也折射了社会秩序与人伦之情之间的错位。须一瓜的智慧在于，她对市井生活中的日常伦理的把控游刃有余，从而使叙事话外有话，甚至声东击西，耐人寻味。

俗世不俗，日常不常。这是小说艺术常常遵循的一种审美法则，从某种意义上说，也是现实主义写作的基本路径。至于如何让作品在现实生活的土壤中，绽放出各色奇异的花朵，那就要靠作家的思考能力和叙事智慧了。在2018年的短篇中，朱辉的《午时三刻》以秦梦媞执着于整容为叙事主线，将一个现代女性的生存形态演绎得别有意味。虚荣也罢，自卑也罢，在秦梦媞三十多年的人生中，平常的脸蛋成了她巨大的心病。她不惜一切代价一次次整容，试图改变命运，反被命运不断地嘲解——工作越换越差，丈夫越变越黑，女儿越长越丑，最后连自己的母亲也不是生母……从"次品返修"到"基因改良"，朱辉一路轻松地叙述着，却将一个女性试图借助容颜来抗争现实的顽强毅力，击打得体无完肤。

任晓雯的小说，常常透出张爱玲式的荒凉和无望。这种荒凉，由人情直入人性，从伦理延及世态。她的《换肾记》也是如此。小说以生与死作为故事的内在张力，在上海方言所营构的市井气息里，从容地撕开了一个家庭内部脆弱的血缘关系，也呈现了世俗生活里某些诡异的世态。围绕着丈夫的换肾问题，妻子与婆婆之间、丈夫与母亲之间、母亲与女儿之间，各种由亲情或血缘构筑在一起的伦理关系，被死亡的恐惧击打得面目全非。

宋阿曼的《午餐后航行》则从两性情感的内部，撕开了现代都市人的精神困顿。小说在叙事上十分流畅，情节调控也显然相当从容。作者从一个现代女性的情感入手，呈现了不同女性内心中的隐秘风景：空虚，隔膜，易变，虚荣。很多现代女性，在面对各种精神焦虑症时，总想通过肉体的充实获得慰解，结果却常常陷入更大的虚空。

自我的丢失、分裂与错位，一直是范小青近些年来在短篇中倾力表达的主题。《变脸》直面当下的科技时代，围绕人脸识别系统中存在的有关问题，质询了现代制度建设与技术依赖之间的关系。这种关系，仰仗的是"机器比人更可靠"的非人化管理理念，最终却导致了"我无法证明我自己"的尴尬与错位。它是现实的，是我们每天都需要面对的技术霸权主义，但它又是荒诞的，超越了一般人的个体经验和认知习惯，可谓平常之中的不平常。

双雪涛的《女儿》是一篇非常精致的元小说。它通过一个作家对一个写手的作品的期待和解读，呈现了两个相互交织的故事。它们都是有关等待的故事，而且这种等待，都游离于终极目标之外，是人们在追求目标过程中常常遭遇的插曲或者改写。无论是杀手的故事，还是女翻译的故事，背后都隐含了人们对意外的渴望。我们习惯于生活在程式化的、目标清晰的尘世里，可是，我们的内心总是另有期望。而这，或许正是凡俗中所隐藏的某种人性本质？

李宏伟的《冰淇淋皇帝》是一篇游离日常生活现实的寓言性作品，

但它所面对的，仍然是我们如何应对内心的恐惧与无望。长久的烈日与酷旱，导致世界即将毁灭。只有皇帝和孙先生知道一切无可挽回，他们唯一能做的，就是延缓人们在灭绝前的恐惧。于是，孙先生让读书人在昼伏夜行中第一次也是最后一次打量一下这个世界。所谓的诏书，所谓的词语偏移，只不过都是皇帝利用特权手段，让不同的群体转移心志，暂时地遗忘残酷的现实所带来的慌乱、恐惧和疯狂。向死而生，也许只是一个高远的词语，因为它在本质上将无法彻底地缓解生命内在的恐惧。

盛可以的《偶发艺术》同样是一部具有寓言性的小说。偶发艺术原本是一种即兴发挥的艺术，以自发的、无具体情节和戏剧性事件为表现方式的艺术，甚至是行为艺术。这篇小说以舞台剧的方式，设置了多个开放的叙事空间，让章志清的家庭生活和情感，以不同的片段呈现出来。因为是片段，叙事上没有必要强调前因后果；也因为是片段式的戏剧场景，所以观众可以根据自己的经验自由参与剧情的讨论和表演。不过，所有这些叙事手段，最终不过是为了展示生活的无序与无奈，呈现人们在各种规则控制之下的"偶然"状态。现实变化越快，生活的"偶发"现象也就越频繁，它是生存的真实镜像，也是艺术的另一个空间。从现实角度来看，李宏伟和盛可以，以反现实或超现实的方式，向读者展示了我们所面临的某些真实处境。

王手的《平板玻璃》无疑是一个充满了世俗烟火气的作品。"我"的四十年商海沉浮，既见证了中国社会的历史变迁，也呈现了自我命运的跌宕起伏。因为一块平板玻璃，"我"不仅毁掉了邻居阿芬的婚姻，还摧毁了自己在家乡的立足之地。带着一股蛮劲，"我"终于在玻璃界打下一片江山，花了四十年时间，为自己赢得了应有的尊严。然而，看似成功的"我"，依然孤身一人，无论是曾经的故乡，还是曾经的故友，都已渐行渐远。

次仁罗布的《红尘慈悲》是一篇非常精练的短篇，也是一篇让人回味不尽的佳构。它沉郁，辽阔，朴素，端庄，像高原上的微风，吹拂着尘世间所有的爱与死亡，苦难与麻木。小说通过觉如·云丹的视角，讲述了一个普通藏族家庭的生活。在这个家庭里，每个人都很善良、勤劳、宽宥、体恤，与贫穷默默地相伴，从不抱怨命运的不公。当父母为哥哥和云丹娶回同一个妻子阿姆之后，受过教育的云丹内心终于发生了变化，于是他选择了逃离。小说最动人之处，在于阿姆内心的渴望与隐忍，善良与幽怨，慈悲与落寂，它们浑然聚于一体，跃动着圣母般的光泽。阿姆与云丹的母亲、妹妹，共同构成了藏族女性心灵深处的宽广与慈悲。阿姆不幸逝世之后，成为唐卡画师的云丹，在老师的帮助下决意要为她塑铸一个观音菩萨像。这与其说是云丹为了赎罪或超度阿姆的灵魂，还不如说是为了展示藏族女性的伟岸与不凡。

我一直认为，任何一种"主义"的写作都是一种限制。或者说，都是一种围绕着自身终极目标的自我控制。现实主义也不例外。当它把现实背后的"真实"放在首要位置时，它所赖以支撑的载体，只不过是人类普遍熟悉的经验和常识。但是，面对如今眼花缭乱、变化万端的现实，面对人类极速膨胀、花样迭出的生活，面对异质化、个人化层出不穷的"真实"，几乎所有的经验和常识都面临着危机，就像本雅明所说的，这是一个经验贫乏的时代。我不清楚，这是否意味着现实主义写作果真将陷入"双重的尴尬"？一方面是文学必须"超脱现实"的本质诉求，另一方面是现实又变得迷离不清。在这种奇特的语境里，我们不妨搁置有关的理论争议，回到具体的创作之中，回到一部部真实的作品之中，像海子所言，"关心粮食和蔬菜"，关心作家在世俗生活深处所进行的思考和追求。

（《小说评论》2019年第1期）

走向叙事的不确定性
——2019 年短篇小说创作巡礼

现代小说的主要特征之一,就是反对过度明确的中心意义,排斥各种主体观念对叙事的强制性介入。作家自觉借助各种必要的叙事手段,突出作品内在主旨的不确定性和含混性。换言之,他们乐于通过情节游离、叙事拼杂或掐头去尾等手法,消解小说相对清晰的单一性主题,阻断读者在审美接受上的惯性思维,从而拓展人们阅读和思考的空间。应该说,这种审美追求对改变小说叙事的观念化、恢复艺术性方面有着不可或缺的意义。在小说创作中,倘若作家的主观理念过度介入叙事,常常会导致作品失去应有的自然、流畅和诗性,丧失摇曳多姿或异彩纷呈的内在韵致。所以,很多现代作家在摒弃观念化写作的过程中,都会自觉接受叙事的含混性和歧义性,使作品侧重于呈现人类生活或人性的自然状态,传达创作主体的一些微妙感受,以一种主题内涵的不确定性,让文本走向开放的状态。

这种叙事策略,在理论上也得到了很多作家的支持。雷蒙德就曾直言不讳地说,他喜欢让小说有点"胁迫感或危险感",而不是向某种意义直奔而去。米兰·昆德拉说得更明确,他认为小说就是一种建立在人类事件相对性与暧昧性之上的世界的表现模式,小说的智慧就是追求不确定性的智慧:"塞万提斯认为世界是暧昧的,需要面对的不是一个唯一的、绝对的真理,而是一大堆相互矛盾的相对真理(这些真理体现在一些被称为小说人物的想象的自我身上),所以人所拥有的、唯一可以确定的,是一种不确定性的智慧。"① 正因如此，人们通常认为，小说就是通过精确的细节叙述，来表现人的生活或人性的不确定性状态。短篇小说因为篇幅的限制，无疑会动用更多的手法来突出这种不确定性。

　　作为一种美学追求，短篇小说在内在意蕴上的不确定性，很多时候都体现在作家对人的可能性生存状态的探讨之中。所谓人的可能性生存，就是日常经验中非常少见的，但又在逻辑上存在可行性的生活。它需要作家借助必要的艺术想象、丰富的生活经验和坚实的说服力，才能实现这种审美效果。在 2019 年的短篇小说中，很多颇为实力的短篇就是如此。譬如，迟子建的《炖马靴》在叙述战争与人性的问题时，就将一头瞎眼的母狼引入其中，通过母狼的不断报恩，在人性与兽性的共振过程中，鲜活地呈现了东北抗联部队孤军式的艰难抗战。这篇小说延续了作家极为娴熟的叙事技能，在故事不断转述的过程中，追忆了东北抗联小支队一次突袭日军驻地的过程，虽然谈不上惊心动魄，但在生与死的绝境之中，瞎眼母狼却带着小狼成功地营救了支队头军"我父亲"，彰显了兽性之中的感恩之情，传达了"人呐，得想着给自己的后路，留点骨头"这类生命的深切体悟与喟叹。应该说，这篇小说的主旨大体是确定的，即以兽性反观战争中的人性，但那只紧跟抗联小分队的瞎眼母狼，又让整个故事充满了某种不确定性。

　　王手的《手工》从日常生活入手，饶有意味地复述了"我"这半辈子的"间谍"生涯与命运的关系。因为手工技术好且善用心计，小时候他就依靠这门技艺，通过对废弃电影票的精巧粘贴，免费观看了无数场电影，并在自己的成绩单上签了无数次家长的名字；进工厂后又凭手工技艺和心计顺风顺水地发展，并娶到了心仪的妻子；步入管理层之后又用"间谍"般的手法勾搭了一个情人。通过"我"的复述，作者不仅揭示了中国普通百姓无奈而又吊诡的生存法则，也呈现了数十年来中国社会秩序的变迁。它与真正的间谍无关，却让我们看到，"工于心计，善于技艺"，居然也可以过上游刃有余的生活，尽管这种生活每时每刻都充满了某种不确

---

　　①〔捷克〕米兰·昆德拉：《小说的艺术》，董强译，上海译文出版社 2004 年版，第 8 页。

定性。

李静睿的《温榆河》是一篇颇费匠心的优秀之作。它从确定性的生存目标开始,最后却将这种目标消解于不确定性之中。大学毕业后的方铭知混迹于京城,内心里只有出人头地的欲念,这种充满功利性的物欲化追求,使他丧失了所有知识人应有的生命情怀和浪漫之心。作者通过表弟左锋、打工妹小竹及妻子付霜的反衬,在温榆河、李卓吾墓地等隐喻性的情节中,呈现了不同人生中饶有意味的怀想,也展示了普通生命里所蕴藏的丰润与疏朗,这使方铭知隐隐地感受到,过于追求功利的人生,似乎正在让自己步入内心枯竭的状态。它似乎体现了乡村人与都市人的角色错位,但又折射了现代性的某些内在的悖论。

晓苏的《花饭》围绕高校的名利场,以略带戏谑性的语调,演绎了两个教师的谋名求利之心计。它的主题是明确的,但这种明确的背后,又隐含了创作主体对现实困境的不确定性表达。"我"依靠一笔通过关系弄来的课题经费,从一个电教员工转为助教,又从助教升为副教授、教授、博士生导师,靠的就是胁迫走人,外加频繁宴请。而倪飞从副院长升到院长,同样也离不开疏通关系和胁迫走人。这种软硬兼施的手段之所以屡试不爽,就在于它捏住了高校管理的软肋和弊端:项目、经费、奖项与人才之间的关系,以及人才与学校管理的关系。这种吊诡的关系既是高校发展的困局,也是优秀人才成长的死结,结果便是当今的高等学府中依然存在一些滥竽充数者,四处招摇且又游刃有余。

邵丽的《天台上的父亲》和叶兆言的《红灯记》都是围绕着死亡问题,对死者和生者进行了各种复杂的拷问。这种拷问既有人性层面的,又有历史层面的,当然也有伦理层面的,充满了诸多的不确定性。《天台上的父亲》中父亲的自杀,引发了三兄妹和母亲内心漫长的挣扎,它有理性的、道德的质询,又有血缘的、命运的喟叹。从战争中走来的父亲,虽也遭遇过一些人生风波,但终究不改那一代人的生命特质:敬业,自信,不容他人怀疑和否定。但在时代的洪流之中,这一切最终都被彻底地动摇。事业、妻子和子女,一步步瓦解了他内心的自信,也瓦解了他的权威,使他决绝地踏上了自我否定的道路。《红灯记》叙述了马龙、曹迎霞、钱师傅和马铁梅的关系,这种关系既承载了他们各自曲折的历史记忆和苦难命运,又传达了《红灯记》中"不是一家,胜似一家"的伦理亲情。也就是说,《红灯记》中人物的革命情感以及承载的政治伦理,在现实生活中非常自然地转化为令人寻思的亲情伦理,使得马铁梅的生命成长融入了特殊的历史情缘。

如果说揭示人的可能性存在状态,是体现现代短篇小说内在主旨之不确定性的路径之一,也是很多作家施展艺术想象的重要手段之一,那么对日常生活本身的混乱无序进行饶有意味的呈现,同样也是作家追求小说不确定性内蕴的重要领域。罗伯-葛利叶就曾直言不讳地说:"巴尔扎克的时代是稳定的,刚建立的新秩序是受欢迎的,当时的社会现实是一个完整体,因此,巴尔扎克表现了它的整体性。但20世纪则不同了,它是不稳定的,是浮动的,令人捉摸不定,它有很多含义都难以捉摸,因此,要描写这样一个现实,就不能再用巴尔扎克时代的那种方法,而要从各个角度去写,要用辩证的方法去写,把现实的飘浮性、不可捉摸性表现出来。"① 的确,随着社会变化的不断加剧,人们既有的生存方式和价值观念都在不断变更,由此导致了本雅明所说的"经验的贫乏",一代代人无法因袭祖辈留下的经验,生活在那些稳定的模式之中。这使越来越多的人都深切地感受到,我们的生活即使是最庸常的日常生活,也都充满了各种令人难控的不确定性,而且这种不确定性又直接激化了现代人内心的焦虑感。所以,我们看到,越来越多的作家都在关注日常生活本身的不确定性,包括人对自我命运把控的不确定性,以及对生活认知和理解的不确定性。

在2019年的短篇小说创作中,修新羽的《城北急救中》就是这方面的一个典型。它一方面体现了人们对自我认知的不确定性,另一方面又体现了现实生活本身的不确定性。这种不确定性,宛如男女主人公租住的房子对面的"城北急救中心"——这个每晚闪烁的霓虹灯招牌,居然坏掉了一个"心"字,变成了"城北急救中"。现实中的霓虹灯招牌坏掉了一个"心"字,而大学刚毕业的主人公和其恋人的生活似乎也缺少了一个核心,

---

① 转引自柳鸣九主编:《新小说派研究》,中国社会科学出版社1986年版,第567页。

他们租住在廉价的城北地带,做着不称心的工作,拿着不体面的薪酬,维持着似是而非的情侣关系,几乎没有什么是可以确定的,更没有什么是坚定而清晰的。从现实到前途和命运,他们似乎都是跟着惯性滑行,就像整夜闪亮的那块残缺不全的霓虹招牌。

王好猎的《天食,地食》从美食出发,探讨了人们在日常生活认知上的不确定性,带有某种文化寻根的意味。小说以一个现代哲学博士作为叙事视角,巧妙地将形而上的哲学之思与形而下的日常生活之乐融入一体,从哲学角度探讨了传统中国人对饮食的理解,又从饮食角度呈现了某些哲学对生命的认知。它自然、节制,虽然不乏寻根中的某些猎奇意味,但处处隐含在日常生活的肌理之中,使冯平羽逐渐理解了形而上的理论与形而下的生活之间有着紧密的关联。这种关联,在本质上体现了世俗生活的巨大吞噬能力,它的烟火气息彻底烧毁了玄奥的思辨,也显示了人类日常生活能够抵达无所不包且又永难全解的境域。

徐则臣的《青城》以见证人的视角,讲述了一个艺术理想与现实情感之间的曲折故事。老铁和青城因为绘画而成为伴侣,又因为绘画陷入生活的困境。合租中的"我"恰好擅长写字,尤擅临摹赵熙的字,房东拿去做旧后,变成了一桩相当不错的买卖,所以"我"不时地临摹一些赵氏之字交给房东,抵用三人的房租。作为局外人的"我",看重的当然不是这对情人的艺术理想,而是他们艰难却又不舍不弃的生活。生活不如意者十之八九,但是,在不如意的日子里,青城还是渴望看一看苍鹰翱翔,想一想心中的诗和远方,这无疑让"我"心生敬意。在"我"眼里,青城将青春和命运都投注在疾病缠身的老铁身上,在不食人间烟火般的生活中抗争,这种反世俗的率真活法,究竟能坚持多久,究竟能活出怎样的境界,都充满了无数的不确定性。这种不确定性,既融会了情感、理想,又折射了生命的自由,呈现出异常丰饶的生命伦理。

汤成难的《奔跑的稻田》是一篇非常别致的小说,虽然有些像巴西作家若昂·吉马朗埃斯·罗萨的《河的第三条岸》,但作者笔下的父亲不是追求形而上的河上生活,而是寻找实实在在的物质生活。他渴望找到完美的土地,并种出心中理想的水稻,尽管这种水稻同样充满了形而上的象征意味。一方面,父亲越走越远,越来越执着于种植新的水稻,并将收获的新稻子寄回家里；另一方面，则是家人对父亲长久的思念，以及年复一年的漫长等待。执着于理想的父亲和充满亲情的等待，就这样构成了小说内部的张力，耐人寻味。

次仁罗布的《那片白云处是你的故乡》依然保持着作家一以贯之的草原情怀。作家通过对现代城市生活的反省，怀想着天人合一、人神共居的草原简单生活。它隐含了城市文明与游牧生活的内在悖论，体现了现代文明"累心"，而自然生活"累身"。在累心与累身之间，作者写出了那些迁移之人内心的不同挣扎。无奈的是，身边一个个人都在拥抱城市，满足于城市生活，故乡成为再也不想回去的远方，只有一些年迈的老人、不合时宜的"我"，以及把生命献给草原的表弟，依然保持着贫穷、简单却能尽享万物生灵的自然生活。

张惠雯的《双份儿》依然保持着她对人物内心世界的探秘姿态。中年律师衣食无忧，生活优渥，但内心总是有一些缺憾，当他与红颜知己每周一次或两周一次约会时，总是会担心彼此间存在心灵上的距离。律师当然不惧口才，只是这口才再好，也未必能走进别人的内心深处。为了获得对方的愉悦，律师男终于向心仪的红颜叙述了自己的一段往事——它充满了复杂的"中国经验"，纠集了无数宏观或微观的权力游戏，同时也夹杂着人情伦理。人性是经不过考验的，每个人的人性中都存在着诸多的幽暗之处，都或明或暗地渴望"双份儿"。小说中那位美轮美奂的风尘女子，与精英人士并不存在本质上的差别，所谓的差别，只是体现在不同的人以各不相同的方式谋求自己的"双份儿"。

宋阿曼的《李垂青》叙述了一批追求理想与自由的青年学子，最后消逝在世俗生活中的过程。李垂青、海海、宋曦和"我"，这群在理想主义没落时代进入大学校园的学生，依然不忘生命的诗意情怀，组织沙龙、办诗歌刊物、编导话剧，不断制造自己的青春神话，在一种虚幻的启蒙情境中乐此不疲地自我陶醉，彰显了个体生命反世俗的意愿。遗憾的是，随着时光的流逝，他们很快便消失在茫茫人海，被世俗生活吞噬得不见踪影，用小说中的话说，仿佛"水在水中遁形，一切都无比自然"。这种世俗的日常生活，拥有巨大的吞噬能力，并以各种不确定的方式，蛀蚀任何一个看似强悍的生命。

梁豪的《麋鹿》讲述了一个有关逃离的故事。对于大多数人来说，日常生活总是平庸的，程式化的，对未来有着清晰的可预见性，因此，每个人都渴望拥有不断改变的生活，渴望踏上通往激情的生命之途。也正因如此，我们总是喜欢选择逃离，或者说，逃离成为很多人的一种人生常态，一种试图超越平庸的生活方式。卢莹因为渴望外面的世界，跟随艺术家来到了京城，结果当然是被抛弃，但京城的生活毕竟让她打开了一个全新的世界，并让她学会了摄影，由此认识了孤独的老齐。一连串的尴尬与困顿，终于让他们越走越近，又在纠葛中越走越远。卢莹再次选择了逃离，重返故乡，而老齐也因为无法忍受的庸常与孤独，果断地逃离了京城，远赴卢莹的故乡。他们之间，不一定存在爱恋之情，但是，逃离是他们摆脱平庸的唯一生活方式，至于逃离之后所带来的各种不确定的生活，似乎并不在他们的考虑之列。

现代生活常常是一种魅惑丛生的无序状态，让人们充满了各种难以预料的两难选择。至于我们这些平凡的人，只要人生有所坚持，有所怀想，有所不甘，必然置身于各种纠结的状态，甚至陷入这样或那样的困境。这种困境或纠结状态，就意味着人生的不确定性，它是真实而鲜活的生命镜像，也是作家难以回避的叙事目标。"不确定性意味着多变、存疑甚至自相矛盾，意味着作品有生动的气韵和混沌的面貌，好的小说都或多或少地呈现了这些性质"①，这是因为现代小说在追问生命存在的途中，已有效排除了创作主体的主观预设，并竭尽所能地逼近存在的真相。

从方法论的意义上说，营造短篇小说内在主旨的不确定性，可以有无数的手段和途径，包括淡化故事情节，让人物抽象化，阻断故事内在的因果链，或者让语言处于某种象征和隐喻状态，等等。但是，在2019年的短篇小说创作中，还有一些优秀的短篇会特别专注于故事的常态发展与必然结果的相互游离，并由此形成作品主旨内涵的不确定性。如赵挺的《上海动物园》就是如此。它从西藏自驾游的奇想开始，就让叙事不断滑出预

---

① 马笑泉：《小说与不确定性》（创作谈），《创作与评论》2013年11月号（上半月刊）。

设的目标，最终呈现出现代人惘然无序的日常生活。"我"是一个没有什么人生追求的文学写作者，混迹于一个没啥效益的文案策划公司，有一个若即若离的女友和一个网游搭档老马，还有一个试图导入全球所有文学作品、能够让写作病毒式变异扩散的操作员朋友老虎，当然还有一辆老旧的小车。每次"我"都想做点什么，譬如游西藏、与女友吃顿饭、完成一份像样的文案策划，但最终都不了了之，最后连写作也被老虎那狂热的虚无主义给消解了。对于日常生活来说，虚无不是低欲望，而是无所谓，当一切都变得无所谓时，"我"似乎成了一个真正的虚无符号，所以西藏去不去也并不重要了。

朱辉的《岁枯荣》从人的内心情感出发，营构了一个充满温情的故事。但是，这种温情却是通过一系列鬼魅式的幻觉呈现出来的。作者围绕青年骏遥与爷爷奶奶的亲情关系，以及骏遥工作的职业关系，通过骏遥的视角缓缓推进，展示了生命的枯荣在人的情感上的轮回。爷爷、合租房里的东丽乃至家里的金毛狗克拉，他们在死亡之后，似乎都以这样或那样的方式，在似真似幻的感觉中，出现在身处异国他乡的骏遥面前。这似乎是情之所钟的结果，可能也是生命在人的潜意识里的轮回，隐含了某种神秘的不确定性。

乔叶的《在饭局上聊起齐白石》充分彰显了中国特有的饭局文化，或托人求事，或联络情感，或强化关系。老魏、老胡和老李就是热衷于饭局的三个老搭档，为了求得本地画家的作品，三人便组织了一个画家饭局。既然是画家，话题自然绕不过绘画；既然是饭局，自然绕不过形而下的生活。由是，齐白石的生活趣事成为话题中心，包括他如何成为大师，如何娶妻纳妾，等等。从叙事上说，这篇小说的巧妙之处在于，七个人的饭局，每个人都有表现的机会，自由对话却又各显个性，显示了乔叶很好的叙事调控能力。但从主旨意蕴上看，求画的预设性目标，最终在饭局上被解构得一干二净。

李宏伟的《沙鲸》用寓言式的笔触，叙述了父子之间的永恒对抗。作为威权的象征，父亲注定是一个自信而又霸道的失败者，孩子的成长就是掘墓人的过程。李宏伟通过双重文本，演绎了两种父亲的角色，他们专制、自信，只不过表现方式不同而已。有趣的是，责编杨溢的父亲也基本暗合，在绝对正确和绝对服从之外，总是存在着自由生长的生命空间。雷默的《大樟树下烹鲤鱼》以一种传奇性的笔法叙述了厨师老庄烧鲤鱼的绝技，也使他的大樟树饭店生意火红。当然，传奇就在于出其不意，老庄有天突然看到自己留下来的鲤鱼眼珠，觉得自己杀了太多鲤鱼，于是改烧其他鱼了，当然最终饭店生意也一落千丈。最后，在一次白喜事中，尽管位高权重的客人希望再烧一次鲤鱼，但老庄还是以面粉作料，烧了一次"鲤鱼"大餐。在生意和个人意念、心性品格之间，老庄更追求个人的品性。

双雪涛的《猎人》也是运用一种寓言的手法，讲述了一个配角演员训练杀手角色的过程。吕东虽属末流演员，但他非常敬业，根据导演要求，潜心研讨剧本、瘦身、练习静伏瞄准。从导演的要求和大致剧情来看，这个杀手不是士兵，也不是黑道被雇用的人，而是一个自觉"清理"随地小便的人，是一个独自整顿世界的人、一个轻微的知识分子。目标没有固定的，需要他自己寻找并确认，所以别人即是猎物，他"猎"的是人。在窗前长久训练瞄准的过程中，他确实"猎"到了一个中年男人，不过目标并非如他所愿。而导演最后溺水身亡，也使吕东的角色训练彻底泡汤。这种双重消解，表明了猎人的难度还是猎手本身的无意义？

郑执的《蒙地卡罗食人记》则是一篇很有意味的隐喻性小说。蒙地卡罗西餐厅，一个准备私奔的高中补习生阿超、一个前老姨夫魏军，在巧遇性的对话中，呈现了说话本身的意味。前老姨夫魏军无疑是一个夸夸其谈的人、一个自以为是的人，同时又是一个自私狭隘的人。在他与阿超的漫长对话中，那头似是而非的黑熊几乎贯穿了魏军的一生，使他觉得前妻也是黑熊的化身，成为他半辈子较智较力的对手。在这种无法忍耐的对话中，阿超最终变成了一头黑熊，在蒙地卡罗餐厅上演了一场惊心动魄的食人事件。它是一种内心的绝地反击，当然也是一次生命的变奏。

通常情况下，人们认为"不确定性"是后现代主义的一个核心概念，因为它"揭示出后现代主义的精神品格。这是一种对一切秩序和构成的消解，它永远处在一种动荡的否定和怀疑之中"[①]。但是，我不太认同这一

[①] 朱立元主编：《当代西方文艺理论》，华东师范大学出版社1997年版，第381页。

判断，具体的依据是，从接受理论来看，很多文学作品都会基于这样或那样的审美理念，或明或暗地呈现出各种不确定性，并由此形成文本的"空白"，为读者提供某种"召唤结构"。诗歌如此，散文如此，小说当然也不例外。所以，我们会发现，短篇小说在主旨意蕴上的不确性，几乎已成为很多作家的共识性审美目标，并非后现代主义所独有的概念。不确定性中包含了大量的暧昧、含混和无序，它既可以有效呈现生活的本然现状和可能性状态，又能够揭示人性的繁芜与驳杂，是我们当今的作家面对丰富多元的生存境况时，所乐于选择的一种审美策略。当然，过度追求审美内涵上的不确定性，也会影响作家对人的生存及其可能性状态的有效思考，甚至会导致作家在某些价值观念和立场上的暧昧。不过，这是另一个话题。

(《小说评论》2020年第1期)

多维的透视

第二辑

聚焦非虚构

论非虚构写作

随着《人民文学》《收获》《钟山》《花城》等刊物不断推出有关历史或现实的纪实性作品,近些年来,"非虚构写作"开始引人注目,并激发学界的广泛热议。很多人都视之为一种特殊的文体,并从 20 世纪 60 年代美国的"非虚构小说"延伸开来,试图探讨它的文体边界和特质。但我以为,这种探讨的学理空间并不大。所谓"虚构"和"非虚构",从本质上说,是以"真实"作为区分彼此的标准,而文学上的"真实"遵循的是一种艺术真实,很难用纯粹的客观真实来比照。即使是各种非虚构的作品,在经过作家的叙事处理之后,呈现出来的也都是一种艺术上的真实。因此,"非虚构写作"与其说是一种文体概念,还不如说是一种写作姿态,是作家面对历史或现实的介入性写作姿态。

一

纵观文坛近期的"非虚构写作",叙事内容主要向两个维度展开。一是沉入历史记忆的深处,通过史料的重新发掘、梳理和辨析,揭示各种史海往事的内在真相,或反思某些重要的人物与事件。例如:李辉的《沧桑看云》《封面中国》,王树增的《解放战争》《长征》《抗日战争》,阿来的《瞻对:两百年康巴传奇》,陈河的《米罗山营地》,陈徒手的《故国人民有所思》,杨显惠的《定西孤儿院纪事》《甘南纪事》,齐邦媛的《巨流河》,袁敏的《重返1976》,赵瑜的《寻找巴金的黛莉》,以及各种"家族记忆",等等。二是置身复杂的现实生活内部,对人们关注的一些重要社会现象进行现场式的呈现与思考。例如:梁鸿的《中国在梁庄》《出梁庄记》,孙惠芬的《生死十日谈》,李娟的《羊道》,萧相风的《词典:南方工业生活》,乔叶的《盖楼记》,刘亮程的《飞机配件门市部》,彼得·海斯勒的《江城》《寻路中国:从乡村到工厂的自驾之旅》,等等。无论是回巡历史,还是直面现实,这些作品都体现出一种鲜明的介入性写作姿态,强调创作主体的在场性和亲历性,并以作家的验证式叙述,让叙事形成无可辩驳的事实性,由此实现"非虚构"的内在目标。

　　细究这种介入性的写作姿态,我们会发现,在这类作品中,作家的身影通常无处不在、无时不在。他们时而观察,时而缅想,时而唔叹,时而思考,以近似于"元叙述"的策略,不断地构建各自的故事,明确地彰显了作家的主体意识。而且,作家们在叙事中的自我介入,完全是积极主动的,不是消极被动的;是微观的,不是宏观的;是现场直击式的,不是经验转述式的。它不像一般的报告文学或纪实文学,为了保持事件的客观性和完整性,作者常以局外人的身份扮演着事件的记录者,在这类作品中,作者以非常鲜明的主观意愿,直接展示创作主体对事件本身的观察、分析和思考。也就是说,在具体的叙事中,作者不仅充当了事件的组织者和参与者,材料的搜集人和甄别者,还通过叙事本身不断强化自身的情感体验、内心感悟、历史质询或真相推断,从而在最大程度上保障作品的真实感,使作品体现出一种灵活而开放的审美特征。

　　在通常情况下,除了讲述自身的有关经历,或者动用"元小说"策略,叙事类作品很少让作家置身于故事现场说三道四。但"非虚构写作"一反此理,不仅公开展示作家穿梭于各种叙事现场,还从不回避自己进行现场记录的主观意图,使叙事带着很强的观念化意味。譬如,在《中国在梁庄》和《出梁庄记》中,梁鸿从一开始就表明自己的写作意图,即面对中国城市化进程的飞速发展,重新审视中国乡土社会结构形态上的变化,观察乡村农民的生存方式和伦理变迁,探讨中国乡村社会的发展出路,等等。为此,她预先设计了一种由外而内的观察方式,通过"梁庄的老人、妇女、儿童,对梁庄的自然环境,对梁庄村庄的文化结构、伦理结构和道德结构,进行了考察,试图写出梁庄人的故事,并勾勒、描述出梁庄这将近半个世纪的历史命运、生存图景和精神图景"①，从而完成了《中国在梁庄》；随后，她再设计了一套从内到外的观察框架，沿着梁庄走出的农民工，奔赴广东、陕西、北京等地，采录梁庄农民工在全国各地的生存状态、择业特点与内心追求等，并形成了《出梁庄记》。在具体叙事中，梁鸿也自始至终将自己置于各种现场的核心位置，安排寻访路径，调动采访对象，细述自己的所见所闻。孙惠芬的《生死十日谈》也明确表示，自己主动请缨加入某个医学调研小组，就是为了调查和分析现代农民的生存现状及生命观的变化。于是，她跟随小组成员深入辽南乡村，记录一个个农民自杀事件，观察自杀者家庭成员的情感状态及命运变化，分析并揭示当下农民所面临的精神现状和真实的情感困境。李娟的《羊道》、萧相风的《词典：南方工业生活》，甚至包括来自美国的彼得·海斯勒的《江城》《寻路中国：从乡村到工厂的自驾之旅》，也同样如此。这些作品从最初的主观设计，到置身于各种意欲表达的生活第一线，包括大量的田野调查和现场记录，均体现了写作者强烈的主体参与意识，同时在叙事中写作者也从不回避自己的思考和判断。

在历史记忆的书写方面，写作者也很少在叙事中随意缺席。如《沧桑看云》中，面对每位被记述的历史人物，李辉都非常清晰地定位了他们所承载的历史内涵和特定的历史价值，并在叙事过程中详细交代了自己与他们的交往经历，包括来往书信、采访笔记，还充分利用其他材料作为旁证，全力重塑他所认定的历史意图。在《封面中国》里，李辉以美国《时代》周刊封面上的中国人物作为聚焦，细述自己围绕这些历史人物，如何查阅、辨析大量的史料，在一系列微观化的细节呈现中，传达作家对这些人物以及历史事件的有效思考。在《解放战争》《长征》《抗日战争》等作品中，王树增所透露出来的强烈的主观意图，就是努力从不同层面、不同角度，多方位、全景式地重构这些重大的历史事件，从历史理性层面上，还原那些波澜壮阔的事件内部所蕴藏的历史逻辑、民族特质及政治生态。在《米罗山营地》中，海外作家陈河也明确地表示，希望通过自己的实证性采访，

---

① 梁鸿：《写在前面》，《出梁庄记》，花城出版社2013年版，第1页。

再现那些被人们遗忘在马来丛林深处的中国人民的特殊抗日经历。在《瞻对：两百年康巴传奇》中，阿来更是直言不讳地强调："我所以对有清一代瞻对的地方史产生兴趣，是因为察觉到这部地方史正是整个川属藏族地区，几百上千年历史的一个缩影，一个典型样本。"①为此，他凭借自身作为川西藏民后裔的文化优势，以一个文人特有的敏感和睿智，择取了最具代表性的"瞻对"土司作为考察对象，着眼于微观史实，牢牢抓住"夹坝"这个充满吊诡色彩的词语。一方面，借助浩繁帙卷的历史文献，在细密的史料爬梳中，逐一呈现了上至中央下至地方等权力部门对瞻对"劫盗"即"夹坝"行为的讨伐；另一方面，又通过民间的田野走访，神秘的宗教思维，重构了瞻对土司一代代首领尤其是班滚、贡布郎加的传奇人生，再现了他们的"游侠"气质与禀赋。它看似充满了矛盾，但这种矛盾不是源于瞻对部落内部的自我分裂，而是不同的历史视角所形成的对立性评价。作者试图以一个小小土司的兴衰，不动声色地进入历史深处，展示康巴藏民复杂而又坎坷的历史记忆。

　　这种带着明确主观意图的叙事，使得创作主体的介入性呈现出强烈的目的性，也让"非虚构写作"带着鲜明的问题意识——无论是现实还是历史，作家在选择叙事目标时，都有着某种"跨界"探索的冲动，即希望通过自己的实证性叙述，传达文学在审美之外的某些社会学或历史学价值。所以，在具体的叙事过程中，几乎每位作家都非常在意自己在每个具体场景中的穿梭姿态，并随时随地讲述自己的亲眼所见，亲耳所闻，亲身所感。像《羊道》中，作者李娟就直接居住在牧民的家中，跟随他们放牧、转场，观察他们日常生活的点点滴滴，不断叙述中国西部游牧民族独特的生活方式、伦理观念及生命诉求。《生死十日谈》中，当作者和调查人物寻访每个自杀者的家庭成员时，孙惠芬都不忘及时捕捉他们的表情，分析他们的内心，表达自己的伤痛和无奈，探讨乡农民自杀前后的伦理问题和乡村底层的生存困境。《中国在梁庄》和《出梁庄记》里，作者也是不断地与各种寻访对象频繁交流，打开彼此的心扉，在展示乡村农民内心的希望、困

---

① 阿来：《瞻对：两百年康巴传奇》，《人民文学》2013年第8期。

惑、焦虑的同时,反思乡村中国的现代化命运。这些作品虽然是一部部"非虚构"的文学作品,但同时也是一部部社会学、人类学著作,它可能缺少科学的统计、归纳或严谨的结论推断,但它以丰富而鲜活的第一手材料,呈现了中国社会独特的生存面貌。

  在历史类的非虚构作品中,这种问题意识主要体现为作家对一些重要历史事件或人物的真相式重构,对那些被日常观念所遮蔽的记忆进行更为全面的分析和判断。像王树增的《解放战争》既查阅了国共两方面的大量原始资料,包括双方重要人物的日记、内部电文及各种回忆录,还吸收了中外学者的一系列重要研究成果,从而对整个解放战争的格局有着极为清晰的把握,同时也令人信服地揭示了国民党必败的诸多内在困局。至于《抗日战争》的创作过程,作者也坦言道:"会在前期把各方的史料相互进行印证,日方的、国民党的、共产党的、美军的、个人的、战史的都放在一起印证。比如长沙战役,蒋介石的原电报说'公布的死亡数字以二十万人为好',当看到这封电报的时候,我们就不能看长沙会战国民党军公布的歼敌数字了。因为蒋介石本身就说了要扩大宣传,所以这个数字是有偏差的。只有印证了才能知道哪些材料有偏颇之处,日军的有,我们的也有。所以需要在心里对历史的走势了如指掌,对历史产生的原因非常清晰,把握这些原则以后就能大概判断出来这些资料的水分在哪里,比较接近真实的是什么。"①正是这种全局性的观念,为作家在更高层面上理性地审视这场反法西斯战争提供了异常开阔的视野,也让他对这场战争的反思具有了开拓性的意义。在《故国人民有所思》中,陈徒手也一直强调,自己十余年来都埋头于北京城南的北京市档案馆中,集中选择了一批有关北京高校尤其是北京大学的著名教授作为重点目标,广泛搜集了有关他们的党内汇报材料,同时也整理了很多旁人针对他们思想动态的汇报材料,并在此基础上,完成了包括王瑶、冯友兰在内的十一位教授在特殊历史时期的思想考察,最终推出了《故国人民有所思》。此外,像杨显惠的《定西孤儿

---

  ① 蒋楚婷:《把握复杂、丰厚的抗战历史——王树增谈〈抗日战争〉》,《文汇报》2015年7月13日。

院纪事》《甘南纪事》,齐邦媛的《巨流河》,袁敏的《重返1976》,也都是以历史寻访、记忆回巡、材料整合为基础,通过作家对于历史现场的不断重构,并在许多重要历史细节中反复沉思和缅想,传达出创作主体的独特思考。

在这方面,最典型的应该是《瞻对:两百年康巴传奇》。作者通过对有关史料的不断呈现,饶有意味地呈现了"瞻对"在长达两百余年的历史中所遭受的苦难。仅以清朝为例,所有的官方文献都表明,他们对"夹坝"的围剿不仅充满了现实的必要性和紧迫性,而且顺应了历史的合理性和正义性。为此,他们一次次兴师动众,或调动八旗精兵远赴川西,或派遣钦差大臣,但结果是,面对仅万余人的瞻对部落,每一次都代价巨大,但又从未取得过彻底的胜利。更具讽刺意味的是,在第五次围剿瞻对的过程中,清兵不仅没有抓住真正的对手,反而对支持朝廷的瞻对百姓痛下杀手,使不少善良的平民身陷绝境。这对于一直声称要"用德以服远人"的清廷来说,无疑是一个莫大的嘲弄。更耐人寻味的是,那些自命不凡的朝廷命官,面对损兵折将的败局,每一次都使尽了各种"智谋"。他们深知皇帝不可能亲临现场了解战事,便利用各种潜规则官官相护,频频上奏"彻剿顽匪",不是班滚被烧死,就是贡布郎加被杀。于是,从粮饷筹备,运夫"脚价",到士兵赏银,官员晋爵,每个环节,都不忘向朝廷一一禀告,寻求最大的满足。在这些历史类的"非虚构"作品中,我们不仅能感受到一些鲜活的历史人物形象,包括他们的个性、思想及命运,还常常被作家所提供的丰富史料所折服,甚至不自觉地接受作家自身的价值观念。

作为一种介入性的写作,"非虚构写作"既不回避创作主体的主观意图,亦不掩饰写作者自己的现场感受和体验,甚至对各种相互抵牾、前后矛盾的史料所做的判断和取舍,都如实进行交代。这种开放性的写作姿态,表明写作者已不满足于纯粹想象的写作,而更愿意积极地沉入历史或现实内部,直面各种复杂的生存逻辑与伦理秩序,彰显自己的精神姿态和理想作为,也为人们了解中国社会的现代化进程提供了独特的审美载体。

二

"非虚构写作"当然不是一个新鲜的口号,但它在近些年来受到人们的大力追捧,这无疑与它所倾力追求的"真实感"有关。这种立足于艺术真实之上的"真实感",既具有真相揭示和事实还原的意味,又体现了创作主体积极勘探和理性反思的特质。它所透视出来的,是一些当代作家试图重建有关"真实信念"的写作伦理。这种写作伦理,一方面直接指向了信息时代的仿真化和符号化的文化趣味,另一方面也直接针对庸常化和表象化的文坛现状。

从现实文化角度来看,信息时代凭借强大的虚拟技术和网络手段,已彻底改变了人类有关真实的信念。很多人都承认,信息技术是人类社会的第三次革命,它逾越了机器时代的诸多时空局限,使人的能力获得了空前的延伸。时间上的瞬时即达,空间上的同步共享,已成为我们现代生活的常规模态。无论是过去的,还是异域的,甚至是完全不存在的景象,通过信息技术的处理,都会形成高度仿真的"拟像化"现实。在现代社会里,借助多媒体技术的支撑,所有电子媒介都已逐渐成为一个巨大的仿真化机器:拟像、符号、复制、数字处理……几乎所有信息制造手段,都是为了建构一种现代仿真文化而存在。这种仿真文化,以所谓的"超真实",导致现实世界的真实和虚幻合二为一、不可分辨,并进而取代"真实生活"的方方面面。越来越多的人已意识到,在如今的网络化社会里,没有人能够说自己把握了真相,也没有人能够明确地认定真实与虚构之间的边界。

这种因技术变革而带来的仿真文化,不仅改变了人类的生存方式和思维方式,而且动摇了人类诸多的生活信念,尤其是有关"真实"的信念。博德里亚尔就认为,这是人类自我导演的一场"完美的罪行":"大众传媒的'表现'就导致一种普遍的虚拟,这种虚拟以其不间断的升级使现实终止。这种虚拟的基本概念,就是高清晰度。影像的虚拟,还有时间的虚拟(实时),音乐的虚拟(高保真),性的虚拟(淫画),思维的虚拟(人工智能),语言的虚拟(数字语言),身体的虚拟(遗传基因码和染色体组)。……人工智能不经意落入了一个太高的清晰度、一个对数据和运算的狂热曲解之中,此现象仅仅证明这是已实现的对思维的空想。"① 在博德里亚尔看来,在虚拟的幻象中所建构起来的仿真文化,远远超出了人类对真实的理解,并形成了一种以符号为载体的"超真实"世界。在这里,人们所依赖的是现代电子媒介所营造的虚拟空间,所有的真实不再是客观的、可实践的真实,也不再是人们可以不断确认和描述的真实。"'真实是从被微型化的单位,从母体、记忆库以及指令模式中产生出来——有了这些,它可以被无数次地复制。它已经不再必须是理性的,因为它不再根据某种理想的或是否定的例子来衡量了。它只不过是操作的……它是"超真实"的'。"② "'真实本身也在"超真实"中沉默了。复制媒介巨细无遗地临摹,真实在从媒介到媒介的过程中被挥发了,成了一种死亡寓言,真实成了为真实而真实的真实(就像为了欲望而欲望的欲望),膜拜逝去的客体,但这客体已经不是再现的客体,而是狂喜的否定和对自己仪式的消除:成了"超真实"。'"③ 尽管博德里亚尔的说法有些夸大其词,包括他自己也承认,这种"完美的罪行"尚未完全实施,但是,由虚拟技术而创造出来的仿真文化,无疑已动摇了人类有关真实的信念。这一点,已渗透在我们当今生活的各个领域。

当真实不再具备客体意义上的实存,而成为人类"超真实"的仿真符号,虚构也就变得合理合法甚至名正言顺了。处在这种裂变之中的人们,面对信息化、虚拟化所形成的仿真文化,重建一种被遮蔽的真实信念,或许正是"非虚构写作"所追求的写作伦理,同时也是读者高度关注这类作品的内在缘由之一。在写作《中国在梁庄》和《出梁庄记》时,梁鸿就非常警惕那些被无数信息描摹起来的乡村,也高度戒备那些符号化了的"农民工"生活模态,所以她选择自己的故乡梁庄作为考察坐标,通过彼此亲密且无

---

① 〔法〕让·博德里亚尔:《完美的罪行》,王为民译,商务印书馆2000年版,第32—34页。

② 连珩、李曦珍:《后现代大祭师的仿象、超真实、内爆——博德里亚电子媒介文化批评的三个关键词探要》,《科学·经济·社会》2007年第3期。

③ 连珩、李曦珍:《后现代大祭师的仿象、超真实、内爆——博德里亚电子媒介文化批评的三个关键词探要》,《科学·经济·社会》2007年第3期。

防备的真切的交流方式,记录梁庄的社会变化与人们生存的景象,同时奔赴全国各地,跟踪梁庄人在全国各地谋生的艰辛与尴尬。她曾直言不讳地说:"如何能够真正呈现出'农民工'的生活和乡村的历史与现实形态,如何能够呈现出这一生活背后所蕴含的我们这一国度的制度逻辑、文明冲突和性格特征,却是一件非常困难的事情。并非因为没有人描述过或关注过他们,恰恰相反,而是因为被谈论过多。大量的新闻、图片和电视不断强化,要么是呼天抢地的悲剧、灰尘满面的麻木,要么是挣到钱的幸福、满意和感恩,还有那在中国历史中不断闪现的'下跪'风景,仿佛这便是他们存在形象的全部。……一个词语越被喧嚣着强化使用,越是意义不明。与其说它是一个社会问题,倒不如说它是一个符号,被不同层面、不同阶层的人拿来说事儿。我们缺乏一种真正的自我参与进去的哀痛。"① 正是对那些被高度符号化的现实的怀疑,才使她有了还原真实的写作冲动。"我试图发现梁庄的哀痛,哀痛的自我。说得更确切一些,我想知道,我的福伯、五奶奶,我的堂叔堂婶、堂哥堂弟和堂侄,我的吴镇老乡,那一家家人,一个个人,他们怎么生活?我想把他们眼睛的每一次跳动,他们表情的每一次变化,他们呼吸的每一次震颤,他们在城市的居住地、工作地和所度过的每一分一秒都记录下来,我想让他们说,让梁庄说。梁庄在说,那也将意味着我们每个人都在说。"② 同样,通过对辽南乡村一些自杀个案的追踪采访,孙惠芬的《生死十日谈》既记录了那些自杀者的家庭所背负的沉重的道德伦理,又反思了当今乡村里日趋增多的自杀现象,并指出巨大的医疗负担和尖锐的家庭关系,仍是威胁中国农民生存尊严的重要因素。尽管现代媒介每天都在以这样或那样的方式,不断传播上述这些现实问题,但在各种"符号化"的表述之中,真实的现实生活图景、生存观念及伦理状态,始终模糊不清。

由仿真文化所建构起来的"超真实"世界,对历史记忆的态度,常常

---

① 梁鸿:《我的梁庄,我的忧伤——〈出梁庄记〉写作有感》,《光明日报》2013年8月6日。
② 梁鸿:《我的梁庄,我的忧伤——〈出梁庄记〉写作有感》,《光明日报》2013年8月6日。

是一种自觉的戏拟、解构,以及理想化的重构,其中渗透了博德里亚尔所说的"历史虚无主义"逻辑。的确,在仿真化的信息伦理中,我们正在远离最基本的历史事实,也在规避必要的历史逻辑。"非虚构写作"不断重返历史记忆,不仅仅是为了揭示历史真相,更重要的是,它还试图通过揭示真相被遮蔽的过程,展示这种重返历史现场的艰难与必要。像袁敏的《重返1976》,就是以见证人的身份,全程记录了发生在1976年的"总理遗言案"的始末。尽管很多当事人已年华渐老,但一切在作者的笔下宛如"现场重建"。于是我们看到,一群在杭州工厂上班的小青年,受父辈们革命豪情的影响,对时局有着异乎寻常的热情。他们常常聚在一起,感时忧国,审时度势。其中一个有着诗人般忧郁气质且才华横溢的青年蛐蛐儿,在周总理逝世后的某一天,模仿总理的口气写出了一篇"遗言"。耐人寻味的是,竟然没有人怀疑它的真实性,每一个都在快速抄录,然后疯狂传播,一时间传遍大江南北,造成轰动一时的"总理遗言案"。同样,像韩石山的《既贱且辱此一生》、齐邦媛的《巨流河》等作品,则以回忆录式的笔调和饶有意味的细节还原,在追忆作家自我成长经历的同时,又不断追问了历史深处的沉重与诡异。

　　仿真文化所带来的审美趣味,便是造梦工厂的大面积涌现。它使人类文化的生产和消费,不再忠实于经验化的现实生存秩序,也不再追求具有理性意味的经典化趋向,而迅速转向时尚化、虚拟化和感官化,并使各种奇幻性的叙事变得越来越盛行。于是,"盗墓""仙侠""穿越""玄幻"等戏拟化的类型文学,几乎成为大众的主要文学消费形式之一。人们越来越乐于接受这种由仿真文化催生出来的审美趣味,也越来越迷恋奇幻化、感官化和戏拟化的审美格调,像《大话西游》《诛仙》《盗墓笔记》《藏地密码》《幻城》《斗破苍穹》《后宫》《梦回大清》等,一波接一波地甚嚣尘上。这种创作无疑是仿真文化在文学创作中的积极推手,并借助各种电子媒介的营销策略,成功地占有了巨大的消费市场;同时,它们又反过来推动仿真文化的合理化和合法化,不断动摇人们有关真实的信念。

　　事实也是如此。受信息文化的影响,越来越多的作家开始很少脚踏实地地沉入生活基层,更不愿进行田野调查式的观察与思考,也很少有作家认真地潜入历史内部,搜集或查阅有关史料,对既定的历史进行富有创见的探索。他们所倚重的叙事资源,多半是各种现代媒介所提供的信息。很多作家都是利用各种信息资源,然后结合自己的既有经验和生活常识,不断地推出一部部经验化、表象化的"新作"。我曾指出,这种依靠经验滑行的写作,带来的不仅仅是自我艺术的重复,而且是彼此之间的似曾相识,像"反腐小说""底层写作"中的大量作品,都呈现出高度模式化的倾向。[1]特别是青年一代作家,既不愿走进浩瀚复杂的历史,也不愿位于现实生存的焦点,所以他们的作品总是沉迷于"小我",书写一些自身的生活感受和人性面貌。这种回应社会现实的无力感,书写历史命运的苍白感,已成为新世纪文学的一种显在问题。

　　针对这种创作困局,"非虚构写作"试图通过重建有关真实的叙事伦理,进行一些必要的反拨。所以我们看到,在历史叙事中,绝大多数作品都是直面一些重要的历史人物或事件,全面发掘材料,梳理有关史实,并进而重新审视某些内在的事实真相。它们所彰显出来的,是创作主体清晰的使命意识和追求真理的内在意愿。像陈河在《米罗山营地》中就坦然地说道,自己被卡迪卡素夫人的《悲悯阙如》一书所深深吸引。"这是一本完全可以和《拉贝日记》《辛德勒名单》一样让千百万人感动的书。有了这本书做指引,我找到了很多新的线索。我的书房里很快堆满了各种各样的相关图书和资料,说真的,我已经成了这个问题的专家,所掌握到的很多资料都是独门的。但我还是觉得十分迷茫。我感觉到我所处的现实世界和那段历史隔着一层不可逾越的时空,所以决定去马来西亚作一次实地的旅行。"[2]尽管自己已成为马来西亚抗战历史的半个专家,但作家还是一次次亲赴历史现场,其目的就是重构更为真实的历史感。在《抗日战争》中,王树增努力摆脱党派与阶级的视角,将抗日的正面战场和敌后战场融为一体,从平津战役、淞沪会战、太原会战到南京保卫战、台儿庄战役、徐州会战等一路叙述下来,包括每一场战役敌我双方的战略部署、战斗过程及战后的分析,展示出一种超越既定史观的、激动人心的"历史记忆"。作者认为,这是中华民族近代以来第一次全民同仇敌忾、浴血山河所赢得

---

[1] 参见洪治纲:《底层写作与苦难焦虑症》,《文艺争鸣》2007年第10期。
[2] 陈河:《米罗山营地》,天津人民出版社2013年版,第5页。

的反侵略战争胜利,它的波澜壮阔和气壮山河,体现了中华民族坚韧的生命力。由于种种关系,过去我们所了解的抗日战争历史,比较片面、局部或碎片化。抗日战争成功抵抗外侮的重要性和深刻性仍需深挖。因此,王树增定下的目标是全景式描绘,"将抗日战争置于整个世界二战大格局中,对这次战争有历史纵深意义上的理解,力求深度再现一段超常态的时代进程"①。袁敏的《重返1976》在记录"总理遗言案"的过程中,则倾力突出了历史的诡异与凶悍。阿来的《瞻对:两百年传奇》则明确写道,正史意义上的所有记录和解读,往往都是基于视"夹坝"为"劫盗"的"正义性"评价,而在瞻对的民间却流传着另一种看法和记忆,那便是彪悍、勇猛、不屈的精神记忆,是对浪漫化和传奇化的"游侠"气质的认同。通过一次次的走访和调查,阿来渐渐地发现,那些被视为匪首的部落首领,在瞻对人的心中并非只是恶魔的形象。这些曾不断搅动历史风云的人物,常常以神魔混杂的形象,沉淀在他们的记忆之中,无论是班滚还是贡布郎加,都是如此。它让人们看到,在这片土地上,"一个人常会感到自己生活在两个世界",一个是现实的世俗世界,另一个则是充满传奇的心灵世界,在那里,"人们仍然在传说种种神奇之极的故事,关于高僧的法力,关于因果报应,关于人的宿命"。②

无论是面对历史还是现实,"非虚构写作"所体现出来的介入性写作姿态,都有着非常重要的意义。它多少改变了当代作家蛰居于书斋的写作习惯,激发了作家对社会和历史的尝试观察之兴趣,使作家们能够带着明确的主观意愿或问题意识,深入某些具有表征性的现实或历史领域,获得了最为原始的感知体验,也强化并重构了有关真实信念的叙事伦理。

三

虽然"非虚构写作"本身并不具备文体意义上的规范性,但它对一些

---

① 许旸:《军旅作家王树增:写完〈抗日战争〉心里终于能踏实了》,《文汇报》2015年4月14日。

② 阿来:《瞻对:两百年康巴传奇》,《人民文学》2013年第8期。

既定的文体分类充满解构性倾向,并隐含了某种反自律性的文学冲动。从世界文学的发展脉络来看,"非虚构"最早就是针对虚构性的小说而提出来的。20世纪60年代中期,美国小说家杜鲁门·卡波特在发表《冷血》时,曾明确地提出这是一部"非虚构小说";随后,诺曼·梅勒出版《刽子手之歌》时,也自觉承袭了这一概念。董鼎山先生认为,"所谓'非虚构小说',所谓'新新闻写作',不过是美国写作界的'聪明人士'卖卖噱头,目的是在引起公众注意,多销几本书"①。但我以为,问题远没有这么简单。哗众取宠之意或许有之,更深的用意亦不能排除。最突出的理由是,"非虚构小说"这一提法从本质上直接颠覆了小说的虚构特质,明确地体现了作家们对这一文体属性的不信任。也就是说,在卡波特等作家看来,小说的虚构性未必是它的本质属性,非虚构性叙事也未必就不能成为小说。如果深而究之,这种不信任,其实已指向文学的两个核心问题:一是"虚构"与"非虚构"之间是否存在相对严谨的界限?二是文学发展的自律性是否具有绝对的合理性?

从文类的划分标准来看,"虚构"与"非虚构"之间的边界确实是相对的,也是模糊不清的,因为一切文学所遵循的真实都是"艺术的真实",而"艺术的真实"具有强烈的主观性、地域性和历史性。譬如,福克纳和马尔克斯都认为自己的小说是最真实的,但他们的创作最终还是被套上了意识流或魔幻的帽子。厄尔·迈纳就曾说道:"事实性与虚构性,这两个概念是互相关联的,但在逻辑上事实先于虚构。这种情况适用于所有文学,尽管在实际应用中事实性与虚构性的程度会有所不同。"②事实上,在所有的文学创作中,从来就没有绝对虚构的作品,也没有绝对非虚构的作品。即使是那些神魔、科幻或武侠小说,也存在着某些符合人类真实经验的情节或细节;同样,各种纪实类的文学作品,也会或多或少地保留着作家想象的成分。所谓"虚构"或"非虚构",只是其中的"事实性"即客观上的真实性占有多少比重而已。当一个作家将自己所感知的现实生活忠实地

---

① 董鼎山:《所谓"非虚构小说"》,《读书》1980年第4期。
② 〔美〕厄尔·迈纳:《比较诗学》,王宇根、宋伟杰等译,中央编译出版社2004年版,第324页。

呈现出来，不论这种现实多么不可思议，他都有理由认为自己的创作是一种"非虚构"的写作，除非他在创作中已明确地体现了对现实秩序及经验常识的不信任，体现了高度的浪漫主义想象。因此，从主体认知的角度来说，作家们提出"非虚构小说"，其实折射了"虚构"本身在内涵上的不确定性——它只能参照具体作品中的"事实性"来做出相对的判断。

在中国当代文学中，这一问题似乎显得更为突出。一个主要的原因是，除了叙事散文，人们通常将非虚构类文学作品统称为"报告文学"或"纪实文学"。这两个名称，看起来都是拥有明确规范的文体概念，但它们均巧妙地掩盖了艺术真实的内在属性，以至于人们常常视之为追求"客观真实"、切近新闻报道式的特殊文体。尤其是20世纪90年代之后，不少作家利用它们所隐含的"客观真实"之特点，炮制了大量的"广告文学"，使文体的审美价值饱受诟病。在这种情形下，无论编辑还是作家，都希望用另一种相对宽泛的概念，来表述一种具有现场感和真切感的纪实性写作，这便有了"非虚构写作"的出笼。

因此，"非虚构写作"之所以深受一些作家的高度关注，在本质上体现了他们对艺术真实的自觉维护，反映了作家对"虚构"与"艺术真实"之间相互侵袭状态的警惕，也折射了作家明确的主体意识。在很多时候，"虚构"总是与想象、理想、乌托邦式的浪漫主义紧密地纠缠在一起，成为我们审度某部作品真实与否的内在标准，却让我们忽略了艺术真实的特殊意义。

与此同时，从文学的自律性来看，科学的文体分类无疑是人类的巨大进步，也是启蒙现代性的重要成果。今天，无论我们是将所有文学作品分为诗歌、散文、小说、戏剧四类，还是加上报告文学（纪实文学）共五类，都拥有相对明确的概念界定和属性归纳，呈现出鲜明的科层化特质。它带来的良好后果之一，便是不同的文体都在自律性的范畴中形成了各种清晰而完整的理论谱系，无论是诗歌理论、散文理论还是小说理论、戏剧理论乃至报告文学理论，都越来越丰富，也越来越全面。而且，这种文体的分类，也为文学史的梳理和建构提供了强有力的支撑，使人们在文学史的编撰过程中拥有了相对稳定且合法的体例模式。

但我们也必须看到，这种看似严谨的、科层化的文体分类，同样也存在着某些相对性。譬如，在散文和诗歌之间，就出现了散文诗。在散文和小说之间，出现了"非虚构小说""新闻小说"等，甚至在具体作品的划分上也偶有混乱的现象，如张承志的《心灵史》，多数人都视之为小说，但也有人将它列为散文。在戏剧与诗歌之间，亦有诗剧作品。这种文体间的彼此交织，无疑也动摇了文体分类的科学性和严谨性。弗吉尼亚·伍尔夫甚至指出，未来的小说将成为一种更加综合化的文学形式。"它将用散文写成，但那是一种具有许多诗歌特征的散文。它将具有诗歌的某种凝练，但更多地接近于散文的平凡。它将带有戏剧性，然而它又不是戏剧。它将被人阅读，而不是被人演出。"① 伍尔夫的这一判断，实际上已成为事实，如"散文化小说""诗化小说"等，都已产生了一些经典之作。这也意味着，这种既定的文体划分，只是一种相对的形态学上的区分，很难找到明晰的界限。

既然文体概念是相对性的，而且不同文体之间的彼此交织也屡见不鲜，再加上日常生活审美化发展和文学性迅速蔓延，很多建立在自律性上的文体概念，也开始显得捉襟见肘。这不是文学自律性本身的问题，而是文学自身的发展变化对自律性所形成的冲击。它隐含了文学本质主义的某些局限性。前几年，围绕着文学本质主义和建构主义，国内学界就曾发起一场历时颇久的争论，其焦点就是针对文学本质主义的质疑和反思。同样，"非虚构"口号的提出，也反映了各种具体的创作实践与有关文体概念之间的抵牾，并直接动摇了建构在自律性之上的某些文体属性，呈现出更为开放性的建构主义倾向。

这种反本质主义的建构主义倾向，在近年来的"非虚构写作"大潮中尤为明显。较早使用"非虚构写作"作为刊物栏目的是《人民文学》，主编李敬泽就曾坦言，之所以启用"非虚构"，一是"中药柜子抽屉不够用了"，二是因为它"看上去是个乾坤袋，什么都可以装"。② 经过了漫长的自律化发展，文学不仅在文体上获得了清晰的分类，还在此基础上形成

---

① 〔英〕弗吉尼亚·伍尔夫：《论小说与小说家》，瞿世镜译，上海译文出版社2000年版，第363—364页。

② 陈竞：《李敬泽：文学的求真与行动》，《文学报》2010年12月9日。

了相对独立而完整的理论体系，如今，人们却发现这些"中药柜子抽屉不够用了"，这无疑是一个耐人寻味的问题。对此，《人民文学》给出的理由是："在文学期刊上，进而体现在一般的文学观念和阅读习惯中的文体秩序其实是相当狭窄的，它把一些可能性排除在外，让你对很多东西视而不见。"① 作为文学杂志的编辑，他们显然意识到了文学创作正在突破一些文体规范，为此，他们只好选择更为宽泛的"非虚构写作"来进行表述。但是，令人意味深长的是，在回答什么是"非虚构写作"时，他也显得一筹莫展："何为'非虚构'？一定要我们说，还真说不清。但是，我们认为，它肯定不等于一般所说的'报告文学'或'纪实文学'。……我们其实不能肯定地为'非虚构'划出界线，我们只是强烈地认为，今天的文学不能局限于那个传统的文类秩序，文学性正在向四面八方蔓延，而文学本身也应容纳多姿多彩的书写活动。"② 事实也是如此。很多非虚构类的作品，在最后出版时，都被出版社标注为"长篇小说"，像《生死十日谈》《米罗山营地》《定西孤儿院纪事》《巨流河》等；有些则被出版社标注为"纪实文学"或"散文"，如《中国在梁庄》《出梁庄记》《解放战争》《抗日战争》《沧桑看云》《封面中国》等。这种文体上的分类，从某种意义上也说明"非虚构写作"已打破既定的文体属性，也突破了文学自律性所规定的内在空间。

无论是从"艺术真实"的基本要求上，还是从文学自律性的理论谱系上，我们都已看到，"非虚构写作"几乎动摇了文学的某些本质规定性，并预示了一种更为开放、多元和不同文体彼此交织的写作倾向。当然，就中国当下的"非虚构写作"而言，它或许更多只是体现为一种介入性的写作姿态，即作家更多地倚重于某些亲历性的事实或历史现场的写作姿态。

---

① 陈竞：《李敬泽：文学的求真与行动》，《文学报》2010年12月9日。
②《留言》，《人民文学》2010年第11期。

四

从作品的内涵上看,"非虚构写作"的确呈现出一种开放性的文化意蕴。通过这种开放性的探索,作家们"希望由此探索比报告文学或纪实文学更为宽阔的写作,不是虚构的,但从个人到社会,从现实到历史,从微小到宏大,我们各种各样的关切和经验能在文学的书写中得到呈现"[①]。但是,细读近年来的一些代表性作品,我们也必须承认,这种写作的局限也是非常明显的。有不少人就认为,"中国非虚构写作的问题在于文体界定不明以及文体意识、细节内容等的缺乏。此外,在'反映现实'的勇气和力度上,中国的非虚构写作也存在着不足"[②]。"阅读这些'非虚构'作品,我们有更多真实可感的'社会'体验,却缺少了一种'文学'体验"[③]。尽管有些批评显得有些偏颇,但大多数批判还是严谨而令人信服的。

细究"非虚构写作"的局限,首先在于它限制了创作主体的艺术想象力和创造力。由于过度强调作家自身的所见所闻,或受制于各种既定的史料支撑,在具体叙事中,作家们必须更多地顾及人们的日常生活经验和常识,必须尊重各种生活应有的内在逻辑,因此,作家的主体意识很难获得全面而自由的张扬,也很难拥有像鲁迅所说的"天马行空"式的精神境界。不错,很多作品在塑造人物个性、还原生活细节上,都颇费周章,像《出梁庄记》里算命的梁贤义、校油泵的梁恒文和梁恒武兄弟,《生死十日谈》里耿小云的父亲、"小老头"的绝望神情,《重返1976》中有关蛐蛐儿的内心谜底,《瞻对:两百年康巴传奇》中班滚和贡布郎加的神勇气质,都写得十分鲜活,凸现了作家应有的想象力和艺术重构能力。但这种叙事潜能的施展,毕竟受到特定对象的限制,无法向生活的可能性方向挺进。在有些作品中,作家就明显受缚于材料的爬梳和印证,忽略了必要的想象

[①]《留言》,《人民文学》2010年第9期。
[②] 房伟:《"现实消失"的焦虑及可能性》,《文艺报》2015年4月22日。
[③] 卢永和:《"非虚构"与文学观的转向》,《湖北大学学报(哲学社会科学版)》2011年第6期。

性重构，人物形象显得有些呆板，如陈徒手的《故国人民有所思》中的一些学者，杨显惠的《定西孤儿院纪事》中的很多人物，都缺乏必要的丰实度和立体感。

生活的可能性或人性的可能性，是文学伸展的重要空间，也是考验创作主体想象能力和创造能力的重要维度，所以米兰·昆德拉强调，小说是对存在的可能性的勘探。[①] 或许正是可能性状态的书写受到局限，王安忆就对"非虚构写作"一直保持着潜在的拒绝。她曾说："非虚构的东西，它有一种现成性，它已经发生了，人们基本是顺从它的安排，几乎是无条件地接受它，承认它，对它的意义要求不太高。于是，它便放弃了创造形式的劳动，也无法产生后天的意义。当我们进入了它的自然形态的逻辑，渐渐地，不知觉中，我们其实从审美的领域又潜回到日常生活的普遍性。……非虚构是告诉我们生活是怎么样的，而虚构是告诉我们生活应该是怎么样的。"[②] 王安忆的这番体悟显然有一定的道理，或许这也是很多实力派作家不愿轻易涉足"非虚构写作"的潜在原因之一。

其次，"非虚构写作"的局限，也体现在作家对叙事资源的利用上。由于强调作家主体的亲历性和在场性，注重作家对表达对象有关材料的占有程度，"非虚构写作"从某种程度上说是一种"行走"的文学。它需要作家身体力行，置身于各种书写对象的深处，全程参与故事的每个环节，或记录自己的所思所感，或搜集验证各种原始材料，因此，与虚构类写作相比，其叙事资源无疑是非常有限的。在虚构类写作中，依靠创作主体的相关经验和逻辑，作家们可以通过自由想象和既有的经验，让叙事广泛地涉猎各种生活，在可能性中营构极为丰富的审美空间。而"非虚构写作"是以独特的现场感和真实感作为主要审美目标，这决定了它的写作空间通常被限定在作家自身的感知范围之内，与作家自身的现实生活（包括对特定历史的认知生活）具有同等性。但是，作家的个体生活范畴是有限的，即使是置身于某个生活领域所获得的经验，在具体的叙事运用中也是一次

---

① 参见〔捷克〕米兰·昆德拉：《小说的艺术》，董强译，上海译文出版社2004年版。
② 王安忆：《虚构与非虚构》，《天涯》2007年第5期。

性的。所以,除了像王树增、杨显惠、李辉、陈徒手等少数作家,长期专注于某一特定的历史领域,并对那些史实有计划地进行开发,其他作家在"非虚构写作"中通常只有一两次尝试性的实践。就非虚构本身而言,这无疑是一种不可延续的写作,无法像虚构性写作那样做到"一鱼多吃"。

当然,倘若从经典化的目标来说,对叙事资源的一次性使用,并不一定是坏事。很多优秀的作家毕其一生,也只创作那么一两部作品,像曹雪芹写《红楼梦》,柳青写《创业史》,塞林格写《麦田里的守望者》,都是如此。但是,在当今这个普遍推崇自我复制、讲究"资源利用效率"的现实处境中,它似乎成了一种"局限"。不过,话说回来,尽管"非虚构写作"在资源利用上受到作家自身生活的限制,但它的介入性,以及在介入过程中所积累起来的鲜活而丰富的审美体验,依然是作家以后创作的宝贵财富。如果当代作家都能够安排一些时间,真正地沉入社会历史之中,进行一些必要的"非虚构写作",无疑会为他们的虚构性写作提供巨大的帮助。

最后,"非虚构写作"的局限,还体现为作品的艺术性普遍偏弱。从中外文学史上看,具有丰厚艺术价值的非虚构经典作品并不少见,像舞蹈家邓肯的《邓肯自传》、巴别尔的《骑兵军》、奈保尔的《幽暗的国度》、君特·格拉斯的《我的世纪》等。但是,在中国近期的"非虚构写作"中,大多数作家过于强调叙事的真实感,也过度张扬创作主体自身的认知和思考,这导致在具体的叙事过程中,有些作品中作家扮成"记录员"的角色,以"口述实录"的方式,力求客观呈现有关人物的真实经历;有些作品则常常将一些原始材料包括书信、日记、电报等直接呈现在文本中,试图强化史料的真实性;有些田野调查性质的作品,则过于强调"实录"之后的分析和思考,充满了主观化的感悟和价值判断。诚如有人所言:"非虚构是在抒写,在呈现,在不断地认识一个人的人生和情感,而不仅是告诉你这个人如何苦恼、苦难,它对世界是一种主观的体验。"[①] 这些叙事

---

① 赵玫:《梁鸿:从"进梁庄"到"出梁庄"》,《光明日报》2013年7月12日。

策略，其实都或多或少影响了作品在审美上的回味空间，削弱了作品的艺术品质，也致使这类作品中很少有独特丰富的人物形象，很少有耐人寻味的结构形式，更缺乏充满个性和张力的语言韵致。

任何一种写作都充满了挑战。虽然"非虚构写作"在挑战当下写作伦理和审美趣味的同时也存在着某些显在的不足，但它毕竟凭借自身明确的介入性写作姿态，展示了当代作家对历史与现实的自觉关注，传达了他们对叙事的真实感的内在诉求，也折射了他们对信息时代仿真文化的抗争意愿。更重要的是，"非虚构写作"还使文学创作走向更为开放性的文化语境之中，其中的不少作品已延伸到社会学、历史学或人类学等其他人文领域，成为它们的某种文本参照。

(《文学评论》2016年第3期)

论非虚构写作的反自律性及其局限

一

非虚构写作并非一种特殊的文体,而是一种试图摆脱各种文体自律性规范的叙事姿态,或者说是一种追求"现场真实"的泛审美性叙事策略。这种叙事策略,并不是极力追求叙事自身的审美价值,而是推崇既有事实的有效性。它不仅向虚构艺术开刀,以所谓"非虚构小说"的概念,直接消解了小说的虚构本质;还以"非虚构写作"的宽泛称号,搅乱了"报告文学""纪实文学""长篇通讯""特写"等诸多概念所特指的文体属性,甚至渗透到新闻、口述史写作等领域,向这些本身就以真实性为宗旨的叙事领域发起了某种挑战。按理,这种缺乏严密学理逻辑的概念不会有多大的市场,但是近些年来,它极为盛行。不仅文学领域中的小说、散文、报告文学之类,常常冠之以"非虚构作品"称呼,新闻报道、口述史写作、创意写作等,也都乐于套用"非虚构写作"的称谓,似乎有了"非虚构"这块盾牌,这些写作就拥有无法撼动的绝对真实。

事实当然并非如此。任何一种叙事文体,当它进入细节复述和情节还原的过程中,都必须仰仗作者的想象和虚构。譬如新闻报道、口述史写作中,随着事件的时过境迁,作者在重建现场时必须借助人们的经验和常识,对它们进行合情合理的虚构。即使是像黄仁宇的《万历十五年》这样纯粹的历史著作,在很多细节上也充满了个人化的想象和虚构。在"哈佛非虚构写作课"《怎样讲好一个故事》中,罗伊·彼得·克拉克曾认真讨论了事实与虚构的界线,他认为,"几个世纪以来,非虚构作家借助小说家的工具,揭示那些无法用更好的办法展现和渲染的真相。他们将人物置于场景和环境中,让他们对话,揭示其有限的视角,在时间中克服冲突、解决问题"①。尽管作者反复强调,这些非虚构写作都是有问题的,因为新闻写作的宗旨就是"永远不要在你的故事中加入未经确认的信息","虚构和非虚构之间要有一条清晰的界线"。②但他也不得不承认,在具体的写作实践中,仍然存在着大量"有趣的例外",以及考验所有这些标准的"灰色地带"。的确,在叙事性的文体中,必要的虚构是无法杜绝的,我们所能遵循的原则,只能认可少量的、细节性的虚构,而不允许事件或人物等重要元素的虚构。当然,这只是非文学领域中的非虚构问题。

回到文学创作上,这一问题可能要复杂得多。为此,本文将着重谈谈文学创作中的非虚构写作。众所周知,文学是一种艺术的、审美的存在。在任何时候,当我们认定某些写作是一种文学创作,我们就有理由首先检视它的艺术性——这种属性,通常需要叙事调动读者的经验和感受,激活读者的审美体验,并使读者产生强烈的情感共鸣。朱光潜先生就曾说:"凡是文艺都是根据现实世界而铸成另一超现实的意象世界,所以它一方面是现实人生的返照,一方面也是现实人生的超脱。"③在任何叙事类的文学作品中,要实现艺术本身应有的审美目标,要达到"现实人生的超脱",必要的想象与虚构都是一种不可或缺的要素。即使是报告文学、记事散文,为了突出叙事在艺术上的鲜活性、代入感,以及应有的审美效果,细节上的虚构几乎是一种必备的表达手段。

既然如此,那么在文学创作中,人们为什么还要大张旗鼓地倡导"非虚构写作",而且将这种写作弄得风生水起?我曾经从审美接受的层面上,探讨了"技术仿真"时代对人们内心真实所造成的困扰,并认为在非虚构写作中,作家总是充当故事的见证人,甚至是事件的组织者,直接进入现场进行"元叙事",以此来消除人们对于真实的怀疑。如

---

① 〔美〕马克·克雷默、〔美〕温迪·考尔编:《哈佛非虚构写作课:怎样讲好一个故事》,王宇光等译,湖南文艺出版社2022年版,第203—204页。

② 〔美〕马克·克雷默、〔美〕温迪·考尔编:《哈佛非虚构写作课:怎样讲好一个故事》,王宇光等译,湖南文艺出版社2022年版,第206、209页。

③ 朱光潜:《谈文学》,安徽教育出版社1996年版,第6页。

李娟的《冬牧场》、孙惠芬的《生死十日谈》、梁鸿的《中国在梁庄》等，都是以现场叙事，表达创作主体的内心感受与思考。即使是那些历史题材类的非虚构作品，作家也会不厌其烦地交代自己如何获取史料、如何甄别史实等，在最大程度上消除"仿真"技术对真实的潜在影响。譬如，在《寻找巴金的黛莉》中，作者赵瑜就将自己如何发现巴金信件、如何辨析信件内容、如何寻找收信人黛莉，别有意味地一一进行了讲述。在《瞻对：两百年康巴传奇》中，作者阿来同样对清廷及地方的各类史料进行了广泛的搜罗、甄别和考证。这种"元叙事"的运用，以现场直击式的坦诚，剔除了读者对叙事真实性的疑虑，在一定程度上解除了人们对"仿真"时代的"真实"有些无所适从的尴尬。

但这或许只是原因之一。在文学创作中，非虚构写作之所以甚嚣尘上，且备受读者喜爱，还有更为复杂的因素。其中颇为重要的是，大量非虚构作品在很多时候不只是单纯地作为文学作品被阅读，而是作为社会问题或历史真相的材料性文本被消费。也就是说，它的审美功能并非第一位的，而它的社会历史认知功能却被推到了极为重要的位置。譬如，梁鸿的《梁庄在中国》《出梁庄记》，美国作家彼得·海斯勒的"中国三部曲"——《江城》《寻路中国》和《奇石》，很多时候都被社会学家或人文学者作为了解中国社会变化的第一手材料。同样，王树增的《解放战争》《长征》《抗日战争》，阿来的《瞻对：两百年康巴传奇》，陈河的《米罗山营地》，陈徒手的《故国人民有所思》，等等，也主要是因为对各种历史人事的第一手材料进行搜集、整理和解析，而为读者所津津乐道。

这当然不是说读者喜欢"误读"，也不能认为作家乐于越俎代庖，而是非虚构写作的内在诉求，决定了它对题材本身的极端倚重。冯骥才就认为，虚构文学的本质是"创造"，而非虚构写作的本质是"发现"，这是它们之间的重要区别。"发现也是伟大的，非虚构是凭着事实说话，它是历史的本身，也是现实的本身。非虚构有一种力量，这种力量就是现实，是现实的力量、不可辩驳的力量。"[①]冯骥才所强调的"发现"，就是作家

[①] 冯骥才：《非虚构写作：现实有着不可辩驳的力量》，《写作》2018年第7期。

在题材甄别和选择过程中，明确地看到了其中所包含的重要价值，"人是文学的生命与灵魂，如果我们抓不住一些这个时代特有的、个性的、典型的、命运独具的、活灵灵的人物，非虚构写作就谈不到价值与意义"[①]。当然，这些重要价值，通常不会是艺术上的审美价值，而是由事实聚成的历史或社会认知价值。事实也是如此。在非虚构写作中，创作主体首先要考虑的，往往不是作品的艺术价值或审美的独创性，而是题材本身所承载的重要思想内涵。在非虚构作品中，无论它们多么复杂，我们都可以发现相对明确的主题，也可以看到创作主体清晰的思想意愿。这些主题思想，因为带着作家个人的"发现"，所以能够凭借事实本身的独特性而颇受读者关注。

二

从理论上说，非虚构写作对题材本身的高度倚重，并不意味着它对写作技巧、叙事艺术就有所忽略，但在实际创作中，我们依然可以看到，非虚构作品在建构"有意味的形式"时，特别是在文本的结构、视角、语调、轻重处理等方面，显然缺乏各种富有独创意味的变化。有人甚至认为，非虚构写作的盛行，其实体现了文学"向外转"的发展趋势。这种写作，"从语言与形式的过度铺张中超越出来，走向新的自我表达。尤其面对当下新的生活方式和时代状貌，虚浮半空的写作已经越来越无法抓牢瞬息万变的网络时代与信息社会，也难以切身感受脚下这片热土的真实温度，文学面临着前所未有的挑战和危机。不仅如此，各种门类的艺术形式与文化形态给予当下文学新的启示，使后者也从跨越界限的文化实践中汲取养料和动力"[②]。我对这个判断多少有些存疑，因为新时期以来的文学创作一直处于"内转"和"外转"的复杂纠缠之中，不只是非虚构的出现才体现了某种"向外转"的反拨倾向，像新现实主义冲击波、底层写作等，都可以视为文学的"向外转"。但是，作者明确提到了非虚构写作带有某种"跨越

---

① 冯骥才：《非虚构写作与非虚构文学》，《当代文坛》2019年第2期。
② 曾攀：《物·知识·非虚构——当代中国文学的"向外转"》，《南方文坛》2019年第3期。

界限的文化实践",确实有些道理。

事实上,只要认真阅读一些非虚构作品,我们就可以清晰地看到非虚构写作确实是一种"跨界"的文化实践。这种实践,广涉社会学、历史学、新闻学、人类学、经济学、伦理学等诸多领域,使很多非虚构作品不再是一部单纯的文学作品,而是具有强大实证功能的田野调查文本,是一种"写什么"远大于"怎么写"的认知性文本。因此,就文学本身而言,这些作品无疑体现出一种反自律性的倾向,即反抗并拆解有关文学自律性范式的开放性写作。这种反自律写作,主要体现在以下几个方面。

首先,它明确地确立了作家主体在叙事中的中心位置。无论是现实类还是历史类非虚构写作,叙事都不是由独立的叙述者来执行,而是作家本人直接充当了叙述者进行现场叙事。作家的行动和观念,均以明确的在场方式,有效控制着叙事的组织和发展。所有的叙事,都是根据作家主体意愿的调遣而变化,作家是叙事现场的记录者或揭秘者,同时还通过自己的议论、辨析和判断,对叙事进行意义归并。譬如黄灯的《大地上的亲人:一个农村儿媳眼中的乡村图景》,就是通过一个乡村儿媳的眼光展开,她置身于丈夫的家族中,不断讲述夫家公婆、两个姐姐的家庭的起起落落之过程,并传达了作者对当下乡村社会及农民生活的思考。卢一萍的《祭奠阿里》也是通过作者本人的史料发掘以及作者对一些当事人的采访,重现了解放西藏阿里地区的先遣部队之英勇事迹,并反思了这支部队的卓越功勋被长期湮没的吊诡之处,明确体现了创作主体还原历史真相、重塑历史英雄的主观意愿。彼得·海斯勒的《江城》《寻路中国》和《奇石》中,作者从头至尾都是带着异域的眼光、异域的文化参照,记录了自己在涪陵、中国西北,以及东南沿海工业地带的所见所闻,并对中国社会的飞速发展提出了种种别有意味的思考。"我有时是一个旁观者,有时又置身于当地的生活之中,这种亲疏结合的观察成了我在四川停留两年期间的部分生活内容。"①这是作者在《江城》中的表白,也表明了他的整个写作立场和

---

① 〔美〕彼得·海斯勒:《江城》,李雪顺译,上海译文出版社2012年版,"作者说明",第1页。

意图。同样，李娟的《冬牧场》和《羊道》，也都是以作家亲身跟随牧民们游牧转场等经历和体验，呈现了阿尔泰地区少数民族独特、艰辛、自由而又坦荡的游牧生活。

在叙事性作品中，创作主体明确地穿梭于叙事之中，自由调遣和控制着叙事的节奏，从本质上说，这会破坏叙事的独立性和自足性。这在长篇叙事中尤为明显。因为长篇叙事往往需要内在的冲突主线、必要的故事发展和情节变化，包括人物性格及命运的变化等，叙事本身具有特定的自主性，通常由不同于作家本人的各种叙述者来掌控。但是，在非虚构写作中，作者是无处不在、无时不在的，他是叙事的君王，既可以随时中断叙事进行辨析和议论，还可以声东击西、由此及彼，形成广泛的联想和思考。如彼得·海斯勒在《寻路中国》中就写道，当他把车开到晒满了粮食的马路上而踯躅不前时，村民们马上示意他开过去。开过之后他才明白，来往汽车的碾轧可以帮助粮食脱粒，然后他又不无幽默地来上一句：以前从来没见过这种一次性公然违反两种法律的行为——道路交通安全法和食品卫生法。与此同时，作为自驾游的外国人，他还时刻不忘中国驾照考试中的有关理论试题，并借此对自己在"寻路中国"过程中所碰到的各种现象进行议论。这些联想和议论虽然都是由事实生发出来的，并没有太多的武断性评判，但无疑使叙事的整体性受到了破坏。

其次，它呈现出文本的碎片化特点。由于非虚构写作严重依赖于作家主体的在场，使叙事不再追求自律性意义上的完整与自足，因此，很多作品最后所呈现出来的文本，往往是碎片化的，或者说是场景化的。而且，有些碎片化的场景，仍然是一种想象性的重构，并不能回避其中的虚构特征，像阿来的《瞻对：两百年康巴传奇》、王树增的《解放战争》和《抗日战争》等历史类非虚构作品，尤其明显。不错，很多非虚构作品的主线都是清晰的，有着完整的历史发展脉络，但是，在特定的历史时段内，受制于各方力量的不同变化及史料分析，作者处在现场调控过程中，这使叙事不可避免地出现碎片化的情形。如赵瑜的《寻找巴金的黛莉》中，从交易巴金书信、辨析书信内容到确立收信人身份、寻找收信人，整个叙事由各种碎片交织而成，它们彼此穿插，形成了以作家为中心的叙事发展主轴。即使是像孙惠芬的《生死十日谈》等，故事本身有着相对的完整性，但在具体的细节叙述中，同样也呈现出碎片化特征。彼得·海斯勒的《寻路中国》，表面上看，由"城墙""村庄""工厂"三个较为完整的部分组成，但每个部分内部都是由不同的碎片组合而成。如"城墙"里，作者主要叙述了在首汽租车的奇妙经历，沿长城自驾游的所见所闻，同时还不时穿插大量的历史文化；"村庄"里，作者叙述了京郊三岔村的乡村社会变化，包括房东魏子淇一家的生活变化、魏嘉急病救治过程、乡村基层党组织的作用等；"工厂"里，则展示了浙江温州和丽水等地的经济开发区发展情况，其中既有作者对南方交通违章情况的探究、私营工厂老板与技术工人之间的博弈，又有基层官员的工作作风、外来打工者的家庭生活等。这些碎片性的情节，通过作家的不断寻访，最终形成了一个有关中国社会变化的基本印象和评断。

如果我们再细看王树增的《抗日战争》和《解放战争》、阿来的《瞻对：两百年康巴传奇》、梁鸿的《中国在梁庄》，会发现这些作品也都呈现出碎片化的结构特征。像万方的《你和我》，作者虽然记录了父母一生的命运轨迹，但是，所有重要的事件都是通过大量的自我回忆、对好姨（即小姨）的求证、妹妹的回忆、父母亲的书信（包括情书）整理、父亲朋友的书信，以及一些必要的史料拼缀而成，叙事呈现出高度的碎片化，宛如记忆中的光与影，构成了岁月长河里一曲令人叹惋的血缘之歌。这种碎片化的文本形态，主要是非虚构写作过于强调事实且以凸现事实为主的叙事策略所致。而这种碎片化之所以不会导致叙事的杂乱无章，是因为作者主体在叙事现场的直接调控，叙事始终沿着"我"的行动路径或思考轨迹在发展，因此，彼此不会缺乏关联，一盘散沙。但它在阅读上带来的问题也非常明显，远不如自律性文本给人带来的那种清晰与完整的体验，很多时候需要我们跳出作者主观意愿，重新梳理文本。

最后，它导致人物形象趋向剪影。很多非虚构作品都是作为一种长篇形式存在的，按理，它们应该有一些贯穿性的人物，但是，由于文本碎片化，非虚构写作中的人物形象无法变得立体或丰满。因此，在实际的阅读过程中，我们很少能够看到一些具有完整性格及命运发展的人物，只有极少数作品中会有一些相对清晰的传奇式人物，如阿来《瞻对：两百年康巴传奇》中的班滚、贡布郎加等，在绝大多数作品中，除了作者本人，其中的人物都是在叙事中一闪而过，呈现出剪影特征。如梁鸿的《中国在梁庄》《出梁庄记》中，作者写到了大量的梁庄人物，这些人物都是随着作者的出现而出现，与作者进行必要的现场交流之后，又迅速退到叙事之外。万方的《你和我》叙述了父亲和母亲的沧桑人生，但作者的着力点也不在父亲和母亲形象的重塑上，而是围绕他们的内心困境和曲折命运，展示了一大批或具有亲缘关系或志同道合或具有工作关系的人物，这些人物不乏各领域的社会名流，但都随着作家的意愿随出随进，并没有贯穿始终，也难觅丰满的形象。《江城》中，彼得·海斯勒同样写到了很多人物，从学校里的领导、同事，到涪陵老街上的人、周边人群等，但几乎没有一个人物贯穿到底，所有人物都是剪影式的，如外教同事亚当、汉语老师廖老师和张老师，街头面馆"学生食堂"的老板黄小强、暗娼李佳丽，以及唯一约过会的女性钱曼丽等。《寻路中国》里，他不仅看到了西北乡村各色人等，还见证了魏子淇一家、丽水内衣扣厂的罗师傅、小龙等中国百姓。虽然这些人物也不乏个性气质，但总体上并没有形成完整的性格特征。

依据自律性的有关原则，叙事类文学作品，特别是小说、报告文学、纪实文学等长篇文体，都需要动用一定的叙事手段强化人物形象，特别是对人物的内在精神和个性气质的立体塑造。但在非虚构写作中，人物常常是在场景化的片段中出现，偶见个性，难觅丰实且耐人寻味的形象。只有少数历史类叙事中，可以看出较生动的人物形象，而这，多半还是有依赖于必要的虚构手段。这无论如何，都是一种艺术上的遗憾。

三

从文学发展的角度来说，反自律性写作并没有什么不好，也不存在着明确的优劣之分。因为文学自律性本身就是启蒙之后的产物，也是现代社会在科层化上不断探索的结果，体现了某种本质主义的思维。文学的自律性，一方面帮助人们探索和总结了不同文体的属性和规律，使我们对不同作品的认知和理解有了相对稳定的理论参照；但另一方面也会形成某些模式化的观念，甚至会导致文学创作局限在一些固定的程式中。因此，在文艺学领域，一些学者通常对各种自律性的理论保持着建构主义的态度，认为它们在创作实践中有着动态性的变化特征。这也从另一个角度表明，反自律性有着存在的合理性。像先锋文学，也是通过反自律的探索和实验，不断开拓了文学表达的审美空间。散文诗则通过对散文和诗的有效整合，形成了一种特殊的文体范式。但是，非虚构写作的反自律性，是以强调事实、突出创作主体的思想与观念为主要目标的，这无形中削弱了作品的文艺审美价值，因此，这种反自律的开放性姿态，就值得我们深思。

我之所以认为非虚构写作在一定程度上削弱了作品的审美价值，是因为非虚构写作是一种相对明确的"载道式"写作，其所载之"道"便是作家主体的思想、观念和看法，而且这些思想、观念和看法不是通过故事情节、人物形象等来传达的，而是借助事实、材料的精心组接来印证的。在非虚构写作中，不仅作者的身影在叙事中无处不在、无时不在，作者的主体思考或观念也同样无处不在、无时不在，所有叙事自始至终都突显了作者主体的声音，尽管作者以现场性、真实性作为依据，有时也试图伪装自我的看法和判断，但是，叙事本身就是为了表达作者自己的看法。这一点，从本质上说，恰是"载道式"写作的基本特征。在非虚构作品里，人们之所以很难读到各种充满歧义性的审美内涵，就是因为作者的主观意愿左右了叙事，包括对一些历史材料的拼接。如果有不同的解读，也主要取决于不同学科领域的专业眼光，包括社会学、人类学或历史学的专业需求。

我们不妨看看阿来的《瞻对：两百年康巴传奇》。在作者看来，仅有万余人的康巴瞻对部落，一直生活在山险水恶的川西腹地，其迫于生活的"夹坝"行为，一直被所有正史视为邪恶的"劫盗"。因此，自清廷以来，不同政府都对他们发起了无数次的军事平叛，"每一次都代价巨大，虎头蛇尾，不得善果"，从未取得过彻底的胜利。然而，在民间，流传着人们对瞻对的另一种看法和记忆，那便是彪悍、勇猛、不屈的精神记忆，是对浪漫化和传奇化的"游侠"气质的认同。通过一次次的走访和调查，阿来渐渐地发现，那些被视为匪首的部落首领，在瞻对人心中并非只是恶魔的形象。这些曾不断搅动历史风云的人物，常常以神魔混杂的形象，沉淀在人们的记忆之中，无论是班滚、贡布郎加，还是青梅志玛，都是如此。它让人们看到，在这片土地上，"一个人常会感到自己生活在两个世界"，一个是现实的世俗世界，另一个则是充满传奇的心灵世界。在那里，人们仍然在传说种种神奇至极的故事,关于高僧的法力,关于因果报应,关于人的宿命。这也就是说,阿来之所以写《瞻对》,是想对正史之外的历史记忆进行梳理和重构,从而再现这个部落顽强而执着的生存之力,并对正史进行现代意义的反思。

这种反思当然具有重要的意义。大量历史记忆类的非虚构作品,都是从微观而又细腻的历史缝隙中,重新发现并思考了诸多重要的历史判断,大到《抗日战争》《解放战争》等宏观历史的再解读,小到万方的《你和我》、金宇澄的《回望》等家族记忆的全面梳理和解密,都给我们提供了很多新的历史认知和理解,体现了作家"为未来存真"的努力。但是,叙事作品所应有的审美功能,并未得到很好的彰显。从文学的自律性来看,文学作品的重要价值,在于它应该具有审美意蕴上的多重解读,而不是多重专业的聚焦式解读;在于它追求的是作品在语言、语调、结构及内在张力等方面的独特处理,而不是作者主观意图的直接传达。这种自律性的内在诉求,其实暗含了文学写作与非文学写作之间的重要差异。而这,也是"载道"文学不断受人们质疑的原因之一。

除了过于强调作品的"载道"价值,非虚构写作还对写作题材有着特殊的要求,这种要求导致题材使用基本上是一次性的,严重制约了写作者对同类现实或历史的反复思考与深度表达。在虚构艺术中,我们随处可以看到,写作者对自己熟悉的生活可以进行不断地书写,像苏童笔下香椿树街上自由放纵的少年,王小波笔下渴望自由而又玩世不恭的王二,都借助不同的故事得以重生,甚至可以无穷无尽地繁衍。但是,在非虚构写作中,选题是至关重要的,而且是唯一的、不可重复的。我们几乎无法看到同一位作家可以就某些相同的题材连续创作,题材的使用基本上是一次性的。譬如梁鸿的《梁庄在中国》和《出梁庄记》,虽属同一题材,但作者的叙事目标、思想内涵是完全不同的。李娟的"牧场"系列,写完了四季场景之后,也很难再重复书写。黄灯的《大地上的亲人》同样是一次性的书写,除非她的家族亲人的生活和命运再次出现变化,引发了作者的另一种看法和思考。历史记忆类非虚构写作更加如此。我们很难判断,阿来在穷尽所有史料之后,还可以重新写一部非虚构的《瞻对》,也无法看到王树增还可以写出另外一种非虚构的《抗日战争》或《解放战争》,因为他们的史料已经使用殆尽，除非他们对史料进行重新拼接或诠释。

对题材的过于倚重，以及题料使用的一次性，所带来的问题便是，写作者要保持长期的、可持续性的非虚构写作，几乎要不停地奔走在路上。彼得·海斯勒就是一个典型。为了真实地展示一个外国人对中国社会发展的认识和理解，他几乎走遍了中国大地。在《江城》中，他不仅熟悉了涪陵的小城生活，还北上延安，东到三峡，记录自己的所见所闻所思。在《寻路中国》中，他开始以中国方兴未艾的高速公路为主线，展开了一次漫长的田野调查：从中国东海出发，沿长城遗址穿越北部到达青藏高原，全程约1.1万千米。作者反复强调自己不像记者，而更像一个田野调查工作者，或者纪录片行业的文字工作者。在京郊三岔村，他每年都会去定期住上几个月；在两年里，他往返浙江丽水工厂十多次。在他看来，长城遗址沿线可以算作从一个地方到另一个地方的旅行，北方农村大多包括在其中。三岔村、丽水的采访，他愿意称之是从一个时间到另外一个时间的旅行，必须搭时间，目的是看这些地方有什么样的变化。在《奇石》中，他开始以随笔的形式，记录中国特有的衣食住行，但其中有些篇章已与前两部里的内容相重复。彼得·海斯勒之所以如此长期奔波于中国大地，当然是因为他想寻找适合写作的题材，而且这些题材在叙事过程中都是一次性的，如果要延续自己的写作，他必须再次出发。事实上，从阿来、梁鸿、李娟的作品中，我们也同样看到作者田野调查式的奔波之苦，以及这种写作的不可重复性。

一方面，作家在获取题材时亲力亲为；另一方面，作家在叙事中又要无处不在。这种全方位的亲历式写作，固然为叙事提供了不可撼动的事实和看法，但它难免会顾此失彼，在叙事上未必能实现文本应有的审美价值。因此，它的反自律性，其实是彰显了创作主体的事实和看法，而不是文学在审美意义上的艺术探索。这种写作策略，也隐含了当代文学在形式开拓上的萎缩之势，同时又折射出文学性四处蔓延。

（《文艺理论研究》2020年第5期）

论非虚构写作中的主体情感与观念

在 21 世纪以来的中国文坛上，非虚构写作之所以迅速发展成为一种具有文学思潮性质的创作现象，主要是因为它展示了两种独特的艺术追求。一是它以明确的"求真行动"倾力维护文学的现场性和真实性，密切关注不断变化的中国现实及其经验，并使文学回到对社会历史的重大关切之中。二是它以异常灵活的叙事方式，展示了自身极为突出的跨界功能及开放性的叙事空间。社会学中的田野调查、历史学中的口述实录，以及新闻学中的特写和长篇报道，都频繁使用"非虚构"这一概念。这些非文学领域如此强调"非虚构"，其实并非为了捍卫科学意义上的真实，而只是为了强化叙事的文学性，毕竟《史记》就一直被奉为"史家之绝唱，无韵之《离骚》"，新闻里也有大量颇具艺术感染力的特写之类。

非虚构写作所彰显出来的这两种追求，从某种程度上，有力地突破了很多传统文学既定的表达机制，包括虚构类写作在经验层面上所隐含的自足性，传统纪实类写作在文化视野、问题意识及思想观念等方面的拘囿，以及宏大叙事与平民日常生活书写的游离，等等，同时也有效地打破了仿真技术、社会快速变化等对人们把握真实造成的困境，为新世纪文学的发展提供了新的表达空间。如果从文学思潮的角度来说，非虚构写作通过"行动文学"所体现出来的这些突破，在本质上表明了这种审美追求既具有群体性、整合性和动态性等特征，此外，又在创作主体情感与观念的传达方面，与我们这个时代的文化情境形成了极为复杂的内在关联，值得我们进一步深究。

一

作为人类精神活动的一种特殊形式，文学首先源于作家主体情感和思想表达的内在需要。朱光潜曾说："一切艺术都是抒情的，都必须表现一种心灵上的感触，显著的如喜、怒、爱、恶、哀、愁等情绪，微妙的如兴奋、颓唐、忧郁、宁静以及种种不易名状的飘来忽去的心境。文学当作一种艺术看，也是如此。不表现任何情致的文字就不算是文学作品。"[①] 非虚构写作作为一种特殊的文学叙事，并不像其他纪实类作品那样，刻意回避作者主体对叙事过程的介入，而是恰恰相反，从作者"为何写"到"如何写"都如实呈现，并在叙事过程中毫不含糊地展示作者自身的情感，抒发作者的内心情思，传达作者自我的思想观念。这种叙事策略，不仅表明了非虚构写作主体的行动性和在场性，也体现了它与社会学等其他领域之间的内在差别。在其他非文学领域，理性的科学之真是最基础、最核心的本质；而在文学领域，情感之真则是一个首要问题，没有情感的文字"就不算是文学作品"。

非虚构写作之所以被称为是一种"文学的求真行动"，主要是因为它所求之"真"，包含了情真、事真、理真，体现了文学创作对于真实的多维度追求。其中的"事真"，既是基石，也是核心，因为非虚构面对的就是那些已经发生的事情，或者说是一种既成的事实，是实然的生活，而非应然的生活。若无所叙之事的真实，情和理的真实也就缺乏必要的依托，当然也就失去了应有的意义。但是，倘若细究非虚构作品中的所叙之事，也不全然是客观意义上的真实之事，而是多半建立在写作者主体情感之上并且经过其理性剪裁的真实，用《大地上的亲人：一个农村儿媳眼中的乡村图景》一书作者黄灯的话说，"因为渗透了来自情感的理解，附加了一份切肤的体恤，在知识过于密集的语境中，唤醒情感在叙述中的自然出场，

---

① 朱光潜：《谈文学》，安徽教育出版社1996年版，第111页。

自有其必要和价值"①。这实际上表明了作者选择何种事实进行叙述，首先是基于自己的情感共鸣和思想表达的需求。只有那些已经发生的事情在作者内心引发了强烈的情感共振，并使创作主体产生了意欲表达的冲动，作者才会主动选择投身其中，或进行田野调查，或着手史料爬梳，或寻访当事人，然后进入自觉的创作。所以在非虚构作品中，我们总是能够感受到作者强烈的情感导向和思想观念的明确渗透。

这种作者主体情感与思想的传达，既基于作者对特定现实和历史的认知，也源于作者内心所固有的文化立场和道德情怀。它不同于虚构性写作对可能性生活的想象与营构，而是从真相的角度，试图重构自我所见证的现实或历史，是作者面对实然的生活所进行的自我求证、自我诠释及自我同构。因此，在非虚构作品中，我们总是能够清楚地看到作者写作的情感动机。譬如杨潇的《重走：在公路、河流和驿道上寻找西南联大》中，作者从一开始就明确地表达了自己的写作情感及价值立场："我迫不及待地要和八十年前那些最聪明的年轻人一同出发，激活曾经的简单、热忱与少年心气，同时，也冀望着有一些若隐若现的银线能牵起1938与2018这两个看起来并无关联的年头——譬如，在不确定的年代，什么才是好的生活？思想和行动是什么关系？人生的意义又到底为何？"②这一连串的追问，将青春、理想、智慧融会在一起，既表明了作者努力寻求激情人生的意愿，也传达了其内心深处对"湘黔滇旅行团"敬畏无比的情感，以及对这群师生精神理想的膜拜。在《野地灵光：我住精神病院的日子》中，作者李兰妮也说道，自己已吞服了十二年的药，依然未能摆脱抑郁症的折磨，所以她渴望住进精神病医院，既是为了拯救自己，也是为了拯救别人，"于公于私，我要去住精神病院。哪怕只是探探路"③。在《张医生与王医生》中，伊险峰和杨樱也认为，他们之所以想书写这两个小时候的同学，

---

① 黄灯：《用文字重建与亲人的精神联系》（自序），《大地上的亲人：一个农村儿媳眼中的乡村图景》，台海出版社2017年版，第7页。

② 杨潇：《重走：在公路、河流和驿道上寻找西南联大》，上海文艺出版社2021年版，第6—7页。

③ 李兰妮：《野地灵光：我住精神病院的日子》，人民文学出版社2021年版，第4页。

并非因为他们如今有多么成功或特殊,而是试图借助这两个"70后"出生的人物个案,"希望为这一代人,在个人意义上和代际意义上获得更全面的评价以及赢得更多尊严。通过个人的成长和变化,也能折射出家、家族、社区、城市的变化"①,因为这一代人"是流动性最强、人生积极、机遇完好,并且能够通过自身努力完成阶层转换的一代人"②。梁鸿在《中国在梁庄》中则更明确地说道:"从什么时候起,乡村成了民族的累赘,成了改革、发展与现代化追求的负担?从什么时候起,乡村成为底层、边缘、病症的代名词?……想起那在城市黑暗边缘忙碌、在火车站奋力挤拼的无数的农民工,就有悲怆欲哭的感觉?这一切,都是什么时候发生的,又是如何发生的?……包含着多少生命的痛苦与呼喊?或许,这是每一个关心中国乡村的知识分子都必须面对的问题。"③从这些写作动机上看,那些实然的生活,绝非只是无需省察的既成事实,而是包含了令人激奋的待解之谜。它们触动了写作者内心的隐秘情感,也引发了他们意欲重新探究和思考的冲动。

如果从所叙之事与写作动机的关联性上看,非虚构写作中创作主体的情感和思想,当然带有较为明确的个人倾向,即作者主体与所叙之事存在着极为特殊的紧密关系。在很多作品中,所叙之事在某种程度上就是作者自身之事,抑或与作者的生命、职业有着极为紧密的内在关联。例如:梁鸿笔下的"梁庄"系列之所以充满了激越与丰沛的情感和思考,就是因为它是作者的故乡,并承载了太多亲人的命运;李兰妮的《旷野无人:一个抑郁症患者的精神档案》《野地灵光:我住精神病院的日子》,则源于她自身久治难愈的抑郁症;阿来的《瞻对:两百年康巴传奇》,也源自他对自己族群历史的情感和思考;黄灯的《大地上的亲人》《我的二本学生》同样是基于自己亲人的命运或师生之情;王小妮的《上课记》也是源于自己的师生关系……可以说,写作者对叙事的自觉介入,既是作者主体的个

---

① 伊险峰、杨樱:《张医生与王医生》,文汇出版社2021年版,第22页。
② 伊险峰、杨樱:《张医生与王医生》,文汇出版社2021年版,第21页。
③ 梁鸿:《从梁庄出发》(前言),《中国在梁庄》,江苏人民出版社2011年版,第1—2页。

人生活和人生体验的重要组成部分，也是作品内在结构中的核心枢纽。它是个人化的，但这种个人视角中又渗透了诸多公共性的问题，体现了写作者由个人到社会、由微观到宏观的叙事意图。譬如在《重走》中，作者就由衷地说道："我沿着这样一条公路踏上全新的土地，遇到了友善的人、警惕的人、热情的人、在桃花源里忧心忡忡的人、等待记者如同等待戈多的人。"[①]这些沿途所见的各色人等，既呈现了当下社会生存的驳杂，也呼应了历史记忆的沉重。"我有多为留下的历史痕迹庆幸，就有多为失去的遗憾。……我一路都在阅读、检索、翻找，有的时候我觉得我们的历史没有故事，只有周而复始的重复，有的时候我又被那些短暂却闪光的生命感动得简直要掉下眼泪。"[②]尽管这种个人化的情感充满了巨大的矛盾性，但这种矛盾恰恰体现了作者对于历史与现实、记忆与遗忘、理想与实用的复杂体察，其中所袒露出来的情思，直指热血生命和家国情怀。同样，在《你和我》中，万方也说道："我怕痛苦，像所有人一样，至今仍然怕。但是还有一种更占上风的欲望，表达。我需要表达，我想要表达对妈妈的爱，表达我对爸爸妈妈的感情，而他们已不在人世。作为一个靠写作为生的人，除了写还有什么其他更好的方法吗？"[③]当作者写完一部分，想让妹妹看看，妹妹却说她不愿意看。"原来她也不想回忆。原来她也怕痛苦。这证明了一个事实，我们无法把痛苦的感觉从对妈妈的记忆中消除，阴影总会势不可挡地逼近，令人心生逃开的念头。……有些事物会消失，如同从未发生过，有些事物永远存在，是你生命的一部分。"[④]这种个人化的情感与思考，既是创作主体写作的内驱力，也是他们意欲表达的核心内容，但这并不意味着它们缺乏应有的公共性，因为其中融进了人类最珍贵的血肉亲情。

[①] 杨潇：《重走：在公路、河流和驿道上寻找西南联大》，上海文艺出版社2021年版，第634页。

[②] 杨潇：《重走：在公路、河流和驿道上寻找西南联大》，上海文艺出版社2021年版，第635页。

[③] 万方：《你和我》，北京十月文艺出版社2020年版，第4页。

[④] 万方：《你和我》，北京十月文艺出版社2020年版，第7—8页。

所以在非虚构写作中，有作家认为"谁来写比写什么更重要"①。的确，"谁来写"不只是意味着作者比别人占有更多的材料，比别人更熟悉所叙之事的来龙去脉，更重要的是，它表明作者的内心比别人承载了更多的情思，更能够体察所叙之事中包含的丰富信息，更能够洞察其中隐含的某些重要问题。它体现了创作主体在非虚构写作中所拥有的核心地位和作用。有学者就认为，非虚构写作"是基于真实原则但却直面作者和读者主体性，重建和共享个体与集体之间现实意义的写作方式，既区别于强调'客观性'的新闻真实、法律真实以及兰克式的'历史真实'，又区别于虚构文学的凌空高蹈"②。其实，这也道出了非虚构写作选择第一人称叙事的内在逻辑依据——这种第一人称视角，既为作者情感的表达提供了巨大的便捷之门，也使读者能够自觉地分享作者对现实或历史的在场性表达。譬如，当我们阅读薛舒的《远去的人》时，很清楚它是作者在讲述自己父亲失智的过程，结局也是非常明确的。但薛舒从家庭、社会等各种伦理维度，不断撕开父亲患上 AD（阿尔茨海默病）的细致过程，让我们深切地体察到生命的流失对于亲人的巨大伤害，也让我们洞悉了这个群体在生存上的无奈和无助。偶尔的一次桂林旅游，因为游客表演的需要，一个同行的老男人握着母亲的手做了个示范，结果遭到父亲痛诟，他认为母亲的行为有失检点，弄得母亲伤心欲绝；接着父亲开始不断跟踪母亲，经常闯到母亲单位查岗，对六十七岁的老妻产生各种怀疑，像一个少年面对热恋之人那般极度不安；然后是父亲渐渐失忆，无法找到就在家边的居委会，在表演唱歌时却忘了歌词……这一切，都使一家人不断陷入伦理的尴尬之中。随着遗忘的加剧，作者终于明白父亲患上了阿尔茨海默病。最终，一家人开始了漫长的陪伴，尽管父亲无法辨认自己的妻子和儿女，但他依然是作者的至亲之人。"他没有能力体会身体的病痛和心灵的伤痛，似乎，这也算是一种无知无觉的幸福，但他同样不能体会快乐、兴奋、骄傲、惊喜、欣慰、温暖、舒适、满足、陶醉、疼惜、关心、呵护、思念，不能体会——爱。"③

---

① 沈闪、黄灯：《黄灯：我怎样写作〈大地上的亲人〉》，《关东学刊》2019年第3期。
② 周海燕：《非虚构：彰显主体性的真实》，《探索与争鸣》2021年第8期。
③ 薛舒：《远去的人》，《收获》2014年第4期。

这是一种多么无助的悲凉，似乎只有至亲之人，才能刻骨地感受到这份生命的苍凉。同时，它又是一种巨大的温暖，彰显了血浓于水的人间亲情。正是这种源于血缘伦理的深切的爱，击中了读者柔软的内心。

在非虚构写作中，创作主体情感尽管呈现出较为明确的个人化倾向，但它并非那种逼仄的个体私语性质的情感，而是明确地体现了情感共同体的特征，即创作主体的情感兼具个人性和公共性，能够有效地唤起大多数人的情感共鸣。刘勰在《文心雕龙·熔裁》中云："草创鸿笔，先标三准：履端于始，则设情以位体；举正于中，则酌事以取类；归余于终，则撮辞以举要。"[①] 所有的文学创作，首先必须拥有丰沛而诚挚的情感，而且这种情感必须经过写作者内心的转化和艺术创造，最终选择最佳的言辞传达出来，才能成为真正的作品。"一个作家如果信赖他的生糙的情感，让它'自然流露'，结果会像一个掘石匠而不能像一个雕刻家。"[②] 非虚构写作中所体现出来的主体情感及其内在的观念，本质上表明了它是一种纯粹的文学创作，而不是借助跨界性的写作策略对所谓的既定文学范式的"搅局"。

二

既然非虚构写作中的创作主体与笔下的当事人之间存在着极为密切的关系，那么我们就有必要围绕这种关系，进一步探究作者主体的情感和观念的表达方式及特征。事实上，在非虚构作品中，作者并不追求所叙之事的完整性，也不注重事件的前因后果，而是更多地聚焦于当事人的言行及其心理动机，并与一些当事人在频繁互动中自然而然地形成某种"情感同盟"，或者叫"情感共同体"。即使是那些历史类叙事，如阿来的《瞻对》、薛海翔的《长河逐日》、卢一萍的《祭奠阿里》等，作者也是通过发掘史料、还原史实及经验性重构细节，与主要人物保持某种情感的共振状态，并形成具有相同价值倾向的情感共同体。非虚构写作中的这种情感共同体，隐

---

① 周振甫：《文心雕龙今译》，中华书局1986年版，第293页。
② 朱光潜：《谈文学》，安徽教育出版社1996年版，第113页。

含了几个重要特质：一是展示了作者主体情感的复杂共振状态；二是体现了作者情感的公共价值取向；三是折射了作者主体内在的伦理观念。

首先，是作者主体情感的复杂共振状态。在非虚构写作中，作家主体的情感从来都不是单一的，而是聚合了多种微妙复杂的成分，呈现出饱含各种张力的难以言说的形态。通常情况下，人类情感的具体表现，无非是喜、怒、哀、乐、愁、怨等，带有单向度的特征，但在真正的文学创作中，作者的情感并非仅仅表现为某个具体的单一形态，而是混杂着各种不同甚至矛盾的形态，由此形成极为复杂而又丰饶的人物生命情状。事实上，非虚构写作所要表达的作者主体情感，不仅受到作者与当事人之间情感的彼此撞击，还受到不同人物生存观念的理性干预，这也使主体情感不可避免地充满了各种矛盾状态。这些矛盾性的情感，既丰富了作品所要表达的内涵，也驱动读者更深入、更多元地理解作品。而这，正是非虚构作品最为显著且颇具魅力的重要特点。"在非虚构写作中，写作对象的情感是作者最关注的要素，它们决定着作品的走向、人物性格的确立、作品的情感基调，甚至与写作者的思想情感有各种形式的交汇。"① 但这种交汇，常常会在某些共同点上产生碰撞，并不断被放大，使作品充分展示了"情真"的独特魅力。譬如在《大地上的亲人》中，黄灯叙述了与自己密切相关的三个村庄：出生地凤形村只是作者"人生的来路"，感情并不深切；而成长之地隘口村，则弥散了作者所有心灵、文化认同，深入骨髓；丈夫家庭所在的丰三村，虽然对作者来说太陌生，但在婚姻伦理所构成的亲缘关系中，一个个亲人开始与她产生了特殊的情感交集。这些来自不同地域、孕育不同风俗的村庄，在作者内心形成的不同情感，最终聚合成她心中的中国乡村社会图景，也承载了她对乡村亲人的挚爱与忧伤、体恤与眷恋。

在"梁庄"系列中，梁鸿的情感更为复杂，或哀民生之多艰，或忧命运之难控，或惜故土之衰落，或赞生命之坚韧，或歌亲情之温馨，或颂乡村之纯朴。面对不同的人物、不同的生存场景，作者几乎倾注了各种复杂的情感，并从社会、伦理及现代化进程等不同维度，传达了自己的思考。

---

① 项静：《非虚构写作中的情感表达》，《探索与争鸣》2021年第8期。

在《瞻对》中，阿来虽然极为推崇瞻对的剽悍和骁勇，颇有捍卫先辈之勇猛、昭雪历史之沉冤的意愿，但对其中的某些内在沉疴也进行了批判性的反思。在《张医生与王医生》中，作者则明确表示将带着客观公正的眼光来打量这两个同学，并且频繁地征用各种社会学理论，对所叙之事进行辨析，所以作者的主体情感更显微妙和复杂。其中既有对"70后"一代人精神成长和阶层跃升的赞许，对两个原生家庭中母系角色的崇敬，对沈阳20世纪90年代大厂转型后民生的体恤，又有对两个医生同学自我发展"有术"的微词，甚至对他们的某些行为进行了含蓄的批评。当然，也有一些作品里，作者与当事人始终保持高度统一的宿命性情感，但那些通常是来自血缘深处的灵魂认同和命运的厮守，像《你和我》中的万方就明确地强调："我从来没有背叛过爸爸，我是他的女儿，我从来不认为这是可以改变的。他卑微我就卑微，他是坏人我就是狗崽子，我认。"[1]

作者主体复杂的情感，既源于复杂的生活本身，也源于复杂的人性内在，折射了现实生存的多元和芜杂。面对各种实然的世界和既成的事实，作者在不断介入的过程中，总是会碰到各种不同的事件，看到各种微妙的人物言行，并形成不同的情感共振关系。在《长河逐日》中，在父母离婚、老死不相往来之后，跟随母亲长大的薛海翔，并没有排斥父亲，反而还对父亲充满了无限敬仰和颇为超然的理解。在《你和我》中，万方的主要情感当然是对父母的血缘之爱，其中有少年时代的天真、青年时代的叛逆、中年之后的眷恋。在作者与妹妹，以及好姨等长辈的频繁沟通中，我们看到，作者的主体情感既渗透了浓厚的家族式的荣耀，又常常隐含了某些人生的不确定性。《重走》中，作者一路与各色人等相遇，更是充满了复杂的情感。既有对沿途所见所闻的欣喜和忧郁，又有对历史记忆的追慕与感伤；既有对人们遗忘历史的幽怨与喟叹，又有对历史发现的欣慰与激动；既有对青春、热血与家国理想的召唤，又有对现实功利之欲望的批评；当然还有对曲折历史中个体命运的深切同情。这些与不同的当事人碰撞之后所形成的复杂情感，既表达了创作主体的广阔胸襟和多维之思，也呈现了

---

[1] 万方：《你和我》，北京十月文艺出版社2020年版，第182页。

历史与现实之间不断加剧的鸿沟。

其次,是作者主体情感所彰显出来的公共性价值取向。情感是指个体在受到外界刺激之后所引发的心理反应。它并不只是生命的自然表达形态,还隐含了复杂的价值取向。面对一个乞丐,不同的人会表现出不同的情感,背后当然也体现了不同的价值取向。这种价值取向,主要受制于引发情感的"外界刺激"。它既包括特定的现实指向和伦理冲突,也包括一些单纯的偶然性因素,并直接影响到情感的内在意义。由家国之事而引发的情感,当然比个体冲突导致的情感具有更丰富的价值意义。所以,在文学创作中,无论是作者主体的情感还是人物的情感,都会受制于引发因素的考量。这是辨析作品意义的内在依据,也是检视作者精神视野的重要参照。在非虚构写作中,很多作者的主体情感虽属于个人,但因所属之事或当事人本身所具有的普遍性意义,依然具有重大的意义。

像李兰妮的《野地灵光》,主要讲述了自己在广州和北京的精神病医院治疗的经历,也记录了医院里其他病人的生命情状及治疗效果,但同时作者总会不断地将疾病治疗延伸到家庭、社会的复杂领域,让人看到整个社会对这个庞大而隐秘的群体之拯救的迫切性。如在年轻的朱莉亚身上,作者不仅看到了父母宠溺女儿所带来的自理能力问题,还从朱莉亚的工作单位及人际环境中洞悉了职场复杂关系所导致的精神障碍;在"小澳洲"、荣荣等青年个案中,作者感受到父母的"代际派遣"对子女所造成的伤害。"每个家庭受到委托、派遣的一个孩子,得到许可和鼓励,带着一项使命离开父母的圈子,到外地去。要完成对于父母至关重要的、父母尚未实现的愿望。"① 如果这个愿望超过了孩子的个人禀赋和实现条件,就会引发孩子的精神障碍。薛舒的《远去的人》虽然记录的是父亲失智之后自己无能为力的无奈之情,但从治疗过程及不同病人家属的互动中,我们同时看到人们对于这个特殊群体的普遍同情。伊险峰和杨樱的《张医生与王医生》,看似仅仅记录了张晓刚和王平两个"70后"医生的成长经历,但作者将两个个体辐射到他们的家族,又将他们的同学辐射到代际群体,

---

① 李兰妮:《野地灵光:我住精神病院的日子》,人民文学出版社2021年版,第160页。

还将他们的工作经历辐射到社会，并由此形成了一种对长达数十年的东北社会变迁史和"70后"出生人的命运史之观照，主体情感颇为幽广。

过于细致地辨析情感生发的外界刺激，或许没有太大的意义，因为在非虚构写作中，很多故事既与作者本人存在着特殊的关系，又承载了公共性的历史记忆和现实问题，像万方的《你和我》、薛海翔的《长河逐日》、黄灯的《大地上的亲人》等，都是如此。即使是《重走》《寻找巴金的黛莉》《上课记》等作品，也与作者的身份或专业有着密切的情感关联。可以说，非虚构作品本身就承载了某些公共性问题、公共性事件、公共性历史、公共性人物，隐含了公共性价值取向。当然，这种公共性价值取向具有历史与现实的多维延伸，但核心情感都离不开一个字：爱。在很多作品中，我们可以看到作者主体的各种复杂情感，但这些情感都离不开作者内心深处的爱。爱亲人，爱友人，爱学生，爱家乡，爱族群，爱家国，爱生命……正是这份爱，奠定了非虚构写作在读者心中的情感共鸣。如《野地灵光》中，李兰妮忍受着不断被人们传为"疯子"的谣言，还是坚持认为，她特别希望能够到北上广深最好的精神病院去住一下，真正掌握第一手资料，"把所看所听的写出来，掀开它神秘禁忌的一角。让年轻一代了解被遮蔽的信息，少走弯路"[①]。没有对生命的爱，没有对精神病患者的深切同情和怜悯，作者不可能如此不顾一切。薛海翔的《长河逐日》沿着父亲和母亲的生命足迹，一路追踪和求证，不断从人物的内心深处打探父辈们的精神轨迹，以及家族史与国家命运史之间的复杂关系，这也使作者的主体情感由单纯的血缘之情延伸到家国之情、青春理想。梁鸿自己也说："它是一种全面自我批判和自我质疑的写作，其中包含着公共价值的呈现。这并不是否定非虚构写作主体的'个人性'，相反，所有批判和质疑都经由'个人'产生，它所依据的是自己的所看所感，是非常直观且主观的。"[②]

最后，写作者的主体情感中承载了各种丰富的伦理观念。人类的绝大多数情感，都隐含了某些特定的价值立场，无论爱恨交织，还是悲欣交集，

[①] 李兰妮：《野地灵光：我住精神病院的日子》，人民文学出版社2021年版，第152页。

[②] 梁鸿：《非虚构文学的审美特征和主体间性》，《中国现代文学研究丛刊》2021年第7期。

都有发生学的原委。在非虚构写作中,由于作者主体置身于叙事的全过程,其情感的表达必然是因人而起,因事而生,而这些人和事之所以触发了作家的情感,通常是因为它们激活了作者的某些伦理观念或价值取向。有学者就认为,非虚构写作"直面写作者的主体性,借用一个法律名词,它在实证基础上有限度地接纳'自由心证',允许和尊重作者呈现而不是隐藏自己基于个体经验而形塑的主观视角、情感感知和价值判断"[①]。在《重走》中,作者一路向西,每逢旅行团所到之处,总是极尽所能地寻访遗迹,搜罗记忆,查证史料,情感背后始终隐含着民族存亡的家国伦理、理想信念的道统伦理、师生之间的角色伦理、同学之间的友情伦理,以及当下市场经济中的民生景象和各地的风俗伦理。当他发现县长黄友群对旅行团学生颇为友善,从事地方文化研究的陈文杰广为搜罗安顺抗战史资料时,便由衷感到欣慰和发出赞许;看到贵州镇宁县县长暗地进行鸦片运销来繁荣经济,某县志办公人员拒绝他查阅史料,则不忘表达自己内心的愤懑与嘲讽。尽管作者也明白,自己的观念与他人的想法之间,存在着诸多的伦理鸿沟,但这并不影响他维护自己所恪守的伦理观念。

这种伦理观念的纠缠,当然也进一步激化了作者的复杂情感。在万方的《你和我》中,作者就常常陷入各种伦理与情感的纠结之中。譬如,在叙述父亲曹禺和其前妻郑秀的失败婚姻时,万方就说道:"一个男人和一个女人,他们非常年轻,在最美最热血的青春期热烈地相爱了,他们爱对方,可这时候这个对方有很大一部分属于他们自己的想象,甚至他们爱的是爱情本身,并不是真真实实的那个人。说到底,他们也许连自己也还不了解呢。"[②] 尽管万方对郑秀颇有微词,但她还是尽可能从伦理的层面给予理解。外婆年轻时曾有鸦片瘾,通过父亲曹禺非常隐晦的讲述得知,外婆也让年轻的妈妈在治病过程中染上了这一恶习,但作者并没有对此进行道德上的说教,而是从外婆失去了五个孩子、丈夫又抛开她的经历中,体会到女人一辈子都没有选择的艰辛。在叙述外公与父亲之间深深的隔阂

[①] 周海燕:《非虚构:彰显主体性的真实》,《探索与争鸣》2021年第8期。
[②] 万方:《你和我》,北京十月文艺出版社2020年版,第111页。

时，万方认为，两个人都娶了第二个妻子，但外公对父亲娶了自己最心爱的女儿耿耿于怀，以至于临终也不愿住到女婿的家里，其中所蕴含的血缘伦理与情感纠葛，既有人性的幽暗，又有世俗的问题。从这些叙述中，我们可以看到作者的情感极为复杂和微妙，盖因不同伦理之间产生了诸多的张力与冲突。

中国是一个伦理本位的社会，但凡涉及各种人际关系，都有一套潜在的伦理准则作为价值支撑，由此滋生了不同的情感态度。所以，若细究非虚构作家主体情感背后所隐含的伦理观念，几乎所有的情感矛盾，都包含了不同伦理之间的纠葛，以及人性与伦理的冲突。像《长河逐日》中，作者通过对父亲从马来西亚的怡保一路北上进行实地考察，在还原一个革命者一生的过程中，彰显了家国伦理、革命理想伦理与人性伦理之间的诸多错位。卢一萍的《祭奠阿里》则融入家国伦理、军人的职业伦理、政治伦理、生命伦理之间的历史纠缠。而《大地上的亲人》和"梁庄"系列中所体现出来的鲜明的族群伦理、血缘伦理与现实秩序的矛盾，《野地灵光》《我的二本学生》《上课记》中所透视出来的职业伦理与世俗人性的错位，都有着极为复杂的内涵。这些若隐若现的伦理，不仅折射了作者主体的情感立场，也拓展、丰富了作品的内在意蕴。

三

在非虚构写作中，叙事并不是一种对既成事实的机械式呈现，同时也是作者自我认知和自我重构的重要方式。就非虚构作品来说，作者主体的介入，不仅发挥了叙事的组织、调节和实证功能，还体现了主体的叙事智慧、才情和内在学养，以及某些独特的审美创造。有人认为，非虚构的东西它有一种现成性，它已经发生了，它是真实发生的，人们基本是顺从它的安排，几乎是无条件地接受它，承认它，对它的意义要求不太高。于是，它便放弃了创造形式的劳动，也无法产生后天的意义。事实可能并非如此，甚至是恰恰相反。无论是创作主体的情感还是观念，都并非先在的，而是在开放性的叙事过程中逐渐形成的，是作者与其笔下的当事人不断进行有效互动，经过实证、辨析后产生的，并让读者在特定的叙事情境中获得了认同。也就是说，它们体现了作者、当事人与读者在情感与观念上的同步共振状态，并在叙事中实现了由"情真""事真"到"理真"的逻辑建构。这也是非虚构写作赢得读者广泛关注的重要因素，并折射出不同主体之间的主体间性。

这种主体间性的建构机制，表现为作者通过平等对话的姿态，与笔下的当事人达成了某种信任同盟，在这种同盟中，作者沿着问答式的讨论机制全面展开叙事。其中，作者的平视姿态，以及作者与当事人形成的信任同盟，是非常重要的前提，也是主体间性得以建构的基础。有平等才有信任，有信任才有默契，有默契才能道出真相，并确保所叙述之事的真实。在虚构性的"底层写作"中，很多作品之所以让人感到不满，关键就在于作者过于突出自身的主体地位和道德优势，以他者的俯视姿态书写底层人群的生存困厄，传达主体经验性的人道关怀。这种居高临下的非平视性叙事，导致作品很难获得读者的情感共振。而非虚构写作则以作者主体的自觉介入和平等的对话交流，直接达成了主体之间的情感共振关系。用梁鸿的话说，"非虚构写作者在文本中的角色不是造物主的角色，这一点和小说家完全不同。非虚构写作主体首先是一个知识分子的身份——公共知识分子和专业知识分子兼而具之，他既要迎接扑面而来的生活本身，要全部身心地浸润进去，去感受生活内部的空间和可能蕴含的精神，同时，还要提防自己过于'自大'，要摒弃过于主观的判断，时时警惕自己被以往知识视野遮蔽"[①]。在《大地上的亲人》中，黄灯也不断地提醒自己："当他们进入我的视线，并调动了我强烈的表达欲望时，另一种警惕立即出现——我意识到，在进入他们的生存肌理、深入其内心世界时，要尽量采用浸入式的交流，避免介入式的冒犯。我特别害怕自己不由自主的优越感会凌驾于他们的讲述之上，更害怕他们不经意中讲出的人生经历，会在我的笔下，被文字轻佻地包装为他者的故事。因为对我的信任和爱，亲人们在讲起各自的南下经历时，哪怕谈起最悲惨的事件，都带着笑意，也不懂

[①] 梁鸿：《非虚构文学的审美特征和主体间性》，《中国现代文学研究丛刊》2021年第7期。

得煽情。"① 这不只是梁鸿和黄灯的态度，更是非虚构作家普遍持有的写作姿态。

这种平视的姿态，确保了作家能够积极地与当事人进行无距离的交流、探讨，倾听当事人的声音，观察当事人的言行，在事理逻辑上有效逼近叙事的真实。在创作"羊道"系列时，李娟就说道："我深深地克制自我，顺从扎克拜妈妈家既有的生活秩序，蹑手蹑脚地生活于其间，不敢有所惊动，甚至不敢轻易地拍取一张照片。希望能借此被接受，被喜爱，并为我袒露事实。"② 这种以平等的身份参与当事人日常生活的方式，使作者能够全天候了解当事人的一言一行。同时，李娟还将自己寄居的扎克拜妈妈家亲切地称为"我们家"，俨然将自己视为这个哈萨克游牧家庭中的一员。正是这种全身心的融入，才使得作者笔下的哈萨克游牧生活获得了精确而又鲜活的呈现，这也体现了她对这个民族自由放达的灵魂的敬佩。再如《上课记》《我的二本学生》，虽然作者与笔下的当事人属于师生关系，但在具体的叙事中，作者依然保持着平等对话的状态，呈现出非常鲜明的主体与主体的互动。通过这种主体间性，作者了解到很多学生内心的隐秘情感和意愿，也发现了最为真切的人生际遇和人性面貌。不过话又说回来，很多优秀的非虚构作品所涉及的，要么是与作家有着血缘关系的长辈或亲人，如《远去的人》《你和我》《长河逐日》《大地上的亲人》；要么是让人敬仰的历史名人或重要事件，如《瞻对》《寻找巴金的黛莉》《祭奠阿里》，以及王树增的《长征》《抗日战争》《解放战争》。如何保持创作主体的平视姿态，确非易事。譬如在《你和我》中，万方就反复强调："我要写的是我的爸爸和妈妈，我要细细探索，好好地认识他们，还想通过他们认清我自己。"③ "很多时候我们父女心有灵犀。"④ "在作者心目中，"爸爸他不是一个斗士，也不是思想家，他生性脆弱，极度感性，

---

① 黄灯：《用文字重建与亲人的精神联系》（自序），《大地上的亲人：一个农村儿媳眼中的乡村图景》，台海出版社2017年版，第5页。
② 李娟：《春牧场》，中信出版社2017年版，"自序"，第2页。
③ 万方：《你和我》，北京十月文艺出版社2020年版，第63页。
④ 万方：《你和我》，北京十月文艺出版社2020年版，第110页。

时刻会被美好自由的感觉所吸引,内心却又悲观,是一个彻头彻尾、如假包换的艺术家"①。所以,作者在叙事中反复强调她和父亲之间的朋友关系,同时还引用了大量的书信,有夫妻之间的情书,有父女之间的思念,有朋友之间的问候,字里行间都是亲情和友情的弥漫,渗透了基于平等关系的爱与信任,也让人们深切地体会到父母相濡以沫的深厚情感,以及曹禺特殊的人格魅力。

作者所恪守的这种平视姿态,不仅巩固了作者与当事人之间的信任同盟,同时也强化了他们在主体间性上的有效互动。当然,在这种主体间性的互动过程中,作者并没有放弃自己的思考,而是更多地将自己的各种想法转换成一些重要问题,与当事人频频探讨。所以在非虚构作品中,叙事常常带着明确的问题意识,沿着作者主体提出的各种疑虑而展开。如《梁庄十年》里,梁鸿在开端便将一个伦理问题摆在了人们面前:通过村头的一些小字报,作者抖出了梁庄的历史记忆及其复杂的内部纠葛,但谁熟悉五十多年前的那些情感纠葛?又是谁故意将这些历史旧账公之于众?接着作者又通过义生家的豪宅,引出梁庄人"鼻子眼窝都是房子"的生存现状。梁庄既非城郊之地,也非交通枢纽,房子并没有什么升值空间,但梁庄的人为何如此热衷于建房?通过寻找化荣,作者又引出梁庄女人的身份及其命运,她们都没有了真实的姓名,主体的身份又在哪里?这一连串的疑虑,在呈现梁庄生存现状的同时,也驱动作者不断地走家访户,与梁庄人进行深度交流,进而传达了作者对当下农村和农民问题的思考。

事实上,疑虑和问题始终是作者介入叙事的策略,也是作者主体不断强化自我的社会认知和积极思考的重要方式。这既是主体间性的互动机制,也体现了非虚构写作对一些社会历史问题的重要关切。很多非虚构作品其实都聚焦于各种问题,以此推动叙事,并在主体间性之中形成观念的碰撞。在《远去的人》中,薛舒就写道:"每一次我意欲寻找父母的人生缺憾,那就是一次满怀敬重的追忆,以及一次自我的完善。"②在《瞻对》

---

① 万方:《你和我》,北京十月文艺出版社2020年版,第261页。
② 薛舒:《远去的人》,《收获》2014年第4期。

中，阿来也是针对既定历史对于瞻对的土匪评价而展示辩驳。"梁庄"系列则围绕一个个活生生的故乡亲人的奔波，对"三农"问题进行了不同层面的追溯，当然最核心的还是农民和农村的问题。《大地上的亲人》也是如此。它通过家族亲人的生存状况，展示了当代农村在现代化进程中的复杂症候：很多村庄因为村民迁徙而凋敝；一个个突如其来的劫难，可以轻松摧垮某个原本殷实的家庭，同时累及整个家族。用作者自己话说，整部作品就是"问题推动下的真相呈现"。在《我的二本学生》中，学生的精神成长及家庭环境，始终是作者不断探讨的核心问题。正是在这种问题意识的驱动下，作者不仅将当事人引入讨论之中，还将读者代入辨析之中，形成了一种主体之间的对话机制。

比较典型的是王小妮的《上课记》。这是一部探讨当今高等教育的非虚构之作，触及了很多教育理念与人才培养的内在问题。通过课内课外的积极互动，作者始终带着一个观察者的眼光，捕捉大学生言行中所隐藏的各种内心动机，并借此反省自己的教育理念。譬如，在《我们都是主角·他们的困惑和我的困惑》一章里，作者就记录了众多学生对所学专业的疑虑，像周坤婷就问：在大学里能学到什么？将来能做什么？自己心里一点儿也不知道，很糊涂。对此，作者言道："我理解的教育是应当有承继性的，有相对一致的基准线，可是，我没在他们身上看到这个基准。而他们又太需要成功了，这成功甚至应当最快速最简捷地能获得。而我自以为能以润物无声的方式影响他们，结果会不会恰恰相反。假如，他们真的接受了我的影响，一旦离开这间教室和大学校园，很可能瞬间就被现实击溃。我的所有心思和努力，也许正在让他们变成一个个痛苦的人。"[①] 当作者看到上课前，班干部为统计助学金申请情况让申请助学金的同学长时间举手时，心里无奈地慨叹："我不是想评价我的学生的工作方式，他们应该是无意识的，背后是普遍通行着的价值观。你家里没钱，想申请额外的一份救济，你就要准备低人一等，让你举一会儿手太正常了。……一个刚满十八岁的孩子因家里缺钱就要长时间当众举手，他们的心里会全无感

[①] 王小妮：《上课记》，东方出版社2016年版，第88页。

觉?"①作家并没有给出直接的答案,而我相信,看到作者主体的自我辨析,作者、当事人和读者,不同的主体都会对现实秩序与教育科学之间存在的鸿沟进行深切的反省和思考。这既是对高等教育的反思,也是对功利社会的省察。

作者对各种社会历史问题的疑虑,说到底都是源于人们的内在观念。在《张医生与王医生》中,作者就饶有意味地探讨了人们关于社会身份与阶层跃升的观念。譬如,围绕理查德·霍加特的《识字的用途》所定义的"奖学金男孩",作者借助大量社会学理论,分析了张晓刚和王平的成长经历,并呈现了沈阳近四十年来的民间社会史。虽然这两个医生都实现了阶层身份的变迁,从工厂子弟变成事业有成的医学专家,但他们都"不会来事儿",不够"社会"。在作者看来,所谓"社会",就是个体能够合理灵活地利用和占有资源,俗称"吃得开"。"如果资源相对丰富,不那么稀缺,那么'吃亏是福'可能还上得了台面;而如果资源稀缺,尤其是稀缺到只有零和博弈,那吃得开的人的生存能力就远大于对照组。吃得开与吃不开,是衡量一个人社会生活能力的根本。这是生存能力,得训练。"②说实话,我们很难认同这种"吃得开"的生活观念,但它提出的世俗性生存观念,确实是耐人寻味的。在《野地灵光》中,李兰妮也一针见血地指出,精神病医院从来都是一个神秘的存在,也是社会问题的一个重要表征,在这个被常人称为"疯人院"的地方,绝大多数人极少关注,连医院的位置和大门都很少有人知道。但是,作者置身其中,以近乎揭秘的方式,提出了一系列令人震惊的生存群体:中国严重精神障碍患者超过一千六百万。这个庞大的弱势群体,不仅要忍受来自疾病的折磨,还要承受社会的歧视。我们可以非常明确地看到,书中一个个年轻的生命,都是带着强烈的好奇心和平等的姿态进行交流,即使看到她们家庭中存在的各种问题,也没有太多的情感排斥。

新世纪以来的非虚构写作,在创作主体的"求真行动"的驱使下,既

---

① 王小妮:《上课记》,东方出版社2016年版,第99页。
② 伊险峰、杨樱:《张医生与王医生》,文汇出版社2021年版,第123页。

突破了叙事学既有的自律性规范，使叙事呈现出高度的开放性和跨界性，也彰显了文学对社会与历史的重要关切，有效拓展了中国当代文学的审美空间。其中所隐含的创作主体的情感与观念，不仅巧妙地统摄了情真、事真与理真的逻辑关系，有效维护了非虚构写作的求真理想，而且激活了主体间性的互动机制，促使不同主体共同参与到文本的意义建构之中。而这，或许正是非虚构写作充满活力的内在缘由之一。

(《文学评论》2022年第5期)

论非虚构写作的跨界特性及其意义

　　自从2010年《人民文学》开设"非虚构写作"专栏以来，非虚构写作便迅速成为当代文学创作的热点，并以各种自由灵活的叙事方式，展现了丰富多元的文学形态和极为开阔的审美空间。特别是它的跨界性特征，几乎已成为学界的共识。但是，它如何跨界，以及这种跨界对于传统既定写作的意义，尚欠系统阐释；跨界内部的主要叙事肌理及重要特点，也尚待深度探析。只有厘清了非虚构写作的跨界特质，我们才能更全面地界定它对传统文学表达机制进行有效突破的意义。

一

　　在新世纪以来的非虚构写作中，我们必须要注意到，作者几乎就是一切。他既是"行动文学"的主体，又是"文学求真"的支撑。他无所不在，常常大摇大摆地出没于叙事的每个环节，以亲历展示叙事的见证属性。他可以直接抒发自己的内心情感，可以直接将当事人的言行"呈堂证供"，可以直接表达自己的观念和看法。从某种程度上说，新世纪以来的非虚构写作对于"真实"的审美呈现，在很大程度上就是打通了"情真""事真"与"理真"的彼此阻隔，使之形成了一个有机的叙事统一体，并赢得了读者的自觉认同和信任。这个统一体的建构，既得益于作者对事实、情感和思想的灵活调配，也得益于作者与当事人、读者之间的有效沟通。因此，要探讨非虚构写作的跨界性，我们必须高度关注作者的主体意识及其表达策略，辨析他们在叙事中所传达出来的复杂意图及多维的思考，尤其是要关注作者在写作过程中意欲表达的非审美性思想。

事实上，在新世纪以来的非虚构写作中，作者的主体意图从来都不是单一的，而是多维的；作品所呈现出来的主题意蕴也不是单一的，而是复合的。它明确地体现了作者主体意图的跨界性——除了审美追求，还有很多关于社会、历史、文化等领域的非审美性思考。我们甚至可以说，在非虚构写作中，作者最初的写作动机就不是单纯地建构一种审美的存在，而是出于更多更复杂的主体情感和思想，是一种借助审美方式进行跨界性探索的写作。像梁鸿写作"梁庄"系列，就明显带着社会学视野，从农村和农民问题出发，来建构她所看到和理解的梁庄，而不是一种单纯的审美意义的梁庄。陈福民创作《北纬四十度》也同样带着明确的历史再发现和再思考的内在动机，试图从战国时代一路梳理下来，有效省察中原农耕文化与北方游牧文化在不同时期的对抗与交融，进而呈现"北纬四十度"这一地理纬度附近所上演的各种历史纷争，尽管作者的叙述也充满了极为鲜活的审美情趣。

或许有人认为，这无疑反映了非虚构写作是一种"动机不纯"的写作，有违文学作为一种审美存在的重要信条，但我以为，这恰恰体现了非虚构写作的内在张力和强劲活力——让作者行动起来，直接沉入现实和历史的深处，在复杂的现实或历史之中，不断重构自己对于生活的理解和思考，并努力扩张文学表达的疆界和视野。"之所以要提到'行动'，是因为，在非虚构的写作中，你不能说'我的生活就是生活'，你必定是在采取行动，去拓展你的生活的疆域，从已知去占有未知，你时刻意识到自己的有限，不能保持自足，你要建立一种开放性路径，让自己走向生活——自己的新生活和他人的生活。"① 非虚构写作的重要目的，就在于推动写作者"以'吾土吾民'的情怀，以各种非虚构的体裁和方式，深度表现社会生活的各个领域和层面，表现中国人在此时代丰富多样的经验"②。也就是说，作者选择非虚构写作的主要意图，不是希望建构某种新型的文学范式，也不是探求文学内在的自足性空间，而是试图让文学承载更广阔、更复杂、

---

① 《留言》，《人民文学》2010年第9期。
② 《"人民大地·行动者"非虚构写作计划》，《人民文学》2010年第11期。

更真实的社会历史现象，传达创作主体对于各种社会历史的内在认知。这些认知可以立足于某些普通的个体或某些平常的家庭，也可以立足于某些宏大的历史事件或重大的社会问题，但它一定是多向度的、多层面的和跨界性的，绝不是某种单一的思考。

像李兰妮的《野地灵光：我住精神病院的日子》就是立足于自己久治不愈的抑郁症，讲述了作者本人先后在广州和北京的精神病院的住院经历。从作者的主观意图上看，她显然不是单纯地为了创作一部文学作品去"体验生活"，而是带着明确的社会调查意味：从医院内部真切地了解当下精神病患者群体；借助医患之间的具体交流，探讨精神病患者的发病原因；通过体验各种治疗手段，寻求精神病救治的最佳方式、方法；当然还有向全社会发起拯救这一特殊群体的伦理诉求。原因在于，"精神疾病在我国疾病总负担中排名居首位。精神卫生是全球性的重大公共卫生问题，也是严重的社会问题。十四至三十五岁年龄段的人，死亡首因是抑郁自杀。据统计，中国的精神病人，只有百分之二十的人知道得病，百分之五的人得到过专科医治。这个数据背后是巨大的精神隐患。几代中国人的精神障碍堆积至此，集体无意识将会打上幽暗的印记"①。在这些患者中，警察、医生、老师、企业高管、记者，都属于高危人群。所以，作品一开始，李兰妮就表明了自己曾在"尚善基金"做过精神病救治的公益宣传；她还多次在作品中提到，无论是医生还是患者，都读过她的《旷野无人：一个抑郁症患者的精神档案》，而且表示受益匪浅，这使她更加坚定了写作《野地灵光》的信心和意愿。尽管李兰妮没有表明自己的创作意图是写一本有关精神病的治疗手册，但不得不承认，《野地灵光》确实具备这一功能。从精神病的治疗史、各种精神病的临床类型、治疗药物和方法，到精神病医院的治疗规程、不同病例的治疗效果、大量病理分析等，虽算不上百科全书，至少也可以充当精神病患者的治疗手册。当然，它同样也是一部人物生动鲜活、充满作者主体情感且饱含生命关爱的文学作品。

创作主体的跨界性，在伊险峰和杨樱的《张医生与王医生》中更为突出。

---

① 李兰妮：《野地灵光：我住精神病院的日子》，人民文学出版社2021年版，第14页。

在作品最后的《说明及感谢》中，伊险峰就明确地说道，之所以选择张晓刚和王平这两个同学兼医生作为书写对象，是因为他们和作者同属于"70后"一代，有着共同的时代经历和文化记忆，"这一代人是中国四十年改革开放的受益者，而他们生活的沈阳在这个历程中处境复杂——从计划经济时代最重要的重工业城市到一个落伍者，有强大的失落感"①。言外之意是，作者希望通过自己的见证人身份和对当事人进行口述实录的方式，呈现工人阶级的这些子弟如何通过四十年的努力实现自我阶层的跃升，并揭示沈阳这座工业城市在社会变革过程中的艰难转型，以及存在的诸多难题。应该说，作者选择的这两个医生，虽不是绝对成功的重要人物，但确实具有公共性的社会表征意义。从他们的经历中，"我们会看到他们以知识分子的自我认知，去努力适应社会，甚至是成为'社会人'的过程。对他们来说，有一些是艰难的选择，有一些看起来则是无意识的选择，家庭、社会、教育甚至职业都在其中发生作用。进入社会是一个终极选项，得到社会承认，才能获得自我认知、尊严、成功。有的时候它超过了职业所带来的成就感"②。作者的这些写作意图，几乎贯穿了整个写作过程，尤其是作者频繁征引的各种社会学理论著述，以及各种带着专业眼光的社会阐述，都表明了他们更侧重于社会学的认知分析，倾心于个人成长的公共性问题，而不是单纯的文学创作。因为"从社会学的角度来看，每个人都不是孤单的，其生命轨迹中都穿插着一些公共事件的痕迹，他们的故事都具有一定的公共性和社会性。也因此，我们需要承认大历史中的个人地位，看到个体、群体背后所代表的一种结构性的社会动因。这些群体是一个个的个案，同时又是一个时代的代表"③。

杨潇的《重走：在公路、河流和驿道上寻找西南联大》也表现出明确的跨界性写作意图。作者选择"重走"，并非为了来一次浮光掠影的旅行，而是为了寻找和求证，为了实现历史的再发现和现实的再反思。用李海鹏

---

① 伊险峰、杨樱：《张医生与王医生》，文汇出版社2021年版，第529页。
② 伊险峰、杨樱：《张医生与王医生》，文汇出版社2021年版，第531页。
③ 严飞：《深描"真实的附近"：社会学视角下的非虚构写作》，《探索与争鸣》2021年第8期。

的话来说,作者之所以带着海量的史料积累与强烈的探寻意识执着地进行"重走",是因为"这条路是中国的中心被迫迁往西南的路,是男孩们成为男人们的路,中国珍贵又脆弱的大学传统的保存骨血之路,是既在逃难也在进军之路,也是20世纪中国知识阶层的甦生之路"①。如果说全面抗战第一年是中国人的"寻路之年",那么八十年后的今天作者再度选择继续"寻路",其实是希望通过现实中非典型的公路徒步,与历史上这群知识精英的逃难之旅构成对话和交流,用作者亲历性的生命体验,追问思想与行动的关系。所以在整个"重走"的过程中,作者虽然也绘声绘色地叙述了闻一多等当年西迁人物的言行,描绘了沿途的山光水色和人文景观,并不时地抒写自己内心的真情实感,但主要还是追述历史现场、辨析历史记忆、审视现实变化、探讨人生的情怀与理想,展示了作者对历史学和社会学的双重思考。

如果我们再细细探究阿来的《瞻对:两百年康巴传奇》、薛舒的《远去的人》、黄灯的《大地上的亲人:一个农村儿媳眼中的乡村图景》和《我的二本学生》、万方的《你和我》,我们会深切地体会到,所谓艺术化的审美创造,并不是这些作家最主要的写作动机和追求,而有关历史、社会和现实问题的实证式呈现、辨析和思考,才是他们孜孜以求的主要目标。他们要么是作家,要么是文学研究人员,但当他们进行非虚构写作时,无论是他们的自我言说,还是在作品中不断发挥的现场解说,更多还是关注所叙之事的社会、历史或文化问题,并非文学问题。不错,很多传统的文学创作包括虚构创作中,作者也会表现出各种丰富复杂的主观意图,但它们更多的是立足于作者本人的审美思考,需要人们通过各种审美元素来辨析作品的内在意图,而不是像非虚构写作那样,可以直接看到作者明确的、非审美性的跨界意图。

新世纪以来,写作者在非虚构写作上体现出主体跨界性,但这并不意味着他们放弃文学的审美价值。事实上,他们是试图借助跨领域、跨专业

---

① 李海鹏:《代路而言》(序一),见杨潇:《重走:在公路、河流和驿道上寻找西南联大》,上海文艺出版社2021年版,第2页。

的理论知识和思维方式，多维度、多层面地审视历史或现实，更直接、更坦率地传达自身的观察和思考。这不是一种越俎代庖，而是写作者借此挑战自己介入现实和历史的能力，拓展文学关注辽阔而又真实的生活的方式。

二

非虚构写作在作家主体意图上的跨界性，一方面来自作家多维度、多层面的关于社会历史和人性的思考，另一方面也缘于所叙之事本身呈现出来的开放性意义，即事实本身所拥有的跨界性特征。非虚构写作之所以能够成立，有一个非常重要的前提，就是所叙之事仍具有既成性和实在性，即事实的客观存在先于认知主体的情感和观念，且没有完全受制于创作主体的自觉建构。如果所叙之事不具备实在性，是一种主观性的产物，那么非虚构写作就无法获得存在的基础，因为只有"事真"刺激了写作者的情感和想法，才有可能达到叙事的"情真"和"理真"，并实现作品在接受上的真实效果。就像梁鸿笔下那些梁庄人物的故事，无论是他们奔波在全国各地各自谋求的生存方式，还是他们重返梁庄后的种种言行，都是既成的、先在的事实，差别只在于作者如何去选择并辨析这些事实。

这种事实的客观性和先在性，也是其他一些科学研究领域赖以存在的基础和共同关注的目标。无论是历史学、新闻学还是社会学等，它们所关注的对象，同样是既成的事实。甚至同一个事实，也可以引起不同科学领域的共同关注，只不过它们关注的侧重点各不相同。譬如南京大屠杀，历史学家可能更多地关注它的动机、过程及它对日军侵华战争的整体影响等；新闻学专家关注它的现场、真相，以及信息传播的社会反应和作用；社会学专家则可能关注它对中国社会群体引发的各种生存问题，以及族群之间的冲突；而文学家可能更关注其中所体现出来的人性之善恶、生命的尊严，以及家国大义。这也说明，事实本身就隐含了各种跨界的属性。这种跨界属性，在某种意义上说，只是不同的领域依据不同的方式，来探讨共同的事实中所承载的不同内涵和意义，体现了人类自我设定的专业属性及功能。像中国古代"文史合一"的传统，就明确体现了文学与历史学对先在事实的共同依赖,《史记》便是典型的例证之一。

  问题当然不在于事实本身所具有的跨界性,而在于非虚构写作中的所叙之事在文本的意义上是否具有跨界性。回答是肯定的。新世纪以来很多优秀的非虚构作品,都凸显了跨界性的功能和价值。像梁鸿的"梁庄"系列、黄灯的《大地上的亲人》等,就可以视为社会学研究中国"三农"问题的重要参考文本。因为它们不仅提供了有关农民和农村问题的大量第一手材料,呈现了中国城市化进程过程中农民工的生存问题,还从众多人物的生存理想和生活观念中揭示了中国乡村伦理的变迁,并将普通的个体生存不断聚焦于有关农村的公共性问题。它们是微观的,立足于乡里乡亲或家族亲人,那里有各种艰难和不幸、屈辱和伤害,但也不乏亲情和友爱;但它们又是宏观的,无数事实碎片的聚合,形成了有关社会学的田野调查报告式的生动文本,并巧妙地将"公共议题与个人困扰相关联,与个体生活的问题相关联"①,以此揭示某些具有普遍性的人性问题,形成了某种社会学意义上的独特的"心智品质和洞察能力"。

  同样具有典型社会学意味的非虚构之作,还有《张医生与王医生》。表面上看,它只是记录了张晓刚和王平两个"70后"医生的个人成长史,从他们的家庭背景、少年求学环境、考大学的专业选择,到后来的专业提升和发展,一路叙述下来,并没有太多的命运波折或生存坎坷。但细读之下,我们又会觉得这两个主人公仅仅是一条叙事的串线,串起了沈阳乃至东北不同时期的社会发展镜像,以及个人与社会之间的复杂纠缠。譬如:两人家庭中女性的重要作用,少年求学过程中学校的变更和合并对他们学习的影响,90年代初期社会转型、工人家庭变化及高校专业选择对他们成长的影响,新世纪迅速发展的医疗业给他们提供的机遇,等等。围绕这两个医生,作品还延伸出知识、尊严和自我建构等问题;透过他们的命运变化,我们可以看到沈阳这座工业城市的时代变迁。同时,透过近四十年的历史变化,我们还可以看到社会对个体的塑形。作品饱含了创作主体的

---

  ①〔美〕C.赖特·米尔斯:《社会学的想象力》,李康译,北京师范大学出版社2017年版,第319页。

复杂情感和敏锐之思,又呈现了极为丰富的社会学思考,尽管这些思考可能在专业上并不那么深刻。

阿来的《瞻对》也可以看作是作者对有清以来的传统正史对于瞻对土司的历史辨析。作品围绕川属藏民中的瞻对土司之"夹坝"行为,通过大量的史料梳理和民间调查,让人们看到,从雍正六年(1728年)开始,瞻对这个小小的土司,便被朝廷屡屡冠以"纵容夹坝""纠党抢劫"等罪名,一次次遭到残酷的围剿。所谓"夹坝",按通常的官方说法,就是拦路打劫,属盗匪行为,为官民所不容。但是,这只是外在世界对他们行为的看法。在他们自己看来,面对穷山恶水的环境,他们选择的生存方式是"游侠"。这无疑是一种颇有戏剧意味的定义。"劫盗"与"游侠",像一枚硬币的正反两面,通过"夹坝"这个特定的词语进入繁复的历史。作品一方面借助浩繁帙卷的历史文献,在细密的史料爬梳中,逐一呈现上至中央、下至地方的权力部门对瞻对"劫盗"行为的讨伐;另一方面,又通过民间田野走访,神秘的宗教思维,再现了瞻对土司一代代首领尤其是班滚、贡布郎加的传奇人生,展示了他们的"游侠"气质与禀赋。这种矛盾不是源于瞻对部落的自我分裂,而是不同的历史视角所形成的对立性评价。它既是一部文学作品,也是一部别有意味的历史学著作,因为其中隐含了大量的史料辨析、历史观点的推衍,以及对川属藏族文化的现代反思。历史学家孙江就从保罗·利科的《记忆,历史,遗忘》一书中,解析了"想象"和"回忆"的区别,指出二者虽然都是面对"不在"的过去,但想象或虚构的"不在"是绝对意义上的不存在,而记忆和回忆的"不在"则是存在的——对于存在的"不在"之过去,人们可以通过声音、影像和文字来把握和重构,结果不在于多大程度上接近了事实,而在于表征的内容是否具有实在性。[①]回到《瞻对》,面对作者所提供的巨量史料文献和田野调查,我们可能既无法认同对瞻对土司的"盗匪"认定,也难以赞同他们的"游侠"气质,但作品缜密地呈现了这种史实的复杂性和实在性。

陈福民的《北纬四十度》作为一部历史随笔,无疑是生动而有趣的。

[①] 参见孙江:《对抗"虚吾主义"——虚构·非虚构之辨》,《探索与争鸣》2022年第3期。

从"黄帝以后第一伟人"赵武灵王、"汉之飞将军"李广、纵横沙场的卫青和霍去病，一直到朱祁镇和他的老师王振、杨业，一路滔滔不绝，叙述之机敏、语言之鲜活，都呈现出鲜明的文学意味。但从作者对每个历史个案的叙述中，我们会发现他处处小心，事事有证，且很多重要史料都源于二十四史，每每兼及其他史料，也都很认真地进行了辨析，呈现出强烈的历史学的实证意味。孙郁说道："它颠覆了我对于古中国北方文明史的认识。以往的说史者，皇家意味不必说，百姓积习中的善恶观，左右了舆论空间。陈福民的专业是文学，但史学感受并不亚于专业治史者。不仅谙熟典籍，重要的是沿着北纬四十度做了实地考察，在山河之间，于草木之所，发现了诸多古人之迹。东起辽西，西至陇地，北至漠河，所见所感，与传统史书的感觉有所不同。一方面借用了旧有的材料，一方面有田野的感受，在人迹罕至的地域，触摸到了古老岁月的某些神经。"① 这也就是说，《北纬四十度》的重要价值，或许不在于究竟有多少史学意义上的学术发现，而在于作者的这种专业考辨姿态，以及史料呈现出来的说服力。

如果细读李兰妮的《野地灵光》和薛舒的《远去的人》，我们可以看到，它们似乎是通过文学的叙述，对有关的精神医学提供了某种准专业化的探讨。在《野地灵光》中，既有中国精神病医学发展史的资料，又列有各种精神障碍症；既有不同精神病症的治疗方法，又有不同专家对精神障碍问题的诊疗思考；既有对精神障碍症患者之高危人群的调查和统计，又有对精神障碍症患者的病理的探讨；既有对精神病诊治体制的反思，又有对这个特殊弱势群体的伦理学关注。它所体现出来的叙述内涵，对于普通读者来说，具有教科书般的科普意义。《远去的人》虽然仅仅涉及作者父亲的阿尔茨海默病，但叙事所触及的远不止于此。既有这一疾病的发病过程及详细的治疗记录，又有日趋严峻的老龄化社会管理问题；既有疾病所导致的家庭伦理问题，又有疾病引发的精神、心理问题。特别是作品中大量的揭短，譬如父亲假公济私、注重物质利益，母亲作为上海本土人经常对外乡人父亲嘲解。各种隐秘的创伤性记忆顽固地盘桓在父

---

① 孙郁：《北疆觅路人》，《名作欣赏》2022 年第 10 期。

亲的内心深处甚至是潜意识之中。这些是否构成了他的病理？虽然作者并未解答这些疑虑，但这也足以说明个体精神的内在重负对精神的伤害。的确，它说不上是一部有关阿尔茨海默病的专业治疗及护理手册，但可以给人们提供极为丰富的救治经验。

其实，新世纪以来的非虚构写作，在很多时候都呈现出较为明显的专业化倾向，尽管它们与真正的专业研究之间，可能存在较大的距离，但它们确实以文学特有的方式，对某些专业知识的实践和分析提供了较为生动的、跨界性的普及信息。像王小妮的《上课记》和黄灯的《我的二本学生》等，两位作者都通过对各种学生的观察、与其交流，记录了大量鲜为人知的学生成长问题，并对当下中国的普通高等教育提出了诸多的思考。这些思考包括学生的家庭环境对个性心理的影响、学校的管理体制对学生思维的影响、各种社会功利思想对学生内心的规训、专业选择与学生兴趣之间的冲突等。这些思考，可能没有高等教育专业研究成果深和广，但它们从普及的角度，给人们提供了一些重要的辨析方式。

这种带有普及专业知识意味的叙事表达，既体现了非虚构写作在书写内容上的跨界性，也影响了其他有关专业领域对非虚构写作表达形态的引鉴。历史学家孙江就认为，"排斥'我思'之后的历史学，不仅留下了大片历史空白，而且在限定的书写中，其推理能力和判断力也极大地弱化了。非虚构写作重视叙述者在重构事件中的作用，这恰是历史学可借鉴的"[1]。孙江所说的这种局限，其实在社会学、新闻学等不同领域也同样存在。所以我们经常看到，社会学领域中的田野调查、影视行业的纪录片、新闻界的长篇纪实性报道、历史研究领域中的口述史等，都会不断突出自身非虚构的特征或立场，并涌现了诸多非虚构之作，像田丰、林凯玄的社会学著作《岂不怀归：三和青年调查》，魏玲的新闻特写《大兴安岭杀人事件》，杜强的新闻特写《太平洋大逃杀亲历者自述》，唐德刚的《张学良口述历史》，等等，都被视为颇具影响的非虚构作品。这也反过来表明，非虚构写作已经从文学领域真正地"跨界"进入其他领域，至于它是否意味

---

[1] 孙江：《对抗"虚吾主义"——虚构·非虚构之辨》，《探索与争鸣》2022年第3期。

着一种文学性的蔓延,可另当别论。但在影视纪录片、新闻、社会调查和口述史等创作中,非虚构俨然成为一个非常重要的概念,并逐渐成为各自领域的学术共识。

三

非虚构写作是从传统文学表达机制中衍生出来的一种叙事形态,但它并不是简单地对某些叙事文类进行整合,而是主要锚定了传统叙事文学中的两个关键问题:一是为什么作者要退到叙事的背后,而不是名正言顺地置身于叙事过程之中,自由调配所有的叙事元素?二是为什么要遵循传统文学既定的各种文体规范,而不是抛开人类自我设定的这些文体范式,使写作在更自由和更开放的空间表达创作主体的审美追求?针对这两个问题,非虚构写作从一开始就非常自觉地进行突围和破解,并以此检视这种"行动文学"所带来的审美效果。

事实证明,这种反自律性的叙事虽然存在着某些明显的局限,却拥有极为强劲的内在活力,并且在叙事方法上也呈现出独特的跨界性。应该说,虚构类写作也存在一些跨界性手法,譬如在叙事中融入诗歌、散文或新闻等元素,只是这种跨界主要是跨文体之界,也就是很多人常说的"跨文体"。而非虚构写作在叙事方法上呈现出来的跨界,则主要是跨学科、专业之界,即动用了其他学科的专业方法。我曾在有关文章中探讨了非虚构写作的反自律性特征及其局限,包括文本的碎片化、人物的零散化、叙事的散点透视等,但同时也强调叙事文体的自律性本身并非一成不变,而是带有建构主义的特征,文学的发展在很多时候就是不断突出自律性范式的结果。所以,虽然灵活而开放的叙事方法导致了文本的松散和碎片化倾向,但非虚构写作确实展示了自由开阔的叙事空间。从田野调查、口述实录到史料征引、日记书信,从现场解说、微信短信到报刊摘录、图片运用、理论征引,凡有利于建构真实性的材料和方法,几乎都可以自由择用。

非虚构写作不断突破叙事学的理论规范,就是为了更好地聚焦于那些先在的事实,使叙事本身呈现出"高保真"的审美效果。这种审美效果,既取决于所叙之事的真实度,也取决于作者在叙事方法上的多元化和灵活性。也就是说,作家自觉地从叙事策略上进行谋划,通过丰富的、多样化的实证性叙事手段,确保叙事的"高保真"效果,并借此强化叙事与读者之间的信任关系,这是非虚构写作的重要叙事原则。譬如万方的《你和我》中,在叙述曹禺与巴金之间的情谊时,作者就动用了两人之间大量的书信;在讲述母亲与父亲传奇的恋爱经历时,除了直接引用他们之间的情书,还不断加入好姨的电话回忆。正是这些不同性质的材料的灵活拼接,才使读者不断感受到这部作品的真实性。因此,人们无论是强调非虚构写作是报告文学的拓展,还是认为两者之间存在显著的差异,其实都基于"事真"这一核心,不同之处主要在于叙事策略和叙事方式,尤其是创作主体在叙事中的情感传达与观念表达。"非虚构文学允许以个人的视角去表达对世界的观察,作家所选择的表达对象是由作家的写作观、价值观和人生经验决定的。报告文学说到底必须隐匿个人视角,代表的是公共声音,在选材上并没有个人的自由,骨子里是一种宏大叙事。"[①] 尽管这种说法不一定准确,但确实道出了非虚构写作与传统报告文学之间的内在区别。

作为一种"文学求真"的探索,新世纪以来的非虚构写作在叙事上所秉持的跨界性,虽然在一定程度上是为了重构真实的现场,但是说到底,这种"真实"只是作者的一种叙事策略,主要是为了让叙事与读者达成某种信任同盟,即通过现场感的再现,唤起读者内心的信任。尼尔·波兹曼就曾说过:"电视为真实性提供了一种新的定义:讲述者的可信度决定了事件的真实性。这里的'可信度'指的并不是讲述者曾经发表过的言论是否经得起事实的检验,它只是指演员/报道者表现出来的真诚、真实或吸引力(需要具备其中一个或一个以上的特点)。"[②] 非虚构写作也同样如此。作者在跨界思维中,动用大量的、专业的、实证性的手法,甚至不惜频繁破坏叙事的连贯性和整体性,就是为了借助由这些不同方法提供出来的材料,强化叙事的现场感和可信度,为叙事的真实性提供说服力。像《重走》中,杨潇显然不是单纯地要实现一次从长沙到昆明的身体行走,或者说在

[①] 沈闪、黄灯:《黄灯:我怎样写作〈大地上的亲人〉》,《关东学刊》2019年第3期。
[②] 〔美〕尼尔·波兹曼:《娱乐至死》,章艳译,广西师范大学出版社2004年版,第132—133页。

公路、河流和驿道上寻找当年西南联大师生的身影,而是希望借助这次重走,将历史之思、旅行之感和田野调查的诸多发现,聚合成一个丰富的文本呈现给读者。为了让读者相信自己的所叙之事,在具体的叙事过程中,作者巧妙地插入大量的文献记录、研究著述,以及当年"联大人"的各种日记、信札、回忆录等资料,使作品具有更强的实证性和说服力。

  在此,我们不妨分析一下非虚构写作中经常运用的"田野调查"。"田野调查"是社会学、人类学、民俗学等学科研究常用的一种研究方法,也叫实地调查或现场观察。具体而言,是研究者需要亲自到研究对象的所在地域,观察社会结构、生活方式、文化习俗等,通过必要的手段进行有效的沟通和交流,寻访到研究对象真实的内心感受和想法。它的要义有二:一是要观察敏锐,能够入木三分,透过现象看本质;二是要谙熟交流技巧,在寻访沟通过程中,彻底打开当事人的心扉,了解当事人内心的真实感受和想法。所以我们看到,像《重走》和《张医生与王医生》的作者,都曾从事新闻工作,其作品中的田野调查之采访,也显然尤为真切,能够很自然地敲开当事人的内心世界。李娟在写作"牧场"系列时,干脆住进了北疆哈萨克牧民扎克拜妈妈家,跟随他们放牧,并记录他们不断转场的游牧生活。这种亲历性的田野调查,无论观察还是交流,自然都可以获取最真实的第一手材料。

  梁鸿的"梁庄"系列也主要是借助了田野调查的方法,通过大量的实地考察和采访,重构了叙事的真实性和可信度。其中,作为寻访者,作者为了获得当事人的各种真实想法,不断调整自己的姿态,有时甚至不得不违背对当事人的承诺,将当事人不愿公之于众的隐秘想法也表达出来。当然,这也是为了更有力地传达自己的判断和思考,使叙事拥有更坚实的说服力。有学者就注意到,"梁庄"系列中的"我"承担了多种角色。"不是单数而是复数,同时扮演三种角色:努力还原乡村生态的记录者、远离故土的'返乡'者和用现代意识审视农村的启蒙者。前者要求理性克制的'零度叙事',第二种身份裹挟着厚重的温情和淡淡的哀伤,而后者不禁要发出鲁迅'铁屋子'式的呐喊。在'叙述者''返乡者'和'批判者'

这三种身份焦灼中，文本形成了现实、回忆和学理之间的张力结构。"①无论是哪种身份，从本质上说，都使作者从田野调查中获得了重要的可信性思考。也正因如此，"梁庄"系列才能在读者中获得巨大的信任。"梁鸿用新的姿态（融入而非旁观）、新的形式（纪实而非虚构）、新的语言（豫中方言而非普通话）、新的材料（访谈而非杂闻）表达乡土的生存困境，叙事视野无限敞开，层层剥离乡村真相。'梁庄'的文本是开放的，读者能以主体身份无障碍介入。那些因求学和工作等原因远离故土的人群，因具有类似生存经验而更易获得心灵共鸣和震撼，他们不禁会产生幻觉：梁庄就是自己的村庄。"②如果我们再看看薛海翔的《长河逐日》、阿来的《瞻对》、陈福民的《北纬四十度》，同样也可以看到田野调查的重要作用。

除了田野调查，日记书信、原始图片、有关报刊资料等，在非虚构写作中的作用也大体如此。《张医生与王医生》的作者不仅采访了数十人，还广泛征用了旧报纸、老照片、建筑废墟与口述回忆等内容。王小妮的《上课记》里也大量择用了学生的课堂创作、电子邮件、学生的演讲稿、问卷调查、短信等，以此呈现学生真实的内心世界。黄灯的《我的二本学生》也不时地借助学生作业、试卷中的问题回答作为分析和判断的材料。至于王树增的《抗日战争》《解放战争》等作品，更是大量征用当时的电报、新闻报道、战况报告等原始记录，以此分析战事发展和战略谋划之得失。换言之，非虚构写作在叙事方法上的跨界性，就是充分利用一些科学研究的实证性方法，有效巩固叙事的真实性，使所叙之事获得读者的高度认同。

新世纪以来的非虚构写作，无论是在作者的主体意图上、作品内在的主题意蕴上，还是作品的叙事方法上，无疑都体现了跨界性的特征。这种跨界性，带着突出的理性、专业的思维特征，不仅推动了当代文学在文类形态上的开放，而且为当代作家更深、更广地介入生活提供了广阔的空间，对当代文学的发展无疑具有重要的引鉴意义。尤其是在信息媒介高度发达的今天，媒介不再是一种单纯的传播和交流工具，它已深刻地影响甚至改

---

① 蒋进国：《非虚构写作：直面多重危机的文体变革》，《当代文坛》2012年第3期。
② 蒋进国：《非虚构写作：直面多重危机的文体变革》，《当代文坛》2012年第3期。

变我们的思维方式、生存方式乃至生存观念,并使文学表达形式也产生了诸多变化,形成了文学性的蔓延。所以我们看到,非虚构写作如今也不再局限于文学创作,而是不断地进入新的文艺领域,形成了诸多别有意味的文艺形态。"以影视政论片(报告文学与媒介的联姻)、传记文学电影(传记文学与媒介的联姻)、纪实专题片(纪实文学与媒介联姻)、纪录片(非虚构文学与媒介联姻)等为代表的非虚构文学大众传播媒介化后,在文本的宽度和深度方面都有了拓展,在作者创作和读者接受方面也都创新了。"[①] 这些丰富独特的文艺形态,经常被人们视为非虚构写作的拓展和延伸,其实这也从另一个侧面体现了非虚构写作在跨界性上的重要价值。

(《中国现代文学研究丛刊》2022 年第 10 期)

[①] 刘浏:《中国非虚构文学的流变与转向》,《东吴学术》2018 年第 4 期。

论非虚构写作的历史意识

无论是聚焦现实，还是反思历史，从创作主体的内在动机上看，非虚构写作孜孜以求的真实，绝非只是单纯地呈现事实，还原真相，而是隐含了写作者强烈的见证意愿与反思意图，带有明确的历史意识。这种历史意识，既体现了作家承传历史和建构历史的潜在动机，也表明了他们试图通过过去阐释现在的主体自觉。因为"历史意识是将时间经验通过回忆转化为生活实践导向的精神（包括情感和认知的、审美的、道德的、无意识的和有意识的）活动的总和"[①]。凭借历史意识，人类可以从不同维度认识到自身变迁的内在逻辑，从而将历史理解为一种具有内在关联的连续性发展过程。当然，就文学创作而言，历史意识主要体现在创作主体的审美意愿及其传达方式中，它不是"历史的"，而是"历史地"，是主体意识正在进行着的实践导向活动。我们只有立足于具体的文本，才能辨析其中的丰富内涵。

非虚构写作的最大特点，无疑就是创作主体带着明确的主观意图和表达策略展开叙事行动。作者写什么和不写什么，包括如何写，都会在叙事过程中有所交代，带有"元叙事"的特征。在具体创作中，创作主体的在场性、亲历性和见证性不言自明——作者常常置身于叙事现场，不仅充当故事中的重要人物，而且负责叙事材料的组织和协调。他们或查找史料，辨析史实；或实地勘察，田野调查；或亲自寻访，口述实录；或细心观察，全程记录。即使偶有虚构，也是细节上的经验性复原，或者是对现实进行必然性的推断。作者自身的所见所闻、所感所思，常常清晰地呈现在文本

[①]〔德〕约恩·吕森：《历史思考的新途径》，綦甲福、来炯译，上海人民出版社2005年版，第63页。

中。无论是现实类作品,如《张医生与王医生》《野地灵光:我住精神病院的日子》《梁庄十年》《我的二本学生》,还是历史类作品,如《重走:在公路、河流和驿道上寻找西南联大》《北纬四十度》《瞻对:两百年康巴传奇》《长河逐日》等,这一点都非常明确。因此,探讨非虚构写作的历史意识,并非难事。关键在于,这种历史意识不同于史学意义上科学化、理性化的历史之识,而是以审美的方式渗透到具体的文学叙事中。纵观近些年的非虚构写作,历史意识突出地表现为以下几个方面。

首先,它体现在写作者明确的历史视野上。在近年来的非虚构写作中,无论是书写现实还是重述记忆,作家都带着明确的历史眼光,试图在历史的坐标系统中定位叙述对象,并致力于从不同的时空维度来梳理笔下的故事。譬如在《野地灵光》中,李兰妮就选择了一南一北两所精神病医院作为考察和记录精神病群体的目标:一是广州精神病院,二是北京大学第六医院。通过在这两所精神病院里亲历体验,作者如实记录了各种精神病人的生命形态,包括发病情形、治疗状态及其引发的有关社会伦理问题。一方面,她从医疗史的维度,依托两所医院的前世今生,简要梳理了中国精神病学的发展概况,包括1898年由传教士在广州芳村建立的第一家精神病专科医院广州惠爱医院,以及许英魁、沈渔邨等中国精神病学奠基人和开拓者;另一方面,她又从精神病的认知角度,呈现了人类关于精神疾病的研究史,并为人们普及了各种精神病症候如强迫障碍、儿童精神障碍、梦魇障碍、自恋性人格障碍、焦虑障碍等,以及脑电地形图、DEP(介电电泳)、神经成像、脑监测、脑深部刺激术等治疗方式。同时,她还从个体生命史上,着力叙述了一些典型的精神病案例,并兼及了凡·高、尼采、荷尔德林、伍尔夫、牛顿、贝多芬、陀思妥耶夫斯基等世界文化名流的精神病史。这种多维度的历史聚焦,既展示了作家非常宽广且颇具专业性的历史视野,也使该书在某种意义上带有精神病之百科全书的意味。

蒋韵的《北方厨房》也是如此。作者曾坦言,尽管她自己是一个食物链非常窄的人,但她还是"写了一个微不足道的家庭,一个小小家族'吃'的简史。类似社会学的田野调查,为大历史做个人化的注解"。正是这种"为大历史做个人化的注解"的目标,驱动了作家不仅将各种食物放到人类饮食史之中,还放到大自然的变迁史之中,进行一种人类学和社会学的演进性考察。在人类饮食史上,作者频繁引用萨瓦兰的《好吃的哲学》、邓士玮的《食货志》等史料,演绎人类食物的变化。在人与自然的关系史上,作者则对人类的舌头进行了现代性的理性思辨:"我们所拥有的这条好舌头,这条精密的、敏感的、优秀的同时又是邪恶的、贪婪的、永无餍足的利器,吃遍天下无敌手。万物被它戕害,奄奄一息。"在个体的饮食史上,从奶奶到母亲再到自己,一代代人的厨房里,也出现了各不相同的食物。这些不同维度的历史视野,共同附着在家庭厨房的变化之中,由此形成了特殊的历史意识。在《重走》中,杨潇的历史视野同样辐射到多个记忆的维度,包括西南地区诸多抗战历史,西南地区的地理人文景观史,湘黔滇的民间生活风俗史,以及闻一多等诸多师生的历史评价,等等。也就是说,"重走"只是作者出发的一个理由,或者说叙事的一条主线,而该书所呈现出来的,则是"湘黔滇旅行团"曾经走过的一千六百多公里途中各种丰富复杂的人文画卷。如果我们再看看《我的二本学生》中对于很多学生作业的记录、家庭生活的追述,《张医生与王医生》中关于张晓刚和王平两个医生家族史、个人成长史的叙述,都可发现写作者多元的历史观察方式和多维的历史视野。

可以说,在非虚构写作中,创作主体常常集合了个体生存的微观史、社会发展的宏观史、日常生活的风俗史,以及某些专业内部的发展史等不同层面的历史信息。这些信息,既体现了作者观察事物的灵活姿态,也展示了他们从不同的历史维度切入叙事目标的意愿,在宏阔的历史视野中,呈现了创作主体自觉的历史意识。

其次,它体现在作者明确的见证意图上。所谓见证,就是主体在场的一种经验性叙述,隐含了作者为历史存真的潜在意图。这种意图主要是以亲历性的经验,为历史记忆提供某种定位。因为"没有经验,我们就无法获得素材来证明和定位现在,也无法建立证明现在的坐标系。基于这种关系,经验变成我们能够阅读、想象和感知的东西,这与记忆有关,而记忆与当事人在现场摄取信息的感官有关。若此,我们可以看到整个信息来源的线索,即由感官摄取—记忆—经验—经验被组织成论证现在的坐标系,这个过程就是历史意识发挥作用的领域"①。在《梁庄十年》的后记中，梁鸿就说道："中国当代村庄仍在动荡之中，或改造，或衰败，或消失，而更重要的是，随着村庄的改变，数千年以来的中国文化形态、性格形态及情感生成形态也在发生变化。我想以'梁庄'为样本，做持续的观察，十年，二十年，三十年，直到我个人去世，这样下来，几十年下来，就会成为一个相对完整的'村庄志'，以记录时代内部的种种变迁。"②唯因如此，作者再度讲述了那些曾在自己笔下出现过的梁庄人物，尤其是他们在此后十年的种种变化，有的人衣锦还乡，有的人不再归来，有的人继续漂泊，有的人则离别人世。"梁庄的新房在不断增加，老房也迟迟不愿离场。它们以日落西山的姿势顽强地支撑，几面破败的山墙，一段残垣，腐朽断裂的屋架，点缀着梁庄的风景。"③如果这些老房子就是一种负载着经验的记忆，那么恰恰是它们构成了对梁庄历史的存真。

在《旷野无人》中，李兰妮也由衷地说道，她的使命就是，"老老实实把心得写出来"，"目的是，让后来的人活得更健康、更平安"。④由是我们看到，那里有如花似玉的青春少女、智商超群的清华男孩、不谙世事的年幼儿童、满脸疲惫的中年人士、饱受沧桑的怪癖老人……不同的人生，不同的经历，却有着相同的内心磨难。每一个病人背后，都是一段曲折坎坷的命运，小到男女情感、家庭关系及代际纠葛，大到职场竞争、社会环境和世俗伦理的冲突。他们是一群特殊的生命体，以丧失所有尊严为代价，折射了时代、社会和家庭中存在的各种隐秘的痼疾。这些痼疾，通过不同个体的生命史，为时代留下了一份沉重的记忆。蒋韵的《北方的厨房》围绕着一个家庭三代人的食物，鲜活地呈现了家族史、文化史和社会史。民以食为天。厨房是家族血脉的存续之地，也是家庭伦理的聚合纽带，更是生命记忆的隐秘之处。它承载了地域文化的印痕，又刻录了时代变迁

---

① 陈新：《历史意识引导我们以过去定位现在》，《社会科学报》2018年8月16日。
② 梁鸿：《梁庄十年》，上海三联书店2021年版，第233页。
③ 梁鸿：《梁庄十年》，上海三联书店2021年版，第30—31页。
④ 李兰妮：《旷野无人：一个抑郁症患者的精神档案》，人民文学出版社2008年版，第368—369页。

的轨迹。在蒋韵的笔下，炸酱面、肉丁馒头、"假鱼肚"、"瓜菜代"、"蒸菜莽"、"炸菜角"、"黄蘑饺子"、"不烂子"等，这些具象化的食物，既体现了北方人的文化情趣和精神性格，也浸润了孔氏家族对家国、历史、生命、自然的深切体认。

伊险峰和杨樱的《张医生与王医生》则充分利用作者与主人公张晓刚、王平之间的同学关系，通过大量的直接对话，口述实录般呈现了他们的家族记忆史、个人成长经历，以及他们在当前医疗管理体制中的种种际遇。无论是张晓刚还是王平，作为沈阳重工业基地的大厂后代，他们艰难地完成了自我身份的转变和社会阶层的跃迁，步入令人羡慕的专家之列。但作为纽带性人物的作者，在叙述他们的成长经历时，常常会抓住一些重要的事件或言语，将之纳入各种社会学理论中进行分析，试图以学者的眼光重构某种历史认知，尤其是对东北自 20 世纪 90 年代以来的巨大变化的解析。如王平在参加"好大夫"活动中赢得巨大声誉之后，内心便出现了某种变化。"他在考虑人脉。给什么人看病，建立什么样的社会网络，这很重要。社会文明进步是从传统的'熟人社会'升级为'陌生人社会'，但对于个人来说，尤其是中国来说，个人进步是把'陌生人社会'变回'熟人社会'。"[1]尽管这种个人分析并不一定科学，但从整体上看，作者无疑是想通过这两个医生的拼搏经历和作者自己的阐释，为沈阳乃至东北的社会经济、生存秩序及伦理变化，提供一种经验性和亲历性的实例。因此，通过见证式的叙述，为历史存留记忆和经验，是非虚构作家历史意识的自觉，并非无意识的顺带之为。

最后，它还体现在写作者对记忆的纠偏性思考上。从某种程度上说，"真相"是作者和读者对于非虚构写作的共同期待，尽管这种真相只是创作主体的个人认知和判断，未必具有史学意义的科学性，但并不影响人们信奉它。在追求"真相"的过程中，当然也有作者"希望通过这种写作，在历史学领域为文学赢取她应有的光荣与尊重"[2]，但事实上，无论是在

---

[1] 伊险峰、杨樱：《张医生与王医生》，上海文汇出版社 2021 年版，第 515 页。
[2] 陈福民：《北纬四十度》，上海文艺出版社 2021 年版，"自序"，第 4 页。

材料的发掘和拼接上，还是在作者思想情感的统摄上，非虚构写作都会对一些既定现实保持警惕，着力呈现各种非惯性的、特殊的现象和看法，并在历史意识上明确地表达创作主体对于记忆的纠偏意图。譬如《我的二本学生》中，作者黄灯就全力聚焦于那些具有表征意义的学生，通过一个个年轻生命的艰难抗争，从家庭背景、生活境况和学习特点等方面，重写了广东作为改革开放前沿、经济发达地区的另一些不为人知的生活，展示了"贫穷的大多数"以及当下高等教育的某些潜在问题。

在《北纬四十度》中，作者陈福民开篇就说道，北纬四十度是一条神奇的纬线，神奇之处不仅在于在这一纬度上发生了各种大大小小的决定民族命运之战的历史巧合，还在于它是划分中原定居民族与游牧民族的界线。围绕这条特殊的界线，南北双方争战不断，但也带来了不同文明的频繁碰撞和交流。事实上，陈福民更想强调的，就是不同民族之间相互交流和融会的发展过程，包括赵武灵王推行"胡服骑射"、试图移风易俗，匈奴后裔刘渊对中原汉文化的自觉吸纳，等等。对于一些重要的人物个案，如卫青、霍去病、李广等人，作者也毫不含糊地表达了自己独特的反思，甚至对司马迁将卫青、霍去病列入《佞幸列传》耿耿于怀。立足于"北纬四十度"这一特殊界线，我们可以看到纵贯全书的核心思想，绝非南北中国的对抗性历史，而是不同文化经过几千年的互融互构，早已血脉相通。

杨潇的《重走》也并不只是对"湘黔滇旅行团"的一次实地重走，而是试图寻找各种真相，"匡正"更多的历史记忆。譬如，在对长沙临时大学的考察中，作者就通过实地勘察和寻访见证人，重现了临时大学异常艰难的教学情形，虽然那里有燕卜荪和金岳霖谈论维特根斯坦的小阳台，但燕卜荪在开设"英国诗""莎士比亚"等课程时，连教材都没有，只能凭借自己的记忆背诵并书写在黑板上，然后进行讲解。即便如此，学生热情依然不减，不断拥挤着围观这位剑桥诗人的风采。在重走的过程中，作者一方面沿着旅行团当初行走的路线，亲身体验旅行团当初长途跋涉的感受；另一方面又探访每一处的地方志办公室、寻找当地的存活者，再现旅行团师生们的千难万险，同时还着力叙述了一些地方令人担忧的生活现状。所以读《重走》，我们未必能看到对重要史实的纠正，但大量的细节内部，都体现了作者纠偏和重构历史的意图，包括长沙临大搬迁的内部分歧、旅行团与海路西迁的费用比较、各地政府接待旅行团的方式，以及旅行团团长黄师岳、大管家黄钰生等人的鲜活形象，都不同于一些既定的历史认知。

对历史记忆或既定历史共识的纠偏，当然只是我选择的一种中性表述。事实上，在非虚构写作中，既有对记忆的揭秘式书写，如赵瑜的《寻找巴金的黛莉》、薛海翔的《长河逐日》、卢一萍的《祭奠阿里》等，又有对历史进行翻案的努力，如阿来的《瞻对：两百年康巴传奇》。这种"还原真相"的自觉行动，在本质上都体现了作家的历史担当和使命意识，也折射了创作主体对历史进行再发现和再思考的热情与潜能。

中国传统的知识结构，是一个文史不分的独特体系。它既带来了文与史的互融互构，也强化了人们的历史意识。从文学史中我们便会看到，即使是"虚构性写作"，在很长一段时间内，也常常被归入杂史或野史，具有史的性质和史的价值。如唐代刘知幾在《史通》中就言道，"偏记、小说，自成一家。而能与正史参行，其所由来尚矣"[1]。明代胡应麟在《少室山房笔丛》里也强调，"小说，子书流也，然谈说理道或近于经，又有类注疏者；纪述事迹或通于史，又有类志传者"[2]。这种泛历史意识渗透在种种知识结构和文化观念之中，一直深深地影响了中国作家的创作。"叙事性非虚构文学就是一种策略，它让我们相信我们正在体验现实，但实际上，它却赋予了我们一种超越现实的能力。"[3]细而辨之，这种超越现实的能力之一，就在于它们总是以这样或那样的方式，深深嵌入历史之中，体现出作家极为复杂的历史意识。

（《探索与争鸣》2022年第3期）

---

[1] 〔唐〕刘知幾、〔清〕章学诚撰：《史通·文史通义》，岳麓书社1993年版，第95页。

[2] 〔明〕胡应麟：《少室山房笔丛》，上海书店出版社2001年版，第283页。

[3] 〔美〕杰克·哈特：《故事技巧：叙事性非虚构文学写作指南》，叶青、曾轶峰译，中国人民大学出版社2012年版，第40页。

非虚构写作中的事实与观念

与其他领域相比,非虚构写作在文学中尤显特别。因为在文学创作中,虚构也是一种合理的存在,有时甚至比非虚构显得更为重要;而在历史、新闻、社会学等领域,严格地说,并不存在虚构性写作,所以非虚构是它的必然属性。有趣的是,近些年来,文学中的非虚构写作逐渐成为历史、新闻、社会学等领域共同热议的话题,似乎它给人们提供了一种别样的"真实"。我认为,主要缘由可能有二。一是由非虚构所指陈的真实,在仿真、人工智能等技术主义的冲击下,变得越来越难以确定,人们有必要站在学科的本质属性上重申真实的意义。二是文学本身所拥有的跨界特性,正在以非虚构写作的方式戴上真实的面具,不断渗透到历史、新闻和社会学等领域,成为它们"旁证"的手段。

第一个缘由相对复杂,因为以人类现有技术的发展态势,技术几乎可以颠覆人们对于真实的所有感知方式,并使本体论意义上的真实变得越来越难以自证,所以我们暂且不论。在此,我们重点讨论第二个缘由,即文学中的非虚构写作对于真实的建构。抛开广义上的"虚构类"和"非虚构类"出版物划分标准,非虚构写作其实就是源于文学创作中的一种叙事策略,用以区别虚构类写作。我曾在有关文章中重点讨论了非虚构写作作为一种叙事策略的动机和方法,并认为它是基于创作主体观念的事实性书写,即表面上它们全力呈现的都是各种事实,但实质上,这些事实均是作家所见所闻之后的观念之推销,也就是说,是经过创作主体的情感和思想过滤之后并带着既定观念的"事实"。——当然,所有的事实都是被表述者过滤后的事实。《史记》也是经过司马迁的思想和情感过滤后的产物;新闻里的特写、社会学的调查报告,同样也是经过作者思想和情感过滤后的产物。只不过，这些事实在表达的过程中，都剔除了作者的主体痕迹。过滤后的事实，同样也体现了某种真实。

正是在这个意义上，非虚构写作对于真实的建构，才会不断地延伸到其他人文领域，成为大家共同关注的目标。譬如，在历史类题材的非虚构写作中，就有大量的历史事件调查、历史记忆重述，以及各种口述史写作，颇受历史研究者青睐。像王树增的《长征》《抗日战争》《解放战争》，李辉的《封面中国》，阿来的《瞻对：两百年康巴传奇》，万方的《你和我》，等等，都是以文学的方式，通过重新发掘、口述实录、理性辨析大量史料，对历史进行了别有意味的重新解读。它们是典型的文学创作，但又具有一定的史学价值。在现实类题材的非虚构写作中，这类情况也很普遍。梁鸿的《中国在梁庄》《出梁庄记》《梁庄十年》，黄灯的《大地上的亲人》，王月鹏的《拆迁笔记》，彼得·海斯勒的《江城》《寻路中国》，等等，既是耐人寻味的文学作品，又触及一些现代社会问题，从而引起了新闻、社会学研究者的关注。

历史、新闻和社会学之所以关注非虚构写作，是因为它们都倚重于事实，并且这些事实在各自的领域中都存在着密切的关联。但非虚构写作又迥异于史学、新闻和社会学，这主要表现在它们对事实的选择和处理的方式截然不同。也就是说，区别不在于事实本身，而在于写作者对事实进行"过滤"的方式。不同的"过滤"方式，不仅会影响到事实如何被表述，还会影响到事实在真实意义上的效度。

在历史、新闻和社会学等领域中，受专业属性的要求，所有的事实通常只是研究对象，作者的理性辨析和逻辑推衍占有绝对的统治地位，情感只能处于被屏蔽的状态，或者说仅仅处于极为次要的地位。换言之，作者在"过滤"事实时，是基于写作主体对事实的梳理、分析、推导和判断的，追求的是专业上的科学、严谨、客观和公正。人们总是在发现一堆史料之后，再进行历史评析；得知业已发生的各种社会事件之后，才会去追踪新闻；必须立足于大量的社会田野调查，才能分析有关社会问题。他们是对事实进行定量和定性的专业处理，即使带有写作主体的情感倾向，也都受到极为严格的控制。

文学中的非虚构写作就不同了。它是一种充满了个人化、具象化和情感化的创作，不需要遵从严谨、科学和客观的写作规则，创作主体对事实的甄选和调配是多方位、多焦点、无处不在的，而且作者的主观情感全程参与所有事实的过滤，甚至情感参与的强度要远高于理性辨析。这既是文学属性使然，也是非虚构写作的特殊魅力所在。刘勰在《文心雕龙·熔裁》中说："草创鸿笔，先标三准：履端于始，则设情以位体；举正于中，则酌事以取类；归余于终，则撮辞以举要。"[①] 如果我们将这种炼辞达意的"熔裁"过程视为作者对事实的过滤，那么，我们就有理由相信，在非虚构写作中，写作者的主体情感占有极为重要的地位。很多时候我们甚至可以说，是情感驱动作者寻找和提炼事实。像万方的《你和我》、黄灯的《大地上的亲人》、阿来的《瞻对：两百年康巴传奇》等，所叙之人、事与作者都有着千丝万缕的联系，这才促使作者去主动寻找事实。这也印证了朱光潜所言："一切艺术都是抒情的，都必须表现出一种心灵上的感触，显著的如喜、怒、爱、恶、哀、愁等情绪，微妙的如兴奋、颓唐、忧郁、宁静以及种种不易名状的飘来忽去的心境。……不表现任何情致的文字就不算是文学作品。"[②] 创作主体的情感驱动、参与所有事实的"过滤"及表达，是非虚构写作的重要特质之一。

所以在非虚构写作中，作者的身影总是无处不在、无时不在，拥有绝对的叙事权力。他们是事实的见证者、调配者、发布者和阐释者，也是自我情感的抒写者。但是，我们也必须意识到，有什么样的观念，就会产生什么样的情感，情感的背后往往渗透着相对明确的价值立场和观念。因此，非虚构写作中的主体情感，在本质上也折射了主体的观念。我曾在有关文章中表示，非虚构写作就是一种观念性的写作，或者说是一种"载道式"文学——所载之"道"，当然是创作主体的内心之道。这也意味着，它对真实的追求，是一种相对明确的主观真实，是作者借助于事实的选择和表达，传达自己内心真实的观念。

如果我们将非虚构写作与虚构性写作进行比较，会发现一个更为耐人

---

① 周振甫：《文心雕龙今译》，中华书局1986年版，第293页。
② 朱光潜：《谈文学》，安徽教育出版社1996年版，第111页。

寻味的问题。众所周知，在虚构性的小说创作中，叙事必然受到叙述视角、人物身份、事件发展的内在逻辑等元素制约，作者需要调动一切经验和常识，确保叙事令人信服，即略萨所说的说服力。在略萨看来，"针对现实世界应该自己当家做主。当小说中发生的一切让我们感觉这是根据小说内部结构的运行而不是外部某个意志的强加命令发生的，我们越是觉得小说更加独立自主了，它的说服力就越大。当一部小说给我们的印象是它已经自给自足、已经从真正的现实里解放出来、自身已经包含存在所需要的一切的时候，那它就已经拥有了最大的说服力"①。略萨的这段话道出了小说叙事的逻辑内核——当故事在作者想象力的驱动下沿着各种"可能性"生长时，作者应该保持叙事的自主性，使叙事遵从叙述视角的限制，符合人物的身份，故事情节的变化拥有坚实的逻辑关系，只有这样，才能达到艺术上的真实。否则，就会导致阅读接受上的"隔膜"，令人难以信服。

这也就是说，虚构性创作一般要求叙事尽可能摆脱创作主体观念的干扰，但非虚构写作在很多时候是在彰显创作主体的观念。这是一个重要的区别。它表明非虚构写作对真实的维护要简单一些，因为在具体写作过程中，作者就是整个叙事的指挥员，他既不需要精心设计视角，也不需要塑造立体化的人物形象，更不需要对故事情节发展的逻辑性负责。唯因如此，我们看到，大量非虚构作品在呈现事实的过程中，都会直接表达"我"的情感倾向，"我"的价值判断，"我"的思想辨析。至于笔下的各种人物，作者大多让他们以片面化、场景化的方式自由出入叙事结构，并不注重人物形象的丰富性和隐喻性。至于故事情节，则多半以碎片化、片段性的拼接来处理，很少有内在逻辑上的关联。

我们当然有理由相信，非虚构写作的这种叙事处理，看起来没有虚构性写作更有难度，但它更好地维护了叙事的真实，因为现实生活本身并不存在严密的逻辑关系，也不存在非常明确的理性意义。尤其是日常生活，通常被人们视为烦琐无奇、微不足道、无关紧要的生存模式，具有重复性、

---

① 〔秘鲁〕马里奥·巴尔加斯·略萨：《给青年小说家的信》，赵德明译，上海译文出版社2004年版，第29页。

情绪性和自然生成性等特征。"日常把它自身提呈为一个难题,一个矛盾,一个悖论:它既是普普通通的,又是超凡脱俗的;既是自我显明的,又是云山雾罩的;既是众所周知的,又是无人知晓的;既是昭然若揭的,又是迷雾重重的。"① 所以,无论是梁鸿的《中国在梁庄》《出梁庄记》《梁庄十年》,还是彼得·海斯勒的《江城》《寻路中国》,都是一些以作者个人感受为主线、相对碎片化的作品。它们之所以让我们在接受过程中备感亲切,是因为它们所呈现的"事实"犹如我们每日所见的日常生活本身。

从接受角度来看,虽然非虚构写作是一种明确的观念性写作,但是这些观念并不过度追求奇异、独特,而是隐含在作者强烈的主体情感之中,使情感和观念融为一体。读者常常在作者情感的夹裹之下,不自觉地接受了作者的观念。这种融入了共情效果的观念性叙事,很容易使叙事带给人们某种真实的感受。譬如,在历史类题材写作中,作者主要选择自己非常熟悉的历史事件或人物,进行探秘式的档案查阅、实地勘察、当事人口述实录等,再结合个人的主观情感和价值判断,对所述历史进行重新评判,但创作主体的强烈情感始终贯穿于叙事之中,从而使读者在阅读过程中很自然地接受了作者对"历史真相"的揭秘与反思。像阿来的《瞻对》、万方的《你和我》、薛海翔的《长河逐日》等,都是如此。

在现实生存的书写方面,写作者大多聚焦于普通百姓的日常生活困境,从世俗欲望、伦理纠葛、社会矛盾等方面展开事实调查和呈现,作者的观念始终浸润在充满体恤的情感之中,使读者在各种带有亲缘性伦理的体恤之中,默认了创作主体的观念和立场,也使叙事由此获得了一种真实的力量。例如:梁鸿的"梁庄"系列、黄灯的《大地上的亲人》等,都是着力展示乡土农民寻求生活梦想的坎坷经历,折射了创作主体对于底层生存群体的体恤与关怀;薛舒的《远去的人》、李兰妮的《旷野无人:一个抑郁症患者的精神档案》等,则直面患阿尔茨海默病、抑郁症等疾病的群体,以见证实录的方式,呈现出生命在特殊疾病中的生存形态,体恤之中又有

---

① 〔英〕本·海默尔:《日常生活与文化理论导论》,王志宏译,商务印书馆2008年版,第30页。

揭秘的意味。

总之,作为一种观念性写作,非虚构写作正是借助各种高效的共情方式,将创作主体过滤后的事实展现为一种鲜活的真实。但这种真实,其实仍然是一种艺术上的真实,有别于科学意义上的客观真实。

(《探索与争鸣》2021 年第 8 期)

非虚构：如何张扬"真实"

近些年来，非虚构写作一直热闹非凡。不仅很多重要文学期刊都开辟了非虚构作品专栏，而且一些高校的"创意写作"课程的核心内容也多半与非虚构写作有关，包括选题策划、材料搜集、表达技巧、代入感等。学界对此更是争论不休，或褒或贬，都倾心尽力。说实话，我也比较喜欢非虚构，读过不少这类作品，并多次参加讨论，但每次都意犹未尽。不错，非虚构作品通常叙述视角单一，结构也不复杂，基本上遵循线性发展的故事走向，审美价值上的不足几乎显而易见。但是，非虚构作品所隐含的诸多"跨界性"优点，包括它所承载的大量丰富的社会历史信息，也是不容忽视的。尤其是非虚构写作中所隐藏的一些叙事策略，更加值得我们深入辨析。

所谓叙事策略，主要是指作者为了实现自己的叙述理想，在具体叙事中所动用的一些基本手段，包括题材选择、整体结构布局、择取和使用资料的方法、创作主体的身份处理等。譬如在虚构类写作中，作者常常借助强劲的艺术想象，重构各种经验化和现实性的生存场景；或借助时空的变形处理，展示各种架空或穿越的奇幻生活；或发挥各种超验性的思维，再现人类隐秘而繁杂的精神图景。只要在审美接受上不被人们所拒斥，一切皆为合理。但在非虚构写作中，"真实性"是一个不可动摇的信念。为了有效抵达这种"真实"，如何保持叙事的合法性和合理性，则成为首要问题。因此，在非虚构写作中，几乎所有作者都会采取"元叙事"的策略，创作主体带着天然的合法性身份，置身于叙事现场。他们一方面不停地张罗人物的进出、材料的调配、现场的呈现、叙事的连贯；另一方面还巧妙地传达叙事的主题、自我的价值立场，以及个人的感受与思考。可以说，在非虚构写作中，作者以一种无所不包的叙事方式，致力于满足主题性、目的性和统一性的诸多叙事要求。

这种让创作主体置身于现场的元叙事策略，当然不同于影视制作中仿真式的现场重建，而是新闻报道式的实况记录。它们要么让作家行走在每个事件的现场，主动参与事件中有关人物的互动，并直接呈现叙事对象的真实感受；要么通过史料发掘式的超时空对话，对一些历史既定观念进行重新辨析，或对史实重新归并和呈现。像薛海翔的《长河逐日》，就是以一个儿子多年后的四处寻访，不断重构父亲郭永绵和母亲薛联的成长经历和革命记忆。在序言中，作者就明确了自己的写作动机和调查方式。作者沿着父亲的早年生活，奔赴马来西亚的太平监狱，寻访父亲的生活经历，甚至意外发现了父亲作为养子的身份。接着，作者又辗转到江苏省涟水县普安集镇，还原了母亲的早年生活和成长历程。在父母人生的每一个重要居住地，作者都进行了实地考察、史料搜集，或将现场实景与父母的回忆进行对照，或通过史料记载再现当年的境况，然后以一种无可辩驳的真实性，呈现了父辈们坎坷而又曲折的人生经历，也传达了作者对父母内心世界的深度探秘。

就文学创作而言，元叙事的主要目的，就是让作者在叙事过程中明确告诉读者："我想写什么"和"我为什么这么写"。它以创作主体的坦诚和率真，不断传达作者渴望在叙事中实现的一些设想。即使是单纯的历史类非虚构写作，作者也会选择这种元叙事策略。如王树增的《抗日战争》中，作者就不断穿梭于历史内外，不时表达自己对这场战争的认识和思考。在他看来，任何真实与不真实都是相对的。他表示，他的真实只有一个原则，那么就是对这场战争认知的原则。对这场战争，他有一个基本的看法，这场战争是全民族的抗战。这是一个前提，认识这场战争最好是要抛弃对党派之争的偏见，抗日战争是一个民族受到外来异族侵略之后第一次全民的，各个阶层的，全民族的抗争。不然没办法解释这场战争最终的胜利。他认为，抗日战争不同于中国这块土地上发生的所有的战争，只有站在这个角度上来观察你的史料，才能基本上掌握到历史的大势。我们无意于深究他的各种判断，从他在叙事过程中无处不在的"言说"，我们不仅看到创作主体东奔西突的身影、纵横捭阖的历史视野，以及对材料的辨析态度，还可以发现他在不同阶层、不同党派,以及不同个体的史料呈现中所拥有的洞察力和思考力。这也使我们在读这部作品时,总是感觉作者既是现场播音员,又是解说员和事件评论员。或许只有非常理性的读者,才有可能跳出作者的情感与思想控制。

与元叙事策略遥相呼应的,是非虚构写作对叙事对象的"揭秘式"处理。当然,这种揭秘式的处理策略,不是为了猎奇,而是为了还原作者所认定的事实真相。它和元叙事策略一样,都是为了最大程度地维护叙事的真实性。无论是书写现实还是寻访历史,非虚构写作都会表现出"揭秘性"的审美趣味,似乎真相只存在于作者的笔下,其他现象或事实都具有遮蔽性。这种追求,虽然也隐含了某些历史认知的局限,但就审美效果而言,倒是提供了一个非常有意味的价值参照。譬如,前些年极度畅销的《明朝那些事儿》,主要就是借助作者对历史人物的诡术与权术的演绎,在所谓的历史揭秘中,吸引了众多读者的眼球。周国平当年影响甚巨的《妞妞:一个父亲的札记》,则是通过对早夭女儿的深情回忆,从妻子怀孕开始,不断质询女儿患上绝症的每一种可能性,揭秘之中又夹杂着各种怀疑、反思和幽怨。薛海翔的《长河逐日》也是带着明确的家族史揭秘意味,体现了作者叩问命运的冲动。王月鹏创作《拆迁笔记》,则以一个拆迁参与者的身份,置身于整个拆迁过程,不无感伤地叙述了一个拥有六百年历史、九百二十户人家的村子被夷为废墟的故事。在那个叫望庄的村子里,搬迁工作组已经进驻两个月了,大多数居民同意搬迁,但是没有一户搬走。于是,综合协调组、入户动员组、丈量评估组、治安及信息组、机动策应组、拆迁清运组、选房安置组、补偿结算组等八个专项工作组开始紧密配合,各司其职,又环环相扣,巧妙地利用各种政策手段,或诱之以利,或威之以法,最终将钉子户彻底拔除。它既揭示了那些训练有素、身经百战的拆迁干部极为娴熟的谈判手段,又展示了那些村民慌不择路却又精于盘算的心理。

在非虚构写作中,对揭秘式处理策略的普遍运用,一方面体现为作者对历史或事实真相的寻访与还原,另一方面则体现为作者对某些非理性生命状态的探讨。这方面,最具典型意义的,可能是那些有关精神类疾病的书写,像薛舒的《远去的人》和钟文音的《舍不得不见你》等,都是如此。在技术主义一路高歌的今天,我们对人类的疾病似乎有了更多的理性认知,但在有些疾病面前,又显得无所适从,像抑郁症、阿尔茨海默病等,它既是生理的,又是心理的,隐藏着诸多非理性的复杂信息。在这类疾病面前,除了长久陪伴和小心翼翼地呵护,我们别无选择。在《舍不得不见你》中,钟文音就以一种哀婉无助的语调,细述了母亲失智之后的各种生命情状。她有言语,却没有记忆;她有情感,却感受不到亲情;她能够行动,却无法控制自己的行为。很多时候,"母亲的语言像刀子,一丢过来就杀得你尸横遍野"。作为女儿,作者一次次试图唤醒母亲的内心记忆和母爱,也一次次试图揭开这种病症的内部肌理,但最后都无功而返。无论怎样精心的护理,无论寻求怎样的医术,都无法获得母爱的呼应,这种令人心碎的陪伴,既表达作者内心亲情撕裂后的疼痛,也体现了人类面对这种深渊般疾病的绝望。

薛舒的《远去的人》也是如此。只不过她记录的对象是自己的父亲。在长达三年的陪伴中,她眼睁睁地看着患上阿尔茨海默病的父亲,一步步走向彻底的、不留余地的自我遗忘。从最初的出门办事却空手回家,到后来偶然找不到回家的路,再到公然妄断相濡以沫了数十年的老伴有生活作风问题,父亲渐渐地变得奇怪而又陌生:"大脑对外界的信息亦已不再接收,原本存在于记忆库的物事,如同一页满负着主人大半辈子的书写和涂鸦的纸张,正遭遇一块强悍的橡皮擦,纸上的字迹和画痕正被迅速擦去,很快,它将变成一张消退了每一丝痕迹的白纸,这张回归到如婴儿眼睛般纯洁和天真的白纸,却因岁月侵蚀而显浑身褶皱,并且支离破碎……"[①] 面对这个无奈的现实,作者开始了漫长的陪伴、救治和探秘。当然,所谓揭秘,只是作者对这种特殊病相的呈现,即一种疾病档案史意义上的特别记录。这让我想起多年前李兰妮的《旷野无人:一个抑郁症患者的精神档案》。在这部非虚构作品里,李兰妮无数次写到自己不可遏止的自杀冲动。譬如看到一把水果刀,作者就会产生强烈的自杀冲动,甚至情不自禁地拿起它在自己的身体上比画;切开自己的血脉后,她会冷静地看着血液从手臂上奔流的状态;见到高楼,她总是摆脱不了从楼顶纵身一跃的渴望。这类非虚构作品之所以拥有

---

① 薛舒:《远去的人》,《收获》2014年第4期。

揭秘式的意味,就在于它们在面对各种不可逆的生命情状时,为人们提供了鲜活、丰富、怪异而又真实的生命档案。它们揭开了某些生命的内在秘密,却无法用理性和科学来解释这种人生的惨淡。

为了强化非虚构写作对"真实性"的张扬,写作者还会动用各种必要的虚构手段。应该说,局部虚构处理,是所有叙事都绕不过的,也不会对非虚构的整体构成挑战。但在非虚构写作中,虚构的实质是一种写实性的还原。它必须立足于人类共有的经验和常识,再对历史记忆或某些现场进行合理的想象性重建。因为真实的现场感,是作者思想伸展的实证性依据。为此,非虚构写作在细节上充分发挥作者的想象,最大程度上体现现场感,确保作者的所有主观思考能够随现场而产生。如唐朝晖的《折扇——最后一位女书自然传人》,就是通过对湖南省江永县上江圩镇最后一位女书自然传人何艳新老人的寻访,呈现了中国大地上极为罕见的女书文化。用作者的话说,"女书,一个美丽的梦,一条婉转、风流的河,暗暗地流落在树林最底部,随根流浪在大地深处"①,"这里的女性,有自己的节日。每个村子里,都有不错的女书学人,她们是当地的君子女,替女性们写信,传情达意,为不识女书字的妇女唱读姊妹写来的书信"②。带着这种充满诗意的眼光,作者对女书所涉及的建筑、女书字、女书歌、《三朝书》、《结交书》、老庚、庙宇、女红等,均以想象的笔触进行了细腻的描绘,仿佛作者在深情地抚摸与女书有关的每一个物件,鲜活地演绎了中国传统乡村女性生命的内在律动,也饱含着作者对底层女性命运的体恤之情。

这种虚构性的细部处理策略,无疑也是非虚构作品彰显审美意味的重要方式。可以说,没有这些细节的虚构,没有必要的经验性想象和补充,叙事就很难实现艺术上的鲜活和生动,也很难击中读者的内在情感。乔阳的《在雪山和雪山之间》之所以让人读来流连忘返,一方面因为她所叙述的是三江并流的西南横断山区,是洁白而苍茫的梅里雪山,是雪山之中的

---

① 唐朝晖:《回到民间社会生态》(引言),《折扇——最后一位女书自然传人》,北京十月文艺出版社2016年版,第2页。

② 唐朝晖:《折扇——最后一位女书自然传人》,北京十月文艺出版社2016年版,第5页。

云天变幻与雷声轰鸣；但另一方面也因为作者超越了普通游客的观察姿态，是"看到花，后来看到树和灌丛，再后来看到苔藓地衣，看到森林、昆虫与飞鸟"的关联性想象。别人看到的只是风景，但乔阳看到的是构成风景的石头、溪流、植物、牲畜、风、光、土等。作者不断走近它们、细察它们、亲抚它们，并将它们融入自我的生命体悟之中，然后再现它们灵性般的光泽。"大地上每一轮植物在重新开始的那一个春天死去，或者又重新站立好姿态，活泼泼地开始前行，我们一样。天地没有涯际，我要走在更广阔和更本质的方向。""风从峡谷里起来的时间，也是在两三点之后，早上峡谷吸取阳光的热量，一切逐渐升腾，上升的气流到了最高的极限，饱满和虚空同时存在，生成了风。风忙忙碌碌，它是喜欢平衡的事物。"这类叙述遍布作品，并非修辞意义上的拟人，而是作者赋予了它们以生命的执着、玄秘和幽深，使它们变得独一无二，又奇谲无常。

非虚构写作在细节上的虚构处理，既是叙事艺术的基本要求，也是创作主体置身于现场叙事的重要体现。因为想象源于作者，融入了作者内心的情感取向与艺术感受，拥有突出的"共情"特征，所以它是强化叙事代入感的一种途径。如在叙述那张钟南山深夜乘坐高铁奔赴武汉的照片时，熊育群就如此写道："大地震动，空气呼叫。老人在打盹时也无法放松，他的嘴角越弯越深，即使睡意蒙眬，他的心里也充满着忧伤，他感觉到前方低低压过来的乌云。"应该说，这是一张让无数人为之动容的照片，照片中的老人充满疲惫之态，却又异常坚定。作者正是借助必要的想象，将自己的情感融入其中，重现了钟南山临危受命的心绪。它是虚构的，却又是写实的，并在"共情"的层面强化了叙事的代入感。

无论是元叙事策略、揭秘式叙事处理，还是细节上的虚构处理，从本质上说，都是为了彰显非虚构写作在叙事上的"真实性"，努力使叙事成为一种无可辩驳的事实，并引导读者进入叙事现场，通过情感共振的方式，积极分享创作主体的价值观念和理性思考。尽管这种"真实"充满了个人色彩，远离了本体意义上的客观性，但在仿真技术四处招摇的时代，依然有着特殊的魅力。

（《文艺争鸣》2021年第4期）

多维的透视

第三辑

作家与作品

余华论

从1983年发表处女作《第一宿舍》开始，余华的创作生涯迄今已有三十余年。纵观余华的创作轨迹，我们会发现，有一种极为尖锐的冲突始终盘桓在余华的内心，那就是如何处理异常复杂的现实生活经验及其内在逻辑。为此，他曾不断地调整自己的叙事策略和表达方式，试图找到一条适合自己的表达途径，但最终仍无法与现实彻底达成和解。余华自己也坦承，长期以来，他的作品"都是源于和现实的那一层紧张关系"①。这种"紧张关系"，一方面说明他非常关注现实，渴望以强劲的叙事手段，击穿某些现实的本质，但另一方面，他又不愿意在具体创作中时时忍受现实经验与逻辑的摆布。

这种自我纠结的心理，使他在不同的人生阶段选择了处理现实的不同方式，也使他的创作呈现出颇不相同的几个阶段。应该说，在1986年之前，余华像很多作家一样，并没有对现实感到"紧张"，他一直老老实实地遵循着现实主义的叙事方式，创作了《第一宿舍》《星星》《鸽子，鸽子》等九篇小说。但是，从1987年的《十八岁出门远行》开始，他便以先锋实验的方式，果断拒绝了任何现实生活经验及其逻辑的规约，试图以明确的主观真实，全面重构自己的艺术世界。1990年之后，随着《在细雨中呼喊》（发表时名为《细雨与呼喊》）和《活着》《许三观卖血记》等长篇的问世，他似乎又回到现实生活经验的轨道上，倾力探讨现实伦理中的个体生存及其命运真相。2005年之后，他又通过《兄弟》《第七天》

---

① 余华：《活着》（第3版），作家出版社2012年版，"中文版自序"，第1页。

等作品，以黑色幽默的方式，向现实生活及其内在经验发出了绝望的反抗和解构。

面对余华创作的这些变化，大多数学者常常以"创作转型"概而述之，虽也能说明问题，但我们认为，这并不能从本质上有效揭示余华创作的精神轨迹。因此，围绕余华创作与现实之间的关系，进行系统性的梳理与深究，或许可以更清晰地呈现余华创作的内在特质。

一

对于每一位从事虚构性写作的作家来说，现实生活（包括历史）及其内在的逻辑经验，都是一个绕不过的障碍。这种障碍，主要体现在"如何表达"上，即作家应该选择怎样一种表达策略，较好地传达创作主体对现实生活（包括历史）的洞见，并呈现自身完整的艺术世界和审美风格。在实际创作中，很多作家一旦找到了如何处理写作与历史和现实的关系时，基本上不会再进行重大的改变，而只是在局部叙事上进行微调。如贾平凹的创作，从《小月前本》《浮躁》一直到《秦腔》《老生》，都是依附于现实生活的经验常识，只是在一些情节中进行局部的变形处理。莫言从《红高粱》开始，便确立了自己对历史与现实的民间化、神魔化的表达策略，一直到《蛙》都没有出现太大的变化。王安忆、韩少功的创作中，虽也有少量作品试图颠覆现实经验与逻辑，但总体而言，他们的创作仍然遵循了现实自身的经验和逻辑。即使是像马原、洪峰等先锋作家，在经历了各种主观化的形式实验之后，在后来的创作中也都逐渐向现实经验靠拢。但余华的创作，一直处在变化和调整之中，而且有些转变带有颠覆性的意味。这无疑折射出余华在不同的人生阶段对现实和艺术的不同理解。这正是余华创作的特殊之处。

余华早期发表的九部短篇小说，即《第一宿舍》《"威尼斯"牙齿店》《鸽子，鸽子》《甜甜的葡萄》《星星》《竹女》《月亮照着你，月亮照着我》《老师》《男儿有泪不轻弹》等，在当时还颇有影响。像《男儿有泪不轻弹》，成功塑造了一个年轻的充满反叛精神的改革派厂长，是改革文学中颇为独特的一部作品，被收入当时浙江青年小说家作品集。《星星》则获得了《北京文学》1984年度优秀作品奖,余华也因此从武源镇卫生院调入海盐县文化馆,结束了自己长达五年的牙医生涯。但是,这些作品迄今未收录到余华的任何作品集,余华在各种场合也极少提及,除非在谈到自己的创作经历时,他才会偶尔提到刊于《北京文学》的《星星》。余华之所以不愿提及这些作品,主要是因为他认为这些早期的习作并不能代表自己的个人风格,也未能体现其审美理想。事实也是如此。这一时期,余华并没有意识到现实生活经验及其内在逻辑的重要,也不太清楚自己的创作与现实之间到底应该保持怎样一种关系。所以,这些小说与现实生活之间基本保持了同步姿态,并且与当时的文坛创作构成了紧密的呼应。

余华真正觉醒始于1986年。在经历了数年的写作训练,同时又阅读了一大批域外现代主义作品之后,余华逐渐意识到将现实经验和生活常识用于小说叙事并不可靠,也明白了源于现实的经验和逻辑对于创作的潜在规约。在他看来,"这种经验使人们沦陷在缺乏想象的环境里,使人们对事物的判断总是实事求是地进行着"①。于是,他果断地抛弃了遵循生活真实的叙事原则,彻底摆脱了现实经验和常识的羁绊,开始尝试"面对天空"的、主观化的自由书写,发表了一大批极具先锋性质的实验作品,包括《十八岁出门远行》《西北风呼啸的中午》《四月三日事件》《难逃劫数》《世事如烟》《古典爱情》《河边的错误》《死亡叙述》《现实一种》《此文献给少女杨柳》等中、短篇小说,共计十六部。通过这种颠覆性的写作,余华奠定了自己作为当代先锋作家的文坛地位。

认真地审视这一时期的余华创作,我们会发现,他对现实经验和生活常识的反抗手段并不复杂,只是从逻辑上斩断了人类赖以生存和认知的理性链条。也就是说,余华首先是以破除理性逻辑的合法性,通过大力彰显非理性的生活现状来建构自己的艺术世界的。众所周知,人们的很多生活经验和常识,都是基于理性的认知,也是源于逻辑上的推断,并由此构成我们生活中的"铁律"。但是,人类又时时面临非理性的袭扰,不断体现

---

① 余华:《虚伪的作品》,见洪治纲编:《余华研究资料》,天津人民出版社2007年版,第47页。

出自身作为动物的各种本能。这些非理性的真实存在,既是复杂人性的重要景观,又是人们自启蒙以来不断探究的核心问题,它可以随时随地践踏或颠覆人类的理性世界,使我们对人类自身的认知永难穷尽。余华选择非理性的生活作为突破口,从本质上说,就是要借助大量的、无法理喻的生命状态,破解人类通过理性建构的世界是多么脆弱,又是多么不可靠。所以,这些中短篇小说里,处处充满了错位、荒诞、冷漠和无所适从。很多故事的发展都没有因果关系;一个个暴力和血腥事件,常常源于人物非理性的冲动;大量人物命运的前后变化,也找不到内在的逻辑依据。这也说明,余华已完全抛开了现实的逻辑关系和种种经验,以强烈的主观真实,在自己的虚构世界里肆意狂奔。

在这个非理性的艺术世界里,我们看到,《十八岁出门远行》里那个翩翩少年,带着对外面世界的无限遐想,满怀信心地行走在异地他乡,结果却被卷入一场车祸中,无所适从。他以人间应有的伦理和经验,极力维护卡车司机的那车苹果,最终却被司机所抛弃。《西北风呼啸的中午》里,"我"被一个彪形大汉从温暖的床上拖进凛冽的寒风中,为一位素不相识的"朋友"奔丧。在奔丧过程中,"我"不仅要为死者守灵,还不得不承诺替死者母亲尽孝。《死亡叙述》中,身为卡车司机的"我",因为撞死了乡村少年并逃离现场而备受内心折磨,多年后又遭遇车祸,"我"这次便抱着受害女孩寻求帮助,不料女孩的家人却毫不含糊地用各种农具将"我"打死。《鲜血梅花》中,手无缚鸡之力的少年阮海阔,在母亲的授意下,不得不背上那把绝世宝剑,踏上了为武林高手父亲报仇雪恨的征程。《古典爱情》中,进京赶考的柳生,与小姐惠一见钟情,无奈科举失利,返乡途中又知小姐病逝,遂在小姐荒冢边建屋相守,不料小姐竟死而复生,最后又因柳生掘坟而无法生还,仿佛是一个传统才子佳人典故的穿越式改编。在这些作品中,我们看到,小说的主人公所碰到的,仿佛都是些心志不健全的精神病患者,所以他们无一例外地总是遭受着各种匪夷所思的灾难或冲击。

余华之所以"一直是以敌视的态度看待现实",最大的原因就是现实无法满足余华内心表达的自由。"当我们就事论事地描述某一事件时,我们往往只能获得事件的外貌,而对其内在的广阔含义则昏睡不醒。这种就事论事的写作态度窒息了作家应有的才华，使我们的世界充满了房屋、街道这类实在的事物，我们无法明白有关世界的语言和结构。我们的想象力会在一只茶杯面前忍气吞声。"① 正因如此，"当我发现以往那种就事论事的写作态度只能导致表面的真实以后，我就必须去寻找新的表达方式。寻找的结果使我不再忠诚于所描绘事物的形态，我开始使用一种虚伪的形式。这种形式背离了现状世界提供给我的秩序和逻辑，然而却使我自由地接近了真实"②。尽管余华将这种非理性的叙事方式定义为"虚伪的形式"，但是为了让这种"虚伪的形式"能够适应人们的接受思维，余华还是动用了两种极为特殊的叙事符号，一是神秘的预言，二是疯子。这两种符号都脱离了理性的轨道，但又是现实生活中真实存在的，在人们的经验里并不陌生，但它们的各种表现是人们永远也无法根据经验可以做出判断的。所以，在余华这一时期的小说中，各种神秘的预言，算命先生、老中医之类的人物，总是频繁地穿梭在故事之中，引导故事向各种不可知的方向飞速发展。像《世事如烟》中的算命先生，不仅左右了整个小镇人物的生与死，还为了获取长寿的精气，不断强暴年幼的少女，使很多小镇人物都处在无法把握的灾难之中。在《命中注定》中，事业有成的刘冬生，意外得知自己的好友、暴发户陈雷被人谋杀于汪家旧宅，这使他自然而然地想起三十年前的某个黄昏，他和陈雷在这座旧宅前玩耍时，曾数次听到空无一人的旧宅里传出"救命"的叫喊，似乎是这些类似于阴魂的叫喊，在三十年后夺走了陈雷的生命。《难逃劫数》里，那个神秘的老中医从看到英俊的东山第一眼时，便预感到了灾难的来临。由此，在情欲的引导下，东山与露珠、广佛与彩蝶、森林与妻子，开始不断地陷入各种灾难，丧命的丧命，致残的致残……无论是神秘、宿命，还是血腥的暴力冲动，这些故事的发展和变化，很少有必然的逻辑关系，也无法用正常的价值体系来评判，它们的最终目标都很明确，就是最大限度地满足作家在不可知论的原野上四

---

① 余华：《虚伪的作品》，见洪治纲编：《余华研究资料》，天津人民出版社 2007 年版，第 48 页。

② 余华：《虚伪的作品》，见洪治纲编：《余华研究资料》，天津人民出版社 2007 年版，第 48 页。

处奔走。

疯子是非理性的代名词，也是很多先锋作家常用的一种符号，苏童、格非的早期作品中都常常出现。在余华的《一九八六年》《河边的错误》及《四月三日事件》等作品中，主人公都是些理性缺席的疯子，所以他们的一言一行都不存在现实规范的制约，完全是一种动物本性的肆意流淌。无论是《一九八六年》中的疯子不断地在自己身上表演历史酷刑，还是《河边的错误》中疯子的四处杀人，包括《四月三日事件》中那个迫害狂患者对周遭人群的恐惧判断，都充满了残忍、暴烈和血腥的气息。即使是《现实一种》中的兄弟自相残杀，在本质上也是一种丧失了任何理性的疯子行为。

这种摆脱了理性制约的叙事，一方面使余华尽情地享受着自己笔下的暴力景观和征服欲望所带来的无限快意，享受着突破一切现实秩序羁绊之后的天马行空式的自由表达；另一方面，也不时让他被自己笔下的各种血腥气息弄得心惊肉跳，甚至噩梦连连。"写《现实一种》的时候，是我写作生涯最残忍的时候，我印象很深，那里面杀了好几个人，还有《河边的错误》《一九八六年》。我印象中那个时候写了一堆的中短篇小说里杀了十多个还是三十多个，那个时候不知道为什么就不能摆脱自己一写小说就要杀人，必定里边有人死亡，最后是我自己都受不了了，晚上净做这种梦，不是我在杀人就是别人来杀我，有一个梦里我在被公安局通缉，我东躲西藏，醒来是一身冷汗，心想还好是梦。"[1]十多年之后，当余华再次回忆这段写作经历时，还对这种写作感受记忆犹新。这也隐含了这种写作策略，对余华而言并不具备可持续性和恒定性的意味。

二

一直沉醉在非理性的世界里"杀人放火"的余华，在承受了无数噩梦的折磨之后，开始自觉地调整自己的叙述策略。从 1991 到 1995 年，在短

---

[1] 余华：《说话》，春风文艺出版社 2002 年版，第 97 页。

短的四年里,余华相继推出了三部长篇,即《在细雨中呼喊》《活着》和《许三观卖血记》,同时还发表了一系列短篇小说,包括《吵架》《女人的胜利》《蹦蹦跳跳的游戏》《黄昏里的男孩》《在桥上》《空中爆炸》《阑尾》《他们的儿子》《我没有自己的名字》等。在这些作品中,余华果断地告别了有关非理性世界的建构,舍弃了那些人物的动物性虐杀、自残或暴力胁迫,开始与现实生活和人生经验"握手言和"。针对这些作品,有些评论家就曾指出,这是先锋的撤退,标志着余华创作开始向传统妥协。对此,余华毫不含糊地回答道:"一成不变的作家只会快速奔向坟墓,我们面对的是一个捉摸不定与喜新厌旧的时代,事实让我们看到一个严格遵循自己理论写作的作家是多么可怕,而作家源源不断的生命力在于经常的朝三暮四。"[①]余华的这段话虽然有一种"狡辩"的意味,但他毕竟以作品证明了自我"转身"的重要意义。这些作品,尤其是三部长篇小说,又一次震动了当代文坛,并进一步奠定了余华的文坛地位。据不完全统计,迄今为止,《活着》发行了五百多万册,《许三观卖血记》发行了一百多万册,《在细雨中呼喊》发行了五十多万册,这个庞大销量的背后,已隐约透露了这些作品的经典魅力。

或许我们有理由相信,20世纪90年代的余华毕竟已渐入中年,随着生活阅历的增加,他更加深切地理解了生活背后的诸多况味,并渐渐走向了成熟。但事实可能没有那么简单。一个成熟且风格鲜明的作家,如此果断地放弃原有的叙事策略,开始以全新的方式面对以后的创作之路,无疑有着更为内在的复杂因素。余华曾进行过这样的自我分析:"我沉湎于想象之中,又被现实紧紧控制,我明确感受着自我的分裂,我无法使自己变得纯粹,我曾经希望自己成为一位童话作家,要不就是一位实实在在作品的拥有者,如果我能够成为这两者中的任何一个,我想我内心的痛苦将轻微很多,可是与此同时我的力量也会削弱很多。"[②]从这段话里,可以看到余华的内心里,其实一直存在着"想象与现实"的

[①] 余华:《温暖和百感交集的旅程》,作家出版社2013年版,第146页。
[②] 余华:《活着》(第3版),作家出版社2012年版,"中文版自序",第1—2页。

尖锐冲突，而且这种冲突已让他觉得无法变成一个纯粹的作家。同时，这段话也反映了余华在艺术理想上的某种觉醒。一方面，他希望通过天马行空式的想象，建构一种不受现实经验和逻辑制约的世界，并使这个世界能够传达作家对于现实人生和人性存在的认知力量，但结果他又不得不通过一个个非理性的世界呈现出生活的各种"特例"，无法有效激发理性社会的震动；另一方面，他又不愿意沉迷于现实经验之中，因为"作家要表达与之朝夕相处的现实，他常常会感到难以承受，蜂拥而来的现实几乎都在诉说着丑恶和阴险，怪就怪在这里，为什么丑恶的事物总是在身边，而美好的事物却远在海角"[①]。这是一种耐人寻味的困惑。相比那些全身心拥抱现实经验的作家来说，余华的内心纠结虽很真诚，却又有些难以理喻。究其因，我们以为，余华在骨子里还是无法放弃文学的使命意识和伦理关怀，也无法逃离自己对现实表达的欲念，无法摒弃文学在社会认知功能上的内在"力度"。

事实上，只要认真审视余华早期的先锋创作，我们也不难发现他对现实的某种深度关切。像《一九八六年》，虽然余华选择了一个疯子的自残行为来展示人们对于暴力和血腥的亢奋，对于苦难历史和不幸命运的冷漠。但是，从疯子的经历中，我们可以洞悉余华对于历史的深度反思，尤其是对于人们如此迅速遗忘那段历史的愤怒。类似的作品还有《偶然事件》《夏季台风》《战栗》等。这也意味着，余华并没有真正地拒绝过现实，更没有遗忘文学应向人们传递有关人性、人道和命运的关怀。当他选择以"虚伪的形式"来展示自己的艺术理想时，虽然可以任意主宰笔下人物的行为和命运，但终究无法传达作家对现实生活及人生命运的真实看法。为此，余华不得不调整叙事策略，开始寻找一种新的方式，既能维护自我内心的自由，保障想象力的延伸空间，又能够传达创作主体对现实生活和人生命运的理解与关切。

在这种艰难的抉择中，余华巧妙地绕开了对现实生活的直接表达，而是选择了记忆作为迈向现实的通道。为什么选择记忆？因为记忆是通往现

---

① 余华：《活着》（第3版），作家出版社2012年版，"中文版自序"，第2页。

实的一座天然的桥梁,它盘桓在每个人的内心世界,立足于当下的现实,却又不断伸向遥远的时空。记忆的独特之处,在于它本质上仍然是一种主观的内心真实,因为每个个体的激活方式不同,记忆随时会发生扭曲、变形或重组,"这过去的现实虽然充满了魅力,可它已经蒙上了一层虚幻的色彩,那里面塞满了个人想象和个人理解"[1]。因此,对于记忆的书写,从某种意义上说,也是一种主观叙事,只不过,它将必须依赖于现实的经验和逻辑。用余华自己的话说,"回忆的动人之处就在于可以重新选择,可以将那些毫无关联的往事重新组合起来,从而获得了全新的过去,而且还可以不断地更换自己的组合,以求获得不一样的经历"[2]。于是,从《在细雨中呼喊》开始,余华便动用了一种面向记忆的叙事方式,以一种充满人道伦理和悲悯情怀的审美基调,呈现了创作主体对于历史、命运和人性的理解。

回忆总是温暖的。哪怕那些往事充满了苦涩、屈辱和辛酸,当它们成为一片片被不断激活的碎片,并在当下的心境中被选择、重组和整合,也都会变得栩栩如生。在《在细雨中呼喊》里,我们看到,小说从一开始就将叙事拖入遥远的恐惧之夜:"1965年的时候,一个孩子开始了对黑夜不可名状的恐惧。我回想起了那个细雨飘扬的夜晚,当时我已经睡了,我是那么地小巧,就像玩具似的被放在床上。……一个女人哭泣般的呼喊声从远处传来,嘶哑的声音在当初寂静无比的黑夜里突然响起,使我此刻回想中的童年颤抖不已。"[3] 接着,一个现在的声音迅速出现:"现在我能够意识到当初自己惊恐的原因,那就是我一直没有听到一个出来回答的声音。再也没有比孤独的无依无靠的呼喊声更让人战栗了,在雨中空旷的黑夜里。"[4] 一种绝望的呼喊声在阒无人寂的黑夜里长啸,却没有任何人间的回应,这种孤独和凄凉的生存境域,恰恰笼罩了"我"的整个成长历程。换句话说,余华从小说的开篇就采用了一种具有隐喻性的叙事手法,将孙光林推向了恐惧与绝望的深渊。他无力把握,也无法把握,但是又必须把

---

[1] 余华:《活着》(第3版),作家出版社2012年版,"中文版自序",第2页。
[2] 余华:《在细雨中呼喊》,作家出版社2013年版,"意大利文版自序",第5页。
[3] 余华:《在细雨中呼喊》,作家出版社2013年版,第2页。
[4] 余华:《在细雨中呼喊》,作家出版社2013年版,第3页。

握。他没有自我保护的能力，又无法从亲情和友情中获得保护自我的力量，因此，他只能在一次次的战栗中走向孤独，又在孤独中陷入更深的战栗。

当然，并不只是孙光林一个人在承受这种成长的苦难。可以说，他们这一代人都在无序成长中共同承受着这份成长的艰辛。爱的严重缺席、伦理体系的空前衰落、道德管束的彻底丧失，使得从南门到孙荡的中国乡村社会，充满了某种无序的疯癫状态，人们常常以最原始的行为行走在现实的角角落落，伤害与被伤害成为日常生活中最具活力的成分。导致的结果便是，少不更事的孙光林与现实之间的逐渐游离和隔膜，幼小的心灵被迫反复承受着现实风浪的击打而又孤立无助。然而，这部小说的情感基调却并不冷漠和血腥，相反，它在淡淡的忧伤之中，始终饱含着异常坚实的温情，甚至连那些幽默也洋溢着某些温馨的气息，犹如余华自己所言，"当这些结束以后，惊奇和恐惧也就转化成了幽默和甜蜜"①。

这种将苦难和辛酸转化为甜蜜和温馨的记忆式书写，在《活着》中再一次得到全面的体现。当"那个会讲荤故事会唱酸曲"的、年轻的民间歌谣收集者，在田间意外地碰到福贵老人时，我们便看到，随着福贵叙述的开始，一种空旷的回忆渐渐呈现在眼前，无数的往事像天边的驼影，绵延不绝地显现出清晰的面容。而福贵作为记忆的亲历者，却始终以一种异常平静的语调，打捞自己的人生，抚摸沧桑的命运。从青年时的玩世不恭和吃喝嫖赌，到战场上的九死一生和顽强求活，从儿子有庆的懂事和早夭，到妻子的病痛与逝世，从女儿的难产死亡到女婿的病故、外孙的意外夭折，直到如今与这头老牛相依为命，福贵在复述这些人生的灾难时，没有愤怒，没有凄绝，却处处充满了血缘的亲情，家庭的温情。诚如美国《时代》周刊所言："当这部沉重的小说结束时，活着的意志，是福贵身上唯一不能被剥夺走的东西。"②福贵是不是英雄，或许并不重要，重要的是，在福贵回望自己长达六十多年的人生经历时，无论是历史的劫难还是现实的不幸，都获得了清晰的呈现，并且折射了余华对

---

① 余华：《在细雨中呼喊》，作家出版社2013年版，"意大利文版自序"，第4页。
② 余华：《活着》（第3版），作家出版社2012年版，第185页。

历史与命运的双重思考。同时，在福贵的叙述中，记忆总是在不断地跳跃和重组，最终从福贵的口中流淌出来，却变得异常温馨和宽广，用余华自己的话说，"当福贵从自己的角度出发，来讲述自己的一生时，他苦难的经历里立刻充满了幸福和欢乐，他相信自己的妻子是世上最好的妻子，他相信自己的子女也是世上最好的子女，还有他的女婿他的外孙，还有那头也叫福贵的老牛"①。这正是回忆的动人之处，也是余华选择记忆向现实进发的重要缘由。

在《许三观卖血记》里，余华依然延续了这一叙事策略。小说虽然没有明确地体现当下的叙事时间，但回忆依然是它的主调，"它的节奏是回忆的速度……作者在这里虚构的只是两个人的历史，而试图唤起的是更多人的记忆"②。从许三观第一次跟着龙根卖血开始，作者便沿着时间的线性发展，呈现了许三观卖血的一生。于是，我们看到，身为普通的父亲，许三观在小说中总共卖了十二次血，但是其中有七次卖血，都是为了让他"戴绿帽子"的一乐。许三观并不是一个高尚的人，妻子许玉兰与何小勇偷情，让他极为恼怒，除了暴力和冷暴力惩罚，他还通过卖血得来的钱去勾引女同事，以此寻求自我的心理平衡。但是，当一乐以及一乐的生父何小勇面临死亡的威胁时，他还是下意识地挺起身来，给予了他们应有的帮助。许三观看起来是个浑身沾满了小市民气息的人，但是他的内心始终保有作为父亲的某种担当。别有意味的是，当叙述者在讲述许三观卖血的故事时，他显然充分利用了记忆的选择和重组的功能，并且在重组过程中，每一次都能够将苦难迅速地转化为快乐和幽默，从而使这部作品在呈现命运不幸的同时，又洋溢着喜剧性的审美格调。

在每个人的内心世界里，回忆都是一首无言的歌，却又蕴藏着无数条通往现实的路径。"一个偶然被唤醒的记忆，就像是小小的牡丹花一样，可以覆盖浩浩荡荡的天下事。"③余华在摆脱了纯粹的主观、非理性的叙事之后，通过对记忆的激活和重组，开始在理性的层面上不断逼近历史和

---

① 余华：《活着》（第3版），作家出版社2012年版，"麦田新版自序"，第16页。
② 余华：《许三观卖血记》，作家出版社2013年版，"中文版（再版）自序"，第2页。
③ 余华：《在细雨中呼喊》，作家出版社2013年版，"韩文版自序"，第7页。

现实,并试图对人性和命运进行叩问与质询,这折射了余华对历史和现实的介入姿态。所以在这个阶段,余华的很多小说在主题上都充满了抗争性,无论是《活着》《在细雨中呼喊》里对绝望命运的执着抗争,还是《许三观卖血记》《他们的儿子》等作品中对各种不幸的顽强对抗,都体现了他在这一时期的文学观念和艺术追求,也体现了他对历史和社会积极介入后的某些思考。

三

在 20 世纪 90 年代前期,余华的小说创作一直保持着良好的势头,除了三部长篇,他还发表了不少短篇小说。但是,从 1996 年开始,应《读书》时任主编汪晖之约,余华逐渐转向随笔创作,并在《读书》《收获》等杂志开设了有关读书和音乐方面的专栏。这些随笔同样在读者中引起了较大反响,以至于余华很长一段时间都沉迷于此,无法回到虚构性的小说叙事中。不过,在创作随笔的这段时间里,余华也获得了不少新的感悟和思考。一方面,他通过对大量优秀作品(包括音乐)的重新解读,对经典艺术又有了更新更深的理解,特别是对一些作家在表达现实时所动用的叙事策略,有着更为全面的认识。这一点,在《强劲的想象产生事实》《文学中的现实》《长篇小说的写作》等随笔中,余华都十分坦承地做了交代。另一方面,余华在这段时间里还常常奔走于国内外,通过广泛的交流,大大加深了对中国社会的认识。他曾多次强调,1990 年之后中国社会的变化之快之大,着实令人目不暇接。"前些年我经常出国,坐在晚餐的桌前和外国人聊天,我会说起过去中国的故事,也会说到现在中国正在发生的故事,所有的外国人都是目瞪口呆,他们无法相信我一个人有这样绝然不同的经历,因为他们是在一个渐变的环境里走过来的,而我们这一代人是在裂变中经历过来的。"① 面对如此繁富而驳杂的中国现实,余华的内心

---

① 洪治纲、余华:《回到现实,回到存在——关于长篇小说〈兄弟〉的对话》,《南方文坛》2006 年第 3 期。

也有了更多的表现欲望。

不过，作为一个拥有多年创作经验的作家，在进一步强化了经典阅读的思考之后，当余华再来审视中国这些年来翻天覆地的变化时，他所看到的，显然不是一般意义上的物质繁荣或欲望丛生之类的社会表象，而是被物质消费主义高度扭曲了的一个个普通人的生存镜像。在余华看来，人们对欲望和金钱进行疯狂追逐的激情，与20世纪所彰显出来的革命豪情，几乎没有太大的差别。他们喧嚣、盲从，轻松地践踏一些道德底线，不择手段地追求自我满足。这种集体性的疯癫，不仅导致"忽悠""山寨"四处流行，也导致中国社会中的各种差距空前加剧，现代都市与边远乡村的生活几乎形成了天壤之别。所有这些，都引发了余华内心的激烈煎熬和深层思索，并形成了随笔集《十个词汇里的中国》。这是一本极为重要的随笔集，我们甚至认为，要想真正理解余华后期的创作，必须细读《十个词汇里的中国》。它与余华的《兄弟》《第七天》等小说，构成了一种明确的文本互证，袒露了余华再度调整自己叙事策略的内在机缘。

经过数年的经营，余华终于在2005至2006年推出了长篇小说《兄弟》。尽管这部小说因为出版问题而饱受非议，同时还由于某些粗俗的情节而颇受诟病，但是，它在国内迄今已销售百余万册，在海外也备受好评。讨论它的社会反响或许并无太大的意义，我们需要关注的是，与《活着》《许三观卖血记》等长篇相比，余华的创作显然又出现了明显的变化。这种变化集中体现在他对当下现实的正面书写上。如前所述，在《活着》等小说中，余华都是通过个人记忆的不断重组来完成历史和现实的重构，而在《兄弟》中，他将记忆重组与现实书写融成一体，明确地站在当下的社会语境中来呈现"我们刘镇"的传奇。在《十个词汇里的中国》中，余华曾说道，今天的中国，可以说是一个巨大差距的中国。我们仿佛行走在这样的现实里，一边是灯红酒绿，一边是断壁残垣；或者说我们置身在一个奇怪的剧院里，同一个舞台上，半边正在演出喜剧，半边正在演出悲剧。而在《兄弟》里，"差距"同样也成为小说结构的内在框架，并且这种差距以横向和纵向的方式，沿着各自的轨道不断伸展。在纵向的社会发展中，李光头从一个不断被刘镇人羞辱、伤害的少年，一个谁都瞧不起的街头小混混，经过十几年的摸爬打滚，最终竟变成了使用镀金马桶的刘镇首富，而他的兄弟宋钢也在屈辱中慢慢成长，并娶到了刘镇的美女林红。在横向的人物命运变化中，随着中国社会在20世纪八九十年代的变化，李光头在资本积累中越来越富，为所欲为，而兄弟宋钢却一步步沦为四处贩卖假货的小商贩，并最终死于非命。无论是纵向的时代变化，还是横向的命运变化，《兄弟》所体现出来，已不是单纯的人生差距，而是混乱的现实伦理所制造出来的荒诞与理性之间的差距，是欲望的喜剧与人性的悲剧之间的巨大反差。

这种差距，在《第七天》里再一次获得充分的展示，并且直接上升为阳间与阴间的比照。随着杨飞在死后七天里频繁奔波于阳间和阴间，我们看到，余华笔下的现实社会是如此混乱、错位或荒诞不经。从官场的潜规则到商场的欲望交换，从执法者的枉法到受辱者的抗争，从底层"鼠妹"的辛酸爱情到遭遇拆迁后的孤儿漫游，都一一呈现出来。尽管这些现实景象，每天都以社会花边新闻的方式流布于各种媒体，甚至让人们渐趋麻木，但是，当它们集中出现在杨飞的视野中时，仍然给人以强烈的震撼。人们不禁要问：当中国经过三十多年的改革完成了华丽的转身，并以一系列重大举措令世界瞩目之时，当中国的国内生产总值像高速列车一样迅速蹿到世界前列之际，当中国人成为全球奢侈品的消费大国而满脸亢奋之际，中国在实现物质财富巨大飞跃的同时，是否也实现了社会秩序和现代伦理的巨大飞跃？是否也实现了国民的精神素质和灵魂质量的巨大飞跃？意味深长的是，这些现实生活中的荒诞事件，最终都在阴间找到了答案。在"鼠妹"的带领下，杨飞抵达了名为"死无葬身之地"的阴间世界，那里简单、纯朴、和谐、平等、自由，充满了至善至美的人性理想，仿佛一个乌托邦的家园，与诡异的阳间世界形成了绝妙的反差。在那里，所有没有墓地的亡灵都聚集在一起，亡灵们熟知各自生前的遭遇，他们相互调侃，彼此友善，向每一个后来者打听自己死前的境况，同时又以向导般的姿态，为后来者提供一切帮助。这种反差式的叙事，折射了余华内心的焦虑和不满，也传达了他对混乱现实的无奈。

从差距出发，余华不断地呈现了当今现实生活中的各种错位、混乱和荒诞，他的内心饱含了焦灼与疼痛，却又找不到任何疗救的秘方，所以，他只能在叙事上动用反讽与嘲解的方式，对现实进行无奈的解构和嘲讽。当然，对当下现实进行解构性的表达，余华在20世纪90年代的一些短篇小说中，就已经初露端倪。像《女人的胜利》《蹦蹦跳跳的游戏》《在桥上》《空中爆炸》《阑尾》等作品，在表现当时的男女情感或婚姻生活时，都体现了余华对现实人性的无力抗争和冷嘲热讽。现在，无论是《兄弟》还是《第七天》，它们所透露出来的，依然是作家对现实的无奈、反讽和解构。譬如，李光头就是一个非常典型的解构者形象，无论是通过看女人的屁股换取面条，还是在众人面前时常摩擦电线杆，都是为了解构那个禁欲时代的荒诞伦理和人性的扭曲。在《兄弟》下部中，余华对20世纪90年代经济发展和利益驱动所引发的欲望狂潮，更是使尽了力气进行嘲讽和解构，他让李光头赢得了巨大的成功，最终却成为一个自我阉割的孤家寡人。他是一个彻头彻尾的解构者。《第七天》的杨飞也是一个现实伦理的解构者。他从阴间不断地往阳间走，两条铁轨不断地向记忆深处延伸，他不停地返回现实，想要看到什么？他渴望看到现实内部的各种真实景象，即那些被我们日常生活信息所掩盖了的各种真相。遗憾的是，这些真相只有在死者那里才得到印证。这种叙事策略，无疑也体现了作者对现实秩序的一种反讽与解构，背后渗透了余华的某种焦虑、愤懑和无奈之情。早些年，余华曾让福贵、许三观等人物，不断与现实进行抗争，可是十多年以后，余华发现，这个现实依然沉重地摆在我们面前，而且越来越荒诞、越来越不可思议，于是，他开始走向解构和反讽。

值得注意的是，在《兄弟》和《第七天》中，余华依然融入了不少回忆性的叙事。而且，小说一旦进入回忆性的时空，叙事便洋溢着某种人性的温暖、亲情的温暖。在《兄弟》中，宋凡平与李兰结合后，虽然备受人们的羞辱，但他们一家四口始终相亲相爱；宋凡平死于非命后，李兰毅然挑起家庭的重担，给李光头和宋钢两兄弟提供一个温馨的避难所；在李兰遭遇不幸之后，作为孤儿的李光头和宋钢，依然能够在别人的冷眼中相濡以沫地成长。与那个时代众多家庭成员因为政治立场的冲突而相互出卖、彼此伤害相比较，这个家庭充满了爱的力量。《第七天》的杨飞也是如此。作为一个社会底层之人，他无疑是一个巨大的幸运者。从火车上掉下来后，他的母亲不是想把他扔掉，而是像其他母亲一样千方百计地寻找他；被养父捡回来之后,他又被精心抚养,同时还受到邻居阿姨的精心呵护,虽然在成长过程中缺衣少食,但杨飞从未缺爱和关怀,一直到他工作成家,都没有缺少爱的滋养。这些回忆性的叙事,不仅为余华后期的小说增添了浓郁的情感基调,使之闪烁着人性之光,也使它们在现实的批判中,明确地展示了创作主体的价值立场和道德情怀。

我们之所以强调,要想真正理解余华的《兄弟》《第七天》等后期小说,必须阅读他的《十个词汇的中国》,是因为这本随笔集很好地展示了余华对中国现实社会的真切思考和真诚体悟。在这部随笔集里,余华曾这样写道:"这个世界上可能再也没有比疼痛感更容易使人们互相沟通了,因为疼痛感的沟通之路是从人们内心深处延伸出来的。所以,我在本书写下中国的疼痛之时,也写下了自己的疼痛。因为中国的疼痛,也是我个人的疼痛。"[1]的确,当余华借助嘲讽和解构的叙事策略,不断逼近当下的中国现实时,他的内心充满了无奈和伤痛。那是一种对正常人性、人间亲情和人道伦理的召唤,也是对中国社会未来发展的热切期许。"我希望能够在此将当代中国的滔滔不绝,缩写到这十个简单的词汇之中;我希望自己跨越时空的叙述可以将理性的分析、感性的经验和亲切的故事融为一体;我希望自己的努力工作,可以在当代中国翻天覆地的变化和纷乱复杂的社会里,开辟出一条清晰的和非虚构的叙述之路。"[2]沿着这条"清晰的和非虚构的叙述之路",我们看到,余华的思想之箭一直在试图瞄准一个重要的目标——当下的、中国的、现实生存或人性面貌。与此同时,余华又通过虚构的世界,传达了一个作家对这种现实的质询和反思。

从无视现实的反经验性写作到对现实记忆进行经验性重组,再到对混乱现实进行无奈的解构,三十多年一路走来,余华始终在艰难地调整自己的创作路径。这并不是因为他的不成熟或不自信,而是他的精神深处一直承受着现实的折磨。他渴望有效地回应现实的疼痛,写出一部能够体现中

---

[1] 余华:《十个词汇里的中国》,麦田出版社2011年版,第313—314页。
[2] 余华:《十个词汇里的中国》,麦田出版社2011年版,第10页。

国经验的优秀之作,为此,他不得不始终行走在自我超越与反叛的路途上。在中国当代文学中,能够如此自觉、如此勇敢地、如此执着地进行调整的作家,其实并不是很多。

(《中国现代文学研究丛刊》2017年第2期)

寻找诗性的正义

——论余华的《文城》

余华的《文城》是一部怀抱人间、直视苍生的悲怆之作，也是一部标举情义、追击人性的快意之作。表面上看，它是一个关于寻找的故事，叙述了主人公林祥福寻找妻子，寻找一个叫"文城"的南方小镇；而实质上，小说从"寻妻"这个小小的个人意愿出发，让林祥福一步步卷入历史的巨大洪流之中，不仅对命运发出了仰天浩叹，而且对苍生进行了深切的叩问。一次次天灾，伴随一次次人祸，让我们看到那个富足安宁、木屐声声的"鱼米之乡"，最终沦为万物凋敝、尸横遍野的荒凉之地，凸现了作家胸中难以排遣的感伤之情。作品的独特之处在于，作者动用了写实、抒情、诙谐、魔幻等诸多叙事手法，背靠军阀混战、匪祸横行的混乱年代，小说凸现了人性的温暖与晦暗、谦卑与暴烈，宛如一曲生命与时代的双重挽歌。

一

《文城》简约而不简单，节制却不拘谨，叙述明净轻快，作家的想象力犹如溪水自流，但也不乏勇猛和血腥的渲染。作品既延续了余华在亲情与温情上的叙事魅力，又拓展了情感背后巨大的人伦空间。小说的故事始于欺骗。纪小美与沈祖强先是谎称兄妹，暂宿林祥福家；接着小美又谎称生病，顺理成章地留在了林家；冰雹肆虐之夜，早已暗生情愫的两人便有了肉体之欢，于是草草成婚。然而，婚后不久，小美偷拿林家金条不辞而别，林祥福饱受情感与财产的双重欺骗。不料数月之后，小美又拖着孕身悄然归来，林祥福纵有千怒万恨，看到小美腹中的亲骨肉，也慢慢地化愤懑为柔情，并郑重地补办了婚礼。谁知小美产下女儿之后，再一次不辞而别。不断遭受欺骗后，林祥福痛下决心，在安排好家业之后，便怀抱婴儿，踏上了漫漫的寻妻之路。应该说，这是一个别有意味的开始。情意绵绵，却又深藏隐痛。余华借用了侦探小说的套路，在叙事的开端便预设了一个让人揪心的谜团，期待林祥福去探寻最后的真相；同时他又袭用了言情小说的错位性结构，使小美的无奈欺骗和林祥福的执着寻找形成了难以和解的叙事张力。

　　事实也是如此。作为一个没有自主意识和自主能力的柔弱女子，小美从第一次欺骗开始，便注定让自己陷入了情感和命运的双重深渊，因为她面对的是一个拥有极强自主意识和自主能力的林祥福。英俊稳重的外貌、诚实善良的为人、殷实富足的家业、孤单落寞的家庭、勤劳能干的品质，林祥福的气质与处境，既激活了小美内心的女性柔情，又让她解除了漂泊无着的恐惧。但她终究是有夫之妇，她没有办法把控自己的命运，只能短暂地抓住自己的情感需求。她用中国传统女性的善良和温柔作为抵押，试图通过小小的欺骗，摆脱眼前的尴尬和困顿，不料却因此饱受情感和道德的煎熬。拖着沉重的孕身，她想通过为林家留下亲骨肉，缓释内心的这种道德煎熬，岂料又陷入血缘上永难割舍的漫长煎熬。我们当然可以哀其不幸，却无法怒其不争，因为她在本质上并不想去伤害别人，她也没有足够的勇气和能力去伤害别人，只是她最终还是对阿强、林祥福和女儿都构成了伤害。

　　这种对于自我与亲人的双重伤害，说到底，只是一种善良伤害了另一善良，同时还深深地动摇了我们赖以生存的信任、亲情和血缘，成为一种永难和解的悲剧。正是这种具有悖论性的悲剧，奠定了整部小说的情感基调。它意味着，林祥福的自主意识越清晰，内心意志越坚定，他的寻妻之路就越坎坷、越无望。所以，当这个身材魁梧的青年男人背着巨大的包袱，怀抱着婴儿，一路艰辛地来到江南，他也便注定将步入命运的失控之境。一方面，余华处处留下蛛丝马迹作为铺垫，包括小美的方言、木屐，以及将婴儿称作"小人"等；另一方面，他又让极为专情的林祥福从这些蛛丝马迹中捕捉"文城"，并最后定居于溪镇。用情专一当然是美好的品质，但对于林祥福来说，让女儿找到母亲，父女拥有一个完整的家，才是他的最终愿望。无奈的是，在溪镇短暂的交会中，一场暴雪断送了小美的生命，也断送了林祥福寻找的一切可能性，并使这种具有悖论性的人性悲剧转向命运的悲剧。

这种命运悲剧的背后，其实还隐含了信念的悲剧，或者叫伦理的悲剧——林祥福对于家的渴望与寻求。林祥福何以如此执着地寻找小美，虽然情感是不可忽视的因素，但家的信念无疑更为突出。深受传统家庭伦理熏染的林祥福，在经历父母双亡之后，内心深处对于完整的家庭，有着难以自抑的需求，尽管这并没体现于他的外在言行之中，但是小美的两次相伴使之显现。他深切地体会到家的温馨、安宁和愉悦，甚至不自觉地坐到了幼时的小书桌边，重温往日父母健在时的读书生活。女儿出生之后，这种伦理诉求愈发强烈，他毅然决然地舍弃一切，就是为了获得一个完整的家。家是一个人的身心之寓所，也是中国百姓孜孜以求的生命归宿。费孝通就认为，中国人与社会的关系，是以个体的家庭为中心所形成的"差序格局"。梁漱溟也说道："人一生下来，便有与他相关系之人（父母，兄弟等），人生且将始终在与人相关系中而生活（不能离社会），如此则知，人生实存于各种关系之上。此种种关系，即是种种伦理。伦者，伦偶，正指人们彼此之相与。相与之间，关系逐生。家人父子，是其天然基本关系，故伦理首重家庭。……随一个人年龄和生活之开展，而渐有其四面八方若近若远数不尽的关系。是关系，皆是伦理；伦理始于家庭，而不止于家庭。"[①]按照梁漱溟的观点，西方人注重集团生活，所以家庭观念会相对淡漠一些，但中国人缺乏集团生活，这是"中国人倚重家庭家族之由来"，"盖缺乏集团生活与倚重家族生活，正是一事之两面，而非两事"。[②]正因如此，家不仅成为林祥福的人生执念，也为整个叙事提供了坚实的内在驱动。

林祥福对家的这种执念，既是《文城》中最令人动容的伦理诉求，也是余华所有长篇小说中所蕴藏的一种重要的人生信念。《在细雨中呼喊》中的孙光林，一次次饱受成长的恐惧和压抑，就是因为严重缺失家庭伦理。

---

① 梁漱溟：《中国文化要义》，上海人民出版社2005年版，第72页。
② 梁漱溟：《中国文化要义》，上海人民出版社2005年版，第70页。

当然，同样遭受无家之痛的还有少年国庆，以及年幼的鲁鲁。他们惶惶如丧家之犬，艰难地游离于尘世之中，构成了人物成长的尖锐之痛。《活着》中的福贵，虽然经历了亲人一个个死去的悲惨际遇，然而通过他的漫长回忆，我们看到，富贵始终沉浸在温情的家庭伦理中，历数妻子和儿女如何"懂事"。如果说富贵活着就是为了忍受，那么支撑他忍受这一切痛苦的精神动力，就是那个虽然贫穷但充满温情的家。在《许三观卖血记》里，许三观一次次忍辱负重，不断通过卖血来摆脱各种生存的危机，最终也是为了维护一个完整而温馨的家。《兄弟》中，无论是许玉兰和宋凡平对家的重建，还是李光头发达之后要将宋钢的骨灰送上太空，在本质上体现的仍然是人物对家的依恋。《第七天》里，杨飞频繁地穿梭于阳间和阴间寻找养父，同样也是为了寻找一个完整的家。我们固然很难推断余华对家庭伦理极为推崇的内在原委，但是，他的后期创作中，家庭伦理确实成为最重要的叙事内核，并构成了人物行动的潜在动力。《文城》再一次标举了这种家庭伦理对中国人的生存之重要性，甚至成为主人公的内在信念。遗憾的是，林祥福生活在家国飘摇的历史时期，这种朴素的意愿最终成为奢望，就像"文城"终究是一个遥不可及的虚幻之地。

除了家庭伦理，《文城》还隐含了其他传统伦理对人生的巨大支撑作用。我甚至认为，如果我们忽略了伦理的维度，《文城》几乎就是一个言情故事，即一个女人在两个男人之间的错爱，彼此都难以割舍。但是，正是各种传统伦理的全面渗透，才使《文城》的情感基调变得十分浑厚。众所周知，中国传统社会就是一个伦理本位的社会，它以"关系"的亲疏为枢纽，形成了一种以家庭为核心的伦理体系。中国传统社会的所有人际关系，其实都隐含了特定的伦理准则，它始于家庭，却延伸到社会的各种层面。也正是这些约定俗成的伦理准则，使很多小说中的人物关系都超越了一般的情节约定，并延伸到复杂的思想文化和生存观念之中。《文城》的深厚之处，就在于余华对诸多的传统伦理给予了深情的敬拜。随着林祥福寄住于溪镇，林祥福、陈永良和田氏兄弟等情同手足，我们不仅看到了他们之间的信任和情义，还看到了他们面对各种天灾人祸所表现出来的慈悲。这些美好的伦理，常常超越了道德的范畴，与人性构成了紧密的同构。譬如：林祥福将银票放在女儿的襁褓里，当陈永良问他为什么将这么重要的东西放在婴儿身上时,林祥福随口答道,如果"女儿丢了,我还要银票干什么";田大找到林祥福后,立即将最后一双草鞋换上,并从怀里小心翼翼地掏出地契和金条,郑重地交给东家;陈永良发现儿子与林百家的恋情后,便果断举家迁徙,以便斩断两个孩子感情上的纠葛;土匪"和尚"放走陈耀武时,还让母亲给他带上食物……这些情节,既是人性的自然流露,又折射了重义轻财的伦理观念。中国传统社会与西方社会之所以存在较大的差异,就是因为中国的传统伦理推崇重义轻财,标举仁、义、礼、智、信,而西方则强调私有财物不可侵犯,所以,"各国法典所致详之物权债权问题,中国几千年却一直是忽略的"[①]。因为中国传统社会是"从伦理情谊出发,人情为重,财物斯轻,此其一。伦理因情而有义,中国法律一切基于义务观念而立,不基于权利观念,此其二。明乎此,则对于物权债权之轻忽从略,自是当然的"[②]。《文城》中所透露出来的信任、情义、慈悲、谦卑等人性品质,其实都是由传统的利他性伦理孕育而成,这也是小说中最耐人寻味的内涵。

二

认真地品味《文城》中所蕴藏的伦理意味,既可以使我们摆脱热闹的小说情节所带来的感官刺激,也能够让人们更深切地体会到人性的特殊魅力。在《文城》中,我们很难辨析,究竟是传统伦理培植了那些纯朴的人性,还是人性维系了深厚的伦理。无论是林祥福、陈永良、顾益民,还是田氏兄弟、李美莲、翠萍及小美,他们身上所体现出来的人性,在本质上都超越了个体的私欲,呈现出鲜明的社会伦理属性。别有意味的是,当遭遇兵匪横行、天灾频发之时,这种人性便在公共生活的层面上迅速汇聚成正义伦理。我们从中看到了溪镇百姓与兵痞周旋、与土匪恶战、与天灾抗争的坚韧和无畏。不错,他们也很胆小,也很恐惧,当张一斧等土匪绑票施刑

[①] 梁漱溟:《中国文化要义》,上海人民出版社2005年版,第74页。
[②] 梁漱溟:《中国文化要义》,上海人民出版社2005年版,第74页。

时,他们同样哭天号地,但在真正的善恶较量和生死对垒之中,他们又充满血性和果敢,像陈三、孙凤三、徐铁匠等独耳士兵,最终都为捍卫溪镇的和平与安宁献出了生命。在城隍阁祭拜苍天的盛大仪式中,小美和阿强等六人也在雪地里受冻至死,这同样折射了溪镇百姓对于正义伦理的内在诉求。这种伦理诉求,在某种程度上,也体现了余华对于历史、现实与文化的人性之思。说实在的,在当下很多小说中,我们常常看到的是人性的自私与幽暗,或者人性与伦理形成的尖锐对抗,而很少看到人性与伦理在积极和崇高的层面上互动互构,以至于孟繁华曾发出当代文学已出现"情义危机"的警告。《文城》却毫无含糊地将情义安置在伦理与人性的重要位置,并将之深深地植入了人物的精神血脉之中,使他们在世俗生活里的一举一动,都悄无声息地彰显了这种人间珍贵的品质。

  情义不显,正义难求。当然,仅有情义,也未必就能彰显正义。《文城》将情义、慈悲、善良与人间大义交织在伦理的维度中,从而表明了创作主体对正义伦理的积极维护。这也印证了努斯鲍姆关于小说的判断:"小说阅读并不能提供给我们关于社会正义的全部故事,但是它能够成为一座同时通向正义图景和实践这幅图景的桥梁。"[①] 在努斯鲍姆看来,文学作品常常会以这样或那样的方式,深入人类的公共生活,并向人们提供一种"诗性正义"的情感和价值立场。这种立场,不仅完全有别于经济学意义上的功利主义,而且通过作家的想象表现出对于不同个体生命的关注,并有效拓展了个人的经验边界。"这一诗性正义和诗性裁判无疑比经济学功利主义的正义标准具有更多的人性关怀,无疑能够为正义和司法提供更加可靠的中立性标准。至少,它能够为正义和司法的中立性标准提供一种必不可少的补充。"[②] 所以,努斯鲍姆由衷地说道:"小说显示了,由于经济学思想决心只观察那些能够进入实用主义计算的东西,因此它是盲目的:它对可观察世界的质的丰富性视而不见;对人们的独立性,对他们的内心深

[①] 〔美〕玛莎·努斯鲍姆:《诗性正义:文学想象与公共生活》,丁晓东译,北京大学出版社2010年版,第26页。

[②] 〔美〕玛莎·努斯鲍姆:《走向诗性正义?》(代译序),《诗性正义:文学想象与公共生活》,丁晓东译,北京大学出版社2010年版,第5页。

处,他们的希望、爱和恐惧视而不见;对人类生活是怎么样的和如何赋予人类生活以人类意义视而不见。最重要的是,人类生命是一种神秘和极度复杂的东西,是一种需要用思想能力和能够表达复杂性的语言才能接近的东西,但经济学思想对这一事实也视而不见。在科学的名义下,那些照亮和唤起最深奥科学的惊奇已经被抛弃了。"[1]小说正是借助了丰沛的想象、修辞性叙事,在各种审美的虚构中,呈现人类生命内在的复杂与丰饶,并传达了创作主体对于生命存在的特殊思考。回到《文城》,林祥福怀抱婴儿、一路风尘仆仆地来到溪镇之后,他从妻子小美的木屐、旗袍和语速极快的方言中,逐步断定溪镇应该就是所谓的江南水乡"文城"。于是,他在溪镇开始了长达十七年的生活,直到魂归故里。他以无私的父爱,将女儿抚养成人,又以罕见的谦卑和情义,对抗了一次次天灾人祸。他与陈永良、顾益民等,一步步成为溪镇的灵魂人物,在动荡不安的岁月里,不断展示了人间最珍贵的信任、情义和仁慈,也传达了正义的伟岸之力。

首先,《文城》的诗性正义鲜明地体现在时代与个人的执着对抗之中。在余华的长篇小说中,《活着》和《许三观卖血记》主要以20世纪40年代至80年代为历史背景;《在细雨中呼喊》则主要以20世纪六七十年代的社会动荡为背景;《兄弟》和《第七天》主要是面向20世纪80年代之后的现实生活;而《文城》则首次将叙述扩展到清末民初,几乎可视为《活着》的前史。因此,从《文城》到《第七天》,余华的六部长篇,非常清晰地呈现了整个20世纪中国历史的变迁。无论余华有没有全面探讨20世纪中国历史的自觉,他将人物置入不同的历史时段来进行人性与命运的探讨,已也足以说明他依然有着清晰的历史意识,以及对自我写作的某种超越。因为在《文城》中,我们看到了那个时代特有的民俗生活和民间文化,包括"大黄鱼"、"小黄鱼"、硬木器匠、软木器匠、"私窝子"、民团组织,以及土匪的各种刑罚,等等,这些必要的知识储备虽不见得有多么艰深,但它们无疑精妙地呈现了那个时代特有的生活气息,也体现了余华对历史

---

[1] 〔美〕玛莎·努斯鲍姆:《诗性正义:文学想象与公共生活》,丁晓东译,北京大学出版社2010年版,第47页。

的尊重，以及对叙事本身的潜心维护。

当然，清末民初最突出的时代特征就是"乱"。也就是说，林祥福、陈永良、顾益民等，纵有一生的好本领和好品质，也终究摆脱不了乱世之厄。在《文城》中，乱世是一种外在的张力，可以在传奇性的叙事中展示人物的禀赋和品质；同时乱世也是一种历史的隐喻，为作家传达诗性正义提供了一道清晰而宽广的帷幕。这个乱世，既有天灾又有人祸。在小说的开头，余华就动用了魔幻的笔触，连续叙述了三次天灾，雨雹、龙卷风和雪冻，一次比一次惨烈，使整个叙事笼罩了一层坚硬的现实底色。在这些自然灾难发生期间，林祥福从北方来到南方，与陈永良共同修缮居民家什，既赢得了溪镇百姓的信赖，也体现了人物维护社会正义的愿望。到了人祸来临之时，乱世变得更为不堪。土匪绑票、军阀扫荡、兵匪勾结，溪镇从此进入万劫不复的深渊。尽管林祥福、顾益民和陈永良等人用尽智慧，化解了北洋军败军对溪镇的扫荡，但是来去无踪的土匪成为人们的心头大患。在叙述匪患的过程中，余华充分发挥了先锋时期书写血腥与暴烈的能力，从割耳朵到吃人肝炒饭，可谓令人惊悚。面对如此残酷的处境，溪镇百姓在顾益民、林祥福等人的带领下，进行了顽强无畏的抗争，直到陈永良最后击杀匪首张一斧。一方面，乱世使鱼米之乡溪镇万物凋零，浮尸遍野；另一方面，溪镇的平民以前赴后继的方式，展现了对正义伦理的执着捍卫。在这种历史与个人的对抗中，个体命运的传奇性与悲剧性，人性内在的善良与丑恶，共同见证了乱世之乱，也折射了创作主体对于诗性正义的积极张扬。这种乱世之厄，也让我们想到席勒所说的"感伤的诗"，"感伤诗人除少数时刻外，却经常会使我们讨厌现实生活"，因为感伤诗人追求的是理想，"所有存在的事物都有种种限制，而思想却是无限的"。[①]《文城》正是通过对乱世的"感伤"，映照了生命理想之地"文城"确实无处可觅。

其次，这种诗性正义还体现在对个体生命的尊重之中。这种尊重既有真诚和体恤，又有信任和宽容。林祥福怀抱婴儿千里寻妻，历经无数的磨

[①] 转引自伍蠡甫等编：《西方文论选》（上卷），上海译文出版社1979年版，第492页。

难，却从来不曾在心里痛恨小美；林祥福在雪冻中一家家敲门，为女儿求奶水，从未见到有人拒绝；陈永良收留林祥福父女后，他们宛如一家人，在溪镇打拼生活，最后二人结成兄弟般的情谊；田大不仅帮林祥福打理家业，还两次千里南下，欲接东家归家；顾益民身为溪镇乡绅和商会会长，在小镇遭受一次次天灾人祸时，总是竭尽所能安慰大家；饱受命运和情感折磨的小美，虽然无法与林祥福相认，但从未放下对女儿的牵挂；独耳士兵虽毫无军事才能，但终究以血性和勇猛击退了张一斧等恶匪的攻城；为救回顾益民，林祥福抱着必死之心，只身进入匪窝；为报林祥福之仇，陈永良穷尽智慧，最后击杀张一斧……在那个乱世之中，平民的生命原本就如草芥，但余华让这些草芥般的生命活出了自身特有的光芒——人性的光芒、情义的光芒、智慧的光芒、坚韧与勇敢的光芒。正是这些与生俱在的光芒，深深地触动了我们柔软的内心，也唤醒了人们对于人间大道的吁求。

《文城》中的女性也同样有着夺目的人性光泽。她们柔顺、坚韧、善良，忍辱负重，通晓大义。挑着家当与丈夫一路奔波的李美莲，在家境殷实之后，依然保持着宽厚、善良的秉性，不仅照顾林祥福父女的生活，而且几乎充当了林百家的母亲角色。被生活所逼而做了"私窝子"的翠萍，依然保持着女性特有的柔顺和体面，善解人意，深怀感恩，恪守信用，同样是一个情义女子。小美的婆婆虽有小市民的尖刻和精明，但终究算不上恶妇。作为《文城》中另一个主人公的小美，可谓饱受命运的折磨，但她对公婆、对娘家的兄弟、对丈夫阿强、对林祥福、对女儿，都持以女性天然的柔情和体恤。她忍辱负重却从不抱屈喊冤。与生俱在的母性意识，使她在伦理与人性的纠结中，常常以泪洗面。她不想再添新的伤害，只能将女儿的胎毛贴在胸口，以自我伤害的方式度日如年。这些柔弱而又坚韧的女性，无疑融入了余华对于女性生命的敬重，甚至不乏理想的情怀。正是这些男男女女无畏地穿梭于多灾多难的乱世之中，才让我们看到了诗性的正义之光。

最后，这种诗性正义，还表现在余华对理想社会的积极建构中。余华的一些小说中，常常会暗藏一些隐秘的精神乐土、生命的期许之地，像阿甘本所说的，感知这种力图抵达我们却又无法抵达的光。在《活着》中，这理想之光便是福贵心里每个亲人的"懂事";在《许三观卖血记》里,是许三观和一乐的父子之情最终彻底洗却了血缘之耻;在《兄弟》里,是李光头永不言败的自嘲与自立;在《第七天》里,是人人平等、恩怨全消的阴间"死无葬身之地";在《文城》里,则是真实的溪镇和不存在的文城。河流纵横、木屐声声的溪镇,无疑是江南的鱼米之乡,民风淳朴、社会祥和、生活安宁。无论是本地人还是外来人,都自然融洽,宛如一家。面对一次次天灾人祸,他们虽也贪生怕死,但总是群策群力——尽管说不上一呼百应,但在公道和大义上并不含糊。这乱世之中的一方水土,可谓处处散发着人间特有的温情,多少有些乌托邦的意味。当然,最明显的乌托邦还是那个并不存在的文城。这个阿强随口编造的地方,"这个虚无缥缈的文城,已是小美心底之痛,文城意味着林祥福和女儿没有尽头的漂泊和找寻"。在不断受到小美诘问时,阿强言不由衷地说道:"总会有一个地方叫文城。"是的,总有一个地方叫文城,对于林祥福来说,那里有妻子,有完整的家,折射了一个普通人对生命乐园的全部理解,彰显了百姓对于诗性正义的终极诉求。所以,它既是一个不存在的地方,又是一个明确存在的地方。作为地域坐标,它确实不存在,但是作为人间真情厚义的承载符号,它又真实地存在于林祥福、陈永良、顾益民等人的内心。林祥福把寻找文城当作自己一生的目标,最后在溪镇找到了人间所有的情义。所以,他的一生,其实是寻找和践行诗性正义的双重注释。

三

在阐述诗性正义时,努斯鲍姆认为,应该像理解法律制度那样,科学理解有关文学的诗性正义和诗性裁判之功能。"这个文学裁判是亲密的和公正的,她的爱没有偏见;她以一种顾全大局的方式去思考,而不是像某些特殊群体或派系拥趸那样去思考;她在'畅想'中了解每一个公民的内心世界的丰富性和复杂性;这个文学裁判就像惠特曼的诗人,在草叶中看到了所有公民的平等尊严——以及在更为神秘的图景中,看到了情欲的渴望和个人的自由。"① 这也就是说，诗性的正义并不是单纯的道德判断，不是忽略个体之社会属性的走火入魔，而是对生命内在的复杂性和神秘性保持必要的尊重和敬畏。林祥福、陈永良等人在乱世中艰难生存，在某种意义上，《文城》确实践行了这种诗性的正义伦理。因为在《文城》中，为了激活不同生命的内在个性，余华几乎调动了自身擅长的所有叙事手段，从写实到魔幻，从冷静到抒情，从诙谐戏谑到黑色幽默，等等。面对不同的人物及其不同的人生处境，作者常常会精心选择不同的、最具表现力的叙述方式，迅速而精准地凸现人物内心的情感力量和价值取向。在叙述雨雹、龙卷风和雪冻时，他会动用魔幻的叙述手法，极力夸大自然灾害的威力，包括击穿屋顶的雨雹"形大如盆"，龙卷风将背着沉重包袱且身材高大的林祥福直接吹到两三里之外，以及连下十八天暴雪。人们在面对这些自然淫威时，束手无策。它们是如此魔幻，因为它们永远无法让人预知。在叙述顾家三个少爷撑着竹竿过河去嫖娼、陈耀武带着初恋情感不断返回溪镇，以及北洋军队溃败途中扰民、毫无军事能力的独耳团操练杀敌等情节时，余华则运用了诙谐戏谑的语调，尽显夸张嘲讽之效果。在叙述绑匪的种种奇特刑罚，以及林祥福和顾益民与土匪打交道、陈永良带领民团与张一斧深夜决战等情节时，则又带着某种黑色幽默的意味。而在叙述一些暴力场景时，余华又极其冷静和细腻，不断延展受害者的感受，像土匪虐待乃至割下绑票的耳朵、土匪与溪镇民团在城墙上对抗、土匪随意屠杀百姓等，都不乏一些血腥的细节。《文城》的整个叙事基调无疑是抒情与写实并重，林祥福与小美的两次短暂相聚、林祥福南下寻妻的一路风尘、林祥福大雪中为女儿四处乞讨奶水、小美在雪冻中日夜想念女儿和林祥福、田家兄弟接林祥福尸体返回故里等，都有大量为之动容的实情实景。从这些不同的叙述中，我们既可以看到当年写先锋小说的余华，也可以看到写《活着》的余华，这不仅体现了余华在叙事上的多重才能，也充分印证了努斯鲍姆对作家之爱应该没有偏见的诗性正义之判断。

---

① 〔美〕玛莎·努斯鲍姆：《诗性正义：文学想象与公共生活》，丁晓东译，北京大学出版社2010年版，第170—171页。

如果进一步细究《文城》在叙事上的抒情意味,我们还可以剖析创作主体的情感取向和兴味关怀。小说的虚构性质,决定了它必然是作者创造的一种主观世界。在这个世界内部,既隐含了作者对人类生活及其可能性状态的关注和思考,也展示了作者对人性、情感和命运的认知和辨析,因为"不管作家的态度是如何超然物外,不管是他自己作为叙述者,还是通过一个人物来说话,或者从一个人物的角度去叙述,归根结底,是作者对小说中的事件作出解释和评价"①。从叙事的整体上看,《文城》的故事结构并不复杂,张力设置也相对简单,林祥福、陈永良、顾益民、田大五兄弟、李美莲、翠萍等,都是淳朴、宽厚、善良的人,是传统伦理上的至善人物;纪小美和阿强因欺骗林祥福而诱发了整个故事的开始,后来也饱受了人伦的折磨。而在张力的另一面,则是天灾和匪祸,基本上是极恶的代表。事实上,使用这种最简单的、极致的张力来推动小说的叙事,在一般作家的笔下,很容易陷入一种基于偶然性和传奇性的叙事窠臼。《文城》则摆脱了这种窠臼,尽管作品依然带有传奇性,但我们被一种深厚而又慈悲的情感所笼罩,完全冲开了由各种巧合所带来的阻隔。这也让人很自然地想到《活着》。在《活着》里,余华一共写到了十个人的死亡,且绝大多数人的死亡都是偶然的、突发的,因为巨大而无助的悲情,不会使读者感到突兀。其中一个重要的缘由,就是作家的主体情感始终贯穿于叙事之中,并与人物的精神形成了共振关系。无论是林祥福、小美、田家兄弟,还是陈永良夫妇、顾益民、翠萍,这些人物身上,都明确承载了作者对于道德和人性严肃的"兴味关怀"。

从外在形态上看,《文城》是碎片化的,共有一百一十一节,其中正文七十五节,补叙三十六节,每节都只有几千字的篇幅,有的甚至只有一两千字,叙述视角也没有太大的变化。但是,作者对这些碎片的择取,是颇为用心的,基本上是以细节呈现为主,而且这些细节都是以表现人物内心的情感和生活氛围为主。由这些细节所构成的小节,组接也异常灵活,

---

① 〔美〕利昂·塞米利安:《现代小说美学》,宋协立译,陕西人民出版社1987年版,第70页。

经常是顺叙、倒叙、插叙和补叙自由转换。譬如在小说开头部分，作者就不断使用倒叙，由倒叙来演绎林祥福的身世，同时还有陈永良对自己生活的插叙。细究这些叙述方式的转换，并没有任何清晰的时间标识，作者只是以读者的阅读惯性和情感期待作为内在依据，这也是为什么如此碎片化的文本，依然有着流畅的叙述。同时，《文城》还采用了补叙方式，单独叙述小美这条线索，而未使用常见的双线并叙。一方面可能是因为小美的故事太短，没有足够的情节长度进行双线处理，如果充实小美的这条线索，则会影响整个小说的主题走向；另一方面，双线并叙的一般处理结果，就是林祥福与小美出现交集，形成一个完整的结构，但这也不太符合余华所想传达的挽歌式基调。

《文城》最让人迷恋的还是叙述本身。这种叙述，仿佛江南的河流，清幽平缓、明亮开阔，沿途都是绿油油的菜地，有时也不乏花团簇簇。它让我们再一次看到了优秀作家处理叙事的能力，也就是说，阅读本身就是一种巨大的享受。一个个比喻看似未经任何修饰，却像刀刻一样留在我们的记忆中，诸如："小美转过身来，一条鱼似的游到他的身上"，"她们涂满胭脂的脸被泪水一冲，像蝴蝶一样花哨起来"，"女儿和林祥福犹如风和风声一样同时来到，不可分离"。大量的细节场景，也都显得意趣盎然，譬如有关木匠技术、龙卷风和雪灾、顾家三个少爷撑着竹竿过河的叙述，溪镇民团与土匪在城墙边对决，土匪张一斧凶残杀戮，陈永良用尖刀击杀张一斧，田大和他的兄弟来到溪镇欲接东家，以及小美将女儿的胎发和眉毛缝制在胸口的内衣里等场景，都给人以强烈的情感冲击。这些细节，无论是温情，还是暴烈，很多时候都极具张力，让人物内在的精神状态获得了鲜活而精确的呈现，也让"诗性"和"正义"在《文城》中同时获得了全面而又和谐的彰显。

与此同时，《文城》的叙事还是节制的，但一些关键性的情节又显得放纵而魔幻。特别是在一些灾难性场景的叙述中，余华的笔墨近乎奢侈和奇幻。譬如有关雨雹、龙卷风、暴雪的叙述，土匪对付绑票的各种刑罚，林祥福吃人肝饭，城隍阁苍天祭拜仪式，等等。因此，有学者认为，这部作品带有浪漫主义的传奇意味。的确，在一些重要细节的处理上，余华的想象力显得特别奔放，不断涌现类似于奇幻而夸张的场景，它使小说呈现出强烈的主观抒情倾向，也使人们能够感受到作家在叙述过程中那种痛快淋漓的畅想状态。而这，也正是小说的艺术魅力之所在——它能够让人们看到巧妙交织在一起的所有畅想的能力："它赋予感知到的事物以丰富和复杂意义的能力；它对所见事物的宽容理解；它对想象完美方案的偏好；它有趣和令人惊奇的活动，因为自己本身而感到愉悦；它的温柔，它的情欲，它对人必将死亡这一事实的敬畏。这种想象——包括它的有趣，包括它的情欲——是对一个国家中平等和自由公民进行良好管理的必要基础，这是狄更斯的观点，也是惠特曼的。有了它，理性就将为一种看待事物的宽容观点所指引，理性就是有益的；离开了它，理性就是冰冷和无情的。"[①]努斯鲍姆的这段话，与其说是在阐述诗性正义的丰富内涵，还不如说是对叙事"畅想"的慷慨赞美。同时，它也从一个侧面，为我们解读《文城》提供了一条别有意味的途径。

（《中国现代文学研究丛刊》2021 年第 7 期）

[①]〔美〕玛莎·努斯鲍姆：《诗性正义：文学想象与公共生活》，丁晓东译，北京大学出版社 2010 年版，第 69—70 页。

寻找，是为了见证
——论余华的长篇小说《第七天》

如果说余华的《活着》是一个有关被动等待的故事，那么他的《第七天》则讲述了一个主动寻找的故事。即便福贵在等待中被迫承受着一个又一个巨大的人生劫难，他依然相信，活着是一件重要的事；而杨飞却无法通过这样的命运来证明"眼泪的宽广"，他只能让自己的亡灵去寻觅人间应有的关爱与尊严。"我游荡在生与死的边境线上。雪是明亮的，雨是暗淡的，我似乎同时行走在早晨和晚上。"①在这种迷惘式的叙述引导下，我们跟随主人公杨飞的步履，一次次穿越生与死的鸿沟，穿越过去与现在的栅栏，审视死的悲凉，体悟生的伤痛。

在《第七天》里，余华一直在演绎这样的场景：生者寻找死者，死者寻找生者；儿子寻找父亲，女孩寻找恋人；现实寻找记忆，事实寻找真相……可以说，"寻找"是各种故事相互交织的纽带，也是小说叙事的内驱力。通过"寻找"，余华想展示怎样的生活？借助"寻找"，余华想表达怎样的思考？无论人们对这部小说持有怎样的异议，我以为，在那种漫长而无望的"寻找"中，有许多内涵依然值得我们认真地发掘与思考。

一

一切都是从"寻找"开始。在《第七天》里，当杨飞赶到殡仪馆里候

---

① 余华：《第七天》，新星出版社2013年版，第63页。

烧时，发现没有墓地的人将无法火化，他的亡灵只好踏上了茫然无措的漫游之途。这是他死后第一天的遭遇，也是他由人变成亡灵之后所面临的全新问题。角色的转变，首先需要的是"自我的确认"。因此，第一天的叙述，主要是围绕着杨飞的最后人生轨迹，努力还原他为何成为一个亡灵的真相。于是杨飞不断地向记忆发出邀请，从市政府广场众人抗议强拆，到郑小敏无助地坐在废墟上等待父母，从谭家菜饭馆里播放有关李青自杀的报道，到饭馆突然遭遇火灾爆炸。他艰难地复苏，这也激活了他寻找失踪养父的艰难历程，同时他还打开了阴间与阳界自由往返的心灵通道。

这个通道非常重要，有些类似于卡夫卡的《变形记》。在《变形记》的开头，当格里高尔一觉醒来，发现自己变成一只大甲虫时，他首先要解决的，也是角色变化后的自我确认。他认真地观察房间内的各种布局、桌上的物品，以及身体两侧不断蠕动的细脚。当这一切确认无疑之后，他才开始了一只大甲虫的生活。——当然，从叙事上说，这也解决了读者心中的疑虑。《第七天》里的"第一天"也是如此。从死亡开始，杨飞通过艰难的回忆，既确认了自己是一个带着残破躯体的游魂，也实现了自己在阴间与阳界之间自由穿梭的可能。从叙事功能上说，它也解决了读者内心的现实障碍，让人们明确地意识到，这部小说是一个亡灵叙述他的故事。

正因如此，我们常常读到，"我走出自己趋向繁复的记忆，如同走出层峦叠翠的森林。疲惫的思维躺下休息了，身体仍然向前行走，走在无边无际的混沌和无声无息的空虚里"[①]。"我继续游荡在早晨和晚上之间。没有骨灰盒，没有墓地，无法前往安息之地。没有雪花，没有雨水，只看见流动的空气像风那样离去又回来。"[②] 这类极具时空张力且又不乏诗意的叙述，几乎贯穿小说的每一章，成为杨飞的亡灵每天必须面对的一种活动处境。作为一个游魂，杨飞存在的唯一方式就是"行走"。通过"行走"，

---

① 余华：《第七天》，新星出版社2013年版，第108页。
② 余华：《第七天》，新星出版社2013年版，第111页。

他寻找自己的人生记忆，寻找失踪一年的养父；通过"行走"，他遇见更多的亡灵，看到他们同样也在寻找阳界的亲人，以及阳界的记忆；通过"行走"，他还发现许多阳界的重要事件，背后都有一些匪夷所思的真相。

频繁穿梭于阴间与阳界之间，杨飞几乎是不自觉地踏上了漫漫的寻找之途。表面上看，他是要寻找身患绝症且失踪一年之久的养父杨金彪，完成他生前寻找养父的最大意愿，以期重返当年相依为命的温暖生活，而实质上，寻找养父只是整个小说的一条叙事主线。在这条主线的统摄下，我们可以发现，《第七天》主要由三个层面的故事构成：一是杨飞的个人成长史和命运史，包括他与养父杨金彪、亲生父母的关系，他与李青的婚姻生活等；二是"死无葬身之地"的阴间世界，那里简单、淳朴、和谐、平等、自由，充满了至善至美的人性理想，是一种乌托邦式的建构，与诡异的阳间世界形成了绝妙的对比；三是杨飞在阴间寻找养父亡灵的过程中，碰到的一个个亡灵所倾诉的生前故事，主要是死亡过程的真相还原。

值得注意的是，这三个层面的故事都是通过"寻找"来呈现的。先看第一个层面的故事，即有关杨飞的成长史和婚姻史的叙述。它主要集中在第二天和第三天的叙事之中，是杨飞的亡灵通过对自己记忆的寻找，逐步还原自己在人世间艰辛而温暖的成长史，以及温馨而又苦涩的婚姻史。作为亡灵的杨飞，终于打开了自己曾经活着的记忆，所以，这些回忆性的叙事都是写实性的，是对现实的努力还原。由是，我们看到，尽管他与李青的婚姻经历近乎《天仙配》的翻版，是由真诚和坦荡建构起来的一段奇缘，但依然充满了甜蜜而深厚的情感。他们生前由合而分，死后又由分而合，彼此之间所展示出来的，竟没有任何抱怨和嫉恨，只有关爱、眷恋、理解与体恤。这段姻缘几乎摆脱了所有世俗的羁绊，呈现出圣洁而高迈的伦理情操。但人毕竟是生活在世俗社会中，与一个恶俗的时代作战，需要的不仅仅是勇气和智慧，还需要清晰而坚定的内心律令，尤其是对于李青这样渴望"成功"的女性，所以这段婚姻的失败，注定是不可避免的。

从婚姻开始，杨飞继续沿着记忆的铁轨向远方寻找，由此也缓缓地打开了他那曲折艰辛的成长史。这便是第三天的叙事核心。它同样是一个温暖而又悲情的故事。在火车厕所里诞生之后，杨飞便成了孤儿。所幸的是，年轻的扳道工杨金彪发现了他，并用全部的精力将他抚养成人。当然，还有邻居郝强生和李月珍一家无私相助。在这一天的叙述中，余华依然动用了他那异常强悍的写实能力，将杨飞的成长过程书写得感人至深。无论是杨金彪因为遗弃杨飞而自责一生，还是李月珍母亲般长期无私呵护，无论是杨飞与亲生父母相认，还是后来他为养父卖房治病，贫穷和苦难并没有击倒他们，反而使杨飞与养父之间相依为命的生活显得极为温暖。在那里，我们看到，杨金彪既是一位像大山一样巍峨的父亲，又是一位像大海一样宽广的父亲，他可以牺牲自己的一切，用生命哺育杨飞的成长，并且无怨无悔。"我父亲在他生命的最后时刻，认为自己一生里做得最好的一件事就是收养了一个名叫杨飞的儿子。"① 这种超越血缘的父子之情，看似平凡，实则撼魂动魄。

通过复述婚姻与成长，杨飞终于打开了自己的全部记忆，完成了他对自身历史的寻找和再现："我的记忆轻松抵达山顶，记忆的视野豁然开阔了。"② 因此，从第四天开始，小说转入阴间的世界，开始叙述第二个层面的故事。这依然是一个有关寻找的故事。在鼠妹刘梅的带领下，杨飞终于抵达了"死无葬身之地"。在那里，所有没有墓地的亡灵都聚集在一起，亡灵们都熟知各自生前的遭遇，他们相互调侃，相处友善，向每一个后来者打听自己死前的境况，同时又以向导般的姿态，为后来者提供一切帮助。这意味着，杨飞寻找养父的亡灵将成为可能，但依然充满了无数的不确定性，因为所有时间太久的亡灵都已变成了没有面容和表情的骨骼，只能通过声音才能辨认。

这种寻找的不确定性，带来了另一个叙事空间的拓展，那就是第三个层面的故事——很多亡灵对自己人生经历的复述。这些复述摆脱了杨飞自我叙述的写实特征，很多时候转为全知视角，呈现出荒诞的戏谑意味，直接呼应那些人世间曾经出现的新闻事件。例如鼠妹刘梅对自己生前情感的

---

① 余华：《第七天》，新星出版社2013年版，第92页。
② 余华：《第七天》，新星出版社2013年版，第112页。

叙述，尤其是当她发现男友伍超送给自己的礼物是一只高仿手机之后，选择以跳楼方式逼迫伍超现身时，叙述视角其实转换为局外人，叙述的重点也转向广场上的看客。于是我们看到，卖墨镜的、卖快活油的，甚至卖窃听器的，都热情地穿梭在众多的看客之间，而刘梅的生死，成了他们谋利的契机。这不能不让人想起鲁迅对中国看客心态的分析。这里，刘梅想通过极端的方式寻找自己的男友伍超，却发现自己以生命为代价，最后找到的只是人间的冷漠。同样，张刚和姓李的男人之间的恩怨，也是在寻找中陷入怪圈。姓李的男人因为男扮女装去卖淫而被踢坏了睾丸，从此不断寻找张刚，要他还自己一双睾丸。在漫长的寻找与等待中，他绝望地杀死了张刚，自己也成了阴间的亡灵。

  寻找是艰难的。"我寻找父亲的行走周而复始，就像钟表上的指针那样走了一圈又一圈，一直走不出钟表。"① 这种寻找过程的延展，为更多的亡灵呈现自己的生前故事提供了大量机遇。所以，在第五天和第六天里，杨飞在寻找养父亡灵的过程中，几乎变成了一个倾听者、一个诸多真相的记录者。在那里，遭遇商场火灾的三十八个亡灵，终于道出了自己死无墓地的原因，那是他们的家人被封口费锁住真相的结果；郑小敏的父母也终于道出了被强拆埋葬而死的事实；背负杀妻冤案而死的亡灵终于道出了刑讯逼供的情景。在那里，李月珍带着二十七个被视为医疗垃圾的婴儿，讲述了官员偷梁换柱的经过，以至于丈夫和女儿抱着别人的骨灰登上了赴美的飞机；同时，李月珍也道出了杨飞养父亡灵的去向。在那里，肖庄遇见了鼠妹刘梅，进一步补充了刘梅死后伍超的生活——为了给刘梅买块墓地，身无分文的伍超，通过黑市卖掉了自己的一个肾……所有这些，在阳界的生活里都曾是一些重大的社会新闻，但都是被修饰、遮蔽或歪曲的新闻，现在，通过一个个亡灵的复述，真相逐渐得以还原。换句话说，杨飞作为一个后来的倾听者，无意之间，他终于找到了太多的事件真相——尽管这些真相是如此荒诞不经。

---

  ① 余华：《第七天》，新星出版社2013年版，第143页。

由于李月珍的亡灵提供了准确信息，杨飞终于知道了养父的去向，同时也知道了养父的失踪之谜——他用尽自己最后一丝力气，为当年抛弃杨飞而进行了一次艰难的心理赎罪，并因此客死异地。所以，到了第七天，在完成了刘梅神圣的净身之后，杨飞和一群亡灵簇拥着刘梅来到了殡仪馆，让她走上了安息之地，而杨飞也终于找到了自己的养父。即使死后没有葬身之地，养父仍然坚持守候在殡仪馆充当"管理员"，为了等待终有一天会到来的儿子；当他看到儿子这么快来到阴间，"他空洞的眼睛里流出两颗泪珠"[1]。这对相濡以沫的父子，又在相依为命中开始了生命的另一种轮回。

从寻找养父开始，到父子相见而终，从阳界到阴界，《第七天》完成了一次旷世般的寻找之旅。通过杨飞的寻找，小说又打开了更多亡灵的生前记忆，呈现了无数亡灵的死亡真相。这些真相，因为一个个生命的消失，早已被阳界的各种现实秩序所埋藏，只有在阴间才能得以还原。而这，正是《第七天》别具一格的审美意图。

二

活着是一件艰难的事情。当然，死去也同样是一件并不容易的事情。即使是在殡仪馆的候烧室里，仍然存在着严格的等级区别。通往安息的路是如此曲折，同样布满了人间不平等的沟沟壑壑。在长达七天的游走中，杨飞所见到的，只有李青和刘梅踏上了安息之路，更多的亡灵只能在"死无葬身之地"日复一日、年复一年地游荡。所幸的是，"那里树叶会向你招手，石头会向你微笑，河水会向你问候。那里没有贫贱也没有富贵，没有悲伤也没有疼痛，没有仇也没有恨……那里人人死而平等"[2]。这当然只是余华虚设的乌托邦愿景，为了给那些无辜的亡灵提供一个美好的栖息之地。

---

[1] 余华：《第七天》，新星出版社2013年版，第216页。
[2] 余华：《第七天》，新星出版社2013年版，第225页。

事实上，当余华不断地动用极具诗意的笔触，精心地营构着所谓的"死无葬身之地"时，他的叙述依然无时无刻不在直面我们当下的现实。我们甚至可以说，在《第七天》中，所有关于阴间世界的理想性建构，只是一种声东击西的表达手段，一个创作主体用来观察社会、审视现实的视点。余华的真实意图，就是要对当下缭乱而无序的现实生活，进行一次多层面、立体化的现场直击。他试图借用这种"以死观生"的叙事策略，打开当下现实中各种吊诡的生存现状，展示一个作家内心的焦灼与疼痛，传达创作主体对于中国当代社会发展的深层思考。

这种思考是忧伤的，也是激愤的。可以说，无序的现实已经对余华的内心构成了一种巨大的压力，一种挥之不去的隐痛，使他不得不产生书写的冲动。在近三十年的写作历程中，余华一直对当下的现实保持着高度的警惕，并有意无意地与之拉开距离。他曾不止一次强调，自己与现实之间有着极为紧张的、不信任的关系。无论是在早期暴力的先锋实验中，还是在后来执着于温情的故事书写中，余华总是刻意地游离于当下的社会现实，将背景处理得更模糊或更遥远一些。即使是《活着》和《许三观卖血记》，也都与当时的现实保持着特定的距离。

到了《兄弟》下部，余华终于忍不住了。于是，他让李光头一路高歌猛进地挺入当下的生活。作为一个混世魔王，李光头就像一台欲望的发动机，永远保持着亢奋的激情，不断地炮制各种闹剧性的社会群体事件，将刘镇拖入一场又一场欲望狂欢派对，并使自己赢得了世俗的各种荣耀。无疑，李光头就是混乱的现实制造出来的一个欲望怪胎。他的命运之中，凸现了余华对这个失序世界的焦虑、无奈和嘲讽。

与《兄弟》颇不相同，《第七天》在逼近缭乱的现实时，没有狂欢的氛围，也没有过度嘲讽的格调。但它所凸现出来的，依然是余华对当下现实的愤懑、焦虑、感伤，甚至是无奈。只不过，主人公由世俗欲望的操纵者，换成了世俗欲望的受害者。也就是说，它以受难者和受辱者的形象，展示了时代的混乱、荒诞和吊诡。在那里，强拆事件、黑市卖肾事件、袭警事件、毒食品事件、弃婴事件、瞒报事件、逼供事件……所有这些事件，最终都是以屈死者的生命为代价，被现实巧妙而轻松地掩盖在一篇篇新闻报道之中。他们找不到向世间传达真相的窗口，只能在阴间相互倾诉。没有人知道真实原因,也没有人能够追问其中的真相。

有很多人认为,《第七天》中吸纳了大多的新闻事件,以至于像"新闻串烧"和"微博汇编",显得有些"轻和薄";还有人甚至断定,余华完全丧失了基本的艺术想象力。我以为这类看法失之偏颇,至少没有理解余华的真实用意。在全媒体时代,我们都生活在信息编码中,我们对于现实状况的判断,很多时候都基于各种信息的聚合,尤其是新闻报道。新闻的速朽让我们养成了快速遗忘的适应性心理,并进而变得麻木和见怪不怪。

然而,这是中国当下的现实,是真实发生在我们身边的事实。它们记录了中国社会的发展,承载了很多百姓真切的命运,我们不能因为新闻速朽而遗忘。它们需要一个有效的文本来承载、记录与反思。当余华直面这些社会现实时,他没有选择虚构,而是直接择取了这些真实的新闻事件,稍加改写。我想,余华这样处理,是为了最大程度地存真,为中国存真,为记忆存真。所以余华精心选择了一系列具有代表性的新闻事件作为底色,多角度、多方位地呈现了时代的景象。如果只有一两个事件,或许我们可以认为,这只是一种偶然,而当这么多真实而又吊诡的事件集纳在一起,那就足以说明现实的混乱与荒谬了,也需要我们认真地思考了。用绝对真实的新闻事件作为凸现现实的手段,并进而展示这些新闻事件背后的荒诞与沉重、悲凉与疼痛、愤怒与绝望,是《第七天》的内在底色。试想,如果文明无力保护弱者,如果现实无力展示真相,如果尊严无法获得维护,作为一个一直生活其中的作家,只要稍有良知,我以为,都会做出应有的承诺和回应。

当然,回应的策略和方式会因人而异。譬如:阎连科的《风雅颂》就选择了狂欢不止的反讽性叙事;莫言的《天堂蒜薹之歌》多角度聚焦呈现,也不乏亡灵的对抗和戏谑性反讽;而苏童的《蛇为什么会飞》则选择了某种寓言表达策略,让欲望之蛇行过生活的角角落落。在《第七天》里,余华选择了亡灵的视角,并在叙事上做了两个前提下的限定。首先是杨飞寻找养父的亡灵。这意味着,他虽然是一个倾听者,却无暇去听每个亡灵完整的一生,也不可能像《活着》的福贵那样,进行漫长的叙述。其次,与每个亡灵相遇时,杨飞的主要目的是要帮助他们恢复死亡前的状态或回忆死亡事件，而不是要打探他们的一生。所以，在双重限制之下，余华只能对那些亡灵事件进行简约的处理。当然，他也尽可能对一些有代表性的事件反复进行补充叙述，像伍超与鼠妹刘梅的爱情。

无论现实是怎样荒诞和残酷，但爱、体恤等人类引以为荣的人性之光泽，终究不会泯灭。它是照亮幽暗现实的烛火，也是反抗沉重现实的法宝。《第七天》动用了近三分之二的篇幅，不断地呈现各种来自底层的人性之光，包括宽广无私的爱、无怨无悔的牺牲、深切的体恤，它们沉淀在杨金彪、李月珍、伍超与刘梅、杨飞、李青等人物的心里，不时散发出迷人的光泽。这些来自阳界底层生活的人性，构成了《第七天》追问荒诞现实的一个视点，也折射了余华对于理想人伦的渴望，以及对"诗性正义"的强烈捍卫。余华曾多次强调，三十多年来的飞速发展，给中国社会创造了无数的物质奇迹，却也留下了无数匪夷所思的精神奇观。在这些精神奇观里，余华看到的是世道人心的破败和凋敝，是美好人伦的不断倾斜和坍塌，是无数生命的悲剧与喜剧同台共舞。但他也同样发现，在无数卑微的生命之中，依然闪耀着人性的光泽，依然弥漫着人间特有的温情。

我们有理由认为，在《第七天》里，"寻找"只是故事的外在形式，只是叙事的内驱力。"寻找"的目的，是揭示和再现。它意在告诉我们，每一个亡魂都见证了一种荒诞的现实，每一个亡魂也道出了世间的一个真相。寻找，是为了见证。既见证了我们这个时代的混乱和浮躁，也见证了善良人性的光泽。

三

从结构上看，《第七天》是紧凑而简洁的。它从寻找出发，让杨飞的亡灵不断穿越于阴阳两界，一边复活自己的记忆，打量阴间的世界，一边倾听各种亡灵的遭遇，不断还原种种被现实遮蔽的真相。创世神话也罢，中国传统的"头七"也罢，总之经过七天的奔波，杨飞终于打开了生与死的双重世界，并揭示了大量令人震惊、揪心、感伤、愤懑的现实景象。在这一结构中，余华精心营构了一种内在的叙事逻辑：杨飞必须找到相依为命的养父。生前，他卖掉了房子，关掉了小卖店，又四处打探商场火灾的死难者,甚至找到了他从未去过的养父家乡……在所有他能寻找的地方,他都不曾放弃。在濒临绝望之际,杨飞最终在饭店的爆炸事故中身亡,由此开始在阴间继续寻找养父。这种"上穷碧落下黄泉"式的寻找,使整个叙事弥漫着浓厚的温情,也昭示了人性中超越血缘的爱与牺牲。

尽管亡灵视角并不是余华的独创,像胡安·鲁尔福的《佩德罗·巴拉莫》、帕慕克的《我的名字叫红》,都是以亡灵的视角展示了沉重而吊诡的历史,但对于习惯常态视角的余华来说,这无疑是一种挑战,多少也体现了他试图突破自我的积极姿态。这一特殊的人物视角,不仅有效地控制了整个故事的发展,也使叙事空间变得自由而广袤。事实上,《第七天》里每一个新闻事件背后,都有一个完整而悲怆的故事,但都因杨飞要寻找养父而变成了片段,只有刘梅与伍超的爱情,在几个亡灵的补充诉说中变得相对完整。这种叙事的剪裁,既符合故事的情节逻辑,又体现了余华的简约风格。

当然,如果从叙事的审美格调上看,《第七天》依然承续了余华某些一以贯之的写作特质,如悲剧与喜剧相交融的叙事方法,对底层平民生存及命运的深切体恤之情,对荒诞现实强烈嘲讽的姿态,以及异常简约的叙事风格。这些特点,在余华以往的小说中都非常明显。《在细雨中呼喊》里,既有孙广才天才般的无赖行径,又有孙光林的孤独、恐惧和绝望;《活着》中的福贵,曾经是一个败光了所有家产的纨绔子弟,最终却以巨大的韧力承受了无数的人生劫难;《许三观卖血记》中的许三观也是苦中作乐、悲中求欢,甚至用"嘴巴炒菜"对抗饥饿;《兄弟》更是悲喜交集,浓郁的亲情与世俗的欲望,在两兄弟之间奇妙地交织……所有这些长篇,其实都显示了余华是一个擅长悲喜交织式叙事的作家。他崇尚极致美学,喜欢在大喜大悲之中展示人物的命运,传达自己的审美追求,同时又讲究简约轻盈的原则,以叙事的"减法"取胜。

在《第七天》里,最引人注目的,无疑也是这种悲喜相融的叙事策略。它立足于底层平民的深厚伦理,又直指现实秩序的荒诞无序;它深入一个个生活现场,又超然于各种现实之外;它紧扣杨飞的视角,以不同的方式向记忆与现实、阴间与阳界发出各种邀请。这种分裂式叙事策略,中国当代作家很少运用，能够运用得恰到好处的作家更少。余华则操控自如，且叙事效果又显得异常简约。所以，程永新由衷地说道："奇异幻想和残酷现实天然浑成，一扫充斥文坛的庸俗叙事，与大量伪写实作品相比，《第七天》犹如存活率稀少的优质婴儿。幻想和现实结合后的基因，汩汩流淌在此书的血液里。"[1] 的确，在这部小说中，各种奇异的幻想随处可见，从杨金彪准确分辨婴儿杨飞饥饿之声与口渴之声的区别，到"死无葬身之地"里种种匪夷所思的祥和与平等，这些超验性的叙事，与坚硬的现实纠缠在一起，形成了一种既尖锐又温暖、既真实又怪诞、既质朴又戏谑的审美特质。

这种审美特质，强化了《第七天》在叙事形式和精神内涵上的张力关系，也使余华在逼视现实时，更有效地凸现了自身的人道立场和价值观念，从而建构了一座通往"诗性正义"的审美桥梁。玛莎·努斯鲍姆曾说："小说阅读并不能提供给我们关于社会正义的全部故事，但是它能够成为一座同时通向正义图景和实践这幅图景的桥梁。"[2] 就《第七天》而言，寻找，是为了见证，但见证并非余华的最终目的，而是他质询、追问和反思的路径。余华试图通过对荒诞现实的举证和质证，努力唤醒我们渐行渐远的人性之美。因此，如果绕开二元对立的思维，我们会发现，《第七天》里各种张力关系的建立，都明确地折射了创作主体对无序现实进行无情解构的价值立场，即以亲情、友爱、平等、体恤、牺牲来对视混乱的现实，以乌托邦式的"死无葬身之地"来洞穿现实世界的幽暗与冷漠。所以，《第七天》的整个叙述基调，始终是温暖而绵长的，凸现了作家内心深处宽厚的人道情怀。尤其是在动用写实的笔触时，他总是能够迅速抵达人性中最柔软的部位。譬如：当九岁的郑小敏坐在寒风冷冽的废墟中做作业时，他会让小女孩情不自禁地说道，"爸爸妈妈

---

[1] 程永新：《与一本书相遇是缘分——谈余华〈第七天〉》，《文汇报》2013年7月7日。

[2] 〔美〕玛莎·努斯鲍姆：《诗性正义：文学想象与公共生活》，丁晓东译，北京大学出版社2010年版，第26页。

回来会找不到我的"①；言及杨飞养父的亡魂时，他叙述，"他的声音里有着源远流长的疲惫"②，明确地呼应养父重病在身的现世镜像；杨金彪的五个农民兄弟悲伤时，他叙述，"这五个老人眼圈红了，可能是他们的手指手掌太粗糙，他们五个都用手背擦眼泪"③；在小说的结尾，当所有的亡魂都为刘梅净身、缝衣、咏歌时，一切都变得如此圣洁，如此华光四闪。

至于喜剧性手法的表达，《第七天》里主要体现在余华对吊诡、荒诞的现实事件处理中。它的语调体现为反讽性、戏谑性和嘲解性，从而使强拆、毒食品、袭警、卖肾、瞒报灾情……这些我们经常面对的现实，呈现出某些漫画式的审美效果，凸现了理性萎缩、欲望增殖之后，当下社会里所涌现出来的各种反伦理、反逻辑的生存景象。当基本的理性缺失之后，当基本的公正无法维持的时候，当弱者永远也无法把握自己命运的时候，我们已很难用逻辑来建构现实，而用荒诞来表现荒诞，也许是一种更有效的策略。我以为，这或许是余华的真实用意。所以，《第七天》里的喜剧性表达，常常直指现实本身的失范和失序。例如：刘梅跳楼时，广场上围观的人群里穿梭着各种小贩；一场扫黄打非行动，结果却让一个犯罪嫌疑犯失去了一对睾丸；为儿子申请烈士的父母二人，最后成了专业的上访户；谭家菜饭馆在阴间开张后，成了食品最安全的饭馆；夫妻双双下班回家休息，竟在浑然不知的强拆中葬身废墟……这些叙事不断溢出经验的范畴，也溢出了我们对理念的理解范畴。

嘲解不只是因为焦虑和愤懑，还有感伤和无奈、警示与反省。本雅明曾经说过："所谓写小说，就意味着在表征人类存在时，把其中不可通约的一面推向极致。处身于生活的繁复之中，且试图对这种丰富性进行表征，小说所揭示的却是生活的深刻的困惑。"④毫无疑问，《第七天》所直面

---

① 余华：《第七天》，新星出版社2013年版，第20页。
② 余华：《第七天》，新星出版社2013年版，第8页。
③ 余华：《第七天》，新星出版社2013年版，第101页。
④〔德〕瓦尔特·本雅明：《写作与救赎——本雅明文选》，李茂增、苏仲乐译，东方出版中心2009年版，第84页。

的，正是这种异常"繁复"的生活。余华将那些荒诞的现实不断地呈现出来，从某种意义上说，也正是将现实中"不可通约的一面"推向了极致，并由此表达了创作主体对我们这个时代的焦虑与思考，以及对"诗性正义"的彰显与召唤。

(《中国现代文学研究丛刊》2013年第11期)

论莫言小说的混杂性美学追求

在中国当代作家中,莫言是一位极具挑战意识的作家。他所创作的小说,无论是审美内涵,还是叙事形式,绝大多数都蕴含了各种难以协调甚至彼此冲突的元素,呈现出一种混杂性的美学趣味。这种混杂性的美学特质,使他的很多作品都显得复杂多变、矛盾重重,也激发了很多学者的阐释欲望,甚至出现了一些截然不同的审美评价。我以为,这种混杂性的美学追求,恰恰是莫言创作的重要特征,也是他迥异于其他当代作家的重要标识。

一

莫言对混杂性的美学特质,似乎有着与生俱来的迷恋。从他早期的代表作《红高粱家族》中,我们就可以明确地看到此点。这部小说虽然以民族抗战作为整个故事的背景,但在具体的叙事中,莫言完全颠覆了传统英雄主义的价值观念,消弭了政治党派的历史纠葛,并将正义与邪恶、勇武与懦弱、人性与兽性、无知与无畏纠集在一起,以一种极具原生态的叙事理想,呈现了齐鲁大地上一群充满血性、敢爱敢恨、粗野狂放的民间生命。同时,莫言还开始在小说中自觉地建构起"高密东北乡"的艺术世界,并为"高密东北乡"定下了这样一种世俗基调:它是"最美丽最丑陋、最超脱最世俗、最圣洁最龌龊、最英雄好汉最王八蛋、最能喝酒最能爱的地方"①。这种集纳了各种矛盾、彼此对立却又相互交融的精神内蕴,非常

---

① 莫言:《红高粱家族》,作家出版社2012年版,第3页。

清晰地体现了莫言创作的混杂性特质。

纵观莫言的小说创作，这种混杂性的美学追求，最突出地体现在人物形象的塑造上。莫言小说中的人物大多敢爱敢恨，理性不足而感性有余，且内心里往往充满了价值观上的矛盾和混乱，善与恶、美与丑常常聚于一体。按理，人物性格的多重性是现代小说的常规，许多经典人物的性格中，都有一些彼此冲突的元素，这并不奇怪。但莫言的独特之处在于，笔下人物的性格常常处于各种矛盾的两极状态，极恶与极善、极狂与极真、大辱与大爱融于一体，而且这些彼此冲突的性格元素，并没有造成人物形象的自我分裂，而是以感性的形式潜藏在人物内心，形成了各种强劲的张力状态，也成为人物言行的内在动力。《红高粱家族》里的余占鳌和戴凤莲，《丰乳肥臀》中的上官鲁氏和上官金童，《檀香刑》里的钱丁和孙眉娘，《酒国》里的丁钩儿和李一斗，《生死疲劳》里的西门闹，《蛙》中的姑姑，等等，都是如此。

在《红高粱家族》里，余占鳌就是一个典型的亦正亦邪的人物。他的性格里，既有凶残、暴烈的一面，又有柔情、豁达的一面；既有粗鲁、野蛮的一面，又有率真、坦荡的一面。戴凤莲既有柔弱、腼腆的一面，又有泼辣、大胆的一面；既有放纵、自私的一面，又有善良、正直的一面。按她自己的说法："我只有按着我自己的想法去办，我爱幸福，我爱力量，我爱美，我的身体是我的，我为自己做主，我不怕罪，不怕罚，我不怕进你的十八层地狱。"[1] 所以，"她老人家不仅仅是抗日的英雄，也是个性解放的先驱，妇女自立的典范"[2]。这两个人物的性格中，无论是何种特质，都极其突出，也极其鲜明。可以说，从整个精神世界来看，除了任副官和冷支队长，这部小说中的很多人物都是活在感性中的，始终体现出一种感性的、率真的、坦荡的生命原色，善中有恶，美中有丑，彼此交织在一起，从而形成一种十分混杂的价值倾向。

这种混杂的价值倾向，在莫言的很多长篇里都表现得非常突出。如《丰

---

[1] 莫言：《红高粱家族》，作家出版社2012年版，第64—65页。
[2] 莫言：《红高粱家族》，作家出版社2012年版，第12页。

乳肥臀》里的上官鲁氏，作为母亲，她受尽人间屈辱与伤痛，与此同时，她不畏道德压制、无惧尊严被辱。一方面，她在丈夫没有生育能力的情况下，陆续生了八个女儿和一个儿子；对苛刻的婆婆不时做出有违伦理的尖锐反抗。另一方面，她又蔑视所有封建伦理的约束，彰显出自然生命的勃勃生机。她对不断变幻的历史风云茫然无知，更不知道强悍的现实对个体生存的残酷践踏，然而，她又在趋利避害的本性下，一次次让整个家庭置之死地而后生。活着是她的根本信念，养育是她的生存动力。她是一位像肥沃的土地一样滋润着所有生灵的女性，仿佛是永不枯竭的民族生命之源，就像莫言自己所说的那样："书中的母亲，因为封建道德的压迫做了很多违背封建道德的事，政治上也不正确，但她的爱犹如澎湃的大海与广阔的大地。尽管这样一个母亲与以往小说中的母亲形象差别甚大，但我认为，这样的母亲依然是伟大的，甚至，是更具代表性的、超越了某些畛域的伟大母亲。"① 上官金童则是上官鲁氏与外国传教士苟合的结晶，一个自幼便有恋乳癖的畸形人物。他长大后身材高大、相貌英俊，但始终是一辈子吊在女人乳头上长不大的男人，以至于最后成为一个乳罩设计专家。作为一个中西混血儿，上官金童的生命里融合了太多的、极致性的矛盾性元素，这些元素不仅折射了东西文化、亲情伦理的冲突，而且包含了外表与内心的严重错位。

《檀香刑》里的孙眉娘和钱丁，同样也是充满矛盾性格的人物。钱丁虽是清朝的一介县令，但多少也是受到维新思想影响的人物，所以，他非常清楚朝廷的命运，但他又不愿舍弃县令的位置。他可以和孙丙斗须，也深知孙丙乃革命志士，却不敢为他撑腰；他爱狗肉，爱酒，爱美色，接受了部分变革思想，也有一定的眼界和胸怀，却畏惧于刽子手赵甲的淫威，甚至对赵甲的那把椅子都恐惧不已。他的性格里，集中了新与旧、理与欲、情与法、威与怯的各种冲突。孙眉娘虽属一介民女，热情率真，却从不遵守妇道；她不断穿梭于亲爹、干爹、公爹之间，在这三个人物所代表的不同价值立场中左冲右突，看起来果敢泼辣，最终一事无成。在她的性格里，

---

① 莫言：《丰乳肥臀》，北京十月文艺出版2010年版，"新版自序"，第1页。

欲望与伦理、血缘与家庭、妇道与人性、媚权与畏权……都纠集在一起，剪不断，理还乱。

再看看《酒国》里的丁钩儿，他的性格里同样存在着各种强大的冲突性元素。作为省人民检察院特级侦查员，丁钩儿具有丰富的侦查经验，被组织精心挑选出来，只身奔赴酒国市调查一些干部烹食婴儿的事件。然而，进入酒国之后，他很快便被宣传部副部长金刚钻灌醉，继而又被金刚钻的妻子、女卡车司机引诱；面对真伪难辨的红烧婴儿宴，他毫不含糊地举起了筷子；手枪在他的身上，成为一种滑稽的道具……丁钩儿在酒国里的所作所为，与他所肩负的使命，不断地出现错位，甚至是背道而驰。这无疑凸现了其内心深处形而下的欲望与形而上的责任之间的彻底分裂。而那个酒国酿造学院勾兑专业的博士研究生李一斗，则更是一个内心错位的功利之徒。他爱写作，不断巴结知名作家"莫言"，极尽阿谀奉承之能事，却又不时表白自己的"骨气"；他寄给作家莫言的九篇小说，几乎是酒国现实和他个人混乱生活的自供状，养肉婴、乱伦、媚权，且狂妄自大，但他自己认为，这些作品颇有探索意味；他渴望能通过莫言的人情关系，让作品打进《国民文学》，但又处处标榜自己的"纯洁"。可以说，李一斗几乎就是欲望横流的酒国所培育出来的一个精神怪胎。

《四十一炮》里的罗通看起来颇为豪爽，敢做敢当，充满血性，但终究是个自私自利的欲望之徒。为了权力欲望，他毫不含糊地坚持与老兰死磕，还和野骡子私奔；野骡子死后，他回家后发现天下已在老兰的掌控中，瞬间变得十分猥琐，在外以献媚度日，在家则以施虐来泄愤。他的儿子罗小通更是一个近乎夸张的欲望之徒，肉食、女色、权力，无不贪恋，最后居然还希望皈依佛门。老兰同样也是一个无恶不作、胆大妄为的乡村土霸，以邪招发财致富，以恶招打击对手，可他居然对并无多少姿色的罗通之妻照顾有加，最后竟然成为掌管五通神庙的兰大和尚。

《生死疲劳》里的西门闹，虽是一位乐善好施、广结良缘的地主，但在革命的强权专政之下，最终成为一个让阎王也无法为其申冤的屈死鬼。西门闹一次次转世投胎，变成驴、牛、猪、狗、猴等动物，却始终没有离开自己的家园。他以动物的眼光，见证了自己的长工蓝脸"鸠占鹊巢"的过程，但他并没有处处与蓝脸作对，而是一直暗中帮助蓝脸。尽管西门闹的身份在小说中不断地变化，但作为一个艺术形象，他的身上不仅容纳了人与兽、主与仆、父与子等角色上的错位，还聚集了智慧、勇敢、忍耐、粗鄙、暴烈、戏谑等相异的性格。

《蛙》中的姑姑也是如此。她对自己的职业有着无限的热忱，对计生方针更是严格捍卫，由是，不可避免地卷入乡村文化伦理的巨大冲突之中。生命传承与国家政策、母性意识与工作职责、亲情伦理与职业伦理，所有这些，围绕着生育制度和生命情怀，紧紧地纠缠在一起，展现了姑姑难以言说的人生痛楚。姑姑晚年的一次次梦境，以及她对小泥人的痴迷，似乎隐含了自己的忏悔意识或赎罪意愿。然而，如果我们细察姑姑的忏悔意识或赎罪意愿，又发现她对自己过去的很多行为，并没有彻底地反省，包括她在"文革"时期的所作所为，特别是面对老院长的自杀和黄秋雅的替罪，都没有出现源自内心的不安。或许，姑姑并没有真正意义上的赎罪能力，她的内心冲突，只是源于对自然生命的本能尊重，或者是对因果报应的恐惧。

值得注意的是，在强化人物形象混杂性的过程中，莫言还动用了一些志人志怪式的传统小说笔法，让人在鬼、神、兽等角色之间相互转换，借助不同的角度，进一步突出人物内在精神的多重性和混杂性。像《生死疲劳》中的西门闹，无论是对土地的情感，还是对长工蓝脸的情感，都极其复杂。为此，他不惜大闹阎王殿，迫使阎罗王让他在世间频繁投胎成驴、牛、猪、狗、猴等；面对土地的变迁，他时而积极参与社会变革，时而消极对抗历史意志。他深爱土地，深爱家人，然而，作为一个被历史抛弃的旁观者，他又常常由爱而恨，由恨而虐，由虐而讽。这种混杂而多变的性格，让人们深深地感受到，中国百姓在这片土地上似乎永远也找不到幸福感。

在《我们的七叔》和《战友重逢》里，莫言让一个个亡灵现身于世，通过亡灵与生者的对话，传达人物内心的矛盾或错位。《我们的七叔》中的七叔虽然死了，但他的阴魂依然不散，并不断地与"我"进行交流。从交流中，我们看到，现实中十分落寞的七叔，一生都沉湎在淮海战役中的英雄壮举中。每逢一些重大节日，他都会认真地佩戴好纪念章，彰显自己往日的荣耀。当儿子偷穿了他昔日的军服，他毫不含糊地举起斧头就砍。《战友重逢》里的钱英豪作为对越自卫反击战中的烈士，亡灵一直盘踞在家乡河边的大柳树上。在与儿时同伴、战友赵金的交谈中，莫言展现了钱英豪一代在《英雄儿女》《南征北战》等革命英雄主义电影熏陶下所形成的人生价值观，以及对战争残酷性的严重误解，以致他还没有真正踏入战场便牺牲了。与此同时，莫言还通过郭金库等亡灵的叙述，呈现了麻栗坡烈士陵园里一群烈士的阴间生活，并饶有意味地传达了这些烈士对中越关系变化的困惑心理。《四十一炮》里，当罗小通向五通神庙里的兰大和尚讲述过去的时候，随着兰大和尚的手势所指，小庙前的大道上，死去和活着的人都从远处走来，似乎是要指证这两个人物污秽不堪的往事。即使在直面当下现实的《天堂蒜薹之歌》中，莫言也经常通过人鬼之间的对话，传达人物内心的困惑与矛盾。例如：在金菊腹中的孩子要撕破她的身体来到人世时，金菊与未出生的孩子发生了激烈的争吵，这折射了金菊对混乱的乡村现实的极度绝望；高马与金菊尸体的对话，也说明他们对幸福梦想彻底失望。

莫言曾直言不讳地说，在处理人物形象时，他坚持"把好人当坏人写，把坏人当好人写，把自己当罪人写"①。这种两极化的艺术思维，其实也道出了他对人物性格混杂性的自觉追求。从客观上说，这种混杂性的价值追求，很好地呈现了人物性格的矛盾性，使人物内心充满了尖锐且难以调和的张力，但是，像莫言这样将人物性格不断推向亦正亦邪两极的作家，并不多见。

二

在《红蝗》中，莫言曾如此写道："总有一天，我要编导一部真正的戏剧，在这部剧里，梦幻与现实、科学与童话、上帝与魔鬼、爱情与卖淫、高贵与卑贱、美女与大便、过去与现在、金奖牌与避孕套……互相掺和、紧密团结、环环相连，构成一个完整的世界。"② 这段叙述，与其说体现

---

① 王原、陆瑞洋：《最重要的经验，就是把人当"人"来写》，《大众日报》2013年4月28日。

② 莫言：《食草家族》，作家出版社2012年版，第107页。

了莫言放纵的表达习惯，还不如说折射了他对自我写作雄心的隐喻。事实上，强化人物内在的各种极端性格元素，只是莫言追求混杂性美学的一种外在手段，而他的主要目的，其实是要营构一种含混不清而又繁复驳杂的文化意识，使作品的审美内涵处于某种混沌芜杂的状态。可以说，莫言的绝大多数小说中的文化意识都是含混的、矛盾的，甚至难辨创作主体的清晰立场。这是莫言创作的特殊之处。他从来就没有打算在小说中给历史和现实附着明确的价值判断，而是让所有的矛盾混杂在一起；他带有鲜明的解构冲动，然而他又从来不轻易地建构一种理想的价值维度——如果一定要说他有所建构，那么，这种建构就是向原始自然的生命状态的彻底回归。

纵观莫言的小说创作，我们会发现，其中处处透露出强烈的现代意识，但这种现代意识主要是立足于芜杂的、粗俗的乡村社会，意在还原生命的自然本色，并不是直接针对传统意识进行全盘的清算。也就是说，从创作主体的精神追求上看，莫言小说中的文化意识，呈现出非常明确的现代与传统相交的特征。譬如，《红高粱家族》就透露出强烈的现代意识，包括大胆地嘲讽传统的伦理准则、革命英雄主义价值观和过度理性的生命景象，但这种现代反思植根于民间的粗俗伦理之中，着意于生命本色的精神寻根，并没有在现代意义上对某些传统痼疾进行全盘的清算。

在《生死疲劳》中，做了一辈子好人的西门闹，被不明不白地杀害，又不清不楚地入了阴间。西门闹在阎王殿上喧闹不休，想为自己讨回公道。不料，接连而来的投胎转世，让他变成了长工蓝脸家里的各种家畜。冤魂六次投胎，每次转世为不同的动物，都与当时的中国社会变动紧密相连。由此可见，莫言试图对中国乡土社会的变化提出自己的反思，但是，如果深究其中的反思内涵，我们又会发现，无论西门闹还是蓝脸，他们与土地之间的关系、他们对土地的情感，并未发生本质变化。也就是说，这部小说看似折射了莫言对中国乡村农民与土地之间关系的现代性思考，但并未从根本上深究中国农民的命运困境。

这种现代与传统相混杂的文化意识，主要体现在莫言对既定的历史观念及单纯的真善美的解构冲动之中。莫言对一切既定的历史观念都不信任，对单纯的真善美之价值标准也不太推崇，所以他常常在书写历史时，故意摆脱那些具有强烈观念的政治纷争，并不时让人物提出自己内心的困惑。同样，在叙述某些具有明确价值标向的事件或人物时，他也会强化其中的张力元素，使之美丑相杂。这也使他很早就获得了"审丑"作家的称号，以至于有人这样论道，尽管有不少作家极力"冲破美的樊篱，把丑纳入艺术视野，然而恐怕都还比不上莫言那么大胆，那么彻底，以至那么敢于冒天下之大不韪"①。

从历史观念的解构性叙事上看，莫言能够从现代性的角度，发现各种历史意志的吊诡之处，但是，他并没有采用虚无主义的立场，对各种历史纷争进行自觉的颠覆性处理，而是通过一些凸显矛盾性的叙事策略，质询或反讽某些历史意志，消解那些所谓的既定历史观。最典型的，就是《红高粱家族》中的一个情节："我"查阅的《高密县志》中所记载的罗汉大爷之死，与小说中所再现的罗汉大爷之死，存在着巨大的差异。如果我们将《高密县志》视为"正史"（既定史观）的表征符号，那么作者在小说中的叙述就是对"正史"的自觉解构，尽管这种解构并不彻底。在《我们的七叔》中，七叔被打成反革命后，他的侄子亲自将他押送到人民公社，结果在路上七次遇见"阎王村"的"男孩、黄牛和白胡子老汉"等，但这些事象并没有吓倒这群充满豪情的押送者，最后，一阵奇怪的笑声终于将他们的"无畏"和"豪迈"彻底击垮，从而让七叔逃过一劫。莫言借助一些鬼怪的出场来瓦解七叔的这场灾难，这折射了他对七叔不幸命运的控诉。在《三十年前的一次长跑比赛》中，莫言以一种欢乐的语调，叙述了胶河农场里所聚集的四百多个"右派"的改造生活。他们并不像张贤亮笔下的人物那样显得饥饿、苦闷、压抑和绝望，而是以各自特有的智慧和技能，将苦难彻底戏谑化了。譬如：会计老富可以双手打算盘、双手点钱、双手写梅花篆字；省报编辑李镇，不多时便出好一期黑板报，且图文并茂；工程师赵猴子设计的粮仓，复杂如迷宫。最有意思的是，短跑高手张电和长跑干将李铁经常搭档组合，专门负责追赶草地里的野兔，然后交给标枪运动员马虎，让他用标枪精准地收获猎物。小说中，在百姓的眼里，"右派"等同于"大能人"，这无疑从民间的立场上否定了"右派"的敌对属性。

---

① 贺绍俊、潘凯雄：《毫无节制的〈红蝗〉》，《文学自由谈》1988年第1期。

同时，随着一场极具狂欢性质的农民运动会的召开，那些曾是各类运动员的"右派"更是大显身手，为大羊栏村取得了辉煌的成绩，成为百姓拥戴的对象。这种"被改造对象"与"大能人"角色的互置，无疑是莫言借助民间视角对历史意志的一次消解。

就历史意志的解构性书写而言，最典型的当数《丰乳肥臀》。小说中的上官鲁氏带着她的一群女儿走进历史，奔波在各种风云变幻的前沿地带。在面对苍茫的历史时，莫言不断地伸出了他的解构之手——他压根就没有将历史当作无比端庄的记忆，也从来没打算沿着所谓的史实或史料小心翼翼地前行。他坚信历史在民间，民间的生命印刻着历史的年轮，每一个卑微的个体都折射出历史的面孔。上官鲁氏和她的女儿们，最终以她们柔韧的生命，对中国近一个世纪的历史进行了生动的注释。在那里，党派之间的争斗、族群之间的战争、中外文化的碰撞、伦理之间的纠葛，都被特定的历史不断消解，或者颠覆。特别是上官金童的出生和成长，多少还隐喻了东西文化融合中的畸形。透过这种混杂的文化，我们很难确定创作主体的文化观念和价值立场，一切只是为了活着，一切又似乎见证了活着的历史。或许正因如此，这部小说在发表之初，便受到严重批判。

在《蛙》中，莫言试图通过一种自我叙说的方式，在演绎姑姑传奇人生的同时，对自然生命与计生制度的冲突进行反思。然而，无论是对自然生命的推崇或捍卫，还是对计生制度的质疑，就小说的主旨而言，都不是明确的、全方位的。莫言以"蛙"的旺盛繁殖而喻"娃"的控制出生，无疑呈现了创作主体的解构冲动，但是，在叙事的背后，如果我们认真地回顾姑姑的一生，又会发现这个故事的重点，主要是在突显姑姑内心对生命意识的觉醒，并没有对生育制度构成深度质询。更耐人寻味的是，作为叙述者的"我"，几乎不停地与日本人进行信件沟通，似乎想获取更多的域外视野中的价值评判。

除了对既定的历史观念持以解构的姿态，莫言还自觉对单纯的真善美进行解构。有很多学者在批评莫言的创作时就强调，对于丑恶、肮脏、残忍、淫秽，莫言似乎有着天生的迷恋和执着的偏爱，特别是对一些残酷暴虐的行为，莫言常常抱着一种玩赏的心态。王干就说："莫言却在反文化的旗帜下干着文化的勾当。莫言在亵渎理性、崇高、优雅这些神圣化了的审美文化规范时,却不自觉地把龌龊、丑陋、邪恶另一类负文化神圣化了,也就是把另一类未经传统文化认可的事物'文化化'了。"①

其中最为典型的一个例证,就是莫言对于女性的书写。在莫言的笔下,很多女性呈现出某种模式化倾向,即原型理论中所定义的"妖妇"与"圣母"的合体。一方面,这些女性大胆泼辣,服从本能,蔑视贞节,敢做敢为,完全是"妖妇"原型的不同翻版;另一方面,她们又无畏无私,忍辱负重,心地善良,甘于奉献,勇于牺牲,是"圣母"的表征符号。《红高粱家族》中的戴凤莲、《欢乐》中的母亲、《丰乳肥臀》里的上官鲁氏、《怀抱鲜花的女人》中的女鬼、《四十一炮》中罗小通的母亲杨玉珍、《檀香刑》里的孙眉娘、《生死疲劳》里的白氏、《酒国》里的女卡车司机等,都是如此。这种集"妖妇"和"圣母"于一体的形象塑造,本质上折射了创作主体的精神诉求——摆脱单纯的真善美标准,让真、善、美真正融入复杂的人性,在丑陋、粗鄙的生活情境中,凸现女性生命的理想建构。

在《师傅越来越幽默》里,省级劳模丁十田原本是一个木讷老实且拥有一定威望的工人,突然被颇有计谋的领导树立为安然接受下岗的代表,推动工厂完成了转型裁员的计划。甚至,在别人都找到谋生之路后,他还一直无计可施。终于,在徒弟吕小胡的帮助下,他将小树林中报废的公共汽车改造成"林间休闲小屋",为男男女女提供幽会场所。表面上看,丁十田的行为,是对命运的一种无奈反抗。然而,在这种反抗的背后,又分明隐含了作者对欲望时代的讥讽。《四十一炮》里的叙述者就曾直言不讳地说,自己"在屠宰村长大,见多了杀戮,泯灭了善知识"。这个村庄不仅专门屠宰猪、牛、羊、驴、狗、鸡、鸭、鹅,还杀戮骆驼、鸵鸟、孔雀和梅花鹿。作为村主任的老兰,既是"公开的好色之徒",又是"黑心致富的带头人",公开传授注水法,用福尔马林浸肉,用硫黄熏肉,用过氧化氢漂肉,在制作肉食时添加各种色素和甲醛,使肉的色泽和气味处于最佳状态。即便是病死动物的肉,他们照样将之加工成色香味俱全的食品。尽管这种极致的书写,尖锐地抨击了正常伦理失序后的欲望化生存景象,

---

① 王干:《反文化的失败——莫言近期小说批判》,《读书》1988 年第 10 期。

但是，从作者那些轻松戏谑的语调中，我们又感受到他对这些恶俗场景的暧昧心态。

《酒国》同样如此。莫言在一种极致化的审美情境中，营构了一个欲望横流的"酒国"世界，并试图通过侦查手段，撕开这个两极分化、尖锐对立的二元社会现实。在那里，一边是饱受践踏的普通劳动者；一边是极度空虚的权贵阶层。一边是讨论烧两瓢水还是三瓢水洗涤即将出售的婴儿的贫困文化；一边是穷奢极欲无视人伦的权力文化。在这种两极化的现实中，无论哪个阶层的人群，都对这种欲望化的秩序持以高度认同，并以自身的行为对之推波助澜。从审美意图上看，小说无疑体现了作家对欲望滥觞的强烈反讽和批判，但在具体的情节叙述中，如丁钩儿进入酒国后的所作所为、李一斗的自供式写作，又洋溢着自我感官满足的愉悦。

更为突出的是，莫言还充分利用他那狂放不羁的想象和异常发达的感官能力，对各种引人不快、粗俗甚至恶心的场景，进行极度夸张的迷恋性叙述。这种或暴虐或恶心的细节场景，在莫言的笔下几乎随处可见。《檀香刑》中对各种历史酷刑的实施过程的精细呈现，《红高粱家族》中对活剥人皮、野狗食尸的详细描绘，《筑路》中对血淋淋的剥狗皮过程的细致临摹，《复仇记》里对活剥猫皮产生的腥膻气味的大量渲染，都让人难以忍受。《红蝗》中，在大便味道高雅、"像薄荷油一样清凉的味道"的反复叙述中，大便一片绚烂辉煌、庄严静穆，甚至"达到了宗教的、哲学的、佛的高度"。《欢乐》中，作者描写跳蚤在母亲的阴毛中爬行、在生殖器和阴道里爬行之后，又如此反问道："你吃过男人的阴茎，但是你喝过女人的月经吗？"月经"味道不坏，有点腥，有点甜，处女的干净，纯正；荡妇的肮脏、邪秽、掺杂着男人们的猪狗般的臭气"。在《二姑随后就到》中，暴虐场面更是惊心动魄。天、地两兄弟不仅命人残忍地挖出大奶奶的两个眼球，还威逼路人凌迟；麻奶奶被剁下双手之后，断手还在地上不断"抽搐"；被枪毙的七老爷爷，则是"一股白脑子蹿了出来"。"除了视觉性，触觉、味觉、嗅觉、听觉连同五脏六腑神经末梢，都是莫言的感官叙事抚慰或蹂躏的场地——花的臭气，大便的芬芳，人尿引子的高粱酒，炸得金黄的婴儿宴，遥远但却轰鸣的昆虫振翅，切近但却微弱的凶狠戾骂，冷冻的尸体五脏和脂肪，一揪就撕裂流脓的耳朵，扒皮抽筋的酷刑已是小儿科，还得看喉咙进肛门出欲死不能的檀香刑……扭曲，变形，夸张，亵渎，直至用酷刑叙述挑战神经极限，莫言感官叙事的刺激强度已超过西方虐恋经典《O 的故事》。"① 尽管这些细节并没有彻底颠覆小说内在的批判性主旨，但是，这种无节制的迷恋性叙述所带来的审美效果，依然让人们觉得作者对真善美的艺术格调进行了尖锐的挑战。对此，莫言则有一套自己的说辞："只有正视人类之恶，只有认识到自我之丑，只有描写了人类不可克服的弱点和病态人格导致的悲惨命运，才是真正的悲剧，才可能具有'拷问灵魂'的深度和力度，才是真正的大悲悯。"②

无论是对历史意志的解构，还是对传统真善美观念的消弭，背后都凸现了创作主体的现代反叛意识和变革意愿。由此而形成的文化意识的混杂性，构成了莫言小说丰富多元的审美内涵，也为读者提供了多义的解读空间。这也导致人们对他的作品常常产生或褒或贬两极评价，而且，这种两极评价至今仍在延续。

三

从小说的叙事形式上看，莫言创作的混杂性美学特征，同样十分鲜明。客观上，莫言对各种民间叙事传统有着强劲的整合能力，同时对一些现代叙事也具有灵活的选择能力。当别人以正常的眼光描述一棵树时，他会选择树的倒影。这使莫言小说的叙事形式常常显得繁复而杂糅，具有某种颠覆性的特质。古今中外、现代传统、大俗大雅，都被他通过各种方式，整合在叙事之中，且不加节制，形成一种包罗万象的审美效果，这直接导致其小说精神意蕴和文化意识呈现混杂性。

莫言的叙事风格从整体上看是充满喜剧性、反讽意味和奔放无束的。但在具体的叙事过程中，他又不断融合其他叙事手法，用瑞典文学院的话说，莫言的创作"将魔幻现实主义与民间故事、历史与当代社会融合在一

---

① 李静：《不驯的疆土——论莫言》，《当代作家评论》2006 年第 6 期。
② 莫言：《捍卫长篇小说的尊严》，《当代作家评论》2006 年第 1 期。

起"。魔幻既是一种反经验的存在,也是一种非理性的存在。它与小说的虚构性常常不期而遇,并能帮助作家在处理复杂的现实生活时,巧妙地实现某种诗性的飞跃。莫言的很多代表性作品,都充分依托这种叙事策略,传达了他内心某些言说不清的东西。这些言说不清的生存境况,很多时候属于作家的直觉体验,具有鲜明的感性特征,但在莫言的笔下,常常能够转换为异彩纷呈的审美世界。这是莫言的独异之处,也是莫言对中国文学的一种开拓性的贡献。纵观莫言的叙事策略,混杂性特征主要体现为传统与现代杂糅、爆炸式运用隐喻性事象,以及频繁更替叙述视角等。

传统手法与现代叙事混杂,是莫言最常用的一种叙事策略。在莫言的很多小说中,传统的章回体、民间的猫腔或民谣、人鬼对话式的神魔笔法,与现代的意识流、感觉化叙事乃至魔幻现实主义,常常交织在一起,形成一种古今混杂、雅俗相融的审美格调。在《透明的红萝卜》《爆炸》《枯河》《红高粱家族》《红蝗》等早期作品中,莫言就在写实的基调上,吸取了大量现代手法,包括择用不同视角、感官化的细节处理、奇幻的叙事语流等,倾力突出人物的感觉、联想和幻觉,打破真实与虚幻之间的界限,使叙事在通感、超验和奇幻的状态中呈现出陌生化效果。特别是像《拇指铐》《人与兽》《夜渔》《金发婴儿》《我们的七叔》《怀抱鲜花的女人》《生死疲劳》等小说,大量呈现人鬼互交的奇幻叙述,这种叙事策略被很多学者视为马尔克斯式的魔幻主义在中国的翻版,但是也应看到,它与中国民间野史的奇幻性同样有着紧密的共振。我们或许可以说,从《世说新语》到《聊斋志异》,各种人鬼相恋的自由与奔放、奇情怪命的轮回式交织,都被莫言巧妙地置于叙事之中。

随着叙事经验的不断丰富,莫言又开始自觉加强对民间传统叙事资源的利用,并在叙事手法上融入了大量的传奇、志人志怪、民间戏曲等元素,既突出了小说叙事的喜剧倾向,又丰富了小说叙事的美学形态。像《十三步》《天堂蒜薹之歌》《四十一炮》《檀香刑》等,都是如此。莫言曾在谈及《檀香刑》时,直言不讳地说:"为了适合广场化的、用耳朵的阅读,我有意地大量使用了韵文,有意地使用了戏剧化的叙事手段,制造出了流畅、浅显、夸张、华丽的叙事效果。民间说唱艺术,曾经是小说的基础。在小说这种原来是民间的俗艺渐渐地成为庙堂里的雅言的今天,在对西方文学的借鉴压倒了对民间文学的继承的今天,《檀香刑》大概是一本不合时尚的书。《檀香刑》是我的创作过程中的一次有意识地大踏步撤退,可惜我撤退得还不够到位。"①

从传统与现代的杂糅手法来看,《蛙》无疑是最为典型的一部作品。小说共分五个部分,四封书信引导出小说故事的主干,第五部分为话剧。其中,故事的主干部分是传统的写实基调,还不时融入一些志怪式的细节,体现出较多的传统叙事元素。但是,若从大的结构上看,该小说则显得极为现代。其中的"我"反复强调自己是剧作家,而不是小说家,"我"最后创作了剧本《蛙》;而剧本《蛙》只是小说《蛙》中的一部分,小说《蛙》叙述了"我"向日本作家杉谷义人先生介绍自己创作剧本《蛙》的过程。这意味着,整个小说就是一场关于叙述的叙述。与此同时,我们也必须承认,作者将书信、小说和话剧混杂在一起的叙事策略,并没有从根本上提升小说的审美内涵。尤其是书信中"我"对杉谷义人的倾诉,似乎杉谷是故事的倾听者,但这样的倾听者在小说中并没有特别的功能。同样,第五部分的九幕话剧,放纵而戏谑,虽比小说叙事更为开放,但也只是突出了作者对现实的讥讽,而没有更为特殊的作用。尽管如此,《蛙》确实体现了莫言同时面对传统与现代的艺术胸襟。

各种隐喻性事象的爆炸式呈现,也一直是莫言小说的一道美学奇观。在中国当代文坛,苏童和莫言都是迷恋各种隐喻性事象的作家。所不同的是,苏童更多地选择具有南方质地的意象,突出阴郁、柔软、轻盈而潮湿的江南生活韵致。而莫言则非常喜欢选择一些具有感官冲击力的事象,经过人物的想象变异,这些事象变得奇幻化或充满歧义,从而形成一个个语义含混且不断抽象化的事物,构成十分混杂的隐喻载体。这种情形,始于《透明的红萝卜》。如"红萝卜""红高粱""高粱酒""红蝗""大便""肉婴""酒国""刑场""檀香刑""蛙"等,都超越了具体明确的事物,隐含了异常繁杂而又混沌不明的审美内涵。譬如《透明的红萝卜》中的"红萝卜",究竟隐含了哪些意义,历来众说纷纭。而《红高粱家族》

---

① 莫言:《檀香刑》,作家出版社2012年版,第515—516页。

中的"红高粱",则犹如充满血性和本真的生命之旗。"在白马山之阳,墨水河之阴,还有一株纯种的红高粱,你要不惜一切努力找到它。你高举着它去闯荡你的荆棘丛生、虎狼横行的世界,它是你的护身符,也是我们家族的光荣的图腾和我们高密东北乡传统精神的象征!"①

在此,我们不妨看看小说《爆炸》。莫言在这篇小说的开头,细致地描述了父亲打"我"的那记耳光:"父亲的手缓慢地举起来,在肩膀上方停留了三秒钟,然后用力一挥,响亮地打在我的左腮上。父亲的手上满是棱角,沾满着成熟小麦的焦香和麦秸的苦涩。六十年劳动赋予父亲的手以沉重的力量和崇高的尊严,它落到我脸上,发出重浊的声音,犹如气球爆炸。几颗亮晶晶的光点在高大的灰蓝色天空上流星般飞驰盘旋,把一条条明亮洁白的线画在天上,纵横交错,好似图画,久久不散。飞行训练,飞机进入拉烟层。父亲的手让我看到飞机拉烟后就从我脸上反弹开,我的脸没回位就听到空中发出一声爆响。这声响初如圆球,紧接着便拉长变宽变淡,像一颗大彗星。我认为我确凿地看到了那声音,它飞越房屋和街道,跨过平川与河流,碰撞矮树高草,最后消融进初夏的乳汁般的透明大气里。"②这个充满暴虐性的细节之所以发生,是因为父子两代人关于生育与家族繁衍的观念起了冲突。因此,借助整个小说的叙事意图,我们能够隐约地感知,莫言所渲染的这种"爆炸",其实是伦理观念的爆炸,是家族权威意志的爆炸,也是生命观念的爆炸。

这种隐喻性事象,在莫言的长篇小说中几乎随处可见,并与其狂放的想象力、奇特的感官体验,形成了内在的共振关系,共同推动了莫言小说在审美内涵上的混杂性特质。像《酒国》里的酒国市,就完全是一个虚拟的欲望舞台。那里的各种烈酒,并非一般意义上的饮品,而是人性欲望的主宰之物。《檀香刑》中的刽子手赵甲、如戏台般的刑场、各种刑术、行刑仪式中的唱戏,都具有丰富的文化隐喻意义。《丰乳肥臀》里,从乳房、牧师到母亲上官鲁氏、儿子上官金童,无一不是隐喻载体。尤其是上官金

---

① 莫言:《红高粱家族》,作家出版社2012年版,第351页。
② 莫言:《欢乐》,作家出版社2012年版,第193页。

童，是由中西两种血缘和文化共同孕育而出的，也可以说他是20世纪中国知识分子的某种化身。他的血缘、性格与弱点表明，他是一个文化冲突的产物，而他的命运，则更逼近地表明了知识分子在这个世纪里的坎坷与磨难。用张清华先生的话说，"他身上的一切都是矛盾着的：秉承了'高贵的血统'，但却始终是政治和战争环境中难以长大的有'恋母癖'的'精神的幼儿'；敏感而聪慧，却又在暴力的语境中变成了'弱智症'和'失语症'患者；一直试图有所作为，但却始终像一个'多余人'一样被抛弃；一个典型的'哈姆雷特式'和'堂吉诃德式'的佯疯者，但却被误解和指认为'精神分裂症者'"[①]。

与此同时，我们还注意到，莫言是最喜欢变换叙事视角的作家。转换视角是现代小说常见的一种表现手法，体现了作者对叙事的多维度介入与呈现，操作虽然具有一定的难度，但对于一些优秀作家来说，并非不可克服。总体上，莫言比较擅长人物的内视角，很多小说是以人物的视角分而叙之。但是，在一些内视角的叙述过程中，作家又不断加入一些全知视角的叙述。譬如《红高粱》里，莫言就用了三重视角。尤其是"我"和豆官的视角，大大强化了小说叙述过程中"审丑"的现代性立场。从"爷爷"余占鳌到"父亲"豆官再到孙子"我"，表现出一种生命力递减的现象。"爷爷"是一位野心勃勃、匪气十足、充满阳刚之气的抗日英雄；而"父亲"则只能拿着爷爷的武器对付一群癞皮狗，而且丧失了一颗睾丸，生殖能力大打折扣；到了"我"这一辈，则简直就是被彻底"阉割"了。"我"脑子里，常常充满了机械僵死的现代理性思维和"被肮脏的都市生活臭水浸泡得每个毛孔都散发着扑鼻恶臭的肉体"[②]，就像混在高粱地里的"杂种高粱"，质劣、芜杂，缺乏繁殖力。《檀香刑》虽然运用第二人称与全知视角交替叙述，但是主要叙述依然动用了人物视角，尤其是钱丁和孙眉娘的视角，一个仕人、一个浪妇，两个人的叙述语调犹如东北二人转，很有韵味。

[①] 张清华：《叙述的极限——论莫言》，《当代作家评论》2003年第2期。
[②] 莫言：《红高粱家族》，作家出版社2012年版，第349页。

在《生死疲劳》里,作者主要立足于全知视角进行叙述,但在具体的故事情境中,作者又借西门闹的每一次轮回,转换一种新动物的视角。这种视角的转换,隐喻了做人不易、做畜也不易的潜在逻辑。莫言自己也认为:"随着他不断地转世,慢慢地他认同了动物性,而淡忘了最初他坚持的人性,反而是动物性越来越强,直至高过原有的人性。故事刚开始,西门闹转世成一头驴,但他认为他仍是一个人,对人世的仇恨时时控制着他,他以人的目光体察人间的一切,即使是驴还是以人的思考方式来介入一切,当他想去安慰他的媳妇白氏时,他才发现自己的声音只是驴叫。但转世为猪时,他做了猪大王,他很满足。关于西门闹的记忆,他渐渐淡化。转世为狗,他已得意于作为主席狗的身份,狗性越来越浓,控制着他的其他所有行为。当他最终转世为人'大头儿'后,只剩下一个局外人的身份。"①

我们不妨再细看《十三步》。这部小说在大故事中套小故事的迷宫结构里,通过一个被囚在笼子里的叙述者,讲述了两个家庭的错位生活,中学物理老师方富贵累死讲台,不料又死而复活,妻子屠小英视其为鬼魂而拒绝他进家门。无奈之际,殡仪馆特级整容师李玉婵向他伸出援助之手,将他化装成自己的丈夫张赤球,并让他顶替同样在中学教学的张赤球去上课,而让真的张赤球下海经商。在这个错位的故事中,全知视角、人物的旁知视角及第二人称视角,随着人物的不断变换而变化,各种视角都承担了特殊功能。莫言坦言:"直到现在《十三步》也是我的一部登峰造极的作品,至今我也没有看到别的作家写得比《十三步》更复杂,我把汉语里面能够使用的人称或者视角都试验了一遍。"②

就混杂性的美学追求而言,莫言在叙事形式上的努力,超过了很多先锋作家。从现代元小说(如《酒国》)到传统志怪小说(如《拇指铐》《怀抱鲜花的女人》),从复调式的多声部共鸣(如《十三步》《生死疲劳》)到不同文体的拼接(如《蛙》),他都进行过自觉的尝试。在短篇《学习蒲松龄》中,莫言讲述了一个拜师的故事。当过马贩子的祖先曾经托梦给写小说的"我",并带"我"去拜望写小说的祖师爷蒲松龄,在"我"朝

---

① 林建法主编:《说莫言》(上),辽宁人民出版社2013年版,第29页。
② 莫言:《小说的气味》,春风文艺出版社2003年版,第157页。

他磕了数次头之后,这位祖师爷从怀里摸出一支大笔甩给"我",并说道:"回去胡抡吧!"①从表面上看,"胡抡"确实属一句玩笑话,但若纵观莫言之千变万化的叙事手法,"胡抡"又是对其叙事策略的最好概括,表明了他挑战一切写作成规之意愿,也折射了他对各种美学范式的混杂追求。

无论是审美内涵还是叙事形式,莫言的小说给我们提供的,都是一种混杂的美学趣味。这种审美趣味,源于具有颠覆性的艺术冲动。莫言不同于其他作家,其他作家在让作品内涵变得复杂时,总会倾注一种较为明确的价值指向或思考向度,但莫言的创作中,并非如此。这种具有颠覆意味的混杂性美学追求,体现了莫言对一些审美观念和叙事圭臬的挑战和反抗,也展示了他探索小说创作的智慧和勇气。在中国当代作家里,很难发现第二位这样的作家。

(《中国现代文学研究丛刊》2015 年第 8 期)

---

① 莫言:《与大师约会》,作家出版社 2012 年版,第 319 页。

朱辉论

一

朱辉是一位谦谦君子。他将孤傲牢牢地锁在内心的笼子里,很少给它放风的机会。但通过他的作品,你能感受到他内心深处的孤傲。一种洞悉世态和人性的孤傲,一种对叙事策略从容调控的孤傲。孤傲并不是坏事。对于作家来说,孤傲有时会让他对笔下人物有点"蔑视",显得不够尊重,但那是基于洞察力和自信心的姿态。朱辉的特点在于,他从来不摆出孤傲的架势,拒人于千里之外,而是处处谦和柔顺,体面周到,但他常常在小说中渗入一种孤傲,尤其是叙述那些人物在内心意愿和现实秩序之间左冲右突时,他会情不自禁地挥洒几句戏谑的话语,似乎表明自己比人物更清楚:所有的挣扎都是徒劳的。

这很有意思。从文艺心理学的角度来说,其中可能隐含了某种心理补偿机制。从人的文化性格来说,可能意味着作家的多重性格组合。司各特曾说过类似的话,每个人的内心都存在着极为复杂的矛盾成分,此一面,彼一面,均属常态。我的看法是,骨子里的孤傲与社会生活中的谦逊,确实是很多作家生存的重要特质,否则,何来"文人相轻,自古而然"之说?我的兴趣,当然不是确认朱辉的内心是否孤傲,而是想探讨这样一种直觉:为什么我会从朱辉小说中读出一种孤傲?

大约二十年前,我开始阅读朱辉的小说。他的作品,主要以短篇为主,偶尔也有三两部小长篇,诸如《白驹》《天知道》等,我曾写过一些短评。早期的作品,朱辉写得挺"猛"的,无论人物性格或情节设置等,都往极致处推演;叙事上也是铆足了劲儿,各种策略和技法都会使用,像刚学会开车的司机,眼睛紧盯路面,方向盘抓得紧紧的,车子虽然开得不错,但给人的感受是过于"猛",隐含了某些内心的紧张。像《白驹》,尽管情节中充满了某些诗意的气息,但小说始终被神秘而又紧张的故事发展所胁迫,失去了某种舒朗而坦然的韵致。《天知道》也是如此,夫妻、朋友和同事之间,围绕着利益角逐,关系错综复杂,情节环环相扣,紧张有余而余韵不足。那时候的作品,我并没有读出多少孤傲之类的意绪。2010年之后,他似乎专营短篇了。每年三五篇,数量不多,却颇精致,不少作品十分耐读。所以在我看来,朱辉应该是一个执着而专注的短篇小说家。

朱辉的短篇小说,一直面对现实生活发言,偶尔也会涉及历史记忆,但总体上看,他的眼睛基本上盯着当下的现实,盯着变化多端的日常生活,不断撕开各种表象化的生活秩序,展示自己的洞察和思考。这种思考的独特之处,就在于他对各种错位的生存状态的揭示。我甚至认为,他的一些潜在的、不自觉的孤傲,在很多时候就体现在他对日常生存中各种微妙错位的精描细摹,因为每当人物处在这些尴尬的状态中,我总是会隐隐地察觉到朱辉躲在叙事背后的那种得意神态,有点超然,又有点傲娇。当然,很多作家都会专注于个人意愿与社会现实的冲突。这种冲突往大处写,就是一种变形,一种荒诞。舒尔茨《鸟》中的父亲,对现实生活可谓失望至极,所以他只想坚守个人的意愿,终日沉迷于鸟的世界里,最后差不多变成了鸟人;加缪《局外人》里的默尔索只想活在个人的意愿中,结果被视为离经叛道、惊世骇俗,为世人所不能容忍。如果往小处写,往日常生活的常态写,这种冲突可能就不会像荒诞小说那样给人以强烈的超验性冲击,但也会产生诸多令人深思的意味。

朱辉的短篇,大多数情况下,都是选择"往小处写"的策略,不玩宏大叙事,不玩超验的变形,也不过分突出荒诞,而是立足于日常生活,慢慢地打开人物内心的个人意愿,然后让这些意愿与现实秩序、社会伦理构成或明或暗的冲突,呈现各种错位状态。当然,他也会偶尔搞点变形和荒诞。像《变脸》就是一篇充满荒诞意味的小说。一脸苦相的何雨,在单位里从来没有受到过同事的关注,后来他练成了变脸技艺,双手在脸上一阵搓揉,"一张迥异于他本相的脸展现在众人面前",同事从此对他刮目相看，单位的工间操也因此生出不少乐趣。何雨似乎找到了某种身份认同，并因此恋爱。在年终晚会上，大家起哄，让他变成单位"头儿"的脸，结果他被"头儿"一巴掌打得失去变回自己的技能，从此辞职消失在人们的视野之中。《调笑令》中的赵志明，似乎天生就有一种预测能力，能够准确地预测各种潜在的危机，但他无法预测到自己的命运，结果惨死在鳄鱼的嘴里了。这些荒诞，与其说是朱辉自己对现实的某种看法，还不如说是他对无奈人生的一种嘲讽。

但更多的时候，朱辉还是驻足于各种日常生活，专心经营各种小错位，有时是尴尬，有时是无奈，有时又是诗意满怀。它们源于普通人物的惯常生活，却也表明人们不甘于日常，颇有意味。譬如，在朱辉的很多婚外情故事中，我们会看到，人物总是徘徊于情与欲的错位之间，要么"情"成为人物内心的累赘，要么"欲"变成人物心智的障碍，婚外情成为各种人性对垒的特殊场域。《吐字表演》中的电视台新闻主播含逸与台长之间的关系，不仅交织了权力等世俗利益，而且还隐含了本能欲望的畸变。这种畸变，最初只是源于性爱之乐，但后来就成为台长必不可少的性爱润滑剂。也就是说，台长和含逸之间，情已淡漠，欲也颓然，两人之间的勾连，似乎仅仅是一种权力惯性的象征性需求。《惘然记》中，年轻的子蔚爱上了有家室的王杜，但王杜显然无意于抛弃家庭。他只想沾个花、惹个草，打发一下婚姻生活的庸常和无聊，也顺便满足一下所谓成功男人的虚荣心。子蔚的善解人意，成了王杜满足欲望的心理依靠。一次偶然的飞机失事，终于让王杜在妻子周禺面前暴露了行踪。于是，周禺和王杜约见了子蔚，并给了她致命的一击。子蔚的懂事，变成了自取其辱。《和辛夷在一起的星期三》中的"他"与辛夷之间同样如此。他们每个周三相约一次，激情、温馨、缱绻，让"他"饱尝婚外情的隐秘、新鲜，以及男人的成就感。"他"只是想与初恋"写完一个故事"，洗刷当年没能牵手的屈辱，因为"他"的内心终究有着自己的妻儿，有着真正意义上的家庭和难以割舍的牵挂。由是，"他"的周三浪漫之约慢慢走向了疲倦之约。特别是在深夜看到那些回家的男人，"他"的内心变得更为复杂。《要你好看》中那个网恋的男子，与其说是为了寻找情感的慰藉，还不如说是为了满足欲望，不料却在与"她"的交往中受到屈辱，并在屈辱中以决绝的方式，残酷地报复了对方。《夜晚面对黄昏》里的叶嫣与马冰河之间的婚外情，也同样充满了复杂的意绪。叶嫣显然意识到了马冰河对自己的冷淡，于是在马冰河的家里上演了一场情欲大战，并由此引发了马冰河妻子孟薇的怀疑。这种怀疑，最后因为公园的偶遇，在某种程度上获得了印证。这是叶嫣需要的效果，因为它撕开了马冰河虚伪的内心。从这些小说中，我们可以发现，朱辉对婚外情的书写，并不强调开始，也不强调过程本身，立足点也不是情感与伦理的冲突，不是人的非理性欲望的滑行，而是彼此发展到一定阶段之后出现的种种情与欲、尊严与屈辱、成功与失败、身体占有与性别私欲的错位。看似着眼于人物情感之外的欲望，但在关键之处，朱辉便利用某些不经意的细节，果断出击，一招制敌，将人性的丑陋和荒凉彻底撕开，从不拖泥带水，有点类似于林斤澜所说的"一招鲜"。

这种狠、准、猛的叙事手段，一方面源于朱辉对于短篇的自我控制，但另一方面，也可以看出朱辉对各种现实欲望的清醒认知。因为说穿了，婚外情无非就是人们在满足了温饱之后缺少自律的德性，往深处说，也是人类占有欲的另一种表现形式。朱辉笔下那些玩婚外情的人，背后都有一个世俗意义上绝对温馨的家庭，或妻子贤淑，或丈夫能干，大多属于衣食无忧者。他们并没有觉得婚姻是个围城，反倒无法离开家庭这个港湾，婚外情对他们来说只是一种佐餐小菜，绝非关乎于生命本体的自觉或形而上的真爱。像《求阴影面积》里的大学老师杜若，倒腾房产生财，妻子通情达理，但他还是养了个情人，似乎不养个情人，就缺了成功人士的某个标配。结果在约会情人时，他将一位老人撞进了医院，继而又碰上情人怀孕，生活顿时陷入旋涡。事实上，在这些人物在婚外情中尽情表演之后，朱辉都会以各种猝不及防的方式，给他们致命一击，并告诉他们：命运比你们更聪明。这也在一定程度上，间接地表明了作家清楚生活的本质。

不过话又说回来，无论哪一种既定的现实生活，世俗之人都不会满足，因为现实本身就是社会规范的产物，由各种社会法则及其伦理关系塑造而成。作为一个独立的个体，即使是最普通的人，也会受到现实的内在束缚，这是社会存在、文化存在的必然现象，也是人的生存的必然处境之一。所以，面对现实不断折腾，实属人的存在常态。当然折腾的方式或结果，无非是这样几种状态：或心有所愿，通过自己的一番努力，与现实达到了紧密的共振关系,实现了自我认定的生活目标;或事与愿违,与现实较智较力,常常弄巧成拙,将自己搞得哭笑不得;或循规蹈矩,遵守各种现实秩序,按部就班地活着。小说家当然不会玩循规蹈矩的一套,他们更热衷于让人物与现实之间形成张力关系,至于这种张力关系将如何发展,不同的作家则有不同的想法。

就朱辉来说,他更喜欢让人物自觉带着内心的执着和不甘,与现实进行某种程度上的较劲儿。面对强大而坚硬的现实,任何执着的个人意愿都没有太多的意义,至少是不值一提。所以这种较劲儿的结果,必然是人物不断陷入各种尴尬或错位。譬如《午时三刻》中的秦梦媞,始终认为自我发展的最大障碍就是容貌平平,要改变自己的命运,就必须改变自己的容貌。为此,她将自己确定为父母生出来的"残次品",并顺理成章地向父母索要整容费用,试图整出自己所渴望的前途和命运。她屡整屡败,却锲而不舍,最终当然是一败涂地。她的尴尬之处,并不在于整容本身,而在于她对现实社会的理解过于片面,对人生、事业和命运的思考过于浅陋,这导致她将生活的愿景简单地附着于外在的容貌之上。在秦梦媞看来,姣好的容貌等同于现实的认同,也等同于事业的成功。所以,她执着于改变自己的容貌,并由此陷入命运的错位。

《绝对星等》中的郑教授倾心于自己的天文事业,将学校的天文馆视为生命。对他来说,生活就是为了学术,学术远远高于生活。但在世俗的现实社会里,特别是受到市场经济冲击之后的现实生活中,更多的人所信奉的理念则是:学术是为了生活,生活远远高于学术。从章副校长到自己的得意门生赵婧,面对天文馆和住房的拆迁,以及现代城市对观察天体的破坏,他们呈现出与郑教授完全不同的情感态度。最后,当然是学术尊严被世俗利益所侵袭,天文馆乖乖地让位于现代城市发展。在学术与生活的冲突之中,郑教授无能为力。学术是求真的理性事业,却变得越来越个人化,而生活则是伦理和欲望的诉求,代表着现实的大多数。可以说郑教授和学生赵婧之间的冲突,本质上是学术与生活的错位,也是物质主义时代的现实对日趋个人化的科学理性的消解。

《七层宝塔》中的唐老爹也一样。他和阿虎之间的冲突,本质上就是现实社会与个人习惯的冲突,也是传统生活观念和生存方式在现代化进程中的错位,凸现了中国社会城市化进程的内在矛盾。唐老爹原本是个能识文断字、在村里颇有些名望的老人,是传统秩序的代言人,拥有丰富的经验和良好的群体声誉。但他住进新村的高楼之后,磕磕碰碰,没有一刻消停。村子被征了,成了开发区,唐老爹等村民都住进了城里,各种不适应随之而来:无地可种、无鸡可养、乡俗溃败、人际变化,最重要的是,庇护一代代村民的七层宝塔,也成了年轻人谋利的对象。这一系列随之而来的问题,既表明了社会的快速发展所引发的乡村伦理的变迁,也展示了唐老爹这代人与现实之间的错位,即传统乡村思维与现代城市思维的脱节。

这种关于错位的书写,在朱辉的短篇小说中非常普遍,也非常突出。像《驴皮记》中的翔子,在城里买了一件假皮衣,结果过年回家时,发现村子里家家都在做猪皮生意,这些猪皮被做成卖给城里人的"阿胶"。表面上看,这构成了一个制假的怪圈,但实质上,在因果循环中,隐喻了现实与个体之间难以摆脱的悖论。《放生记》中的马老师收到学生送来的一只野生甲鱼,作为水生态专业的老师,她让两个研究生拿去放生,结果这只甲鱼在两个学生的手中辗转到菜市场,继而成为别人的盘中餐。而马老师看到学生用养殖甲鱼放生时的视频,以为完成了自己的内心意愿,并在微信朋友圈里,非常认真地进行了一番道德和专业上的说教。《青花大瓶和我的手》中"麦城第一修复大师""朱辉",在修复朋友的古瓶时,竟将自己的手卡在瓶中,最后不得不再将古瓶敲碎。《然后果然》中的王弘毅,为了维护家庭的体面生活,在失业之后日复一日地在医院游走,以替人体检打发时光,但是最终因妻子、女儿的各种问题,将所有的体面撕得粉碎。这些错位,有时是现实遭遇与内在缘由的奇特勾连,有时是主观意愿与最终结果的背离,有时又是具体的个人在现实群体中的脱节,总之,他们都很难与现实默契同行。即使是《吞吐记》中的徐岛和孟佳,看似彼此都做了必要的妥协,但是他们所面对的家庭生活和现实处境,并没有获得根本性的改变。因此,未来等待他们的,依然像牙齿和舌头那样,永远也逃不掉磕磕碰碰。或许,这就是生活的原本状态,但它又分明指向了不断变化着的现实,尤其是飞速发展的社会生活对各种既定观念的冲击。

二

  在探讨日常生活诗学时，我曾经借助文化学和社会学的有关理论，对日常生活的复杂内涵进行过认真的梳理。依据人们对日常生活的定义，它主要包括三个方面的内涵：日常消费活动、日常交往活动和日常观念活动。这三种活动密切相连，互为前提。可以说，人类所有的重大社会变革，都是在日常生活的这三个方面中不断积蓄而成，只不过在大多数情况下，我们总是对日常生活熟视无睹，似乎它总是一成不变。事实上，日常生活从来都不是变动不居的，且拥有巨大的吞噬能力。从社会发展的角度来说，日常现实变化越快，人们的适应能力就必须越强，否则，就很容易引发社会的各种矛盾，也会导致个人与现实之间的错位。朱辉对于个体生存的错位性探讨，很多时候都是针对现实做出的判断。也就是说，表面上，朱辉写的是各种人物的尴尬和错位，而实质是他在质询现实的快速变迁所带来的各种不确定性，审视我们这个时代的生存处境。在这方面，《看蛇展去》是一个非常生动的隐喻。少年金良和刘健渴望能够看到真正的蛇展，为此，他们不惧逃课，奔向蛇展的下一站。结果是，蛇展永远在路上，你永远不知道它的下一站在哪里。一路奔波的两个少年，只能在自己的内心认为他们看到了蛇展。我们的生存常态也是如此。当我们认为自己把握了现实，与现实达到了良好的共振关系，现实常常以各种猝不及防的方式，给我们轰天一击。虽然我们很难确定，朱辉对此是否有着极为深刻的思考，但无疑他对此感受尤深。所以朱辉笔下的人物，很多时候就像那两个去看蛇展的少年，野心勃勃、兴致盎然、一路追寻，却未必有所收获。

  日常现实的巨大难题，并不在于它有多么深邃广袤、玄奥艰涩，而在于它左右逢源、异常灵活，无法把握。特别是面对今天这样一个信息化、全球化和城乡逐步一体化的时代，日常消费变得极为多元，日常交往变化无穷，日常观念更是芜杂多样。有人认为，这就是现代性的不确定性。在这种巨大的不确定性所包裹的现实中，任何个体的生存也很难拥有自身的确定性。朱辉的意义，就在于他将这个难题巧妙地摆到了他的短篇创作之中。所以，我们会看到，《相约日暮里》的"我"，无论如何都没能见到初恋情人辛夷。"我"赴日本探望妻子,而辛夷也在日本。"我就要见到辛夷了。还有妻子也在日本。不知道是谁更让我感到迫切。"①注意,在"我"的心目中,辛夷在妻子的前面,谁更为迫切,其实一目了然。一切看似都很美好,但一切又充满了不确定性。妻子看似大度,实则对辛夷和"我"的情况了如指掌。于是,便有了"我"和辛夷相约日暮里。结果在异域他乡,他们还是在人潮中走散了,并没有相见。我们和变化多端的现实之间,是否也是这样的状态?我们一厢情愿、努力又努力地奔向现实的目标,最终是否真的能够如己所愿?

这种追问或许没有太多的意义,因为文学并不承担解决现实问题的功能。文学创作的全部意义在于,作家能够敏感地捕捉到人们现实生存的诸多困境,并将这些困境准确而又鲜活地呈现在人们面前,从而引发人们的关注和思考。朱辉的短篇小说,在很大程度上展示了文学的这一特定价值。当朱辉直面当下的现实时,他看到的,不仅仅是现实秩序的外在变化,还有由这种秩序所带来的各种既定生存方式、价值观念和思维方式的溃败与崩塌。但从另一方面说,日常现实的快速变化,也给不同个体的自由发展提供了巨大的空间,至少为其寻找自我突破创造了某些机会。所以,日常生活中隐含了一种复杂的生存悖论。一方面,格式塔心理学认为,安全需要和认同需要,是每个人不可或缺的基本需要,体现了个人意愿与社会现实之间必不可少的互动关系。但另一方面,随着现代社会的发展及个体生命意识的不断觉醒,我们也会看到,个体意愿越来越强烈,现实秩序的非稳定性也越来越突出,个体与现实之间很难找到普遍意义上的协调共振。或许,这就是现代性中的不确定性。在《事逢二月二十八日》《郎情妾意》《吞吐记》等作品中,朱辉都对这种生存悖论给予了积极的思考。

在《事逢二月二十八日》中,朱辉通过一个出狱不久的小偷,很好地演绎了这种生存悖论。无家可归的小偷,租居于某幢旧楼的单间,他决意金盆洗手,开始全新的正常生活,成为一个获得现实认同的劳动者。然而,

---

① 朱辉:《和辛夷在一起的星期三》,中国书籍出版社2018年版,第25页。

隔壁的一个时髦女性不断引起他的好奇心，以至于他情不自禁地再次动用非法手段进入她的房间，窥探对方的各种隐秘生活。他渴望找到一份属于自己的工作，却在阴差阳错之中，被街头配钥匙的师傅一语戳中软肋。作为一个曾被现实群体否定的存在，他渴望重新获得安全需要和认同需要，但在面对盗窃、火灾等重要事件时，他陷入进退两难之境。尽管没有人知道他曾经是小偷，但那种无法摆脱的"案底"，总是让他在进入社会的过程中尴尬丛生，乃至惊恐万状。在这里，小偷所面对的各种不可把控的现状，同样折射了那些试图拥抱现实的人之尴尬，因为很多人都有无法抛弃的既定生存模态，都有与现实格格不入的"案底"，在快速变化的现实中寻找安全和认同，绝非易事。

  这种现代性意义上的不确定性，有时也会带来某些尴尬的喜剧性。譬如《郎情妾意》中的苏丽就是如此。在这篇小说中，朱辉通过让人与狗互为隐喻，折射个体意愿与现实秩序之间的潜在悖论。大龄剩女苏丽曾经清纯而美丽，当然现在也不乏成熟优雅的气质，她之所以成为剩女，无非是因为自己的个人意愿与现实之间存在落差。这种落差，往小处说，就是苏丽不能正确地理解婚姻生活，心比天高，命比纸薄；往大处说，就是没有认清现实的发展与个人欲求之间的关系。苏丽既然需要婚姻，需要自己与现实达成某种正常的共振关系，踏上正常人的家庭生活，那么她应该理性地审视自己与现实之间的错位。但苏丽显然不这么认为。她对另一半的要求，就像她对自己的宠物狗克拉的要求一样："品种是一个控制线，品种不一致不要，品种不纯也不要。另一个原则是：免费。"[①] 为此，她不仅严格控制着克拉的性行为，不允许它在广场上与其他宠物狗乱交，就像她自己对爱人的选择一样，绝不随意降低标准。别有意味的是，苏丽依靠所谓的"智慧和筹划"，以自己怀孕作为筹码，最终将年轻帅气的宁凯从另一个女孩身边撬掉，成功收入自己的怀中。然而，这样的婚姻会幸福吗？会持久吗？也就是说，苏丽看似解决了自身的生存悖论，其实只不过是通过非常规手段将它暂时掩盖了而已。

---

  ① 朱辉：《要你好看》，江苏凤凰文艺出版社2018年版，第29页。

同样的悖论也体现在《暗红与枯白》中。应该说，这是一篇颇具温情的小说。它以祭奠爷爷作为线索，围绕着老宅的拆迁与重建，讲述了亲人之间长达四十年的隔膜。"暗红"呈现了血缘伦理的坚实情感，"枯白"则展示了邻里亲情的尖锐。为了在老家留下住宅，让年迈的奶奶守着已逝的爷爷，父亲和叔叔决定重建老宅，却不料遭到天忠后代的阻挠，尽管天忠和爷爷还算是异父异母的兄弟。他们阻挠的理由是一张字据："我注意到字据上'朱明海家堂屋中间有朱天忠家永远走道一条'中的'永远'两个字是字据写好后再加上去的，这两个字的意思是成如家的人永远可以出来找麻烦，只要他们觉得时机成熟。"① 因此，只要父亲打算拆迁后建造新房，他们便拿着字据来找麻烦。"成如说，他们家不是为了钱"，"只要自己家的地。我们家的新地皮分在哪儿，他们的走道也跟到哪儿。听听，多么地有理啊！这条莫须有的走道，就像跗骨之蛆，你根本没有办法把它剔除"。② 我们很难评析这种乡间伦理的吊诡与乖张，但是这种怪诞逻辑背后，分明显示了个体意愿与现实的无解——在不断变化的现实面前，有时你认为完全可以融入其中，但现实会告诉你：未必。因为所有的现实，并不都是依据人类的理性逻辑建构而成。

《天水》也是如此。阿贵显然很聪明。他能凭借自己长期游走于社会的经验，审时度势，对现实社会的发展有着前瞻性的判断。所以，在宝严寺开发之后，他便在人们拜佛烧香的必经之路上，利用自家贫瘠的自留地，建造了一个所谓的"龙头池"，表面上是为了给那些善男信女提供某种预测性的乐趣，实际上是想一劳永逸地获得了游客的零钱。但是，当他沉浸在自己的小康梦想中时，一个又一个意外开始向他袭来，村民们的嫉妒、乡镇管理的刁难、徒弟的奸诈，宛如最后那场暴雨，彻底击毁了阿贵的内心意愿。阿贵的问题不在于自己，而在于现实的不确定性——这种不确定性中，包含了诸多人性的痼疾，当然也包含了社会变迁之后人们思维及观念的嬗变。

---

① 朱辉：《和辛夷在一起的星期三》，中国书籍出版社2018年版，第66页。
② 朱辉：《和辛夷在一起的星期三》，中国书籍出版社2018年版，第73页。

在《别人的眼睛》中，朱辉让一群接受器官移植的人，选择母体捐赠一周年的忌日，相约要樱洲相聚。"我"是角膜受捐人，和心脏、肝脏、肾脏等器官受捐者相聚一起，彼此并不太熟悉。他们聊着各自的生活，以及各自的落寞。在闲聊中，大家围绕年轻女人的一个有关亲子鉴定的话题，展开了热烈的讨论，谁知一个暧昧男人突然到来，引发了巨大的争执，导致心脏受捐者马力猝发心脏病。与别人的器官共存，在某种程度上也意味着不同个体面对无序现实彼此依存，侥幸也罢，辛酸也罢，但这种共存关系，终究逃离不了本质上的脆弱，就像《郎情姜意》中的苏丽，虽然找到了满意的丈夫，却未必就能实现真正的和谐。

也许，这种不和谐就是我们生存的真相。它表征了人与现实之间的悖论，也展示了现实本身的不确定性。在《吞吐记》里，徐岛和孟佳夫妇，就像牙齿和舌头，日常总是免不了要打架。"牙齿绝对强势，受伤的永远是舌头。不幸的是，徐岛就是一条舌头。他做舌头，已经做了三年半了。"①徐岛是大学讲师，有点木讷，又是来自农村的凤凰男，婚后一直租房住，日子自然过得平庸，惹得孟佳经常想离婚。第一次因为忘记带结婚证，没离成；第二次妻子再次提出离婚，他终于下决心了，结果妻子却妥协了。他们有爱，只是在世俗的世界里找不到内心希望的生活状态——妻子的一吞一吐，其实也不过是想让俩人过上稳定和幸福的生活。无奈的是，任凭徐岛如何左冲右突，他们收获的只是一些微弱的曙光，就像股市行情，偶然来一番暴涨，便进入长期的阴跌。

在充满不确定性的现代社会中，现实与个人之间的冲突，确实就像牙齿和舌头打架，普通的个体无疑是舌头，永远处于弱势地位。这是一个无法改变的事实。这个事实必然带来问题，但这并不意味着个人只能忍受现实的挤压，在尴尬和错位中咀嚼生存所带来的内心困惑，而同时意味着抗争，一种个人面对现实的西西弗斯抗争。这是小说家的使命之所在。小说家必须让笔下的人物行动起来，即使是像雷蒙德·卡佛笔下那些平庸之人，也都致力于行动。只有行动，才能打开人物内心的世界，

---

① 朱辉：《要你好看》，江苏凤凰文艺出版社2018年版，第1页。

展示个人的生存意愿；也只有行动，才能看到现实的诡异，揭示现实的变化与个体之间的各种悖论景象。但短篇的文体限制了人物行动的历时性和宏阔性，所以大多数小说家只能选择片段式、内化的叙事策略，凸现人物面对现实进行抗争的精神状态，实现既打开人物内心又揭示现实诡异的双重目标。

朱辉的短篇叙事也不例外。但朱辉的特殊之处在于，无论是选择人物视角还是第三人称的自由转换视角，他都是沿着人物的内心动机进行叙述，巧妙地避开了故事的外在冲突，使情节的发展摆脱了事件的偶然性、传奇性和戏剧性，真正地返回到人物的精神世界。在《小说机杼》中，詹姆斯·伍德就认为，这种动机化的内心叙事，是现代主义带来的重要成果之一："小说在处理情节和吸引我们关注心理动机方面的能力，显示出技术层面的惊人进步。"[1]詹姆斯·伍德还以陀思妥耶夫斯基的小说为例，分析了他笔下的人物至少有三个层面的心理动机。最上面的一层就是公开说出来的动机。第二层是潜意识的动机，会使人物产生一些奇怪的情感倒转行动，例如：爱变成了恨，愧疚表述为病态的爱，等等。第三层的动机是无法解释的，只能从宗教意义上理解。当然，就短篇小说来说，作家很难让人物呈现如此丰富的动机层次，但作家可以让人物于各种动机之中纠缠。朱辉就是如此。朱辉短篇中的故事张力，通常来源于人物内心的紧张感，即人物面对现实困境进行突围所产生的各种紧张情绪。这种紧张情绪，有时是焦虑，有时是危机或隐恐，有时又是一种暧昧的期许，当然也有生与死的纠结，背后都隐藏着各种复杂的动机。譬如《相约日暮里》，"我"对辛夷的暧昧性期待就贯穿始终。这种心理动机，既有表面上的情感因素，又有潜在的欲望驱动。《吐字表演》中的含逸，与台长保持情人关系的动机更复杂：维护自己新闻主播的地位，渴望保持自己渐衰的容颜，传达自己对于年轻同事的妒忌，等等。《对方》里的马远和华茜芳，

---

[1] 〔英〕詹姆斯·伍德：《小说机杼》，黄远帆译，河南大学出版社2015年版，第108页。

对待彼此的心理动机更是微妙而复杂,有情感,有爱欲,有利益,有身份,还有彼此征服、对抗和反击。这些动机随着叙事视角的自由转换,也产生了一些情感倒转现象,在理性和非理性交织的过程中,变得耐人寻味。

内心化叙事的巨大优势,就在于它可以让叙述真正地回到人物的精神层面,从心理动机的角度,饶有意味地呈现人物的生命镜像。但人物内心动机的设置复杂多变,涉及作家的思考深度、叙事技能,也涉及日常经验、生活逻辑,以及人物行动的可能性和必然性,等等,极具挑战性和系统性,大多数作家对此并未深入探究。特别是短篇小说,它是一种受到严格限制的文体,不太可能对人物的前世今生或故事的前因后果进行详细交代。它通常需要单刀直入,直接让人物进入现实的核心地带,这会诱导一些作家选择内心化叙事。但实事求是地说,确定人物内在的动机,并让这些复杂的动机真正构成小说叙述的内驱力,成为揭示人物内心景观、小说内蕴的依据,并非每个作家都能做好。人物的心理动机与行动之间缺乏紧密的逻辑关联,或者动机过于单纯导致叙事缺少意味,都是短篇创作中常见的局限。

三

小说若想要真正地鲜活起来,人物就必须处于行动之中。而人物选择任何一种行动,都必然带着某些动机,并进入种种现实关系之中。这构成了小说叙述的内在动力,也是我们理解小说的依据。一方面,人类之所以需要小说,是因为"小说是演绎例外的大师:它永远要摆脱那些扔在它周围的规则"①,并让人们真切地体验到由虚构和想象建构起来的各种人生状态。但另一方面,所有的"例外"都包含人物从动机到行动再到结果的逻辑链,同时也包含了作家虚构这些故事的内在动机和思考。朱辉迷恋书写各种生存错位,如果从创作主体的角度来细细分析,同样隐含了某些复杂的内在意味。

---

① 〔英〕詹姆斯·伍德:《小说机杼》,黄远帆译,河南大学出版社2015年版,第77页。

我们不妨先看看《小跑的黑白》和《如梦令》。《小跑的黑白》讲述了一个少年寻找父亲的心路历程。他的动机源于同学们都有强健、温暖、充满安全感的父亲，拥有一个完整的家，作为一个男孩，小跑也渴望有一个强大的爸爸，渴望有一个完整独立的家。但母亲总是对此守口如瓶。小跑在家里意外获得一张底片，他试图从中捕捉父亲的容貌，并开始以自己力所能及的方式，执着地寻找父亲，寻找一个完整的家。从叙述动力上说，寻父和自我成长的安全需求是小跑行为的直接缘由。然而，小跑寻父背后，还承载了异常复杂的人性、伦理乃至社会变化等诸多动因。小跑的父亲为什么抛妻弃子？小跑的母亲为什么一直过着寄人篱下的生活，而不是选择另嫁？那张底片中的人，究竟是不是小跑的父亲？照相馆洗不了照片，隐含了社会变迁的哪些历史信息，或者说折射了一种怎样的社会发展？小跑执着于漫无目标的寻父，潜意识里有着哪些微妙的人性欲求？雾一般的迷津和蝴蝶一样的诱惑，昭示着少年怎样一种心境？无穷无尽的疑问之中，处处都体现了一个少年渴望理解成人世界的意愿，以及替母亲把握生活的努力，同时也凸现了小说潜在的思想动因：朱辉并不相信生活是完整的，也不认同动机与结果之间有着内在的必然性，但他的骨子里显然对血缘亲情有着无法割舍的依恋。所以，他赋予了小跑如此饱含诗意、如此感伤而又执着的寻父过程。

这种对血缘伦理的执念，在《如梦令》中同样获得了温馨的呈现。五岁的男孩渴望看到大海，渴望看到曾当过海军的父亲经常描述的种种奇幻之景，海水、海鸥、鲸鱼、军舰等。在这个心理意愿的驱使下，有一天父亲带着他舟车劳顿，他终于看到了辽阔的"大海"。但这片"大海"却没有父亲曾描述过的种种景象，男孩便在"海边"提出了一个又一个疑问，父亲则通过各种解释，慢慢让男孩明白了眼前这个"大海"。不得不说，这是一位强健、智慧且不乏温情的父亲，几乎满足了《小跑的黑白》中的男孩对于父亲的所有想象。这对父子面对"大海"的对话，以及故事结尾处，另一个儿子推着失智而苍老的父亲也在"看海"，都流淌着一种浓郁的伦理温情。尽管多少年之后，男孩终于明白，父亲当年带他所见的那个"大海"，只不过是一个最有名的大湖，但在这种错位谎言之中，父子之间的温情依然历历在目。也就是说，此"大海"虽然不是真正的大海,却在一定程度上满足了男孩和失智老人的心理期待,而且父亲和那个小伙子的努力,同样折射了创作主体内心深处的血缘亲情。如果我们再细细品味《暗红与枯白》《红花地》《苏辰梦见了什么》《岁枯荣》等短篇,同样也会感受到朱辉对于这种血缘亲情的执着和迷恋,尽管这些小说中的人物行为的动机与结果之间,也免不了常常出现各种错位。

我之所以将这两个短篇单独提出来,并不是因为它们多么特别或不同,而是它们都非常清晰地传达了创作主体的情感立场及审美理念。从中,我们可以看到朱辉在面对各种错位时所秉持的道德关怀和情感取向,以及他孜孜以求的价值信念,同时也可以窥探他那特有的浪漫情怀。这使我想起了席勒的《素朴的诗和感伤的诗》。在席勒看来,"诗人或则就是自然,或则寻求自然。在前一种情况下,他是一个素朴的诗人;在后一种情况下,他是一个感伤的诗人。……人虽然由于想象和理解的自由,而离开了素朴,离开了真理,离开了自然的必然性,然而,不仅有一条经常敞开着的路,让他回到自然,并且有一种强有力而又不可摧毁的本能,道德的本能,不断地把他拉回自然"[1]。人们普遍认为,"素朴的诗"主要是指现实主义文学的某些特质。"因为素朴的诗人满足于素朴的自然和感觉,满足于模仿现实世界,所以就他的主题而论,他只能有一种单一的关系;在处理主题的方式上,他没有选择的余地。"[2]而"感伤的诗"则意味着浪漫主义文学的基本特点,因为"感伤诗人沉思客观事物对他所产生的印象;只有在这一沉思的基础上,方才奠定了他的诗歌的力量。结果是感伤诗人经常都要关心两种相反的力量,有表现客观事物和感受它们的两种方式;也就是,现实的或有限的,以及理想的或无限的;他所唤起的混杂感情,将经常证明这一来源的二重性"[3]。

根据席勒的观点,古代的人大多属于自然之人,他们与自然是一个统一、和谐的整体,内部还没有分裂和对立,其思想也是从现实事物中产生

---

[1] 转引自伍蠡甫等编:《西方文论选》(上卷),上海译文出版社1979年版,第489页。
[2] 转引自伍蠡甫等编:《西方文论选》(上卷),上海译文出版社1979年版,第490页。
[3] 转引自伍蠡甫等编:《西方文论选》(上卷),上海译文出版社1979年版,第491页。

的,他们的全部天性都表现在外在生活中,所以古代诗人必然尽可能完美地模仿现实。但是,当人类进入文明状态时,作为社会和集体中人,则要受到各种现实秩序和文化伦理的制约,"存在于他内部的这种感觉上的和谐就没有了,并且从此以后,他只能够把自己显示为一种道德上的统一,也就是说,向往着统一"①。这种道德化的统一与和谐,对于现代诗人来说,只能是竭尽可能完美地表现人性,以传达浪漫主义的理想情怀。"在文明状态中,由于人的天性这种和谐的竞争只不过是一个观念,诗人的任务就必然是把现实提高到理想,或者是表现理想。"②当然,席勒并不希望如此割裂两者之间的关系,而是希望现代诗人能够将这两者结合在一起,形成一种对完整人性的思考与表达。如果我们再回过头来品味《小跑的黑白》和《如梦令》,便会发现它们无疑折射了朱辉对于两者的融会。父亲、河流、蝴蝶、大海,作为浪漫主义的符号表征,构成了两个男孩无法舍弃的理想,然而他们又不得不生活在这些无奈的现实之中。他们的"素朴",体现在孩童所拥有的自然和天真;他们的"感伤",则表现为他们对于现实之外理想的渴望。

如果说,文明所带来的巨大成就,就是通过人类自身的理性,建构了人作为自然之子、社会之子、文化之子的诸种特性,那么所有现代人都必须接受"素朴"和"感伤"相互依存的关系,因为"所有的现实都要低于理想,所有存在的事物都有种种限制,而思想却是无限的"。在任何一种模仿现实、还原自然的写作中,作家不仅要体现人作为自然之子的内在属性,还要传达人与自然之间所形成的种种伦理准则。朱辉的短篇,从某种程度上说,正是致力于"素朴"和"感伤"的彼此交融,就像他自己所说的那样:"烟火气就是小说的呼吸,小说不能断气;但我希望我的小说能'空'一点,呈现出一定程度的凌空蹈虚,如凌波微步,行进间若还若往,

---

① 转引自伍蠡甫等编:《西方文论选》(上卷),上海译文出版社1979年版,第489—490页。

② 转引自伍蠡甫等编:《西方文论选》(上卷),上海译文出版社1979年版,第490页。

顾盼生姿。"① 一方面，他直面现实，尤其是直面现实中那些缭乱而无序的生存境况与人性面貌；但另一方面，他又怀抱诗意，标举理想，并频繁动用雾气、河流等意象，稀释那些坚硬的现实，让叙述体现出各种"顾盼生姿"的怀想。

就作者主体的情感立场上看，朱辉更看重现实重压之下的人之理想。他之所以如此迷恋错位，也是因为错位本身就包括了应然和实然的冲突。尤其是在我们这个瞬息万变的时代，只要我们的内心还存有一份应然的信念，那么错位就在所难免。也就是说，我们之所以遭遇错位，是因为我们对于既定的现实拥有一种先在的观念，这种观念认为："人是具有理性的动物，他赖以生存的世界至少是部分可知的；在有秩序的社会结构里，人是其中的一个组成部分；即便他置身逆境也不会丧失自己的英雄气概与尊严。"② 而事实上，个人对现实的把控常常是苍白而无力的，就像《绝对星等》中的郑教授，虽然身为一言九鼎的知名专家，一生都专注于光年、暗物质、地外生命，渴望揭示星空中的种种谜团，但最后依然败给利益操纵的现实。《放生记》里的马老师虽然深切地体会到"劝君不捕三月鱼，万千鱼子在腹中。劝君不打三春鸟，子在巢中待母归"③，并且身体力行地安排学生放生甲鱼，但她并不知道，这种朴素的理想早已被现实彻底解构。《药是爱情》中的李漾和泽天，原本有着天真而纯洁的爱情，却因为泽天的绝症而无望。然而，比这种绝症更让人无助的，是泽天父母对女儿病情的隐瞒。这种源于现实和亲情的隐瞒，剥夺了爱情所赋予的牺牲之光环。《苏辰梦见了什么》中的四岁男孩，每天都渴望守着那份纯真和爱，守着像小白兔那样纯洁的情感，无奈的是，成人世界里的磕磕绊绊，最终击碎了他的梦想。

无论现实多么荒谬和残酷，在朱辉的心中，人生依然拥有诗性的光泽。

---

① 朱辉：《改出螺旋》（自序），《午时三刻》，作家出版社2021年版，第2页。
② 〔美〕M.H.艾布拉姆斯、〔美〕杰弗里·高尔特·哈珀姆：《文学术语词典（第10版）（中英对照）》，吴松江等编译，北京大学出版社2014年版，第3页。
③ 朱辉：《要你好看》，江苏凤凰文艺出版社2018年版，第242—243页。

所以他的很多短篇中，人物都散发着或浓或淡的浪漫之情。即使是《午时三刻》中的秦梦媞，深怀各种现实的功利愿望，对自己的容貌进行近乎疯狂的修整，但也脱不了她骨子里的爱美之心。《调笑令》中的赵志明，虽然生活并不如意，但始终保持着某种生命的遐想和激情，有着孩童般的天真。《加里曼丹》中的一苇，即使遭遇了渣男的羞辱，但在自杀之时，还是要燃起加里曼丹沉香，让生命沉浸在特殊的仪式里。《岁枯荣》里的骏遥，从小就缺少父母的陪伴，只是在爷爷和奶奶的身边成大。成年之后，他一方面要努力尝试与父母积极沟通，另一方面又在爷爷走后为奶奶寻求慰藉。即使身处异地，骏遥总是将自己所遭遇的各种坚硬的现实埋在心里，并随时给奶奶送去最温暖的安慰。即使是《郎情妾意》中的两只贵宾犬克拉与大喜，也在朱辉的笔下，活出了别有意味的生命状态，并让苏丽深受某些启发。

当然，最典型的或许还是《彼岸》。这是一篇充满了诗意的梦态抒情式小说，呈现了朱辉内心深处对于人生应然状态的怀想。小说中的齐先生是一个并不成功的中年男人，闲暇之余逛进了主城区某个高端楼盘，从中式古典建筑到欧式现代建筑，然后再到日式的庭院建筑，一路欣赏过来。这是他内心中小小的"彼岸"。他深入其中，当然不仅仅是为了看看这些不同风格的样板房，更重要的是，他渴望领略这些不同风格的房子所拥有的人的生活。它们应该是丈夫和妻子之间宁静自然的家庭生活，是房间内的八哥、鹦鹉、黄鹂的生动对话，是阳台上可以观望的江边悠闲的垂钓者。于是，齐先生带着梦境般的体验，先后与不同族群的女子相遇，最后还偶遇了初恋情人。他对这个"彼岸"念念不忘。它是物质的，更是精神的。

但是，话又说回来，朱辉并不是那种蓄意要给现实抹上亮光的人。他的笔下，并非没有人性之恶，有时甚至非常尖锐。譬如《门对门》中的老栾，不仅偷奸耍滑，而且自私贪婪，还自以为很聪明。《要你好看》中的"他"，残忍地剃去网恋情人的长发，完全是基于"他"那脆弱的自尊，以及阴暗狭隘的心理。《罪案病理》中的齐天对艾滋病专家周长的残杀，更是源于他那扭曲的人性。《红口白牙》里的萧老师，一生兢兢业业，猝死之后却遭人非议……现实之所以吊诡，生活之所以无奈，很多时候源于人性的贪婪和扭曲，也源于物质与私欲的纠缠。但朱辉依然凭借自身纯正的道德立场，对这些吊诡的现实进行了彻底的否定，有时甚至是致命的一击。所以我们看到，《门对门》中的老栾不仅身败名裂，被开除下岗，而且还促成夫人和老段步入温馨的家庭生活；《要你好看》中的"他"，也只有偷偷地放弃这种情感，在羞辱别人的同时，也羞辱了自己；《罪案病理》中的齐天，在测谎仪面前暴露了所有的丑陋，终究逃不了法律的严惩；《红口白牙》的小驹子，则以近乎疯狂的暴力，还击了那些羞辱父亲的人。

在《伟大的传统》中，利维斯曾把简·奥斯丁奉为"英国小说伟大传统的奠基人"，并认为虽然奥斯丁承袭了他人的经验，博采众长，但她与传统的关系是创造性的，并且"提供了一个揭示原创性本质的极富启发意义的研究对象"①。更重要的是，奥斯丁"对于'谋篇布局'的兴趣，却不是什么可以掉转过来把她对于生活的兴趣加以抵消的东西；她也没有提出一种脱离了道德意味的'审美'价值。她对于生活所抱的独特道德关怀，构成了她作品里的结构原则和情节发展的原则，而这种关怀又首先是对于生活加在她身上的一些所谓个人性问题的专注。她努力要在自己的艺术中对感觉到的种种道德紧张关系有个更加充分的认识，努力要了解为了生活她该如何处置它们，在此过程中，聪颖而严肃的她便得以把一己的这些感觉非个人化了。假使缺了这一层强烈的道德关怀，她原是不可能称为小说大家的"②。如果将这段分析和判断套用到朱辉的主体情感中，我觉得大体上也是准确的。朱辉确实善于将自己所感受的种种道德紧张关系，渗透在很多非个人化的人物行动之中，并使之构成小说内在的情节发展原则，而不是像其他一些作家，总是将人性作为审

---

① 〔英〕利维斯：《伟大的传统》（第2版），袁伟译，生活·读书·新知三联书店2009年版，第7页。

② 〔英〕利维斯：《伟大的传统》（第2版），袁伟译，生活·读书·新知三联书店2009年版，第10页。

判道德的合法筹码。

四

在讨论朱辉的短篇小说时，我们的一些年轻博士等学生几乎达成了一个很有意思的共识：中年写作心态。在他们看来，朱辉在直面现实时，并不是对着那些错位状态故作惊悚，而是体现出特有的平稳、宽容和默契。有些作家的写作是加速主义，将一件很小的事情放得很大，甚至掀起惊天巨浪，但朱辉自觉地将一些生活进行浓缩和提纯，并尽可能地控制那些过于犀利的表达。具体而言，这主要体现在朱辉对社会现实包括阴暗面的清晰洞察。他深知现实难以轻易改变，也理解众生抗争的不易和徒劳。作为中年人，朱辉现实生活经验更充足，对社会了解更全面，对社会的灰色部分有厌弃感却又深知难以改变，对每一个个体也有更多的耐心和理解。我觉得这种判断还是挺准确的。在朱辉的短篇小说中，现实的破碎感也罢，无力感也罢，悲剧性也罢，很多时候都是不同个体对现实的直接感受，既具有个人的自嘲意味，又带有普遍意义上的反讽表征，他那特有的戏谑的叙述语调，轻松化解了各种势不两立的对抗。

在我看来，这其实是20世纪90年代"个人化写作"的一种深层次的延续，并不意味着作家对现实的简单否定。个人化写作的起源，当然是以个体的独立来消解群体对于个人存在之独特性的遮蔽，所以涌现了很多个性乖张、行为极端乃至于言行表达惊世骇俗的人物，但随着人们对个体生命完整性的深入理解，大家逐渐意识到，真正意义上的个体生存价值，绝不是我行我素，唯我独尊，而是在与现实社会的密切互动之中，展示自我独特的生存方式和价值取向。朱辉的笔下，无论孩童、少女，还是中年男女、老人，都非常有个性，也非常鲜活，带着一定的主体意识，所以他们在现实生活中，总是会遭遇各种错位。

譬如《游刃》中的叶蓁蓁。她没有家庭背景，没有学霸素质，高中恋爱后，因高考失败而饱受屈辱。在入读委培的大学时，当蔡坤等同学整天忙于风花雪月时，她能够审时度势，与辅导员秦明恋爱，并在秦明的帮助下，最后留校进入学报。在校对稿件的过程中，她又认识了余校长的儿子余志,最后与余志结婚,过上了安稳的日子。叶蓁蓁谈不上精明,但也不浮夸;谈不上恶俗,但也不清高。"叶蓁蓁是个拿得起放得下的人,这使她比一般女孩要高明,也就比较厉害,虽然她看上去是那么温柔,但这只是表象。"① 她的内心很清楚,她不会为了追求所谓的爱情而做出牺牲。与她相比,蔡坤则因爱情而饱受伤害,可谓遍体鳞伤。叶蓁蓁处理生活的态度和方式,就是不拖泥带水,但也不显得特别无情无义,保持特殊的清醒心态。这种对现实不热烈也不灰心的态度,其实也是朱辉所秉持的一种人生观念,或者说是其中年写作的一种折射。

之所以说朱辉的小说是一种更深层次的个人化写作,是因为他在处理个人与现实的关系时,始终立足于人物的内心,呈现出明确的内心化叙事的特点。这种内心化叙事,如果从更细致的层面来分析,其实就是詹姆斯·伍德所津津乐道的"自由间接体"。在伍德看来,全知叙述(或者叫第三人称)是一种最不可靠的叙述者。"所谓的全知几乎是不可能的。只要一开始讲关于某个角色的故事,叙述就似乎想要把自己围绕那个角色折起来,想要融入那个角色,想要呈现出他或她思考和言谈的方式。"② 这种自由间接体,像自由间接引语那样,在叙述中灵活而又不动声色地辗转于不同人物之间。"自由间接体在不动声色时最有效力:'泰德透过愚蠢的泪水看管弦乐队演奏。'"③ 这里的"愚蠢"就是自由间接体的典型表达。"这个词某种程度上既属于作家又属于人物,我们不能完全搞清楚谁'拥有'这个词。有没有可能'愚蠢'反映出的是身为作家的一点点粗暴或距离感?还是说这个词彻头彻尾属于人物,只是作家心中骤起一阵同情,这么说吧,把它'递给'了这位眼泪汪汪的朋友?"④ 分不清某句叙述或某个词是属于谁的,就意味着它可以有多重归属;而拥有多重归属,也就表明它有着不同的语义。这就是自由间接体的微妙之处。它极大地增加了叙述的弹性,也丰富了读者感知和解读的空间。

---

① 朱辉:《看蛇展去》,作家出版社2018年版,第69页。
② 〔英〕詹姆斯·伍德:《小说机杼》,黄远帆译,河南大学出版社2015年版,第4页。
③ 〔英〕詹姆斯·伍德:《小说机杼》,黄远帆译,河南大学出版社2015年版,第6页。
④ 〔英〕詹姆斯·伍德:《小说机杼》,黄远帆译,河南大学出版社2015年版,第7页。

除了少数以第一人称叙述，朱辉的其他短篇都是选择第三人称全知叙述，他从容而又灵活地运用了这种自由间接体。所以在具体的阅读过程中，我们经常发现，有时是叙述者的声音，有时又是人物的声音，有时既像叙述者又像是人物的声音，难以分辨。譬如，《对方》的总体叙述，就是由不在场的第三人称来执行的，这从小说的第一句话就可以判断。但在随后的叙述中，视角自然而然地转到了马远的内心，由马远以自己的内心视角来展示故事，尤其是他与华茜芳的关系。如开头写道，马远在确定带着华茜芳去杭州开会后，叙述便沿着马远的一系列回顾来展开，包括华茜芳的性感、热情、主动，以及没有一般少妇通常的矜持，等等。随着具体情节的推衍，华茜芳的内心视角也不时加入其中。如："婚姻是需要配套的，虽然有人说鞋子合不合适只有脚知道，但二十多岁的差距，如果换算成尺码，那种不合适却是谁都能看出来的。丈夫也不是一般的商品，要退，要换，都不是那么容易。这一点，她并不是不懂。"[1]这句叙述，表面上看，应该是叙述者的叙述，带着局外人的经验和客观的眼光。但"丈夫也不是一般的商品，要退，要换，都不是那么容易"这句，显然既属于叙述者，又属于华茜芳，既带有叙述者的客观姿态，又带有华茜芳的自嘲意味。这种自由间接体，几乎遍布朱辉的小说，巧妙地让叙述者与人物混为一谈，并由此形成双向乃至多向的情感传达。

伍德认为，有了自由间接体，"我们可以通过人物的眼睛和语言来看世界，同时也用上了作者的眼睛和语言。我们同时占据着全知和偏见。作者和角色之间打开了一道间隙——而自由间接体本身就是一座桥，它在贯通间隔的同时，又引我们注意两者之间存在的距离"[2]。这也就是说，自由间接体既表明了两者的距离，同时又充当了桥梁。桥梁无疑是一个显在的事实，但更重要的是，我们需要通过桥梁看到两者之间的距离，如此才能体会到这种叙述的奇特效果。譬如《吞吐记》的开头："夫妻吵架，那是常事。锅哪有不碰勺子的？舌头和牙齿还要打架哩。但吵归吵，这里

---

[1] 朱辉：《看蛇展去》，作家出版社2018年版，第43页。
[2] 〔英〕詹姆斯·伍德：《小说机杼》，黄远帆译，河南大学出版社2015年版，第7页。

头却也有个计较:谁是舌头?谁是牙齿?这是夫妻的重要问题。牙齿绝对强势,受伤的永远是舌头。不幸的是,徐岛就是一条舌头。他做舌头,已经做了三年半了。"① 很明显,这里的"不幸的是"非常巧妙,是一种典型的自由间接体。它既表明这段话是第三人称的全知叙述,有着局外人貌似同情的眼光,但也有可能是徐岛自己的眼光和语言,因为它也契合了人物的心理感受——谁能保证,这段话不是徐岛对自己处境的一种自嘲?同时,谁又能保证它不是叙述者的某种同情和怜悯?因此,我们只能承认,在这里,"作者的声音和人物的声音之间的裂隙彻底塌陷",按伍德的说法,这种塌陷,我们可以称之为"作者的讽刺"。

事实上,朱辉小说中的反讽或诙谐,很多时候恰恰就是通过这种自由间接体来实现的。他让叙述者的声音混入人物的声音,或者让人物的声音悄无声息地融入叙述者的叙述。最典型的,还有《午时三刻》。这篇小说也是由不在场的第三人称来进行叙述,但主要的情节发展,都是通过秦梦媞的内心视角来呈现,当然也兼及父母的某些视角。每逢秦梦媞遭遇整容失败,叙述便在第三人称声音和人物声音之间自由转换,或者彼此混淆,形成一种别有意味的反讽效果,很好地解构了秦梦媞的整容悲剧。《然后果然》也同样如此。叙述从一开始就在第三人称全知视角和主人公王弘毅之间自由转换,或者彼此混淆。特别是王弘毅在医院替人体检时被人追打,这种自由间接体的微妙更是体现得淋漓尽致,反讽效果也尤为突出。

但朱辉的反讽和戏谑,更多还是源于他对现实的清醒认知,或者说是源于他的中年写作姿态。我经常将小说的叙述分为三类:一是正叙,就是比较正派的传统叙述;二是反讽或者说戏谑的叙述,眼光带有某些否定性;三是油滑,就是一种藐视人物的轻蔑的叙述,这是我最不喜欢的叙述。油滑跟戏谑、幽默看似相近,实则不然,在油滑的叙述中,作家总是自认比笔下的人物聪明得多,对人物不尊敬、不尊重。鲁迅在《故事新编》的序言里说,油滑是文学创作的大敌,所以他更自觉地追求反讽,包括《阿Q正传》《孔乙己》。在我看来,反讽也有两种情况:一种是

---

① 朱辉:《要你好看》,江苏凤凰文艺出版社2018年版,第1页。

黑色幽默——绝望中的笑声；一种是对现实无力反抗后的嘲解。朱辉属于后者。他的很多小说着眼于现实，让人物进行所谓的抗争，其实很多时候只是挣扎，最后徒劳地忍受错位带来的尴尬。朱辉为什么要对现实摆出一种嘲解的姿态，就像鲁迅为什么突出那种深刻的绝望？这个看似无解的问题，可能隐含了一个作家最朴素的愿望：现实世界是针对个人而存在的，个人的完整性才是人的完整性，而个人的完整性来自其与世界的关系。

（《钟山》2022年第2期）

奇正相生的叙事艺术
——论张柠的小说创作

张柠是一位多面手。他既是学者，又是作家。作为学者，他似乎并不专注于某一领域的研究，从俄国的普希金到中国的废名，都有长篇宏论；现代诗歌解析，对他来说，似乎只是小菜一碟；文化研究，他也每每奔波前沿，从小清新文化到乡土文化，都有很精辟的思考。他的视野很宽，学识颇丰，但又不是那种体系极为严谨的学究，而是一位观点犀利、表述鲜活、感性丰盈的学者，所以他的论文辨识度非常高。譬如他说当下的一些年轻作家，动辄将"三卡一村"挂在嘴边，纯属炫耀。我思之半天，也不明白"三卡一村"是个啥？原来是指卡夫卡、卡尔维诺、卡佛和村上春树。又譬如，他在分析"小清新"文化群体时，认为就是这样一群青年人：亚麻布拖地长裙、中分直发遮脸、帆布鞋，喜欢旅游，"不对，小清新不说旅游，而是旅行"。他们拍照不喜欢拍全景，而是拍局部，比如脚和鞋的合影。"合影说明他们不愿成为物质的奴隶，和物质是平等的朋友关系。"他从来不玩弄那些玄奥的理论术语，而是把各种严肃的问题说得浅显好玩，又能让人思之再三。

作为作家，张柠也是多方位出击，或写儿童文学，或写纯粹的小说，而且中短篇与长篇齐头并进，精力十分充沛。除了早些年他写过少量中短篇，算起来，他真正潜心于小说创作，也就五六年时间，目前已有中短篇小说集《幻想故事集》《感伤故事集》，长篇《三城记》《春山谣》《玄鸟传》等出版，可谓收获颇丰。从题材上看，他的小说很少重复，从乡村生存到都市现实，从一代人的成长记忆到生命内在价值的自我追问，均有涉猎。叙事手法有时略显老派，有时又不乏创新，传统和现代都积极尝试，梦里梦外时常交织。像长篇小说《玄鸟传》，就融入了诸多知识考古方面的内涵，或历史，或宗教，或哲学，既形而上，又形而下，属于典型的跨文体写作。

张柠的这种思维气质，在很多人看来，可能属于"杂家"，或者说属于"鬼才"。但我不这么认为。依我对张柠的了解，他是一个对世界充满了好奇心的人，有着孩童般的天性和敏感，同时又兼具某种罕见的亢奋和执着。只要是他感兴趣的，他什么都想努力一试，什么都想玩出点境界。譬如书法，有段时间，他经常在朋友圈里晒自己的张迁碑习作，让人以为他是书法高手。如果没有强烈的好奇心，没有狂热的求知欲与执着精神，显然是无法做到这些的。而这，或许正是他异于常人之处。这种好奇心，在我看来，其实也是一个作家非常重要的艺术禀赋。没有好奇心，对现实生活就不会有所发现，更不可能对人类各种生存的可能性有所幻想，作家也就不可能写出让人欣然一读的鲜活之作。

美国作家兼编辑多萝西娅·布兰德在《成为作家》一书中曾说道，真正的作家应该具备两个重要条件。一是"具有对新事物好奇敏捷的反应能力，对旧事物记忆犹新的能力，好像每一个生命的印迹和特征都是刚刚脱胎于造物之手一样新奇，丝毫不会觉得了无新意而快速将它们归类存档，放入干巴巴的记忆里；对环境变化的感受如此迅速敏锐，枯燥乏味一词对他毫无意义。对于亚里士多德在两千多年前说的'事物之间的相互联系'，他总是在悉心观察"[①]。二是要"成熟、没有偏见、温和而公正"[②]。作家的重要任务就是"维持他天性中这两个因素的平衡，将它们协调统一到一个整体性格中"[③]，如此才能走向成功，成为一个成熟的作家，乃至天

[①]〔美〕多萝西娅·布兰德：《成为作家》，刁克利译注，中国人民大学出版社2011年版，第18页。

[②]刁克利：《作家是可以培养的》（译者序），见〔美〕多萝西娅·布兰德：《成为作家》，中国人民大学出版社2011年版，第7页。

[③]〔美〕多萝西娅·布兰德：《成为作家》，刁克利译注，中国人民大学出版社2011年版，第18页。

才作家。我无意在此辨析这一判断的理论依据,但我对这个看法表示认同。一个作家如果对新事物缺乏关注的热情,对旧事物无法做到记忆犹新,对现实环境缺乏应有的敏感,既不可能拥有良好的艺术直觉,也不可能让笔下的事象栩栩如生。

张柠恰恰具有这样的禀赋。所以他一会儿搞学术,一会儿写小说,一会儿弄书法,忙得不亦乐乎,还保持着满腔的热情。前两年,我读了他的《幻想故事集》《感伤故事集》中的一些作品,就觉得他骨子里有着不寻常的好奇心,这种好奇心就像章鱼的触须,时而伸向记忆中的乡村小镇,时而伸向现实都市中的角角落落,四处打探,并且一边巡视还一边揣摩。像"罗镇轶事"系列中,他就借助各种天真少年的视角,使很多记忆中原本平庸的日常生活被彻底激活了,甚至充满了温暖而又感伤的情怀。在那里,有谭丽华、刘玉珍、平珍,还有程瑛,以及一些病妇,这些别样的底层女性,有着柔韧的生命力,并坦示了中国乡土社会的坚实和宽厚。"幻想故事"系列里,那个叫安达的青年人,游走在20世纪90年代异常喧嚣的现代都市之中,仿佛本雅明笔下的游荡者,孤独地置身于都市的各种人流之中,却又游离于群体之外。他仿佛只是一个闲逛者,保持着观看者和见证者的身份,以便撕开都市生活里种种荒诞或混乱的生存处境。《感伤故事集》里的一群小人物,也同样带着各自的梦想,东奔西突,为生活,为爱情,为家庭,虽然心累,却也充实。张柠笔下的夫妻之间,婆媳之间,恋人之间,朋友之间,总有着说不清道不明的纠葛,剪不断理还乱的缠绕。《商媛和周民》《巴金英来电》《把尿结石击碎》《风中摇曳的海棠》等作品中,人物的内在矛盾虽有疫情因素的影响,但那只不过是一种契机而已,本质上依然是现实中的人性与伦理、日常秩序与内心意愿之间的磕绊。无论是商媛夫妇因漫长的隔离生活发生各种观念冲突,巴金英即使被隔离在乡间依然保持爽朗乐观的生活热情,还是叶胜竟与叶美思为爱情私奔京城做快递,欧阳豪费尽心思终于让妻子同意接自己的母亲来京团聚,都洋溢着生活的自然质色。它们与庸常的生活同在,却又为我们所忽略。张柠的突出之处在于,他非常清楚小说的正道在于直面真实的生活,直面纷乱的时代,所以他好奇却不猎奇,让叙事永远立足于日常生活的琐屑之中,立足于我们内心的意愿与现实秩序之间的小小羁绊，别有意味地呈现我们这个时代的微妙情绪。

人都有好奇心。但是，张柠毕竟经历过各种社会变迁且拥有足够阅历，还能保持如此强烈的好奇心，委实不易。我有时觉得，张柠很像柯南道尔笔下的福尔摩斯，对任何事物都保持着特有的专注，当然也兼具某种职业警觉，所以他总是能够在各种日常生活事象中发现一些饶有意味的生命形态。福尔摩斯的特殊之处，就在于他对任何看似庸常的事物，都保持着巨大的好奇心和耐心，然而在那些不为常人所觉察的地方，他发现各种蛛丝马迹，并据此沿波讨源，追溯原委，揭开种种案件的真相。我们一般人只是，所有事物都经历了，也都观察了，最后却常常一无所获。张柠就不太一样。他总是能够在一些日常中发现各种非常态的元素，然后不断激活这些元素，使之驱动小说情节向超常方向发展，并演绎出各种耐人寻味的故事。譬如，在《六祖寺边的树皮》中，作为游客的"我"，可以凭借直觉感受到济生并非纯粹的居士，"好像藏着什么心事，或者有某种他自己也不一定明白的牵挂"[①]，从而使整个小说的故事及春娟的情感生活，陡然有了另一种含义。在《风中摇曳的海棠》中，作者从婆媳之间的赌气入手，利用一场腹泻，不断将两人之间的关系引向另一条轨道，并最终突显了日常生活的某些特殊形态。《梦之书》中害羞、孱弱且自卑的小男孩，腰部总是有些摇晃，然而这个"腰部摇晃"的男人，后来竟不断赢得各种女性的青睐，虽然折腾了大半辈子，但依然充满生活热情，甚至还炮制了"龟息法"，让奔波一线的周易获得身心的放松。读这些小说，你会觉得"正中有奇，奇依于正"，犹如郜元宝所说的"奇正相生"。

在讨论日常生活时，英国学者本·海默尔曾经强调，我们必须区别"日常生活"和"日常状态"这两种不同的概念，对日常生活内在的异质性和矛盾状态发起调查，不能总是盯着日常生活中那些惊世骇俗和标新立异的东西，而要认识到任何看似庸常的表象之下，都隐含了诸多个体意义上的

[①] 张柠：《幻想故事集》，中信出版社2019年版，第217页。

神秘因素。为此,他倡导要像福尔摩斯那样专注于日常生活的细枝末节。"针对日常中的神秘,福尔摩斯引入了理性主义的祛魅(disenchantment)。他的天'才',说到底,无非是把理性主义的和科学的原则推广到他所调查的那些表面上看来深不可测、无根无由的事情当中去。如果说他热爱日常中那些光怪陆离、玄而又玄的方面,那么他所热爱的,是通过理性主义来为它祛魅。正是这种理性主义把那些微不足道的和日常的事物转变成了光怪陆离之物的密码。福尔摩斯通往日常的途径既产生了神秘,同时又解除了它的神秘。"① 我始终认为,一个称职的小说家在面对日常生活时,就应该像福尔摩斯那样,借助必要的好奇心和洞察力,在生活的细枝末节之处,发现各种饶有意味的蛛丝马迹,并将它呈现出来。张柠在这方面尤为突出。特别是在他的长篇《玄鸟传》中,这一点更为典型。

从整体故事上看,《玄鸟传》是一部立足于传奇却着眼于现实的小说。它从一开始就设置了一个异于常人的孙鲁西。异在何处?作为孙家最小的儿子,孙鲁西自幼便沉湎于独处和幻想,每天都要跑到海边,面对海天一色,想象着自己像鸟一样飞翔。他的两个姐姐和一个哥哥都挺正常的,唯他特立独行,沉默寡言,仿佛"内心有一个巨大的空洞,隐秘且神秘,他独自享用,不对别人开放"。对于自己专注的东西,他非常较真。读中学时就喜欢和语文老师抬杠,认为老师说的鲲鹏和鱼,本来就是一个东西。"对于鸟翅和鱼鳍来说,海水和空气也是一个东西,洋流和大风同样是一个东西,世上万事万物,都是无差别的、齐一的。只有破掉那些事物的界限,才能真正做到'逍遥游',只有破掉那些人心的界限,才能真正获得'自由'。"这让老师大为惊讶,认定他是一个搞哲学的好料子。读大学时,他终于进入心仪的哲学系,整日沉迷于自己的哲思,结果又因为毕业论文的选题,与指导老师弄得不欢而散,以致最终肄业。此后的岁月里,他总是与世俗的现实格格不入,并因此而屡屡碰壁。他也曾想通过乌托邦式的团体组织,积极争取世俗的利益,结果当然是失败。最后,他只有待在母亲身边,依然耽于书本、耽于奇思异想,依然每天阅读、写作、思考、做梦、

---

① 〔英〕本·海默尔:《日常生活与文化理论导论》,王志宏译,商务印书馆2008年版,第9—10页。

神游八极。同时陪他神游八极的,还有另一位奇人,前连襟萨依山。

  作为一个特立独行的思想者,孙鲁西当然是我们这个时代的异类,而且是一个永不屈服的异类。尤其是在20世纪八九十年代,随着社会经济飞速发展,物质利益已成为人们确立人生价值的重要标杆。很少有人关注纯粹的心灵问题,更少有人沉迷于哲学之境。孙鲁西却依靠自己独特的家庭环境,我行我素,独来独往,坚持按照自己内心自由的想法而活,尽管他也需要世俗的爱情、世俗的认同和生命的尊严,但他绝不会为了这些而放弃自己的精神追求。他总是渴望实现灵魂的飞升,抵达心灵的终极之境,体验到人的灵性存在,所以他潜心习研不同的宗教,思考中外哲学,差点走火入魔。路漫漫其修远兮,吾将上下而求索,孙鲁西几乎以最为决绝的姿态,追求着他内心所渴望的生命之境,并将自己活成了一个与物欲时代格格不入的思想标本。在小说中,张柠以孙鲁西的思想笔记的形式,辑录了大量有关各种哲学、宗教、文化及生命幻象的片段,这些形而上的文字,既有知识考古学的意味,又呈现了孙鲁西的与众不同。没有人可以走近他的内心,因为没有人能够切身感受到这颗灵魂的呼吸,或许只有萨依山算勉强地接近他的内心世界。这也使我们看到,同质化和单一性仍然具有压倒性的统摄力,纯粹的思想者无法从中找到立锥之地。

  这种具有奇异性的叙事,在长篇小说《春山谣》也同样存在。这部小说以上海知青在长江中游的偏僻乡村春山岭插队作为故事背景,叙述了当地群众与知青们的各种生活纠缠,有友情和关爱,也有纠结与冲突,融会了诸多现实社会的政治伦理与世俗伦理。小说在楔子之后,便以好奇的眼光打开叙事。对于乡村少年王力亮、马欢笑等人来说,上海知青是一个从未见过的特殊群体、一个充满期待的群体,于是他们敲锣打鼓,跳着秧歌,欢天喜地,迎接这个奇特的群体;对于顾秋林、陆伊等上海知青来说,春山岭无疑是一片充满了神奇幻觉的土地,也是他们"炼一颗红心"的新场域,因此,他们同样带着巨大的好奇心接受了命运的挑战。像陆伊看到自己亲手种植的黄瓜结出了小瓜,便激动不已,并在好奇心的驱动下,夜晚打着手电筒来到菜地。这部小说,正是始于彼此的好奇心,也由此驱动了叙事向奇异之境不断发展。于是我们看到,顾秋林有一头飘逸的长发,还会拉手风琴,甚至能够将长诗《献给第三次世界大战的勇士》编导成一场大型的配乐诗朗诵，可谓充满了某种神秘的气质，仿佛乡村少年心目中的神性人物。

顾秋林确实是一个异类的存在。由于受到家庭出身的影响，虽然他积极投身于林场建设，但还是遭受这样或那样的不公；知青同伴们通过各种方式陆续返城，他却失去了"飞高飞远"的权利，只能老老实实地待在春山岭。即使因为偷鸡事件，被惩罚到更远的西岭沟林区待了几个月，他也没有太多的怨言。他的内心有一万个理由控诉现实和命运，然而他并没有为此而沉沦，而是沉浸在自己的内心世界里，为理想，为爱情，书写着属于自己的生命之诗。在顾秋林的诗集《春山谣》里，刚开始的时候，他主要写春山岭的生活，写春山岭的风景、花草树木、日月星辰、河流小溪，歌颂农耕劳动，歌颂自然，叙说内心的喜悦和痛苦，还有难以理解的梦境。自从陆伊离开之后，顾秋林的诗歌不再涉及那么宽阔的题材了，他只写对陆伊的思念，他把自己心爱的词汇、心声、梦想，全部献给陆伊。当陆伊因为不能上大学而自杀时，他严厉地责问："为什么？为什么要这样？不能上大学就去死吗？我也没上大学，我也要去死吗？那么多人都生活在山沟里，他们都要去死吗？只有上海能活，春山岭就不能活吗？"后来顾秋林艰难地返回上海，但他只能把工作机会留给弟弟，自己则和父母住在一起，开始了艰难的边缘生活：在街边摆个小摊子，卖些香烟、烟斗、打火机之类的小东西。生活不是问题，只是烟瘾和酒瘾越来越大。同时，因为恋人陆伊长期居留日本，顾秋林还经常去探望女友的父母。此后的十几年来，他每天都做着同样的事情。那是三件很小的事，但也可以说是三件很大的事：卖香烟，想陆伊，写诗歌。应该说，顾秋林和孙鲁西相比，拥有更多的世俗情怀，也有着更多的生存需求，所以他并非以决绝的姿态与现实抗争。但他的内心同样有着罕见的执着，有着坚不可摧的彼岸，无人可以理解，也无人可以剥夺。诗集《春山谣》，与其说是他青春的记录，还不如说是他灵魂的泣血之歌。

为自己的内心而活，并活出自己独异的光泽，这是张柠小说人物的奇异之处。这使我们看到，张柠的内心似乎盘踞着一个永不歇息的堂吉诃德，总是渴望以自己特有的方式，对抗着这个混乱的世界。这个堂吉诃德，既是现实的抗争者，又是时代的见证者；既是社会的游荡者，又是日常的探秘者。他好奇但不猎奇,安宁却不虚空。他紧盯现实,并借助孙鲁西、顾秋林、安达、巴金英等人物,撕开了被各种庸常表象拥裹的世俗生活,让我们从中感受到异质性的生命存在所散发出来的独特之光。

郜元宝曾认为,刘勰的"执正驭奇"之说,不失为可运用于中国古代所有文学形式的一条普遍的批评原则。因为奇正相生,乃文学的正道。"一味守正,毫无生气,读者自然寥寥。一味尚奇,装神弄鬼,却颇易被蛊惑。"①的确,从中国小说发展的大致轨迹来说,奇正相生乃是小说的基本之道。据此来分析张柠的小说创作,大抵也是如此。因为张柠的小说中,始终拥有纯正的人性关怀,拥有坚实的道德律令,所以他的小说叙事总是始于好奇,又止于猎奇,并不追求那些感官化的怪力乱神。也就是说,他是"以奇观正,执正驭奇"。

这种"正",就是作家内心情感、观念和趣味的"正",它蕴藏在叙事背后,并由人物的行动和命运传达出来,构成了小说内在思想的基质。在张柠的小说中,无论是书写亲情、友情,还是书写爱情、婚姻,抑或是展示青春的迷茫与奋斗,他都在庸常琐屑的生活之中,着力发掘人性的温暖。特别是当一些主要人物处在各种人生的重大关口时,源于人物内心深处的关爱、体恤和善良,总是会自然而然地流露出来,弥漫在他们身边,并成为他们继续寻求自我内心生存的精神支柱。这种源于生命内在的品性,既体现了创作主体纯正的道德感,也提升了小说自身的精神格调。

这种纯正的道德感,首先体现在关爱之中。小说离不开对关系的书写,有关系的地方必有伦理,如何赋予人物关系以独特的伦理价值,则取决于作家的价值观念及道德情怀。张柠的小说中,很少有人性歹毒和邪恶的暴烈之徒,绝大多数人物的内心都拥有温暖的体恤之情,拥有坚实的关爱之心。像《玄鸟传》中的孙鲁西,差不多就是世俗生活中的一个废人,然而,无论是哥哥、姐姐,还是母亲,都给了他无边的宽容和爱护;父亲虽然颇为不满,甚至批评有加,但那也是基于观念的冲突,内心的父爱依然满满。

---

① 郜元宝:《中国小说的"奇正相生"》,《扬子江评论》2015年第5期。

置身商海的哥哥孙梁山说，弟弟才是读书的料，他要赚很多钱，支持弟弟读书，支持弟弟做书呆子。看到孙鲁西工作不顺，从来都轻言细语的母亲，更是常常对丈夫怒吼，儿子要是有个三长两短，她就跟他没完。冯英妹认为，儿子孙鲁西就不用去上班，天天在家里让自己来照顾就好，她的退休金也够儿子花，至于她自己，当然得由丈夫养着。这种无边的母爱，让孙鲁西觉得，只要和妈妈在一起，便仿佛回到了童年。他经常梦见自己在高空飞翔，时而是海鸟，时而又化为风筝。妈妈像放风筝的人，稳稳地站立在地面，将风筝线牢牢地抓在手里，就像把儿子攥在手里，心里觉得特别踏实。这种以牺牲一切为代价的母爱，以及兄长和姐姐的巨大包容，最终给了孙鲁西自由冥想的空间，也让他能够在自己的世界里尽情游弋，并由此获得了充实而又丰沛的自我。

《春山谣》同样如此。无论是顾秋林和陆伊之间的爱恋，还是马约伯和李瑰芬跨越生死的情感沉浮，以及彭击修与游仙桃、徐芳兵之间的情感纠葛，都渗透了生命的真诚、敬重与执着，展示了爱的甜蜜、伤痛和无奈，也传达了两性之间的奉献与牺牲。顾秋林有才能，有理想，有耐力，也不乏一腔热血，然而他总是饱受磨难，无论是在春山岭，还是返回上海之后，都不断被挤出生活的中心地带，彻底变成现实社会的边缘人。但他从来没有报怨命运，而是以一种特有的宽厚和善良，面对自己潦倒的生活。"顾秋林孤单一人生活着。他的心一点也不孤单。他跟这个世界和爱相伴，内心充满了感恩之情。他写下的诗篇，是感恩的诗篇，感谢陆伊，感谢生活，感谢生养儿女的父母，感谢天下的所有！"正因为他的心中有着圣徒般的爱意，所以他每天都活在温暖的情感之中，没有回报也不计较回报，以自己特有的方式，展示了他对生命深切的酬谢。如果我们再看看《风中摇曳的海棠》《芸姑娘》《玛瑙手串》，同样也能感受到亲情之间浓浓的爱意，尽管这种爱总是通过各种波折才获得外在的彰显，但它始终埋藏在人物的内心深处，从来都没有丢失。像《玛瑙手串》里的"我"，在父亲生前，父子之间就常常充满敌意，甚至不乏各种冲突，在父亲去世很多年之后，"我"在梦里与父亲相见时，还是保持着冤家式的对话，但在这种梦境的交流之中，父子之间超越时空的血缘之爱，依然撼心动魄。

这种纯正的道德感，还体现在理想之中。张柠笔下的人物，总是拥有一种源于内心的执念、一种永难舍弃的情怀、一种令人讶异的理想。这些理想，虽然未必都很崇高，但足以帮助芸芸众生摆脱世俗欲望的羁绊，不被现实的功利欲求所钳制，活出自己特有的生命光泽。像《商媛和周民》中，商媛和周民夫妇被禁锢家中五十多天，于是，日常的琐屑矛盾开始演化出来。商媛自幼生活优渥，向来不怎么节俭；而周民则是凤凰男一枚，虽然工资不低，但总是显得抠搜。这还不是关键。关键在于，作为程序员的周民，内心的理想无非是多赚些钱，物质生活品质更高一些，与大部分世俗之人一样，并不过于关心精神生活。但作为文学爱好者的周媛就不同了。她热爱读书，时常写诗，有着明确的精神生活之欲求。所以，她和周民之间，几乎不可避免地出现了生活观念上的冲突，这种冲突在本质上是精神层面的，是一种理想生活与世俗生活之间的纠结。尽管这种纠结是无解的，但它折射了理想生活特殊的内在作用。《巴金英来电》中的巴金英，游走于京城底端的各种缝隙之间，虽也饱受各种现实的挤压，但是无论活得多么卑微，她始终洋溢着乐观的生命情绪。即使自己被封锁在乡村，即使家里还有债务要还，但她并没有感到焦虑和苦恼，而是对生活永远充满了热望。她的理想并不高，无非是让丈夫守着家，自己再多赚一些钱，但她有着永不放弃的活力和信念。

在《把尿结石击碎》中，作为都市底层打工者的叶胜竟与叶美思，一方面要面对家里长辈的冷眼和怒斥，另一方面又遭遇生存困厄，虽然住在地下室里，却依然保持着生活的激情。在送快递途中，他们一次次地撞上了马路牙子，仿佛命运总是不断地给他们突然一击，可是他们并没有失去信心。他们的理想就是生存，在艰难的拼搏中，给自己开拓一片更好的空间。《魏明宴复工》中的魏明宴，酷爱自己的编辑工作，以至于接到复工通知时，激动得差点失眠。在他的人生里，关键词就是思想、智慧和真理，他最大的理想就是编辑出版那些文化精品，对于自己所编之书的市场销售则不屑一顾，所以他常常遭到领导和同事们的劝告，但他从来就没有想去妥协或改变，因为他坚信人类思想的价值是任何世俗标准都无法测定的。

如果我们辨析一下《春山谣》中的顾秋林，会发现他同样是一个不折不扣的理想主义者。世俗的物质生活，对他来说几乎没有任何意义，一个临街摆放的香烟小摊，就是他的日常生存方式。而他的内心，则拥有欧洲中世纪的骑士品格。他始终将自己对陆伊的爱，放在灵魂的圣殿之中，以柏拉图式的专注和怀想，为这份无望的理想之爱而不断吟唱。《玄鸟传》中的孙鲁西更是一个理想主义的圣徒，几乎终日沉浸在自己的内心世界。他不断寻找自己的理想生活，致力于让理想融入繁杂的现实，为此，他要么到寺庙修行，结果变成了给别人无偿打工；要么成立互助小组，尝试将理想与现实接轨，结果朝不保夕；要么娶妻生子，试图体验日常的家庭生活，结果夫妇形同陌路；要么给报刊作文，希望借此给社会一些思想的启迪，结果同样遭到封杀……但孙鲁西似乎有着永不言败的斗志。相比之下，萨依山要更加现实一些，所以他坚持认为，上午可以生活在想象之中，下午则需要置身于真实的现实之中。我有时想，理想就是理想，它并不是人们要实现且能够实现的某个具体目标，而是一种人生努力的方向，一种内在的精神信念。理想只有在成为不能轻易实现的现实之时，才会闪烁着非凡之光，才会构成一种近似于乌托邦式的气质。张柠的小说大多书写的是小人物，但他们的内心常常拥有常人难以企及的理想，即使九死一生，依然至死无悔，这不能不令人为之动容。

无论是无私之爱，还是坚定的理想，在本质上都体现了张柠对于纯正道德感的自觉维护，也表明了他"执正驭奇"的叙事姿态。从创作主体的精神层面来说，这无疑折射了张柠对于人性与道德的双重敬重。在《伟大的传统》中，利维斯就坚决反对将艺术形式与道德关怀割裂开来。在他看来，简·奥斯丁就是"英国小说伟大传统的奠基人"，尽管奥斯丁师承他人，博采众长，但她对传统是创造性的继承，"她对于'谋篇布局'的兴趣，却不是什么可以掉转过来把她对于生活的兴趣加以抵消的东西；她也没有提出一种脱离了道德意味的'审美'价值。她对于生活所抱的独特道德关怀，构成了她作品里的结构原则和情节发展的原则"，"假使缺了这一层强烈的道德关怀，她原是不可能称为小说大家的"。① 在评价简·奥斯丁的《爱玛》时，利维斯说道："细察一下《爱玛》的完美形式便可以发现，

---

① 〔英〕利维斯：《伟大的传统》（第2版），袁伟译，生活·读书·新知三联书店2009年版，第10页。

道德关怀正是这个小说家独特生活意趣的特点，而我们也只有从道德关怀的角度才能够领会之。若以为这是个'审美问题'，是'谋篇布局'之美与'生活之真'的奇妙结合，那么，人们将无法解释清楚何以《爱玛》会被人视为一部优秀的小说，也完全无法对其形式之美做出一点慧灵见智的交代来。"[1]尽管利维斯给人以道德至上的片面之感，但从小说的审美价值上说，对人性与道德的双重关注，实属一个作家创作的精神底座。从张柠的小说创作中，我们无疑也能够充分感受到这座深厚的伦理基石。

(《文艺争鸣》2022 年第 9 期)

---

[1]〔英〕利维斯：《伟大的传统》（第 2 版），袁伟译，生活·读书·新知三联书店 2009 年版，第 12 页。

多 维 的 透 视

后 记

　　这是一部地地道道的新时代文学评论集。它所收录的文章，均是我最近几年发表的一些评论文章。有长篇论文，也有短篇随评；有立足于时代观念对于文学史变化的个人思考，也有面对文坛现状和创作热点问题进行的追踪性评析。不敢说这些文章有多少深刻性和丰富性，但确实属我个人在文学阅读过程中潜心思考的结果，也可以说是我作为一个文学批评家，积极参与新时代文学发展的见证。

　　在这部评论集中，第一辑所收录的文章，主要是关于新世纪文学的宏观性思考，也包括少量立足于新世纪文学进行的历史反思，所论对象主要是虚构类的小说。第二辑收录的文章，则是集中讨论非虚构写作。众所周知，非虚构写作是新世纪以来颇为热闹的文学现象，它的行动性、见证性、跨界性、真实性，都蕴含了十分复杂的审美肌理，必须对之进行多维的观察与评析。第三辑的评论是针对新世纪文学中一些重要的文学个案而作，既有作家论，也有作品论。将这些评论文章搜罗在一起，看起来很杂，像东北的乱炖，其实这也从某种角度体现了新时代文学发展的多元性与丰富性。

　　文学批评是一种"永远在路上"的话语实践。回顾自己三十多年来的批评经历，我累计发表了三百多篇评论文章，也曾试图对一些文学发展主脉进行所谓文学史总结或理论话语的建构，但是，坦白地说，并未获得令人满意的效果。这也使我意识到，既要做到置身其中，紧密跟踪文学发展现状，又要超乎其外，对中国当代文学发展进行理论提炼，并不是一件容易的事。我并不为此而沮丧。文学总是在不断地发展，一代代作家都在积极地创作，作为一位文学批评家，我当然也要跟随文学发展的时代步伐，努力提供自己的所思所想。在宏阔的历史面前，任何一个个体都是微不足道的存在，但也正是无数卑微的个体，映现了历史的苍茫与辽阔。